EMMANUEL DONGALA

GRUPPENFOTO AM UFER DES FLUSSES

P H
V

EMMANUEL DONGALA

Gruppenfoto am Ufer des Flusses

Aus dem Französischen von
Giò Waeckerlin-Induni

Peter Hammer Verlag

Aint' I a woman?
Bin ich denn keine Frau?
Sojourner Truth, befreite Sklavin und Frauenrechtlerin, 1851

Meiner Mutter gewidmet

EINS

Du erwachst morgens und weißt, dass der anbrechende Tag ein schon längst angebrochener Tag ist. Dass dieser beginnende Tag der Zwillingsbruder des gestrigen, des vorgestrigen, des vorvorgestrigen Tages ist. Du willst das Aufstehen ein Momentchen hinausschieben, dem heraufdämmernden Tag ein paar Minuten stehlen und deine zerschlagenen Glieder ein kleines Momentchen länger ausruhen lassen, vor allem den linken Arm, der immer noch schmerzt von den Vibrationen des schweren Hammers, mit dem du tagaus, tagein auf den harten Stein einhaust. Doch du musst aufstehen. Gott hat diese Nacht für dich nicht länger gemacht.

Die drei Kinder schlafen noch, zwei Buben und ein Mädchen. Die Buben teilen im Raum, der als Wohnzimmer dient, eine auf dem Fußboden ausgerollte Matratze. Das Mädchen schläft in deinem Bett. Du hast es vor etwas mehr als einem Jahr zu dir genommen. Nach dem Tod seiner Mutter, deiner jüngeren Schwester. An Aids gestorben. Ein ungerechter Tod. Sie konnte es nicht glauben, als sie feststellte, dass alle ihre Krankheitssymptome auf Aids hinwiesen: der Herpes, das Abmagern, der häufige Durchfall und der tuberkulöse Husten.

Als sie die Testresultate erhielt und dir sagte, dass sie sich ganz offensichtlich mit HIV angesteckt hatte, packte dich ein ohnmächtiger Zorn auf ihren Mann. Aus gutem Grund, denn Tamara, deine Schwester, hatte nie Bluttransfusionen bekommen, und die paar Male, als ihre Malariaanfälle trotz der Chloroquin-Tabletten nicht abklangen und sie sich Artemisinin oder Chinin injizieren musste, hatte sie immer Einwegspritzen benutzt.

Und im Übrigen warst du überzeugt, dass die geliebte kleine Schwester ihrem Mann immer treu gewesen war. Abgesehen davon, er war bestimmt der erste Mann, mit dem sie geschlafen hat. Wie bist du dir so sicher? Schwesterlicher Instinkt! Folglich kann nur dieser Mann sie angesteckt haben: ihr Ehemann! Deine Wut auf ihn packte dich jedes Mal heftiger, wenn du sahst, wie er sich liebevoll und aufmerksam neben sie setzte, ihr mit dem Taschentuch die Stirn trocknete, ihr Haar streichelte, zärtlich mit ihr sprach. Der Scheinheilige! Ein blühendes Leben zerstören! Er ist ein Mörder, jawohl, denn er hat nicht nur eine Schwester getötet und ein Kind seiner Mutter beraubt: Er hat auch die einzige Intellektuelle in deiner Familie umgebracht. Traurig, dies feststellen zu müssen, doch in Afrika töten nicht nur Aids und Malaria, sondern auch die Ehe.

Da du deine schlimmen Vermutungen und deinen Zorn nicht unterdrücken konntest, wolltest du deiner Schwester die grausame Wahrheit über diesen Mann enthüllen, den sie nach wie vor liebte. Du setztest dich auf den Bettrand und hieltest ihre Hand, doch du vermochtest deine Wut kaum zu zügeln, während sie dich anblickte. Und ihre Augen wirkten riesig in ihrem abgezehrten Gesicht. Als du verstummtest, zeichnete sich ein Lächeln auf ihren Lippen ab. Mit einer von der Krankheit geschwächten Stimme hatte sie dagegengehalten: »Méré, vielleicht habe ich ihn angesteckt. Wer weiß das schon so genau. Wir haben vor unserer Heirat keine Tests gemacht. Jetzt sind wir beide seropositiv, doch ich habe die Krankheit vor ihm bekommen. Vielleicht, weil meine Abwehrmechanismen schwächer sind als seine? Oder weil ich länger infiziert bin als er, das heißt lange vor ihm? Schau, es hilft nichts, ihn dafür verantwortlich zu machen.«

Und sie schloss erschöpft die Augen. Du warst geschockt und einen Moment in deiner Überzeugung erschüttert, fügtest dich aber schnell ins Unvermeidliche: Die Krankheit hatte bestimmt den kritischen Verstand deiner armen Schwester getrübt. Doch wie auch immer, du wirst diesen Mann dein Leben lang für ihr Leiden verantwortlich machen.

Denk nicht mehr daran, du musst den beginnenden Tag in Angriff nehmen!

Es ist noch nicht Zeit, die Kleine zu wecken. Zuerst kommen die Rituale, die deinen Körper für den vor dir liegenden Tag bereitmachen. Zuallererst der Gang zu den Latrinen. Ein Loch mit ein paar Wellblechen drum herum, um die Intimität zu wahren. Der Gestank schwappt dir noch intensiver entgegen als der des Kresols, womit du das Örtchen oft besprengst. Frauen müssen sich hinhocken. Du fürchtest dich nicht vor den Kakerlaken, die einem über den Po oder die Schenkel flitzen, denn du weißt, dass sie sich bei Tageslicht verkriechen wie die Stechmücken.

Du hast dein Geschäft erledigt. Gehst dich anschließend mit kaltem Wasser waschen. Das warme Wasser wird für den Abend aufgespart, denn nach dem harten Tagewerk entspannt es deine verschwitzten, schmerzenden Glieder und erleichtert das Einschlafen. Du nimmst einen Eimer und gehst Wasser aus der Regentonne unter der Dachrinne schöpfen. In der Regenzeit wird das aufgefangene Wasser für alles Mögliche verwendet: um sich zu waschen, für die Wäsche, zum Geschirrspülen …

Nach der Morgentoilette fühlst du dich frischer. Jetzt musst du dich um die Kinder kümmern. Du weckst die zwei Buben, sie sind zwölf und neun Jahre alt. Du schickst sie das Gesicht waschen. Die Zähne putzen. Nicht mit dem Wasser aus der Regentonne, sondern mit dem aus der Korbflasche. Dem Trinkwasser, das du, den Eimer zu fünfundzwanzig Franc, bei deinem Nachbarn kaufst, der fließendes Wasser hat. Du ermahnst die beiden, es nicht zu vergeuden! Sie sollen nur gerade so viel nehmen, um ihren Becher zu füllen. Sie stehen murrend auf, gehorchen jedoch sofort, als du die Hand hebst und ihnen mit einem Klaps drohst, wenn sie sich nicht tummeln, denn heute musst du früher als sonst im Steinbruch sein. Für die Kleine brauchst du warmes Wasser. Du bist froh, dass du einen Gasherd gekauft hast, der mit einer Butangasflasche betrieben wird. Schluss mit dem Holz- und Kohlefeuer, mit der Flugasche und dem lästigen

Rauch, der in den Augen brennt und die Lungen vergiftet. Du setzt das Wasser auf.

Jetzt kannst du die Kleine wecken. Sie heißt Lyra und ist achtzehn Monate alt. Du betrachtest einen Moment das unschuldig schlafende Kind, dann hebst du es in einer zärtlichen spontanen Geste hoch und schließt es in die Arme. Du hast das kleine Mädchen vor dreizehn Monaten zu dir genommen … an dem Tag, als deine Schwester starb … Denk nicht mehr daran, du hast genug Tränen um deine Schwester geweint …! Du tauchst den Finger ins aufgesetzte Wasser: Es hat die richtige Wärme, um die Kleine zu waschen. Es ist Zeit für das Frühstück. Die Kinder müssen genügend essen, damit sie bis zum Abend durchhalten. Du schickst den Ältesten Beignets, eine Baguette und ein paar Würfelzucker kaufen. In der Zwischenzeit kochst du einen Maisbrei. Als alles bereit ist, frühstückt ihr gemeinsam. Die Kinder essen den Brei und die Beignets. Du trinkst einen starken Tee und isst eine Scheibe Butterbrot. Das wiegt zwar nicht eine nahrhafte Portion zerstampfter und gegarter Kochbananen oder Fufu auf, der Maniokklößchen, die den Magen für Stunden sättigen, doch zumindest bewahrt es einen vor dem Gefühl, über dem Boden zu schweben, wenn man einen leeren Bauch hat.

Während ihr esst, schaltest du das Radio an. Das Radio spielt eine wichtige Rolle in deinem Alltag. Die Gewohnheit, beim Frühstück Radio zu hören, hast du von deiner Schwester übernommen. Nach ihrer Rückkehr aus Neuseeland, wo sie ein paar Semester studiert hatte, wohnte sie eine Zeitlang bei euch. Wenn sie morgens aufstand, schaltete sie als Erstes das Radio ein. Du hast sie wegen dieser Marotte geneckt, doch eines Morgens hat sie dir vielsagend geantwortet: »Am Tag der Apokalypse wirst du nackt oder nur mit einem Höschen da stehen, während ich schon angezogen bin und bereit, mich in Sicherheit zu bringen.« Wie auch immer: Jeden Morgen die Nachrichten hören, ändert zwar nichts an deiner täglichen Galeere, aber zumindest bist du auf dem Laufenden und weißt, was in der Welt passiert.

Ihr habt fertig gefrühstückt, und du schickst die beiden Buben in die Schule. Zum Glück ist sie nicht weit von zu Hause, kaum zehn Minuten zu Fuß. Du gibst ihnen die üblichen Ermahnungen mit auf den Weg. Dem größeren: Er soll auf seinen kleinen Bruder aufpassen. Beiden: aufzupassen, bevor sie die Straße überqueren. Nochmals dem größeren: in der Pause ein Auge auf den Kleineren zu haben. Und beiden: nicht zu trödeln und nach der Schule sofort nach Hause zu gehen. Sie traben mit dem Schulranzen auf dem Rücken davon. Du nimmst den Weidenkorb und füllst ihn mit Proviant für den Arbeitstag: Wasser in einem Zwei-Liter-Plastikkanister, vier Bananen, geröstete Erdnüsse und gekochte Maniokscheiben. Alles ist bereit.

// … Albinos in Tansania bangen um ihr Leben. In Tansania sind in den vergangenen zwölf Monaten mindestens 40 Albinos ermordet worden. Die Leute töten Albinos und benutzen Körperteile der Opfer – Haare, Arme, Beine, Genitalien und Blut – für Zauberrituale, die ihren Kunden Reichtum bringen und ewige Jugend verleihen sollen. Die Goldsucher behaupten, man brauche nur eine Mine mit Albinoblut zu begießen, um Goldklumpen zu finden. Fischer meinen, man müsse nur den abgehackten Arm oder das abgeschnittene Bein eines Albinos im Wasser auslegen, um große Fische mit dem Bauch voller Gold zu fangen. Der tansanische Präsident hat rigorose Maßnahmen gegenüber allen an diesen Morden Beteiligten befohlen.

In Nigeria tötete ein Manchester-United-Fan vier Fans des Fußballvereins FC Barcelona. Wie die örtliche Polizei mitteilte, fuhr der Mann mit einem Minibus in eine Gruppe Barça-Fans. Zehn weitere Menschen wurden verletzt. Der Unfall ereignete sich am Mittwochabend in der Stadt Ogbo, nach dem 2:0-Sieg des spanischen Vereins über Manchester United. Der Fahrer fuhr mit einem Minibus zuerst an der Gruppe vorbei, wendete und raste direkt in die Menge, wie ein Polizeisprecher mitteilte. In ganz Afrika verfolgen die Fußballfans die Spiele der europäischen Mannschaften, die einige der besten Spieler des Kontinents rekrutiert haben. Vor einem Monat erhängte sich ein kenianischer Fan von Arsenal London nach der Niederlage seiner Mannschaft im Halbfinale der Champions League. //

Du schaltest das Radio aus. Und jetzt los, auf geht's zum Steinbruch. Steinbruch ist etwas übertrieben für das mit Stein- und Felsblöcken übersäte Gelände am Fluss. In dieser Jahreszeit herrscht Niedrigwasser, es ist die beste Zeit des Jahres, denn im Flussbett ragen große, sonst überspülte Sandsteinfelsen aus dem Wasser. Der zu großen Blöcken gesprengte, dann geklopfte Stein ergibt den Schotter, der für alle Baumaterialien verwendet wird: vom Eisenbeton bis zum Split auf unbefestigten Straßen.

Du machst den gewohnten Umweg bei Tantine Turia vorbei, um Lyra bei ihr abzugeben. Du hast wirklich Glück, denn die Tante hütet die Kleine den ganzen Tag, während andere Frauen im Steinbruch ihre Kinder mitschleppen müssen. Batatu mit ihren Zwillingen zum Beispiel. Lyra freut sich immer, ihre Großtante zu sehen. Kaum hat diese das Kind auf den Arm genommen, fragt sie dich rundheraus: »Stimmt's, Méré, dass ihr euch weigert, den Sack Schotter für zehntausend Franc* zu verkaufen?«

»Ja, Tantine, es stimmt. Wir haben die Entscheidung einstimmig getroffen. Aber man weiß ja nie … Heute ist ein wichtiger Tag. Es wird sich herausstellen, ob wir stark genug sind und nicht nachgeben.«

»Lass dich ja nicht in politische Geschichten verwickeln, mein Kind! Die Politik bringt Unheil, sie hat deinen Onkel umgebracht.«

»Keine Sorge! Wir wollen bloß unsere Ware zu einem vernünftigen Preis verkaufen, ganz einfach. Ich muss los, hab's eilig heute.«

* 10.000 Franc CFA sind rund 15 Euro. (1 Euro = 655,957 Franc CFA)

ZWEI

Du lupfst den Korb vom Kopf und trägst ihn an den Henkeln. So kannst du die Arme schwingen und schneller gehen. Du hast es eilig, in den Steinbruch zu kommen, bevor die ersten Laster der Aufkäufer eintreffen und ihr sie von eurem gestern gefassten Beschluss informieren könnt. Du bist als Wortführerin bestimmt worden. Zwar hast du dieses Amt nur widerwillig angenommen, doch du darfst deine Kolleginnen nicht enttäuschen, die dir voll vertrauen. Und wenn Tantine Turia mit ihren Befürchtungen recht hätte? Du beruhigst dich selbst, sagst dir, dass sie sich irrt, dass euer Beschluss nichts mit Politik zu tun hat, dass ihr bloß um euer tägliches Brot kämpft. Im Übrigen: Wären nicht Plakatwände an den Kreiseln mit dem lebensgroßen Porträt des Präsidenten der Republik – der Präsident in Anzug und Krawatte, der Präsident in Sportkleidung bei einem Marathonlauf, der Präsident im weißen Kittel, der Kinder gegen Polio impft ..., und an seiner Seite die Gattin mit einer Maurerkelle in der Hand, wie sie den Grundstein für eine Schule oder ein Krankenhaus legt, auf einem Traktor bei der Einweihung einer Straßenbaustelle, in Skipperuniform auf einer Segeljacht –, ohne all die Plakate wüsstest du nicht einmal, wie er aussieht. Deine einzige Sorge ist, wie in möglichst kurzer Zeit genügend Steine klopfen, um das dringend benötigte Geld zusammenzubringen. Die neuen Preisforderungen haben sich geradezu aufgedrängt. Als du im Radio gehört hast, dass die Regierung im Norden des Landes einen internationalen Flughafen baut, war dir das im ersten Moment ebenso gleichgültig wie die meisten vom staatlichen Rundfunk verbreiteten Meldungen. Wenn nur zehn Prozent von dem verwirklicht würde, was im Radio ständig verkündet wird, wäre dieses Land heute ein Paradies auf Erden, ja es würde sogar die Schweiz, die USA und Japan weit hinter sich lassen. Seit dem Tod deiner Schwester interessieren dich höchstens Meldungen, es wäre ein wirksamer Impfstoff gegen Aids entdeckt worden. Oder solche, die dir ermöglichen, jeden Tag deinen Kochtopf zu füllen. Die Nachricht vom neuen Flughafen hat dich erst ernsthaft beschäftigt, als du erfahren hast, dass der Bau der Landepiste und des gigantischen Flughafengebäudes eine kolossale Menge Steine benötigt, die das Schotterwerk nicht liefern kann, und dass in Anbetracht der riesigen Nachfrage die Firmen, die den Flughafenbaustellen die euch abgekauften Steine liefern, die Abnehmerpreise verdoppelt haben. Diese Nachricht hat dich zuerst gefreut. Das Gelände, auf dem der Flughafen gebaut wird, liegt in einem Sumpfgebiet, wo es keinerlei festen Untergrund gibt; was bedeutet, dass sämtlicher Schotter aus eurer Region bezogen werden muss. Folglich würden sich die Kunden vor eurer Ware drängen, und man würde sich um eure Steine reißen. Und je mehr Säcke du verkaufst, desto schneller kannst du diesen Albtraum aus Steinen verlassen. Das Radio meldet jeden Tag, dass die Erdölpreise steigen, sinken und dann mehr steigen, als sie gesunken sind. Was wiederum bedeutet, dass auf diese Weise sehr viel Geld in die Kassen des Staates fließt, der zu den großen Erdölproduzenten gehört … so wie andere afrikanische Staaten große Diamantenproduzenten sind. Allein schon der Lebensstil der Politiker und ihrer Familie beweist, dass das Geld reichlich auf das Land fällt wie der Regen in der Regenzeit. Und dies umso mehr, als dein Exmann – der kaum in der Lage war, den Gebrauchtwagen zu unterhalten, den ihr gemeinsam gekauft habt, und ohne deinen Zuverdienst die Miete nicht bezahlen konnte – nach eurer Trennung zwei Autos gekauft hat, unter anderem einen japanischen 4x4 für seine Tussi, die jedes Mal hämisch lacht, wenn sie an dir vorbeifährt. Innerhalb von sechs Monaten hat er es geschafft, eine Villa für sich bauen zu lassen, in der er jetzt mit dieser Schnepfe wohnt … das heißt, mit der zweiten, seit du ihn verlassen hast. Inzwischen ist er Abgeordneter geworden, nachdem das Wahlgremium seinen Gegner ausgeschaltet hat – den Kandidaten der Opposition, dem im ersten Wahlgang nur wenige Stimmen fehlten. Woher kommt also dieser Luxus? Ganz einfach: Da er Abgeordneter der Partei des Präsidenten ist, regnet das Erdölgeld auch in seine Tasche.

Dein Erdöl jedoch war der Stein, und du bist keine dumme Gans, du weißt, dass zwei und zwei vier macht: Wenn das Geld nur so aufs Land regnet, gibt es keinerlei Grund, warum nicht auch du ein paar Tropfen in deiner Handtasche auffängst.

Du warst von diesen einfachen Überlegungen ganz begeistert und hast am nächsten Tag am Steinbruch einer Kollegin davon erzählt. Einfach so, spontan, als ihr miteinander geplaudert habt.

Deine Überlegungen haben ihr gleich eingeleuchtet. Sie hat einer anderen Gefährtin davon erzählt und diese wiederum einer anderen und so fort. Und dann haben sich vor vier oder fünf Tagen alle Frauen spontan versammelt und beschlossen, sich von nun an zu weigern, den Sack ihrer Arbeit für zehntausend Franc zu verkaufen, und den Preis auf fünfzehntausend zu erhöhen. Also haben dich die Frauen gebeten, als ihre Wortführerin mit den Käufern zu verhandeln. Zuerst hast du dich geweigert. Und gestern haben sie dich nochmals gebeten. Warum ausgerechnet dich, wo es unter ihnen ältere Frauen gibt? Frauen, die seit mehreren Jahren Steine klopfen und erfahrener sind als du, schließlich gehörst du erst vier Wochen zu ihnen und hast nicht die Absicht, länger als acht Wochen zu bleiben, nur gerade so lang, bis du deine gegenwärtigen finanziellen Probleme im Griff hast. Du hast ihre Namen aufgezählt, einen nach dem andern, hast diejenigen, die deine Mutter sein könnten, mit Mama oder mit Ma angesprochen und mit Ya diejenigen, die gerade alt genug sind, eine ältere Schwester zu sein. Mama Moyalo zum Beispiel könnte euch sehr gut vertreten, nicht nur, weil sie allein schon mit ihrem Blick einen Polizisten erstarren lässt, sondern auch, weil sie aus Mossaka stammt und das Lingala, die weit verbreitete Handelssprache, beherrscht wie kaum jemand. Oder Ma Bileko aus Boko, die einst Geschäftsfrau war und daher im Verhandeln geübt. Oder

Ya Mukiétu, die große Schwester aus dem Dorf Mayalama, deren Autorität unbestritten ist, seit sie einem Kerl eine watschte, den sie verdächtigte, sie im Bus hinterlistig zu betatschen. Doch es gibt auch jüngere als dich: Batatu, Mutter von Drillingen, von denen einer bei der Geburt gestorben ist. Bilala, die von ihrer Familie aus dem Haus verjagt und um ein Haar von ihren eigenen Kindern verbrannt wurde, die sie beschuldigten, eine Hexe zu sein. Laurentine Paka aus Hinda, die kokett este unter euch, die immer einen Groschenroman aus der Reihe *Adoras* mit sich herumträgt. Und Anne-Marie Ossolo natürlich, die Städterin, fünf Tage nach dir zum Steinbruch gekommen; sie ist kein bisschen schüchtern und eine sehr schöne Frau, trotz der hässlichen Narbe quer über ihre rechte Gesichtshälfte Und dann ist da noch Iyissu aus Sibiti, die Schweigsame, die stundenlang stumm ihre Steine klopft und von der alle wissen, dass sie nicht ganz richtig im Kopf ist, seit Soldaten der Präsidentengarde ihren Sohn brutal ihren Armen entrissen und auf einen Militärcamion warfen, und sie den Laster samt ihrem Sohn – einen hübschen achtzehnjährigen Burschen – für immer verschwinden sah … Nein, alle wollten, das du ihre Wortführerin sein sollst, denn du hast lange die Schule besucht, kannst lesen, kannst schreiben und sprichst Französisch. Die meisten deiner Arbeitsgefährtinnen sind Analphabetinnen oder haben die Schule nur kurz besucht. Für sie bist du ein etwas sonderbares Wesen, denn es kommt nicht oft vor, dass ein Mädchen, das bis zur Abiturklasse auf dem Gymnasium war, als Steinklopferin am Flussufer landet. Sie wussten nicht, dass es in diesem Land arbeitslose Diplomierte in Hülle und Fülle gibt; sie wissen zum Beispiel nicht, dass Léonie Abena, eine ehemalige Mitschülerin, zwar diplomierte Psychologin ist, nun aber auf dem Markt Bananen, Palmnüsse und geröstete Erdnüsse verkauft, um zu überleben. Oder Olakuara, der Sohn deines Nachbarn, der, mit einem Master in Physik, seit dem Abschluss seines Studiums abends im Vorgarten seiner Eltern Maniokmehl und Zigaretten einzeln verhökert in der Hoffnung, das notwendige Geld zusammenzubringen, um falsche Papiere zu kaufen und endlich das Land in Richtung Europa oder Amerika zu verlassen. Nein, das alles wussten sie nicht. Du hast alles versucht, um dich zu drücken, dich zu weigern. Hast ihnen die Wahrheit gesagt, dass du zwar die Abiturklasse besucht, aber dein Abitur nie gemacht hast. Doch sie haben das bloß für Bescheidenheit gehalten. Du hast beteuert, beharrt, hast gesagt, die Schule besucht zu haben heiße nicht, dass man kompetenter ist, dass man notwendigerweise Führungseigenschaften besitzt und mit den Leuten sprechen und verhandeln kann. Du seist hingegen bereit zu helfen, wenn etwas geschrieben werden muss … auf Französisch geschrieben werden muss. Vergebens. Ihr Vertrauen in dich ist total, ihre Aufrichtigkeit entwaffnend. Du hast dich gezwungen gefühlt, die Aufgabe zu übernehmen. Doch du hast deutlich gemacht, dass du nicht etwa die Anführerin bist, sondern bloß die Wortführerin. Sie applaudierten, und ein paar haben dich umarmt und ganz fest an ihre Brust gedrückt. Schließlich habt ihr alle nochmals einstimmig bekräftigt, dass der neue Verkaufspreis für einen Sack Schotter definitiv auf fünfzehntausend Franc festgesetzt wird!

Als du glaubtest, alles sei nun endgültig beschlossen, hat Mama Moyalo die Hand aufgestreckt und erklärt, sie sei nicht einverstanden. »In Afrika wird immer gefeilscht«, hat sie gesagt; wir müssen bei zwanzigtausend Franc anfangen, um schließlich auf den angepeilten Endpreis von fünfzehntausend zu kommen. Wenn wir gleich von Anfang an verkünden, dass wir fünfzehntausend Franc wollen, würden wir zuletzt dreizehntausend, ja vielleicht nur elftausend aushandeln. Schlau, die kluge Dame aus Mossaka! Du selbst hast auch nicht daran gedacht. Natürlich sind alle einverstanden gewesen und haben applaudiert. Jede ist schließlich an ihren Platz zu ihrem Steinblock und ihrem mühsamen Tageswerk zurückgekehrt. Doch dies alles war gestern, und heute ist ein anderer Tag. Kommt Zeit, kommt Rat, wie das Sprichwort sagt, und vielleicht haben die Frauen über Nacht ihre Meinung geändert. Tantine Turia müsste sich dann keine Sorgen mehr machen. Beruhigt beschleunigst du deinen Schritt.

DREI

Du bist heute eine der Ersten am Steinbruch, wo du doch sonst meistens zu den Letzten gehörst. Nur Iyissu ist schon da. Stumm wie immer. Ihr angedeutetes Kopfnicken bedeutet, dass sie dich gehört hat und deinen Gruß erwidert. Kurz darauf treffen auch die anderen ein. Nein, sie haben ihre Meinung nicht geändert; jede erinnert dich daran, dass du dich bereit erklärt hast, als ihre Wortführerin zu verhandeln. Zwischen euch ist eine neue Solidarität entstanden; du spürst es an der Art, wie ihr euch begrüßt, die verschmitzten Lächeln, die Gesten und das Unausgesprochene, das deutlicher ist als Worte, lassen erkennen, dass sich jede der Bedeutung des heutigen Tages bewusst ist. Trotzdem! Du hast das Gefühl, dass eine etwas ängstliche Stimmung über dem Steinbruch liegt, die zu der begeisterten, ja eine Spur prahlerischen Haltung von gestern im Widerspruch steht. Doch die Arbeit ruft! Jede hockt sich vor ihren Steinblock und beginnt zu klopfen und zu klopfen und zu klopfen und zu warten.

Die ersten Camions treffen am Nachmittag ein. Früher kauften die Händler kubikmeterweise. Ein Kubikmeter, das sind zehn Säcke. Da es dreieinhalb bis vier Wochen braucht, um einen Kubikmeter Schotter zu klopfen, verdienten viele von euch tage-, ja wochenlang keinen Sou, weil sie dann keine zehn gefüllten Säcke zu verkaufen hatten. Doch seit zwei Wochen kommen die Laster fast täglich, und die Händler kaufen jetzt sackweise, weil sie nicht mehr auf den Kubikmeter warten wollen.

Wenn sich tagelang kein Laster blicken ließ, gab's jeweils eine aufgeregte Drängerei, als nach Tagen des Hungers, an denen kein Sou in eure Geldbeutel gefallen war, endlich einer am

Horizont auftauchte. Jede drängte sich vor, um als Erste ihre Ware anzubieten. Der Kerl stieg mit seiner schräg umgehängten Geldtasche aus. Er musterte euch hochmütig, während ihr ihn gackernd wie Hühner umringt habt. Er behandelte euch wie Luft und stapfte wie ein Cowboy um die aufgereihten Säcke, trat einmal hier, einmal dort dagegen, brüllte herum, kippte ein paar Säcke aus unter dem Vorwand, sie seien nicht voll. Ihr schautet zu, ohne mit den Wimpern zu zucken, denn ein Protestschrei konnte einen weiteren Tag ohne Einnahmen bedeuten.

Doch seit dem unersättlichen Bedarf an Steinen dank des neuen Flughafens steht die Welt kopf: Die Aufkäufer streiten sich um jeden Sack. Jeder behauptet, er hätte ihn zuerst reserviert. Zwei haben sich sogar geprügelt. Dieser Vorfall hat euch die Unbarmherzigkeit des Konkurrenzkampfes vor Augen geführt … Und ihr habt begriffen, wie wertvoll eure Säcke Schotter sind!

Heute tauchen vier Dreiseitenkipper gleichzeitig auf. Sie stoppen im ockerfarbenen Steinstaub. Die Kunden steigen aus und gehen auf die Säcke zu. Doch keine von euch stürzt sich auf sie wie sonst. Sie sind erst verblüfft über eure Gleichgültigkeit, tun dann so, als hätten sie nichts bemerkt, und beginnen mit ihrem üblichen Theater: schreiten die aufgereihten Säcke ab, prüfen sie übertrieben sorgfältig, obwohl ihr wisst, dass sie seit einer Woche nicht mehr so wählerisch sind. Doch – seltsam – heute lasst ihr sie machen, als ginge euch ihr gockelhaftes Getue nichts an. Da verliert einer als Erster die Geduld. Er geht zu deinen Säcken. Eineinhalb Wochen Arbeit. Er tastet sie mit den Füßen ab. Und offenbar zufrieden mit der Ware, nestelt er in seiner umgehängten Tasche, um die Geldscheine abzuzählen. »He da!«, sagst du zu ihm, »nicht so eilig! Ab heute kostet der Sack zwanzigtausend Franc!« Der Kerl schaut verblüfft auf. Soll das ein Witz sein? »Hör mal, gute Frau, ich hab keine Zeit zu verlieren.« Er zieht seine Geldscheine hervor und zählt sie ab. »Das ist kein Witz. Zwanzigtausend hab ich gesagt.« »Bist du übergeschnappt oder was? Wer wird schon einen Sack Steine für zwanzigtausend Franc kaufen? Wie du meinst! Selber schuld, kannst deinen Schotter fressen, wenn dir das lieber ist«, meint er verächtlich und geht auf eine andere Frau zu. »Der neue Tarif ist zwanzigtausend Franc«, hörst du eine Frauenstimme. »Zwanzigtausend Franc je Sack«, immer der gleiche, von Frauenstimmen wiederholte Betrag! Schließlich begreifen die Händler, dass es sich nicht um einen Scherz handelt. Also müssen sie die Taktik ändern. Sie wirken etwas ratlos und wenden sich dann ab, um sich abzusprechen.

Ihr tut, als wären sie Luft, und haut mit dem Hammer auf eure Steinblöcke ein. Sie kehren zurück, klopfen höhnisch auf ihre mit Geldscheinen gefüllten Umhängetaschen. Sie wissen, dass sie das Geld haben … und ihr keines. Sie drohen, sie würden die Steine eben woanders holen, sie würden nicht mehr herkommen, solange ihr den Sackpreis nicht wieder auf zehntausend festsetzt, denn »liebe Frauen, ihr seid nicht etwa die Einzigen, die Schotter verkaufen, es gibt auch woanders welchen.« Und sie gehen selbstherrlich und eitel mit ihrem John-Wayne-Gang zu den Lastern, steigen ein, schlagen heftig die Wagentüren zu und fahren in einer Staubwolke davon.

Als sie verschwunden sind, stehen die Frauen auf und umringen dich. Ihr beglückwünscht euch gegenseitig und schwört, durchzuhalten, bis sie einlenken. Doch ihr müsst wieder an die Arbeit. Jede hockt sich vor ihren Steinhaufen und klopft und klopft und klopft.

Um die zu brechenden Steinblöcke zu bekommen, muss man große Felsbrocken sprengen. Diese Arbeit ist fast ausschließlich Männersache. Wenn die Frauen einen geeigneten Block ausgesucht haben, bezahlen sie einen Mann für das Sprengen. Der verbrennt Gummireifen unter dem Brocken, der von der Hitze Risse bekommt, denn die Reifen entwickeln mehr Hitze als Holz. Der Mann steckt dann eine Eisenstange in die Spalte und schlägt mit einem schweren Gewicht auf die Stange, bis der Felsbrocken in mehrere große Stücke zerbirst. Und ihr braucht sie nur noch an euren Arbeitsplatz zu transportieren.

Du hockst nun also unter der Tropensonne vor deinen Steinen. Um nicht geröstet zu werden, hast du dir ein behelfsmäßiges Sonnendach gebastelt, hast Pflöcke in die Erde gerammt, ein paar geflochtene Palmblätter daraufgelegt und ein Tuch darübergebreitet. Du suchst dir einen großen Block aus und beginnst zu klopfen. Manchmal fängt der Stein den Schlag nicht auf, der Hammer prallt zurück, die Schlagwelle verwandelt sich in eine Vibration, die sich auf den Arm und die Wirbelsäule überträgt. Du klopfst und klopfst und klopfst. Der große Steinblock ist nur noch ein Haufen Felsbrocken. Jetzt kommt der mühsamere Teil und auch der gefährlichste: nämlich die Brocken zu Schottersteinen zu klopfen, dem heiß begehrten Endprodukt. Man muss ständig aufpassen. Eine kurze Unaufmerksamkeit … und schon ist ein Unfall passiert. Die ersten Tage waren sehr schwierig. Du wusstest nicht, wie den Hammer richtig in die Hand nehmen, an welcher Stelle auf den Stein schlagen, und der Hammer prallte immer wieder ab, anstatt den Felsen zu brechen. Einmal hat er deinen rechten Zeigefinger getroffen, und du hast vor Schmerz aufgeschrien. Zum Glück war er nicht gebrochen, doch der geschwollene Finger hat mehrere Tage schlimmer geschmerzt als bei einer Entzündung, und du musstest den Mittelfinger benutzen. Doch das gehört zu den Anfangsschwierigkeiten. Jetzt, nach vier Wochen, weißt du, wie man einen Schlag auffängt. Aber es kann immer etwas Unvorhergesehenes passieren. Ein Steinsplitter kann dich im Gesicht treffen zum Beispiel, dich im besten Fall verletzen, im schlimmsten Fall ein Auge treffen.

Du bist Linkshänderin, hältst also die Blöcke mit der rechten Hand fest und handhabst den Hammer mit der linken. Du klopfst und klopfst auf den harten Stein zwischen deinen Beinen. Die Temperatur fällt nicht unter dreißig Grad. Du schwitzt, aber du kannst nicht mit nacktem Oberkörper arbeiten wie ein Mann. Du nimmst den Plastikkanister und schenkst ein wenig Wasser in einen Becher ein; du nimmst nur ein, zwei Schluck, um die Kehle zu netzen, und bespritzt mit dem Rest das Gesicht, doch das Wasser ist lauwarm und erfrischt dich kaum. Du stellst den Becher und den Kanister weg und schaust auf, lässt den Blick über deinen kleinen Bereich hinausschweifen. An die fünfzehn Frauen klopfen Steine wie in einem Sträflingslager. Die einen, damit sie ihre Kinder ernähren und sie in die Schule schicken können, die anderen, um eine alte Mutter oder einen kranken Mann zu pflegen, andere wiederum ganz einfach, um zu überleben oder – wie du – um möglichst schnell eine dringend benötigte Geldsumme zusammenzubringen. Wie viele Stunden noch? Wie viele Tage, bis du es geschafft hast?

Einen kurzen verzweifelten Moment lässt du deine Gedanken schweifen; du sagst dir, es ist vielleicht deine Schuld, dass du in diese Situation geraten bist. Hättest dich mit deinem Schicksal abfinden sollen, die Sitten in deinem Umfeld akzeptieren und dich nicht auf so skandalöse Art dagegen aufbäumen. Du wärst heute die Frau eines Abgeordneten und würdest im japanischen Geländewagen herumfahren … anstelle jenes Luders, das dich jedes Mal verhöhnt, wenn ihr einander begegnet. Doch nach dem, was mit deiner Schwester passiert war, konntest du dich doch nicht einfach von einem Ehemann umbringen lassen!

Im dritten Monat der Krankheit deiner Schwester wurde er immer reizbarer, warf dir ständig vor, du würdest ihn – ihn und eure Ehe! – für diese Schwester opfern. Es stimmt, dass du viel Zeit mit Tamara verbracht hast. Doch was hättest du tun sollen? Was glaubte er denn? Dass du deine Schwester im Stich lässt unter dem Vorwand, das Essen für deinen Mann stehe noch nicht auf dem Tisch und sein Hemd müsse gebügelt sein, wenn er nach Hause kommt? Oder dass du jeden Abend Lust auf Sex hast? Im Laufe von sechs Monaten erkanntest du den Mann nicht mehr, mit dem du zwölf Jahre zusammengelebt hattest. Er fing an, viel Zeit vor dem Spiegel zu verbringen, bevor er ausging. Und er, der, wie du auch, nie übermäßigen Wert auf Kleider gelegt hatte, kaufte plötzlich modische Klamotten, ja sogar ein paar englische John-Lobb-Schuhe, während du für die Pflege deiner Schwester deine Ersparnisse angreifen musstest. Sein Verhalten war dir unbegreiflich. Und du konntest dir überhaupt nicht erklären, woher er das viele Geld hatte. Dann kam er immer öfter spät nachts nach Hause, und manchmal schlief er sogar auswärts. Doch du hast kein großes Aufhebens davon gemacht, denn du warst um deine Schwester besorgt und spürtest ihr Leiden in deiner Seele und in deinem Körper.

Nach Tamaras Tod wurdest du wieder die Frau von früher: aufmerksam gegenüber ihrem Mann; wenn er nach Hause kam, stand seine Mahlzeit warm auf dem Tisch; seine Hemden waren gebügelt … kurz, alles, was von einer guten Ehefrau erwartet wird. Doch er änderte sich nicht und hielt an seinen neuen Gewohnheiten fest.

Als er an jenem Tag um zwei Uhr morgens nach Bier stinkend heimkam und mit dir schlafen wollte, musstest du an deine Schwester denken. Wo hatte er die zwei vorhergehenden Nächte verbracht? Und du bekamst Angst. Du weigertest dich, ihm deine Schenkel zu öffnen. Als er beharrte und laut wurde, batest du ihn schließlich, einen Gummi zu benutzen. »Was?«, brauste er empört auf. »Und wie lange?« »Bis ein Test beweist, dass du seronegativ bist«, hast du geantwortet. Du hattest ja keinen stichhaltigen Grund, ihn was für einer Untreue auch immer zu verdächtigen. Von der Erfahrung deiner kleinen Schwester traumatisiert, hattest du aber das notwendige Vertrauen nicht mehr, dich auf einen Mann zu verlassen, der um zwei Uhr morgens mit einer Alkoholfahne nach Hause kommt. Er wurde wütend, brüllte, du seist seine Frau! Müsstest ihm gehorchen, anstatt dich mit aus der Luft gegriffenen Verdächtigungen deinen ehelichen Pflichten zu entziehen. Du wehrtest dich, sagtest, er müsse dich achten, damit du ihn deinerseits achten könntest, sein Verhalten sei unwürdig und unverantwortlich für einen verheirateten Mann und Vater zweier Kinder. Fragtest ihn, was er denn gemacht hätte, wärst du zu einer ungehörigen Zeit mit einem Bierdusel nach Hause gekommen. Er schrie, er sei der Mann im Haus! Und du müsstest wissen, wo dein Platz sei. Ach so! Und dieses elende Geschöpf sollte dein Lebensgefährte sein? Ein gebildeter Mann immerhin, der vor dem Standesbeamten und vor Gott versprochen hatte, dir treu zu sein und dich zu ehren, und der jetzt, um sich zu rechtfertigen, mit der gar zu einfachen Entschuldigung drohte, die alle Männer hervorholen, wenn sie ihre Pflichten verletzen. Die berühmte Tradition! Christ oder Muslim, aber Fetischanhänger! Offiziell vielleicht monogam. Aber mit traditionell verheirateten Frauen polygam. Verfechter der Demokratie, aber einer »afrikanischen Demokratie in B-Dur«. Immer diese scheinheilige Ausrede von der afrikanischen Ausnahme! Plötzlich ekelte er dich. Dein verächtlich verzogener Mund reizte ihn nur noch mehr, und er versuchte, dich gewaltsam zu nehmen. Da hast du ihm einen Kniehaken versetzt, genau an der richtigen Stelle, er brüllte vor Schmerz und ging, zum ersten Mal in deiner Ehe!, zuerst mit den Fäusten, dann mit Fußtritten auf dich los. Von der plötzlichen Brutalität überrascht, bist du gestolpert und zu Boden gefallen. Du konntest dich nicht wehren, denn er war stärker als du. Schließlich bist du ins Kinderzimmer geflüchtet, hast dich eingeschlossen. Die Kleinen wussten nicht, was los war, und fingen an zu weinen und zitterten vor Angst, als er wütend mit den Fäusten an die Tür hämmerte.

Im Morgengrauen bist du bei Tante Turia aufgekreuzt. Zur Polizei konntest du nicht gehen, weil in diesem Land die Männer immer im Recht sind, weil das Gesetz der Tradition stärker ist als sämtliche staatlichen Rechte. Blieb dir also nur noch deine Familie.

Bei deinem Anblick schrie Tantine entsetzt auf und brach in Jammern aus. Sie setzte Wasser auf, legte dir Kompressen auf und strich Salbe auf die Wunde. Du erzähltest ihr, was vorgefallen war. Nicht ganz ... denn wie einer älteren Frau erklären, dass du vom eigenen Mann verlangt hast, er solle einen Gummi benutzen? Sie hörte nicht auf, dir die Leviten zu lesen, während sie Kompressen auf die Prelllungen drückte. »Du hast dich wahrscheinlich aufmüpfig benommen, hast ihm nicht gehorcht. Einen Ehemann respektiert man wie einen Vorgesetzten!« Uff, schon wieder die alte Leier von der Tradition! Und als gute

Christin fügte sie hinzu, dass laut der Heiligen Schrift die Frau dem Manne untertan sei. Dass in der gleichen Heiligen Schrift geschrieben steht, man soll nicht Ehebruch begehen, das vergaß sie allerdings zu sagen. Offensichtlich gilt in diesem Land – die Ausnahme bestätigt die Regel – das Prinzip der zehn Gebote nur für die Frauen. Nach ihrer Predigt bot sie dir an, dich nach Hause zu begleiten. Sie sei bereit, sich an deiner Stelle bei deinem Mann zu entschuldigen, wenn du den Mut dazu nicht hättest … oder vielmehr, wenn dein Stolz es nicht zuließ. Sie hatte also rein gar nichts verstanden. Nicht nur, weil sie eine glückliche, vorbildliche Ehe mit einem außergewöhnlichen und liebevollen Mann geführt hatte, der – leider – bei den Krawallen nach den letzten Präsidentenwahlen umgekommen war, sondern auch, weil sie aus einer anderen Generation stammte: der Generationen der Messe auf Latein, bei der man mit geschlossenen Augen demütig vor dem Priester hinkniet und nicht versteht, dass er einem in seinem lateinischen Kauderwelsch »Schließt die Augen«, sagt, »damit ich euch hereinlegen kann«. Gott sei Dank halten die Frauen deiner Generation die Augen offen!

Tante redete und redete, aber ihre Stimme war nur noch ein Gemurmel, das die Mauern deiner Gedanken nicht zu durchdringen vermochte, denn die waren wieder zu deinem Mann zurückgekehrt.

Ja, du hast die Ratschläge deiner Eltern und deiner Umgebung befolgt und die Einmütigkeit Gleichberechtigter aufgegeben, die euch am Anfang eurer Beziehung verband, und so bist du eine vorbildliche Ehefrau geworden, wie es die Tradition verlangt. Du konntest daher nicht verstehen, warum er es offenbar für notwendig hielt, sich anderweitig umzusehen. Du bist doch noch jung, gerade mal über dreißig. Méréana bedeutet »die Schöne«, wie dir deine Mama sagte, als du noch ganz klein warst und sie dir Zöpfe flocht. Du hast deinen Familiennamen Pahua abgelegt und den Namen dieses miesen Typen angenommen. Und hast du dich nicht etwa bemüht? Das Essen stand immer auf dem Tisch, sobald er nach Hause kam, denn heißt es etwa nicht, dass der kürzeste Weg zum Herz eines Mannes durch seinen Magen geht? Er hat sich nie darüber beklagen müssen, dass deine Gerichte versalzen waren und der Reis nicht gar war und das Fufu zu breiig, das du nach der Tradition mit den Füßen knetest. Seine Kleider waren immer gewaschen und gebügelt, das Geschirr gespült, das Haus sauber und aufgeräumt, wie es sich gehört. Und du hast seine Ermahnungen immer beherzigt, auch wenn es dir manchmal schwerfiel. Du hast sogar deine Zukunft geopfert und deine Ausbildung aufgegeben, als euer zweites Kind geboren wurde, damit er sein Studium fortsetzen konnte, um später die traditionelle Rolle des Familienvaters zu übernehmen. Was kann man mehr verlangen von einer Frau? Ach so! Die Liebe im Bett? Auch darüber konnte er sich nicht beklagen. Zudem hast du ihm zwei Kinder geschenkt, zwei hübsche Buben. Die schönste Frau der Welt kann nur das geben, was sie hat. Und du hast ihm alles gegeben, was du hattest. Doch eben: Es hat ihn nicht davon abgehalten, sich herumzutreiben. Und was hat man dir gesagt? Dass du es akzeptieren musst, weil du eine Frau bist! Weil du zu seinem Haus gehörtest, sah er weder deine Intelligenz noch deine Schönheit. Du warst nur noch da, um ihn zu bedienen. Dass andere Männer von deiner Haltung und deinem Charme angetan waren und dich umschwärmten, hat er nicht einmal bemerkt. Und wärst du unverantwortlich und flatterhaft wie er gewesen …

Was soll's!

Die Hitze brennt auf deine Beine und bringt dich in die Wirklichkeit deiner Umgebung zurück. Die Sonne ist mit den Stunden gewandert und strahlt nicht mehr direkt auf das improvisierte Sonnendach. Du musst daher das Tuch und die Palmzweige verschieben. Du nutzt die Pause, um im Schutz des hohen Grases am Ufer zu pinkeln. Du kickst ein paar Mal ins Leere, um die Zirkulation in den tauben Beinen wieder anzuregen, und öffnest und schließt die Fäuste, um die Finger zu lockern.

Als du dich wieder an die Arbeit machen willst, hörst du eines von Batatus Kleinen weinen. Du rufst der Mutter zu, in deinem Kanister sei noch Wasser, falls das Baby Durst hat. Doch sie meint, es weine nicht vor Durst, sondern vor Hunger. Sie fischt eine große Brust aus ihrem Hemd und steckt dem Kind die Warze in den Mund. »Tatu« bedeutet in ihrer Sprache »drei«, und da sie Drillinge geboren hatte, gab man ihr den Spitznamen Batatu, »Die-mit-den-Dreien«, obwohl das dritte tot geboren wurde. Du wendest dich wieder deiner Arbeit zu und machst dich daran, nacheinander die Steinbrocken zu zertrümmern, für die ihr jetzt mindestens fünfzehntausend Franc fordern wollt. Du nimmst einen in die rechte Hand, während die linke mit dem Hammer ausholt. Und du klopfst und klopfst und klopfst. Nach einer Weile hast du das Gefühl, der Arm hätte sich von dir und von deinen Gedanken gelöst und hebe und senke sich mechanisch. Wie ein Automat. Zwischendurch legst du eine kurze Pause ein, um Luft zu holen. Selbst ein Pferd bleibt ab und zu stehen, um zu prusten.

Endlich ist Feierabend. Man darf nicht zu spät vom Steinbruch fortgehen, denn die Dunkelheit könnte einen unterwegs überraschen. Vor allem darfst du die Kinder nach der Schule nicht zu lange sich selbst überlassen. Für gewöhnlich arbeitest du, je nach deiner Tagesform, von acht Uhr morgens bis vier Uhr nachmittags. Manchmal stehst du vor Erschöpfung kaum sechs Stunden durch – anstatt der üblichen acht. Du bewunderst heimlich Ya Mukiétu, die, Tag für Tag, neun Stunden hintereinander arbeitet. Kein Wunder, dass sie Bizepse hat wie ein Gewichtheber.

Ihr gebt noch einmal die Devise für die nächsten Tage durch: den Sack für zwanzigtausend Franc anbieten mit dem Ziel, einen Mindestpreis von fünfzehntausend Franc auszuhandeln! Erneut in deiner Rolle als Wortführerin bestätigt, gehst du zu deinem Platz zurück und packst deine Sachen zusammen.

VIER

Als du heute Morgen erwachst, spürst du, dass dieser mit dir erwachende Tag ein ganz besonderer Tag ist. Bange und freudig aufgeregt zugleich, hast du es eilig, zur Arbeit zu gehen. Du erledigst schnell die allmorgendlichen Pflichten und drängst die Kinder, sich mit dem Frühstück zu beeilen.

// Im Bundesstaat Bihar wurde ein Schüler geprügelt und ausgepeitscht, weil man ihn beschuldigte, er habe einen Liebesbrief an ein junges Mädchen aus einer anderen Kaste geschrieben. Er wurde mit kahl geschorenem Kopf dem Gespött der Menge ausgesetzt und dann unter einen Zug geworfen. Laut der Polizei wurde der 15 Jahre alte Manish Kumar auf dem Weg zur Schule von den Mitgliedern einer rivalisierenden Kaste gekidnappt. Ein Mann wurde verhaftet und ein Polizist seines Amtes enthoben.

Der Vatikan prangert die verheerenden Auswirkungen der Pille auf die Umwelt an. Laut Pedro José Maria Simon Castellvi, Präsident der FIAMC, des internationalen Verbands der katholischen Medizinervereinigungen, werden die Umweltschäden von den Tonnen Hormone verursacht, die seit Jahren mit dem Urin der Frauen, die die Pille nehmen, freigesetzt werden. Die katholischen Ärzte verfügen, so Castellvi weiter, über genügend Daten, um belegen zu können, dass die Umweltverschmutzung durch die Pille mitverantwortlich ist für die männliche Unfruchtbarkeit in westlichen Ländern.

Der Film *Anonyma – eine Frau in Berlin* hat in Europa heftige Polemiken ausgelöst. Dieser Film bricht ein Tabu, denn er handelt von den Massenvergewaltigungen, die von April bis September 1945 in Berlin von russischen Soldaten verübt wurden. Zwei Millionen deutsche Frauen zwischen acht und achtzig Jahren sollen an der sowjetischen Front vergewaltigt worden sein. Die Polemik dreht sich … //

Du schaltest das Radio aus und denkst wieder etwas bange an den bevorstehenden Tag. War es die richtige Strategie, euch gestern zu weigern, eure Säcke zu verkaufen? Du wirst dir plötzlich deiner besonderen Verantwortung bewusst, denn du hast ja den Vorschlag gemacht. Wenn du es dir ganz nüchtern überlegst, kommst du zum Schluss, dass ihr in der Scheiße steckt, wenn sich die Unternehmer noch eine Woche weigern, eure Säcke zu kaufen. Denn so lange werdet ihr nicht durchhalten. Du könntest fünf Tage verkraften, sechs vielleicht, aber Batatu mit ihren Zwillingen höchstens zwei. Sie hat derzeit einen vollen Sack, den sie gestern hätte verkaufen können, hättet ihr nicht beschlossen zu feilschen. Da sie zwei Wochen braucht, um eineinhalb Sack zu füllen, bedeutet dies, dass sie seit geraumer Zeit nichts verkauft hat, und ohne Rücklagen kann sie kaum das Minimum für ihre Kinder beschaffen. Nach dem achten Tag ohne Einnahmen werdet ihr alle bereit sein, den Sack vielleicht sogar zum halben Preis zu verhökern. Diese Vorstellung versetzt dich in Panik. Sobald du die beiden Buben in die Schule geschickt hast, eilst du zu Tantine Turia, lässt Lyra bei ihr und hastest zum Steinbruch.

Du stellst fest, dass heute alle Frauen früh gekommen sind, ohne dass ihr euch abgesprochen habt. Sie umringen dich, ihre Wortführerin. Deine Anwesenheit bestärkt sie in ihrem Entschluss, den Sack für fünfzehntausend Franc zu verkaufen … pardon, zum ersten Preis von zwanzigtausend Franc! Du hast den Mut nicht, ihnen von deinen Befürchtungen zu berichten, die dir heute Morgen beim Radiohören gekommen sind. Und du blickst ihnen nach, wie sie sich über das Gelände verstreuen und sich vor ihre Steinblöcke oder vor ihr Häufchen am gestrigen Abend gebrochener Steine hocken. Und die Hoffnung nicht aufgeben, dass jeden Moment die Laster der Bauunternehmen auftauchen.

Doch die Zeit dreht sich weiter. Nachdem die Sonne ihren Zenit erreicht hat, wandert sie die andere Himmelsseite hinab. Ihr habt alle eure Tücher oder Pappkartons entfaltet, um einen schützenden Schattenbereich zu schaffen. Wer Durst hatte, hat das mitgebrachte Wasser getrunken, und die Mütter haben ihre Babys gestillt oder ihnen zu essen gegeben, dann sind alle zu ihren Steinen zurückgekehrt und haben so getan, als sei alles wie immer, als vermissten sie das vertraute Klopfen der Dieselmotoren nicht, den beißenden Geruch des Gasolins, den von den Reifen aufgewirbelten ockerfarbenen Staub, die Stimmen der Männer mit ihren umgehängten Ledertaschen voller Geldscheine ... In ein oder zwei Stunden werdet ihr zusammenpacken und nach Hause gehen: der zweite Tag ohne einen Sou in eurem Geldbeutel.

Du spürst, dass du nicht länger schweigen kannst und dass du deine Freundinnen nicht enttäuschen darfst in einer Welt voller Lügen, die ihrerseits ebenso viele falsche Hoffnungen wecken. Nein. Du musst ihnen die Wahrheit sagen!

Du stehst auf, gehst zu Ma Bileko hinüber und rufst die anderen zusammen. Sie umringen dich, ein Fragezeichen in ihrem Blick. Du gestehst ihnen ohne langen Umschweif, dass du langsam an eurer Strategie zweifelst, dass jene Leute vielleicht geblufft und ihre Steine anderswo geholt haben, dass ihr riskiert, kein Geld mehr zu haben, wenn ihr in den nächsten drei oder vier Tagen nichts verkauft, und schließlich, dass es nicht zu spät ist, um den Rückzug anzutreten, den Preis auf zwölftausend Franc zu senken zum Beispiel, anstatt auf fünfzehntausend.

Während du sprichst, hast du das Gefühl, viele hätten insgeheim das Gleiche gedacht, denn, *hélas*, die Wirklichkeit lässt oft Träume platzen.

Laurentine Paka hat begriffen, worum es geht, und versucht den Schock der angekündigten Kapitulation zu mildern. Sie rät, eine Vorankündigung von zwei Wochen einzuräumen, während der ihr weiterhin zum üblichen Preis von zehntausend Franc verkauft, in der Zwischenzeit jedoch mit den Käufern verhandelt – anstatt den Preis von einem Tag zum anderen zu erhöhen, wie ihr es gemacht habt. Mit dieser sanften Methode würdet ihr bestimmt zweitausend Franc mehr herausschlagen, vielleicht sogar dreitausend. Widerrufen heißt nicht, wankelmütig zu sein. Wenn alle einverstanden sind, fährt sie fort, könntest du als eure Wortführerin mit den Camionneuren Kontakt aufnehmen und ihnen erklären, dass es sich um ein Missverständnis handelt und sie seien im Steinbruch wieder willkommen.

Sie hat fertig gesprochen und wartet auf die Reaktionen.

»Einverstanden«, meint Bileko. »Aber ihr wisst doch, dass sie uns nicht ernst nehmen, weil wir ja bloß Frauen sind. Trotz allem Geschwätz von der Gleichberechtigung der Geschlechter, glaubt mir: Bei uns können Frauen vielleicht Dinge ohne die Männer erreichen, aber wir können nichts gegen sie erreichen. Ich weiß, wovon ich spreche. Wir müssen einen Mann finden, der unsere Wortführerin unterstützt. Wer von euch einen Mann hat, könnte ihn vielleicht bitten, herzukommen und uns zu unterstützen.«

Du blickst Bileko an. Wenn es unter euch eine Person gibt, die es nicht verdient, hier zu sein und diese Sträflingsarbeit zu machen, so ist sie es. Sie war früher einmal sehr reich und hatte sogar Angestellte.

Plötzlich erhebt sich Mukiétus Stimme, begleitet von ausholenden Gesten ihres rechten Arms, der muskulös ist wie der eines Hantelhebers vor lauter Machete und Axt schwingen – in einem früheren Leben, um Feuerholz zu schlagen und zu hacken, und jetzt vor lauter Steine klopfen. »Nein, niemals, ich will keine Männer in dieser Angelegenheit!«, ruft sie vehement. »Wer sagt euch, dass sie uns nicht verraten und sich für ein paar Geldscheine mit den Händlern verbünden? Im Übrigen: Warum, frage ich euch, sind die Männer der Verheirateten unter uns nicht hier und klopfen mit uns Steine? Soll ich's euch sagen? Weil sie ganz einfach auf ihrem Arsch sitzen und warten, bis die Frauen das

Geld nach Hause bringen, damit sie es dann mit einer Nutte ausgeben. Ich vertraue keinem Mann! Keinem einzigen! Sie mögen noch so große Säckel zwischen den Beinen tragen, wenn's drauf ankommt, scheißen sie in die Hosen.«

Ya Mukiétu trägt immer mit gescheiten Argumenten zu den Diskussionen und Entscheidungen bei – unter der Bedingung allerdings, dass ihr sie ihren Hass auf die Männer in oft sehr anschaulichen Worten ausspucken lasst. Sie schließt immer mit dem mehr oder weniger gleichen Satz, um zu verstehen zu geben, dass sie aus Erfahrung spricht. Wie auch immer, eine Frau, die Männer mehr hasst als sie, die gibt es nicht! Niemand weiß, ob die Geschichte stimmt: Jedenfalls erzählen die Frauen im Steinbruch, Mukiétu sei einmal früher als sonst vom Markt nach Hause gekommen, wo sie ihr Feuerholz verkaufte. Und ihren Mann überraschte, der mit heruntergelassener Hose grunzend auf ihrer fünfzehnjährigen Schwester lag, die sich verzweifelt wehrte. Mukiétu schrie nicht etwa auf, nein, sie ging ruhig in die Küche, nahm den Stößel des großen Mörsers, in dem sie am Abend vorher scharfe Pfefferschoten zerstoßen hatte, und schlug damit auf den Mann ein. Nach diesem Zwischenfall zog sie in die Stadt und wurde Steinklopferin. Einige behaupten, der Schlag hätte den Schädel des Mannes zerschmettert und er sei auf der Stelle tot gewesen. Andere wiederum erzählen, sie habe, ruhig und konzentriert wie ein lauerndes Raubtier, nicht gleich zugeschlagen, sondern den Mann angesprochen, der überrascht aufsprang, habe dann auf seinen Unterleib gezielt und voll seine Eier getroffen und zu Brei zermantscht. Wo auch immer die Wahrheit liegen mag: Seither ist jedes männliche Wesen, das sie irgendwelcher Absichten verdächtigt, in Lebensgefahr.

»Wir können nicht mehr zurück«, fährt Mukiétu fort, nachdem sie Gift und Galle gegen die Männer gespuckt hat. »Doch verflixt noch mal, sind wir nicht mehr imstande zu feilschen? Sogar Kinder können das. Man beginnt bei einem viel zu hohen Preis, hat aber bereits einen zweiten Preis im Kopf, auf den man sich einigen könnte, ja vielleicht sogar einen dritten. Jedenfalls kennt man den Preis im Voraus, unter den man nicht geht. Bei uns sind es fünfzehntausend! Zu zehntausend verkaufen kommt nicht in Frage! Wir haben gestern zwanzigtausend gesagt. Prima! Sie haben schließlich auch keine Bedenken gehabt, ihren Preis auf den Flughafenbaustellen zu verdoppeln! Zucker, Milch, Mehl, alles ist teurer geworden, doch wir verkaufen seit mindestens drei Jahren zum gleichen Preis.«

Ein Babyschrei unterbricht Mukiétus Plädoyer. Eines von Batatus Kleinen. Alle Blicke wenden sich der Mutter zu, die die Hand unter ihre Bluse steckt, eine Brust herausholt und versucht, dem Kind die Warze in den Mund zu stecken. Ihr wisst alle, dass das Baby vor Hunger schreit, dass die Mutter höchstwahrscheinlich seit gestern Abend kaum etwas gegessen hat. Sie hat gestern nichts verkauft, sie wird heute nichts verkaufen ... Nur die Mutterliebe gibt der jungen Witwe die Kraft durchzuhalten, denn ihr Mann wurde, wie du gehört hast, bei den Plünderungen nach den Präsidentenwahlen von einem Unbekannten ermordet. Und sie kommt Tag für Tag zum Steinbruch, wo die Arbeit der in einem Sträflingslager gleicht. Als sie die linke Hand hebt, um das Wort zu ergreifen, während die rechte Hand die Brust hält, an der das Baby trinkt, weißt du bereits, was sie sagen wird. Du hast den hungrigen Blick des Kindes gesehen, und wenn es darum geht, ihr Kind zu retten oder für ihr Gerechtigkeitsideal zu kämpfen – um eine gerechte Entlohnung für die Früchte eurer Arbeit –, hat eine Mutter ihre Entscheidung schnell getroffen. Du verzeihst ihr im Voraus, dass sie dich beschuldigen wird, du hättest sie in ein unüberlegtes Abenteuer hineingezogen, du wüsstest nicht – ausgerechnet du, wo doch dein Exmann Politiker geworden ist! –, dass alle diese Unternehmer, die sich Geschäftsleute nennen, und ihre Kommanditäre Schutzschirme haben, die der Präsident der Republik ihnen höchstpersönlich geschenkt hat ... oder die sie von seinen nahen Verwandten geschenkt bekommen haben. Das Beispiel deines Mannes – ein Profiteur, der gemauschelt und gekungelt hat, bis er sogar zum Abgeordneten gewählt wurde – hätte dir die Augen öffnen sollen. Ja, ich verstehe dich, Batatu. Lass deinem Zorn freien Lauf …

Doch nein. Sie ist nicht zornig, sie spricht ruhig, entschuldigt sich fast. »Glaubt nur nicht, dass es mir schlechter geht als euch, weil ich eine alleinstehende Frau mit zwei Kindern bin. Es stimmt, ich habe gestern Abend nicht viel gegessen, aber glaubt mir, ich habe noch genug Brei für die Kinder und ein bisschen Reis und Fufu, um ein paar Tage durchzuhalten. Ich weiß nicht, ob wir gewinnen werden oder verlieren, ob es dumm von uns war, diesen Männern Paroli zu bieten. Ich weiß es nicht. Ich weiß nicht, was wir tun können, doch ich sag euch eins: Ich bin mit allen euren Vorschlägen einverstanden. Wenn ihr glaubt, dass wir uns weigern müssen, unsere Säcke zu zehntausend Franc zu verkaufen, so bin ich einverstanden. Doch wenn ihr glaubt, dass wir unseren Plan aufgeben müssen, bin ich ebenfalls einverstanden, denn ich vertraue euch. Wenn es den Kindern schlechter geht, wenn ich wirklich keinen Ausweg mehr sehe und ich kein Reiskorn und keinen Zuckerwürfel mehr im Haus habe, komme ich zu euch und sage euch: Schwestern, ich habe durchgehalten, solange ich konnte, doch jetzt kann ich nicht mehr. Verzeiht mir, ich kann den Kampf an eurer Seite nicht mehr fortsetzen. Ich verlasse euch. Dann bin ich bereit, den Sack zum halben Preis zu verkaufen. Doch vorläufig bin ich mit euch!«

Ihr seid alle verblüfft, dass diese Worte ausgerechnet von derjenigen kommen, die ihr für das schwächste Glied eures Widerstandes gehalten habt. Ihre schlichten, aufrichtigen Worte durchkreuzen deinen Plan, einfach nachzugeben, doch sie festigen die Entschlossenheit aller.

Anne-Marie Ossolo hebt die Hand. Was wird sie nach diesem bewegenden Plädoyer sagen? Du erteilst ihr das Wort.

»Ich habe keine Kinder«, erklärt sie, »und meine Situation ist vielleicht nicht so dramatisch wie die von Batatu, doch für mich ist sie nicht minder dramatisch. Ich bin mit der Miete zwei Monate im Rückstand, und der Hausbesitzer droht, mich auf die Straße zu setzen, wenn ich bis Ende des Monats … in weniger als zehn Tagen also … nicht einen Vorschuss von mindestens einem Monat auf die zwei Monate leiste, die ich ihm schon schulde. Wohin soll ich dann gehen? Auf die Straße? Zudem … zudem …« – sie zögert einen Moment, ausgerechnet sie, die sonst kein bisschen schüchtern ist, dann sprudelt es aus ihr heraus – »… zudem schulde ich einem malischen Händler zwei Tücher, einen holländischen Wax-Print* und ein Tuch aus Bombasin, dem weichen Kammgarngewebe. Wenn ich Ende des Monats auch ihm nicht wenigstens einen Vorschuss geben kann, steht er vor meiner Tür, noch bevor der Hahn kräht, und das ganze Viertel läuft zusammen, um zu sehen, wie ich beschimpft, bedroht, gedemütigt werde. Ich bringe mich lieber um, als in der Schande zu leben. Trotzdem: Ich bin an eurer Seite, denn ich brauche dieses Geld dringend, und bin wie Batatu bereit, bis zum Äußersten zu gehen.«

Du bist stolz auf sie. Ein Mädchen, das hier geboren ist, in der Hauptstadt, das hier aufgewachsen ist, hier geprägt wurde und bestimmt alle Tricks und Kniffe kennt, um hier zu überleben. Weg von der Stadt würde sie sterben. Doch was zum Teufel macht sie hier im Steinbruch?

Wie auch immer: Laurentine Paka ist zwar die Koketteste, doch Anne-Marie Ossolo ist eindeutig die Schönste. Die Schönheit einer Frau beruht meistens auf gängigen Kriterien, auf Klischees, doch bei Anne-Marie ist es etwas ganz Besonderes: ihre samtene schwarze Haut, ihre herausfordernde Art, die von ihren vollen, leicht geschürzten Lippen betont wird, ihr dichtes Haar, das sich zu langen Zöpfen flechten lässt, ohne dass es mit künstlichen Strähnen verlängert werden muss, und das sie mit einem Gummiband im Nacken zu einem Pferdeschwanz zusammenhält … all das macht aus ihr eine aparte Schönheit! Ihre hohen

* Wax-Prints sind, wie auch Super-Wax und Java, bedruckte Tücher, die um Hüften oder Oberkörper gewickelt werden. Ursprünglich waren es aus Indonesien importierte Batikstoffe, heute werden sie, mit bunten modischen Mustern bedruckt, meist in den Niederlanden hergestellt und nach Afrika exportiert.

Wangenknochen verleihen ihren Augen einen geheimnisvollen orientalischen Zauber; einen Zauber, der jede andere Frau veranlasst, zum Himmel zu beten, dass diese Schöne nicht dem Mann begegnen möge, auf den sie selbst ein Auge geworfen hat. Bei deren Anblick ein Mann die Augen aufsperrt und er sich dreimal kneifen muss, um sicher zu sein, dass er nicht träumt. Doch woher stammt die hässliche Narbe quer über der rechten Wange? Und nochmals: Was macht sie hier, diese junge Frau, die zweifellos auf andere Art alles bekommen könnte, was sie will? Das Erstaunlichste ist jedoch ihr Geständnis. Ein Mietrückstand von zwei Monaten? Das ist uns schon allen passiert! Doch zwei luxuriöse Super-Wax-Tücher? Das macht fast hunderttausend Franc aus! Sie muss Geld gehabt haben, bevor sie hier landete, denn welcher Händler – vor allem aus Westafrika! – würde einer Kundin, von der er weiß, dass sie zahlungsunfähig ist, die Ware auf Kredit überlassen? Nun, jeder hat ein Geheimnis. Und im Übrigen, wie viele kennen deines? Die Not hat euch zufällig hier zusammengeführt, das reicht, um solidarisch zu sein.

»Danke Batatu, danke Anne-Marie«, sagst du und übernimmst das Wort wieder. »Wir sind uns jetzt alle einig, dass unsere Forderung nicht übertrieben ist.« »Ja«, unterbricht dich Bilala eifrig, »vor allem, wenn man an den Erdölpreis denkt.« »Stimmt, der Barrelpreis ist erneut gestiegen«, bekräftigst du, um zu zeigen, dass du Radio hörst und gut informiert bist. Doch Bilala wendet ein, dass sie nicht vom Erdölbarrel spricht – im Übrigen weiß sie nicht einmal, was ein Erdölbarrel ist –, sie spricht vom Liter Petroleum, das sie an der Tankstelle für ihre Sturmlaterne kauft. »Der Sack Schotter, das ist unser Erdöl!«, ruft Laurentine Paka kämpferisch dazwischen. Sie hat offenbar vergessen, dass sie vorhin für einen Rückzieher war. Alle lachen und klatschen, als Mama Moyalo halb ernst, halb scherzhaft in ihrem tadellosen Lingala feststellt, dass die aus dem ehemaligen Zaire kommenden Prostituierten den Preis pro Nummer von dreihundert auf fünfhundert Franc erhöht haben, warum also solltet nicht auch ihr den Preis für eure Arbeit erhöhen? Du musst lachen, und die plötzliche Heiterkeit lässt euch einen Moment lang eure schwierige Lage vergessen. Nicht für lange, denn Mama Asselam ruft euch in die Wirklichkeit zurück und erinnert euch daran, dass Batatus Kinder dringend zu essen brauchen. Batatu wehrt sich, sagt, sie wolle keine Almosen, vorläufig könne sie ihre Kleinen noch selbst ernähren. Es handle sich weder um Almosen noch um Wohltätigkeit, fällt ihr Mama Asselam ins Wort. »Diese Kinder leiden Hunger, damit wir eine geeinte Front bleiben können. Also haben wir eine Pflicht ihnen gegenüber.« Batatu hat keine Zeit zu antworten, denn Laurentine Paka reicht bereits einen Plastikbecher herum, der sich schnell mit Geldstücken füllt.

Um zu zeigen, dass aus eurer spontanen Revolte eine organisierte Bewegung geworden ist, überreicht Laurentine den Becher nicht gleich Batatu, sondern dir. Du bist die gewählte Wortführerin, und alle sind der Ansicht, dass nun jedes Vorgehen von dir gebilligt werden muss. Du breitest ein Taschentuch auf der Erde aus, schüttest die Geldstücke darauf und beginnst zu zählen. Zweitausendfünfzehn Franc in Fünf-, Zehn- und Hundertcentmünzen. Unglaublich! Du bist glücklich. Ihr seid glücklich. Du schüttest die Münzen wieder in den Becher und hältst ihn Batatu hin. Sie nimmt ihn und bricht in Tränen aus. Es ist bestimmt lange her, seit ihr jemand so viel Güte entgegengebracht hat. Ya Mukiétu hat feuchte Augen, und Ya Mukiétus Rührung schnürt dir die Kehle zu. In deinem neuen Leben hast du viel Weinen um dich herum gehört, doch – leider – kein Weinen vor Glück wie jetzt. Der Moment ist unbeschreiblich, und du genießt ihn ohne falsche Scham.

»Wartet, wir machen Erinnerungsfotos«, ruft Laurentine Paka. Du wusstest gar nicht, dass sie eine Kamera besitzt. Sie zieht ihren Groschenroman aus der Handtasche, und um das kostbare Heftchen nicht auf den schmutzigen Boden legen zu müssen, reicht sie es Anne-Marie, wühlt dann in der Tiefe ihrer Handtasche nach dem Handy, das in einer Kunstlederhülle steckt. Es ist ein Gerät mit integrierter Kamera; sie ist die Einzige von euch, die so etwas besitzt. Sie knipst mehrere Bilder, übergibt dann das Gerät Moyalo, damit sie ein Foto mit ihr darauf knipst. Du möchtest auch ein Foto mit Batatu in der Mitte. Du stellst dich mit einem Baby auf dem Arm zu ihrer Linken, und Bileko rechts neben ihr hält das andere Baby. Ihr seht euch die Bilder auf dem Handybildschirm an und sucht die besten aus. Laurentine löscht die übrigen. Sie verspricht, dass ihr Mann für jede von euch Papierabzüge machen wird. Ja, am besten, sie ruft ihn gleich an.

»Da wir jetzt organisiert sind, schlage ich vor, dass wir unser Essen teilen.« Es ist Mama Moyalo, die diesen Vorschlag macht. »Morgen bringt jede mit, was sie vermag, Früchte, Fleisch, Fisch, alles, was der Magen aufnehmen kann, und wir essen gemeinsam. Wer nichts auftreiben kann, soll sich nicht schämen. Ihr könnt auch das Trinkwasser bringen, das wir untereinander teilen.« Ringsum antworten alle mit »Ja« und »Prima-Idee« und »Ich-bin-einverstanden«. Auch du findest den Vorschlag ausgezeichnet.

Schließlich kehrt jede zu ihrem unverkauften Steinhaufen zurück. Ihr räumt euren Arbeitsplatz auf wie jeden Abend, bevor ihr nach Hause geht in der vagen Hoffnung, dass der morgige Tag für euch vielleicht ein glücklicher Tag ist.

FÜNF

Du hast Feierabend, und du machst dich auf den Heimweg. Du beeilst dich, um noch bei Tageslicht nach Hause zu kommen. Nach etwa zehn Minuten biegst du in einen Fußweg ein, der über den Hügel zur Hauptstraße führt. Vor dir taucht eine tief gebückte Gestalt auf, die auf allen vieren hügelaufwärts zu kriechen scheint. Dann erkennst du eine unter einem großen Bündel gebeugte Frau; die Last auf ihrem Rücken wiegt wohl so viel wie ein toter Esel, denn ihr Oberkörper bildet fast einen rechten Winkel. Es kann sich nur um eine deiner Arbeitsgefährtinnen handeln. Wie könntest du sie nicht erkennen? Ihr seid ja fast täglich zusammen. Du kennst alle, kennst ihre Schicksale, ihre Lebensgeschichten. Auch wenn ihr heute alle in der gleichen Lage seid, so ist doch jede ihren besonderen Leidensweg gegangen. Ma Bilekos Lebensgeschichte kennst du allzu gut, denn sie ist es, Ma Bileko, die sich keuchend den Hang hinaufschleppt.

Eine glückliche Ehe. Zweiunddreißig Jahre lang! Ihr Mann war Lehrer, dann Schulinspektor, was ihm erlaubte, viele Länder zu bereisen. Auch Ma Bileko war viel gereist. Ihre erste Reise führte sie nach Paris, wohin sie ihren Mann zu einer Konferenz über die Grundschulbildung in den frankofonen Ländern begleitete. Sie nutzte die Gelegenheit zu einem Abstecher nach Holland, von wo sie ganze Ballen Wax-, Super-Wax- und Java-Stoffe mitbrachte. Sie eröffnete ein eigenes Geschäft, fest entschlossen, im wahrsten Sinne des Wortes ebenso opulent zu werden wie die Yoruba-Frauen in Westafrika – die berühmten voluminösen Mama Benz, die mit einem Mercedes herumfahren. Ihre Reise mit einer Frauendelegation nach China öffnete ihr die Augen und verhalf ihr zum geschäftlichen Durchbruch. Ihr wurde klar, dass sich ihr bescheidener Handel mit bedruckten Tüchern lediglich auf die afrikanischen Märkte beschränken würde, wenn sie sich nicht von Europa – dem alten Tropismus der Kolonisierten – abwandte. Bei ihrem achtundvierzigstündigen Aufenthalt in Hongkong kaufte sie also elektronische Geräte ein, CD-Player und DVD, Videospiele und sonstige Gadgets, die einen nützlich, andere wiederum unnütz. Ihr großer Coup war das Handy! Die Geräte verkauften sich wie frische Semmeln und nicht nur an die Reichen. Alle wollten eins, von oberen Kadern bis zu Tagelöhnern, Taxifahrern und Flussfischern. Die einfachen Beamten sparten am Bier, um sich eins leisten zu können. Innerhalb kürzester Zeit war es zu einem Modeartikel geworden, und jedes junge Mädchen fühlte sich von ihren Freundinnen abschätzig behandelt, wenn ihr Freund ihr keins schenkte.

Innerhalb eines Jahres wurde sie zu einer echten Geschäftsfrau. Sie eröffnete mehrere Läden, und um Nachschub zu beschaffen, reiste sie mehrmals jährlich nach Asien, besuchte die Chungking-Mansions in Hongkong und die *trade centers* in Guangzhou im Osten Chinas. Nie ließ sie das Dubai Trade Festival aus, bei dem die Preise für elektronische Geräte um die Hälfte reduziert waren. Sie verdiente so viel, dass sie nun den Haushalt finanzierte, und das lächerlich magere Gehalt ihres Mannes war nur noch eine Nebeneinnahme, ein Taschengeld sozusagen. Sie beschäftigte zwei Dutzend Angestellte, vom Geschäftsführer bis zu den Wächtern und Gärtnern, die sich um ihre neue Villa kümmerten. Sie fuhr einen Mercedes und hatte gewaltig zugenommen – wie es sich für jede vermögende und geachtete Person in oberen Kreisen gehört. Im Übrigen wurde sie nur noch respektvoll »Mama Kilo« genannt, was nichts anderes hieß, als ihre Opulenz im eigentlichen und im übertragenen Sinn anzuerkennen. Sie wurde geachtet, weil sie auf ehrliche Art zu ihrem Reichtum gekommen war: durch ihre Arbeit und ihren Geschäftssinn, ohne sich auf dubiose Politiker zu stützen, die ungestraft die Staatskassen plündern. Natürlich verfügte auch sie über ein Netz aus Zöllnern und Finanzprüfern, denen sie hin und wieder etwas zusteckte, damit sie über gewisse Dinge hinwegsahen.

Dann erkrankte ihr Mann schwer. Sie verzichtete auf ihre Geschäftsreisen, um Tag und Nacht an seinem Krankenbett zu wachen, und ihre Liebe zu ihm wuchs von Tag zu Tag. Überzeugt, sie würde ihn verlieren, wenn sie ihn nicht zur Behandlung ins Ausland brachte, klopfte sie reihum an die Türen der westlichen Botschaften, ließ Demütigungen über sich ergehen, stand stundenlang in Warteschlangen an und ergatterte schließlich ein Visum für die USA, wo er in einer der renommiertesten Kliniken, in der sich arabische Prinzen aus den Golfländern behandeln ließen, untersucht wurde. Doch nach einem Monat Behandlung erklärten ihr die Ärzte, die myeloische Leukämie, an der er litt, sei unbehandelbar und es wäre besser, ihn nach Hause zurückzubringen, damit er die drei oder vier Monate, die er noch zu leben hatte, in seiner gewohnten Umgebung verbringen konnte. Doch sie ließ die Hoffnung nicht fallen. Sie gab riesige Summen für Scharlatane aus, die behaupteten, dank der verschiedensten Wunderkuren diese der westlichen Medizin widerstehende Krankheit heilen zu können. War man in einer so verzweifelten Situation nicht etwa zu allem bereit? Doch nichts half. Das Unvermeidliche traf ein.

Beim Tod ihres Mannes hatte sie fast ihr ganzes Geld aufgebraucht. Die Riesensummen, die sie ohne zu rechnen ausgegeben hatte, um sein Leben zu retten, hatten ihre Ersparnisse aufgezehrt. Ihr Geschäft stand am Rand des Ruins. In dem von Trends und der Konkurrenz diktierten Elektronikmarkt war eine mehrmonatige Abwesenheit selbstmörderisch. Konkurrenten, die Schrotthandys und CD-Raubkopien verkauften, hatten die von ihr hinterlassene Lücke besetzt. Doch nicht dieses finanzielle und geschäftliche Desaster hatte sie am Flussufer stranden lassen, wo sie nun, um zu überleben, Steine klopfte und Schottersäcke füllte. Oder auf dem steilen Pfad, den sie, unter der Last eines Holzbündels gebeugt, jeden Abend erklimmen musste. Dank ihrer Tatkraft und ihrer Erfahrung wäre sie bestimmt wieder auf die Beine gekommen, hätte sich die Familie ihres verstorbenen Mannes nicht wie Aasgeier auf ihren Besitz gestürzt.

Du bist jünger als sie. Bist so alt wie ihr ältester Sohn. Du hast sie mit deinen langen energischen Schritten schnell eingeholt.

»Du hast es aber eilig, Ma Bileko.«

»Mach dich nicht über mich lustig, Mädchen. Dieses verflixte Rheuma macht das Gehen immer beschwerlicher.«

»Wo hast du das viele Holz gefunden?«

»Oh, ich hab's da und dort aufgelesen. Es ist kein gutes Holz. Bloß dürre Stecken, die schnell verglimmen. Sie brennen nicht einmal lang genug, um das Abendessen zu kochen. Koche ja keine Maniokblätter damit. Dafür rauchen sie kaum, und du kannst die Kohlenglut damit anfachen.«

»Du brauchst einen Gasherd. In deinem Alter ist das Feuern mit Holz zu beschwerlich.«

»Ich hab einen, aber das Gas fehlt. Eine Butangasflasche kostet so viel wie ein Sack Steine.«

»Siehst du? Daher müssen wir unbedingt den Sack zu fünfzehntausend Franc verkaufen. Heute hab ich's eilig. Ich kann dich nicht den ganzen Weg begleiten. Wir sehen uns morgen, Ma Bileko. Ich hoffe, wir haben mehr Glück mit den Aufkäufern.«

»Ja, das hoff ich auch. Ich hab schon einen vollen Sack und einen dreiviertel vollen. Fünfzehntausend … das wäre wirklich sehr schön. Auf morgen also. Wann bringst du wieder mal die Kleine mit? Lyra heißt sie, nicht wahr?«

»Ja. Es geht ihr gut. Aber mit all dem, was sich tut, weiß ich nicht, wann ich sie mitnehmen kann.«

»Vergiss jedenfalls nicht, ihr einen Kuss von mir zu geben.«

Du überholst sie und winkst kurz zurück. Du beeilst dich, denn du sorgst dich um die Kinder, die um diese Zeit bereits zu Hause sind. Und du musst ja auch noch Lyra abholen. Du bist bald oben auf dem Hügel und wirfst einen Blick zurück. Aus der Entfernung ist Ma Bilekos Gestalt sehr klein: der Schattenriss einer alten Frau, die dem Berg trotzt und eine Last buckelt.

Die ist breiter als ihr Rücken, der einst Kinder getragen hatte, an dem sich drei Kinder gewärmt hatten. Jetzt trägt er nur noch ein Bündel dürres Holz. Aber du hast es eilig und trittst auf die asphaltierte Hauptstraße hinaus. Doch ob du willst oder nicht: Die Geschichte von Ma Bilekos sozialem Absturz lässt dich nicht los.

Es begann bei der Zusammenkunft der zwei Familien. Ein paar Tage nach der Bestattung ihres Mannes, als man sich über das Erbe des Verstorbenen bereden wollte, wie die Tradition es will. Vor diesem Moment bangt allen Frauen aus deinem Bekanntenkreis! Vor dem Moment, wenn die zur Schau getragene scheinheilige Maske der Familie des Mannes, die Maske der gemeinsamen Trauer und des Mitgefühls, zerbricht und darunter die Fratze obszöner Geldgier zum Vorschein kommt. Im Vergleich dazu sind die Rituale, die der trauernden Witwe vor der Bestattung aufgezwungen werden, geradezu ein Vergnügen. Zum Beispiel: stundenlang mit bloßen Füßen auf einer Matte sitzen, mit einem Tuch über dem zerrauften Haar … Nirgends allein hingehen, nicht einmal zur Toilette, sondern immer nur in Begleitung von zwei alten Frauen, über die jedes Wort, das ein Mann an dich richtet, und jedes Wort, das du an einen Mann richtest, gehen muss.

Doch im Fall von Ma Bileko war es eine regelrechte Hatz.

Kaum hatte die Versammlung begonnen, eröffnete die ältere Schwester des Verstorbenen die Feindseligkeiten.

»Entschuldigt, Onkel und alle hier versammelten Älteren, wenn ich das Wort vor euch ergreife. Doch was ich zu sagen habe, lastet so schwer auf mir, dass ich reden muss! Ich werde frei heraus sagen, was ich denke. Schließlich sind wir unter uns. Ich habe mich zutiefst! geschämt über die Art und Weise, wie diese! Frau! beim Imbiss nach der Rückkehr vom Friedhof das Andenken an meinen Bruder verunglimpft hat. Ich wäre am liebsten vor allen in Entsetzensschreie ausgebrochen, hätte der Anstand es mir nicht verboten. Mit dem vielen Geld, das mein Bruder ihr zurückgelassen hat, ist dieser Frau!, die ihn sein Leben lang ausgenutzt hat, nichts Besseres eingefallen, als unseren

Gästen das billigste Gesöff anzubieten! Ein himmelschreiender Affront! Hätte es mindestens für alle gereicht … Doch nein, nicht einmal das! Ich habe mit eigenen Augen Leute gesehen, die sich um eine Flasche Bier prügelten! Man stelle sich das vor! Ich bin vor Schande fast gestorben! Überhaupt! Was gedenkt sie mit dem vielen Geld anzufangen? Neue Kleider und glänzenden Schmuck kaufen? Jetzt, wo sie sich ihres Mannes entledigt hat? Oh-oh-oh, Petelo, mein kleiner Bruder! Deine Leiche ist noch warm, und du bist bereits vergessen«, schloss sie mit schluchzenden Tremolos.

Ma Bileko glaubte, sie hätte nicht richtig gehört. Der Empfang nach der Beerdigung war würdig gewesen. Kästen mit gutem lokalen Bier wurden serviert und große Korbflaschen mit frischem Palmwein für alle, die sie auf den Friedhof begleitet hatten. Und für die, die keinen Alkohol tranken, wurden Limonade und Fruchtsäfte angeboten.

Doch sei's drum: Diese Schwägerin hatte sie von Anfang an nicht gemocht. Sie war eifersüchtig auf sie, hatte so getan, als hätte Bileko ihren Bruder aus purem Eigennutz geheiratet, da Bileko bei ihrer Heirat nicht arbeitete, ja nicht einmal einen bescheidenen Beruf hatte, während er Lehrer war. Beamter also! Reich also! Sie war eifersüchtig, weil sie nach sechs Ehejahren von ihrem Mann verstoßen worden war, da sie ihm keine Kinder geboren hatte. Und konnte nicht wieder heiraten.

Bileko durchschaute das Manöver gleich. Sie wusste, dass alles nur eine Inszenierung war, um sie um ihr ganzes Vermögen zu bringen. Das Übliche, wenn eine Frau Witwe wird.

Der Onkel ihres Mannes, der die Versammlung leitete, spielte den weisen Patriarchen, tadelte halbherzig seine Nichte, sagte, das alles sei Vergangenheit, man müsse sich nun mit der Zukunft befassen, vor allem, wenn es um die Zukunft der Kinder ginge. Wie viel Geld hatte sein Neffe auf dem Konto hinterlassen? Wann würde das Geschäftsinventar aufgenommen? Und was war mit seinen Anzügen? Und den Schuhen? War Bileko nicht der Meinung, der Moment sei gekommen, einen Teil ihrer vielen kostbaren Tücher und ihres Schmucks an ihre Schwägerinnen und Schwiegercousinen zu verteilen? Was ihn als Onkel des Verstorbenen angehe, so beanspruche er für seinen Enkel, Sohn seines ältesten Sohnes, also Neffe des Verstorbenen, nur ein paar wenige Dinge: Er werde sich mit dem Mercedes zufriedengeben ... Und er zählte und zählte und zählte die verschiedensten begehrten Gegenstände auf, bis er nichts mehr fand, was er seinem langem Inventar hinzufügen konnte.

Nun war es an der Familie der trauernden Witwe zu antworten. Das älteste Mitglied der Familie Bileko ergriff das Wort und protestierte, allerdings nur lau, denn er kannte den Brauch und würde genau gleich handeln, wäre er auf der Seite der Familie des Verstorbenen. Er bat schüchtern, man möge ihr nicht alles nehmen, erinnerte daran, dass man an die Kinder denken müsse, die doch ein Auto brauchten, um ins Gymnasium gefahren zu werden. Und vor allem, man möge der Witwe das Haus lassen, wiederholte, es sei auch im Interesse der Kinder.

Er wäre allerdings nicht im Traum auf den Gedanken gekommen, dass niemand, wirklich niemand, Anspruch auf was auch immer hatte, weil ja alles Ma Bileko gehörte. Und was niemand zur Kenntnis nehmen wollte, war, dass Ma Bileko, trotz ihrer mehr als rudimentären Bildung, keineswegs eine rückständige Dorfbewohnerin war, die man übers Ohr hauen konnte, sondern eine erfahrene Frau. Sie vergaßen, dass sie eine Geschäftsfrau war, die die Welt bereist hatte und es gewohnt war, mit Geschäftsleuten aus Europa, den arabischen Ländern und China zu verhandeln.

Kaum hatte der Onkel sein wortreiches Plädoyer voller verbaler Verrenkungen und geschraubter Umschreibungen beendet, um zu sagen, was gesagt werden musste – ohne wirklich zu sagen, was gesagt hätte werden sollen –, richtete sich Bileko in ihrem Sessel auf. Mit eingefallenem Gesicht, erschöpft von den vielen Nachtwachen und den kräftezehrenden Trauerritualen, aber mit erbitterter Entschlossenheit im Blick, begann sie, mit ungewohnter Respektlosigkeit für eine Frau in ihrer Situation, die Anwesenden herunterzukanzeln. »Wo habt ihr euch versteckt während des langen Todeskampfes eures Familienangehörigen, um den ihr jetzt Krokodilstränen weint? Keiner von euch hat je einen Cent zu den Arztkosten beigetragen. Kaum einer hat ihn im Krankenhaus besucht. Und jetzt, wo er tot ist, kreuzt ihr hier auf und verlangt, dass euer lieber, euer geliebter Verwandter in einem Luxussarg begraben wird und dass alle, die zur Beerdigung gekommen sind, mit Champagner und schottischem Whisky bewirtet werden. Ja, wo habt ihr euch denn versteckt vor seinem Tod? Jetzt wollt ihr das Haus, den Mercedes, die Kleidung, den Schmuck, den Fernseher, die Geschäfte, das Geld … Aber ihr vergesst offenbar eins: nämlich, dass alles mir gehört! Habt ihr etwa nicht gewusst, dass euer Verwandter ein Lehrergehalt bezog? Dass ich das ganze Vermögen mit meiner Arbeit, meinen Reisen, meinen Entbehrungen verdient habe? Merkt euch eins: Ich habe meinen ganzen Besitz mit meinem Mann geteilt. Doch jetzt, da er tot ist, bin ich die einzige Besitzerin! Ihr bekommt nichts! Verstanden? Rein gar nichts! *Nada!*«

Die Schwiegerfamilie war fassungslos! Und ihre Familie war noch fassungsloser und versuchte, ihre Betretenheit zu verbergen. Keine Frau hat es je gewagt, so mit der Familie ihres verstorbenen Mannes zu sprechen! Die Welt würde demnächst untergehen … wen wundert's. Demnächst würden die Hennen den Goggel besteigen! Das ungläubige Staunen verwandelte sich in Zorn. »Du unverschämtes Frauenzimmer! Ich habe mich immer gefragt, warum mein Neffe dich nicht schon längst verstoßen hat, du Schlange!« »Sie ist eine Hexe!«, kreischte die Schwägerin. »Oh, mein armer Bruder ist nicht eines natürlichen Todes gestorben! Sie ist es, diese Hexe!, die ihn aus dem Weg geschafft hat, damit sie an sein Geld kommt. Eine Hexe, jawohl, die dämonische Magie praktiziert! Geht, schaut in ihrem Schlafzimmer nach! Ich bin sicher, dass wir dort Fetische finden werden!«

Gesagt!

Getan!

Sie stürzte ins Haus. Die anderen Schwestern und Cousinen ihres Mannes folgten ihr wie ein Heuschreckenschwarm, ungeachtet der Proteste von Ma Bilekos Familie, die sich vergebens heiser schrie: »Hört auf! Hört sofort auf! Ihr habt nicht das Recht dazu! Wenn ihr auch nur etwas anrührt, verwünschen wir euch ...!«

Ungeachtet der Proteste zogen die Furien die Schubladen auf und kippten den Inhalt aus. Sie rissen Kästen und Schränke auf. Kehrten mit Kleidern, Wax- und Super-Wax-Tüchern, Basinette und Spitzen beladen zurück, mit Goldschmuck und diamantenbesetzten Ringen und Colliers. Zuletzt kam die Schwägerin hämisch lächelnd aus dem Zimmer und stellte triumphierend einen vergoldeten Bronzebuddha in den Kreis, den die zwei gegnerischen Familien gebildet hatten! Den mächtigsten Fetisch! Viel mächtiger als alles, was man hierzulande findet! Denn er kam aus den Orient! Dem Reich der Elixiere und der Magier, die man auf Raubkopien indischer Filme sieht. Staunendes Murmeln erhob sich auf beiden Seiten. Einige hatten sogar Angst, das »Ding« auch nur anzuschauen, geschweige denn es zu berühren. Was verständlich war, da kaum jemand von ihnen je eine Buddhastatue gesehen hatte, keiner sich vorstellen konnte, dass sie in den Straßen Bangkoks und Seouls dutzendweise verkauft wurden wie die Holzfiguren in afrikanischen Flughäfen. Ma Bilekos Familie begann an ihr zu zweifeln und wusste nicht, wie sie in Schutz nehmen, denn der Beweis für ihre diabolischen Praktiken schien eindeutig und greifbar.

Ma Bileko ihrerseits konnte ihren Zorn nicht mehr zurückhalten. Sie stand auf, riss das Trauertuch vom Kopf und brüllte, sie sollten allesamt ihr Grundstück unverzüglich! verlassen und augenblicklich verschwinden! Ansonst werde sie Anzeige wegen Hausfriedensbruchs, Diebstahls und Drohungen erstatten. »Und ein Letztes: Petelo, mein Mann, hat mich geliebt! Wir haben einander geliebt! Ich werde keine Trauer tragen. Morgen lasse ich mir Zöpfe flechten und ziehe meinen schönsten Bubu an; von dort, wo er jetzt ist, wird er mich sehen und wird wissen, dass ich mich für ihn schön gemacht habe. Der Rest ist mir egal! Los, verlasst auf der Stelle mein Haus!«

Von da an geriet die Situation außer Kontrolle. Die Verwandten des Ehemannes brüllten, sie!!!, Bileko, müsse das Haus verlassen, es stehe dem Bruder … es stehe dem Neffen zu … Bilekos Familie brüllte zurück, das Haus gehöre den Kindern des Verstorbenen!

»Ha!, was für Kinder?«, rief die Schwägerin aus. »Was ist mit den Hotelnächten auf den sogenannten Einkaufsreisen? Nichts beweist, dass es die Kinder meines Bruders sind!« Bileko brauste empört auf: Sie solle lieber den Mund halten, denn wer steril sei, wisse ja gar nicht, wie es zu einer Schwangerschaft kommt. Wen wundere es, dass ihre Schwägerin unfruchtbar sei, sie sei bekanntlich eine Hexe! Eine Hexe, jawohl!

Die Schwägerin stürzte sich wutschäumend auf Bileko, wurde von einer Cousine heftig weggestoßen und fiel der Länge nach hin. Als sie sich auf die Beine gerappelt hatte, wandte sie Bileko und ihrer Familie den Rücken zu, schürzte ihr Hüfttuch und zeigte ihnen den nackten Hintern – was allgemein als eine verfluchende Geste gilt. Worauf ein Pandämonium ausbrach, eine gellende Kakofonie gegenseitiger Verwünschungen. Die Schwestern und Cousinen der Schwägerin versuchten fäustefuchtelnd die Sperre aus Händen und Armen zu durchbrechen. Zahlenmäßig unterlegen und überfordert von der unerwarteten Wendung der Ereignisse, trat schließlich Bilekos Familie den Rückzug an. Und Bileko wurde gewaltsam in ein Taxi geschoben und zu ihren Eltern gefahren.

Als sie am nächsten Morgen in Begleitung von zweien ihrer Kinder und ihrer Tante zurückkehrte, hätte sie am liebsten losgeheult. Ihre persönliche Habe – das heißt, was man ihr gelassen hatte – lag auf der Veranda herum. Sämtliche Schlösser waren ausgewechselt worden. Die Garage stand offen, doch der Mercedes war verschwunden, klar. Rasend vor Wut, nahm sie einen großen Stein und schlug damit auf das Türschloss ein. Zwei Männer tauchten auf, die sich offensichtlich versteckt hatten, um sie auszuspionieren. Sie erkannte den einen: einen Neffen ihres Mannes, dem gegenüber sie sich immer sehr großzügig gezeigt hatte. Sie pufften und schubsten sie, befahlen ihr, auf der Stelle zu verschwinden, und beschimpften sie lauthals, was eine Schar Gaffer anlockte, die das Geschehen schadenfroh kommentierten, während die Kinder versuchten, ihre Mutter zu schützen. Schließlich wurden Ma Bileko, ihre Kinder und ihre Tante gedemütigt aus dem Haus und von ihrem Grundstück auf die Straße geworfen.

Bileko hat dir ihre Geschichte eines Nachmittags erzählt, als ihr – aus Gründen, an die du dich nicht mehr erinnerst – als Letzte den Steinbruch verlassen habt. Ihr habt die gleiche Abkürzung über den Hügel genommen, die vom Flussufer zur asphaltierten Hauptstraße führt. Sie war nicht so beladen wie heute und hatte nur ihren Einkaufskorb mit. Du hingegen trugst nebst dem Korb Lyra, die in ihrem Tragetuch sicher auf deinen Rücken gebunden war. Es war ein guter Tag gewesen, denn die Laster waren nach praktisch einem Monat endlich wieder vorgefahren, und jede trug ihre zwanzigtausend Franc sicher unter ihren Kleidern versteckt. Unterwegs habt ihr euch über eure tägliche Routine aus Schotter und Hitze, aus Staub und Schweiß unterhalten, aber auch über das, was ihr am nächsten Tag – einem Sonntag, eurem einzigen Ruhetag – vorhattet. Du bist stehen geblieben, um das gelockerte Tragetuch festzuziehen. Ma Bileko ist auch stehen geblieben und hat dir spontan vorgeschlagen, die Kleine ein Stück weit zu tragen. Gern, hast du geantwortet, dachtest aber, Lyra könnte sich sträuben und weinen, weil sie die fremde Frau nicht kannte. Doch nein, sie lächelte, als du sie auf Bilekos Rücken gebunden hast. »Ja, mein Kleines, lass Großmutter dich tragen«, sagte Bileko. Und ihr habt euren Aufstieg wieder aufgenommen. Du hast ihr Gesicht gemustert, als sähst du es zum ersten Mal. Runzeln durchzogen in sich kreuzenden Furchen ihr Gesicht, doch was bedeuten schon Runzeln, wenn die Härte des Lebens einen vorzeitig altern lässt. Mit vierzig siehst du aus wie fünfzig, und die Karitébutter, die du jeden Abend aufs Gesicht schmierst, ändert nichts daran. Du hast gedacht, sie könnte deine Mutter sein. Deine Mutter, die ihr Dorf, ihre Bananenpflanzungen, ihre Maniokfelder verlassen hat, um an diesem steinigen Strand zu landen. Die Übergabe des Kindes von einem Rücken zum anderen hat plötzlich ein Zugehörigkeitsgefühl geweckt, das über die Solidarität hinausgeht, die die Arbeit zwischen euch Frauen geschmiedet hat. Euer Gespräch ist persönlicher geworden, und seine Verzweigungen haben euch zu den schmerzlichsten Erinnerung geführt. Du hast ihr erzählt, dass du wegen einer ungeplanten Schwangerschaft und deiner frühen Heirat das Abitur nicht gemacht hast. Sie wiederum hat dir erzählt, dass sie eine Tochter hat, etwas jünger als du, die wegen sexuellen Missbrauchs seitens eines Lehrers von der Schule gewiesen wurde. Du hast spontan gefragt, wie ihre Tochter heißt. »Zizina«, hat sie geantwortet. Dann hat sie einen Moment geschwiegen. »Eine traurige Geschichte«, meinte sie dann. »Sie hat sehr gelitten. Jetzt geht's, Gott sei Dank. Seit sie eine Anzeige gelesen hat, dass die UNO ein Dutzend Frauen rekrutieren will, um ein weibliches Polizeikorps für Liberia auszubilden. Sie sieht sich schon dort.« Sie habe sich für Abendkurse eingeschrieben und bezahle sie selbst dank eines Jobs, den sie für sich erfunden hat. Sie arbeite mit ihrem Roller als ambulante Verkäuferin von Handykarten und Batterien für die verschiedensten elektronischen Geräte, Rechner, Uhren, Digitalkameras, MP3-Player … »Es läuft sehr gut«, hat sie hinzugefügt, »es gibt Tage, an denen wir dank ihrer Einnahmen zu essen haben.« Dann ist sie stehen geblieben und hat gesagt: »Weißt du, ich war einst sehr reich!«

Und so hat sie dir nach und nach ihre Geschichte erzählt, eine in ihrem Gedächtnis so tief eingeprägte Geschichte, dass sie sich an das kleinste Detail erinnert. »Du kannst dir den Schmerz nicht vorstellen, Méréana, als jene zwei Kerle mich aus meinem Haus und von meinem Grundstück geworfen haben und ich mit meiner Tante auf der Straße stand. Und meine traumatisierten Kinder. Sie weinten und fragten immer wieder, Mama, Mama, warum verjagen sie uns aus unserem Haus? Und die gaffende

Menge, die mit hämischer Freude zusah, wie die große Dame zu einer Bettlerin geworden war, die verzweifelt ein Taxi sucht, um der Schande zu entfliehen.«

Ihr seid oben an der Hauptstraße angekommen, und eure Wege trennten sich. Die nun riesige blutrote Sonne wärmte nicht mehr, es würde bald Nacht sein. Sie hat stumm das Tragetuch gelöst und geholfen, Lyra auf deinen Rücken zu binden. Die Kleine schmollte und sträubte sich, weil sie bei ihrer neuen Großmutter bleiben wollte. Ihr habt beide über sie lachen müssen, und die gute Laune war wieder zurückgekehrt. Alles in allem war's ein guter Tag gewesen. Als ihr euch voneinander verabschiedet habt, hast du dir es nicht verkneifen können, sie zu fragen, warum sie nicht das Gericht angerufen hatte, denn schließlich leben wir ja in einem Rechtsstaat, wie das Radio jeden Tag posaunt. »Verlass dich nicht auf Gesetze und Papier«, hat sie geantwortet. »Sie setzen sie auf, um der UNO und all den internationalen Organisationen zu gefallen, die ihnen Geld geben und sie zu Konferenzen einladen. Das wahre Gesetz ist dasjenige, das wir jeden Tag über uns ergehen lassen müssen. Das im Übrigen immer dem Mann Vorteil bringt. Wenn du wüsstest, wie viel Geld ich für Advokaten und Prozesse ausgegeben habe! Was das Wenige verschlungen hat, was mir nach dem Tod meines Mannes geblieben war. All die Zöllner und Steuerprüfer, denen ich *matabich*, Schmiergelder, zugesteckt habe, alle sogenannte Freunde meines Mannes, denen ich Rabatte auf iPods und andere elektronische Geräte gewährt habe … Keiner von ihnen kannte mich noch. Und so habe ich schließlich meinen ganzen Besitz verloren.«

Ihr habt euch voneinander verabschiedet, und du hast dich gefragt, ob es auf hier auf dem Planeten für eine Frau einen schlimmeren Ort gibt als diesen Kontinent genannt Afrika!

SECHS

Das Bild von Ma Bileko unter ihrem schweren Holzbündel weicht nach und nach deiner alltäglichen Realität: Lyra bei deiner Tante abholen, vor Einbruch der Dunkelheit nach Hause eilen zu deinen zwei Buben, die bestimmt auf dich warten. Dein Arbeitsplatz ist fünf Kilometer entfernt, nicht sehr weit weg also. Du hast Glück, dass die Schule sich in deinem Wohnquartier befindet. Du hast kaum eine Woche gebraucht, um die beiden Buben mit dem Schulweg vertraut zu machen, so dass sie – der Zwölfjährige mit dem neunjährigen Bruder an der Hand – allein hingehen und allein nach Hause kommen können. Sie haben jetzt sicher Hunger.

Das kleine Mädchen auf deinen Schultern zwitschert wie ein Vögelchen, glücklich, wieder bei dir zu sein; für die Kleine bist du jetzt ihre Mutter, denn an ihre wirkliche Mutter kann sie sich kaum erinnern. Tantine Turia hat ihr schon zu essen gegeben und sie gewaschen, was eine große Entlastung ist für dich; sobald ihr zu Hause seid, brauchst du sie nur noch ins Bett zu bringen. Unterwegs unterhältst du sie mit den etwas dümmlichen Fragen, die Erwachsene an kleine Kinder stellen. »Zeig mir die rechte Hand …! Wie viele Zehen hat dein Füßchen …? Haben die Hühner Beine …? Was hast du bei Oma Turia gegessen …?« Die Kleine kann das R nicht richtig aussprechen, und wenn sie nach ihrem Namen gefragt wird, sagt sie Lila, was auch ein schöner Name ist. Den Namen Lyra – aus den letzten zwei Buchstaben von Tamara und den letzten zwei Buchstaben von Kaly, wie jener Schuft hieß, den deine Schwester abgöttisch liebte – hatte sich die Mutter der Kleinen ausgedacht. Als das Kind die Fragen beantwortet und sich beim Zählen der Zehen in seiner lispelnden Kindersprache verhaspelt, taucht die Erinnerung an seine Mutter auf. Hattest du dich, unbewusst, intensiv für ihre hoffnungsvolle Zukunft eingesetzt, um dich für deine gescheiterte Existenz zu entschädigen?

Eure Mutter ist Bäuerin. Sie bewirtschaftet Maniokfelder und eine kleine Bananenpflanzung, die sie von ihrer Mutter geerbt hat. Als gläubige Christin gehört sie, wie auch dein Vater, der Schwedischen Evangelischen Mission an, denn euer Dorf ist eine protestantische Insel in einer vorwiegend katholischen Region, wo ein mit traditionellem Glauben durchsetzter Katholizismus praktiziert wird. Euer Vater ist Pastor. Nun, man nennt ihn Pastor, weil er sich um die religiösen Belange des Dorfes kümmert, obschon er nie Theologie studiert und sein Dorf praktisch nie verlassen hat. Die Brille akrobatisch auf den Sattel seiner Boxernase gesetzt, segnet er die Ehen und die Toten, liest auf Kikongo, eurer Nationalsprache, die Worte des Herrn aus einer alten, rot gebundenen Bibel. Wenn man ihn mit dem Finger den vorgelesenen Zeilen folgen sah, wusste man nicht, ob er tatsächlich las oder einfach wiederholte, was er auswendig gelernt hatte. Du hast jedenfalls nie herausgefunden, ob er je eine Schule besucht hat. Er ist der echte Protestant aus alten Zeiten, der kein Jota von der Moral abweicht, die schwedische Missionare – die zu Zeiten eures Großvaters das Dorf evangelisierten – ihren Bekehrten eingetrichtert hatten. Alkohol trinken ist für ihn eine Sünde, rauchen ebenso, weil der Tabakgeruch den Körper – Tempel des Herrn! – infiziert und vergiftet. Das wiegende Hinterteil der Nachbarsfrau bewundern oder auch nur den Blick ein bisschen zu lang auf der über dem Busen gespannten Bluse ruhen zu lassen, kommt in seinem Herzen einem Ehebruch gleich und katapultiert einen Mann bereits in die vom Teufel höchstpersönlich beherrschten Regionen. In der Trockenzeit und nach den Buschfeuern tauschte er seine Bibel gegen eine Machete oder eine Axt und begleitete seine Frau auf die Felder, um Bäume zu fällen, Hecken zu stutzen und das Feld aufzuhacken. Deine Mutter schichtete dann Erdhäufchen auf, in die sie ihre Maniokstecklinge setzte, und deine Schwester und du, ihr habt Erdnüsse und Mais dazwischen gesät. Es war eine gute Erde, und die oft reiche Ernte war nicht mit den Feldern im Sahel zu vergleichen, von denen ihr in der Geografiestunde gehört hattet.

Die Schule befand sich im Nachbardorf, sechs Kilometer auf der Landstraße entfernt, aber ihr Kinder kanntet Abkürzungen, denn Wege führten über Hügel und Täler und ersparten euch die vielen Windungen der Überlandstraße, deren Schlangenlinien zeitweise parallel zueinander verliefen.

Wenn euch der Regen überraschte und ihr platschnass nach Hause kamt, brühte Mutter Zitronenkrauttee mit Zucker oder Honig. Einmal regnete es so stark, dass Bücher und Hefte in eurer Stoffschultasche ganz durchnässt wurden, die Heftseiten hatten sich gelöst, die Tinte war zerflossen, und die aufgeschriebenen Lektionen waren nur noch große blaue Kleckse. Ihr hattet Angst, vor eure Eltern zu treten, obwohl es eigentlich nicht eure Schuld war. Papa würde sich jedenfalls gar nicht freuen, denn Bücher waren teuer. Aber wie eurem Vater die Katastrophe verheimlichen? Besorgt wegen des Gewitters erwartete er euch auf der Veranda. Er entdeckte die nassen Schulsachen gleich, die ihr vor ihm verstecken wolltet. Ein Wunder! Er reagierte nicht mit Rüffeln und Strafen, wie ihr erwartet hattet. Ganz im Gegenteil: »Ihr Ärmsten«, sagte er, »es ist meine Schuld. Ich hätte früher daran denken sollen.« Noch in der gleichen Woche kaufte er Plastikschultaschen und für jede einen Regenmantel. Eure Familie war dank des Ertrags der Felder und der Bananenpflanzung wohlhabend. Ihr wart Privilegierte, denn viele Schüler hatten weder Hefte noch Bücher, nur Schiefertafeln. Für sie musste der Lehrer alles auf die Wandtafel schreiben, damit ihr es gemeinsam laut lesen konntet. Du und deine Schwester hattet alle Möglichkeiten, es zu etwas zu bringen, und eure Eltern gaben euch ständig Ermahnungen mit auf den Schulweg. Sie setzten riesige Hoffnungen in euch, vor allem in dich, die ältere Tochter.

An dem Tag, als die Noten des Grundschulabschlusses verkündet wurden, warst du mit Mutter auf den Feldern, und

Tamara überbrachte ganz aufgeregt die Nachricht. Mutter ließ auf der Stelle die Hacke fallen und umarmte dich, dann betrachtete sie dich strahlend lächelnd, umarmte dich nochmals und tanzte singend um dich herum. »Fertig die Felder für dich«, sagte sie. »Du musst aufs Gymnasium. Ich werde Turia bitten, dich bei ihr aufzunehmen. Ja, du wirst bei ihr wohnen.« Dein Vater lächelte, als er dich vom Feld kommen sah mit einer Schüssel voller Maiskolben auf dem Kopf. Du wusstest nicht, ob er stolz au dich war oder stolz auf sich. Jedenfalls freute er sich sehr.

Als Großmutter noch lebte, unterließ sie es nie, die Ahnen anzurufen und ihnen zu danken für alles, was euch widerfuhr, ob Gutes oder Schlechtes. Dass er es nicht geschafft hatte, Großmutter – seine Mutter – zum Christentum zu bekehren, war für Papa der größte Misserfolg seines Lebens. Du hörtest sie oft über theologische Fragen debattieren, ja sie stritten sich sogar. Er sprach von seinem einzigen Gott und dessen einzigem Sohn. Sie von zahlreichen Göttern und Ahnen, denn »mehrere Augen sehen besser als bloß zwei Augen«, argumentierte sie. Er lebte in der Furcht vor seinem Gott, mit dem man nicht räsonieren konnte, wenn er einen fallen ließ. Die Götter hingegen fürchteten sich vor ihrem Zorn, denn wenn einer von ihnen seine ihm anvertraute Mission nicht erfüllte, bestrafte sie ihn, riss dem Fetisch, der ihn verkörperte, ein Bein oder einen Arm aus. Du erinnerst dich noch an jenen Tag, als du ihr in einem Weidenkörbchen die ersten Sauerampferblätter aus deinem Garten gebracht hast. Du hattest zum ersten Mal etwas gepflanzt, und das war nun deine Ernte. Du strecktest ihr mit dem Stolz einer Fünfjährigen das Körbchen entgegen. Und sie schloss dich mit großmütterlichem Stolz in die Arme und verkündete feierlich, die Ahnen eures Clans hätten dir einen grünen Daumen geschenkt. Als man ihr dann erklärte, dein Grundschulabschluss sei von größter Bedeutung für deine Zukunft, betraute sie einen ihrer Götter mit der ausschließlichen Aufgabe, dich zu behüten. Papa hingegen kannte und anerkannte die Ahnen nicht. Er beglückwünschte dich, Gott den Allmächtigen und Jesus Christus gleichzeitig. Du wärst die erste Studierte in der Familie, sagte er. Die Erste, die das Gymnasium besucht und Abitur macht. Du würdest Universitätsdiplome erlangen und dein Studium mit einem Doktortitel krönen!

Mit zwölf, Tochter eines selbst ernannten Pastors und einer Bäuerin in einem abgelegenen Dorf, hattest du noch nie von diesen Diplomen gehört. Und als du vor der versammelten Familie deinen nagelneuen Koffer im Bus verstautest, der dich in die Hauptstadt führen würde, wurde dir klar, dass in dem Moment, da der Fahrer den Motor anließ, ein neuer Abschnitt in deinem Leben begann. Und dass die staubige, laterithaltige Überlandstraße, diese Straße, die sich vor dir durch die Landschaft schlängelte, kurz im Gehölz verschwand, um weiter vorn wie ein schmales Band auf dem Hügel zu erscheinen und dann wieder zu verschwinden … dass diese Straße dich zu dem neuen Leben führte, das deine Eltern sich für dich wünschten: ein anderes Leben als das ihre. Die anderen Passagiere rückten etwas enger zusammen, damit du bequem sitzen konntest. Deine Mutter winkte mit dem Tuch, das sie sonst um den Kopf gebunden trug, deine Schwester mit der Hand, während dein Vater, sein heiliges Buch in der Hand, mit ausholenden Gesten die Luft fegte. Du hast nicht geweint. Nein.

Deine in die Vergangenheit zurückschweifenden Gedanken haben wohl den Weg abgekürzt, denn an der Straßenbiegung siehst du bereits dein Haus … wo du doch das Gefühl hast, eben erst von deiner Tante aufgebrochen zu sein. Deine erste Sorge ist, dich zu vergewissern, dass die Kinder heil und ganz aus der Schule nach Hause gekommen sind. Du hast ständig Angst, es könnte ihnen etwas zustoßen, während du im Steinbruch bist. Daher schleppst du sie an schulfreien Tagen sogar mit zur Arbeit. Doch sie sind zu Hause und empfangen dich freudig. Du hebst Lyra von den Schultern und übergibst sie dem Älteren. Der Neunjährige wühlt in deiner Einkaufstasche, denn er weiß, dass du ihnen am Abend ein paar Näschereien mitbringst. Er findet nichts und ist enttäuscht. Natürlich kannst du ihm nicht sagen, dass das Geld langsam knapp wird, weil du seit mehreren Tagen nichts verkauft hast. Du tröstest ihn, erklärst ihm, du hättest keine Zeit gehabt, den kurzen Umweg über den Markt zu machen. Morgen vielleicht. Für ihn ist das ein sicheres Versprechen … wo es doch bloß kleine unschuldige Lügen sind, die jede Mutter erzählt, um ihr Kind zu trösten.

Du betrittst das bereits in Dunkelheit gehüllte Haus. Du drückst den Lichtschalter und … die Glühbirnen leuchten auf! Wer sagt denn, es gäbe keine Wunder! Dein Stadtviertel hat heute Abend Strom! Und du freust dich, denn die städtische Elektrizitätsversorgung ist wie eine Lotterie: Einmal habt ihr Strom, einmal habt ihr keinen. Und wenn ihr Strom habt, dann manchmal nur ein paar Stunden. Das nennt sich »Stromabschaltung«. Daher hast du immer einen Vorrat an Kerzen, und die Sturmlaterne ist – mit genügend Petroleum –in Reichweite einsatzbereit.

Ungeachtet ihrer Ausreden müssen die Buben sich vor dem Abendessen waschen. Inzwischen bringst du die schon ganz schläfrige Lyra zu Bett. Der Ältere hat seine Schularbeiten ziemlich schnell erledigt, denn heute sind es nur Geometrieaufgaben: die Berechnung der Fläche von einfachen Vielecken: Dreieck, Quadrat und Rechteck. Dann plaudert ihr noch ein bisschen miteinander, bevor sie du auf ihre ausgerollte Schaumstoffmatratze schlafen schickst und ihnen einschärfst, das Moskitonetz gut zuzuziehen.

Endlich! kannst du dich um deine zerschlagenen Glieder kümmern. Das aufgesetzte Wasser hat die richtige Temperatur. Du nimmst den Kessel vom Herd und gehst mit einem Becken zur Dusche. Du reibst mit einer duftenden Seife energisch deinen Körper ein, Achselhöhlen vor allem, die Schamhaare, das Gesäß, die Schenkel … Der Schaum nimmt den Schweiß, den Staub und den Schmutz des Tages auf. Dann spülst du dich mit viel kaltem Wasser ab, um dich vom schmutzgesättigten Schaum zu befreien. Jetzt bist du sauber. Du hockst dich mit gespreizten Schenkeln neben das Becken und besprengst die Scham mit Wasser. Der Kontakt des warmen Wassers mit den intimen Körperteilen weckt ein Verlangen in dir, ein intensives Begehren durchströmt deinen Körper. Du schließt die Augen. Atmest tief ein, pustest durch den Mund aus. Sagst dir, dass du schon lange nicht mehr mit einem Mann geschlafen und das harte Glied eines Mannes in dir gespürt hast, es ist mindestens ein Jahr her ... seit jener schicksalhaften Nacht, als du entschlossen von jenem Mann, deinem Ehemann, verlangt hast, dass er einen Gummi benutzen muss, wenn er mit dir schlafen will. Jener nicht übergestreifte Gummi hat dazu geführt, dass du heute Steine klopfen und allein drei Kinder großziehen musst. Dass es schwierig sein würde, die Kinder allein durchzubringen, wusstest du zwar, dass es so schwierig sein würde, hast du dir nicht vorgestellt.

Wegen Tamaras langer Krankheit hattest du schon lange auf deine Geschäftsreisen in Westafrika verzichtet; dein Handel lief sehr gut, denn im Gegensatz zum Handel mit bedruckten Tüchern, von denen ein Überangebot auf dem Markt ist, warst du eine der wenigen, die sich auf Nahrungsmittel spezialisiert haben: mit geräucherten Krabben aus Lomé oder mit Salzfisch aus Dakar verdient man schneller und mehr als mit Super-Wax- und Basinette-Tüchern. Doch als du deinen Mann verlassen hast, waren deine Ersparnisse schon lange aufgebraucht. Du warst ja die Einzige, die sich um deine Schwester kümmerte, denn der Beitrag deiner Eltern hing von den Jahreszeiten und von den Ernten ab. Als das Gerücht umging, sie habe Aids, ließen alle ihre Freundinnen sie im Stich. Wenn du einer von ihnen zufällig begegnetest, überschütteten sie dich mit netten mitfühlenden Worten, küssten dich aber nicht mehr und gaben dir nur widerstrebend die Hand, als hättest du dich mit Frambösie oder Tuberkulose angesteckt. Obwohl sie als gebildete Frauen hätten wissen müssen, dass Aids nicht durch einen Wangenkuss oder einen Händedruck übertragen wird. Es ist immerhin nicht die Pest! Doch was soll man von den Bewohnern eines Landes verlangen, das sich schämt, diese Krankheit zur Kenntnis zu nehmen, und die Realität mit dem Begriff »erfundenes Syndrom, um Liebende abzuschrecken« verharmlost? Nelson Mandela hat sich nicht geschämt, der Welt mitzuteilen, dass sein Sohn an diesem »Syndrom« gestorben ist, also schämst auch du dich nicht wegen deiner Schwester. Du hast allerdings immer deutlich gemacht, dass ihr Mann sie angesteckt hat.

Als du erfuhrst, dass euer Land für eine von der Bill-und-Melinda-Gates-Stiftung finanziertes Dreifachtherapie-Programm ausgewählt worden war, bist du auf der Stelle hingegangen, um deine Schwester anzumelden. Doch was auch immer: Vor lauter von Büro zu Büro verwiesen werden, vor lauter Termine vereinbaren, die jedes Mal gleich auf morgen verschoben wurden, und nicht in der Lage, die notwendige Summe zu beschaffen, um diejenigen zu schmieren, die Anrecht auf Schmiergelder haben … vor lauter amtlichen Schikanen hat sie nie Zugang zu jener Therapie gehabt.

Und dann, als essen für sie zu einer Qual geworden war, weil die Schmerzen ihr die Kehle zuschnürten … als ihr Körper mit wunden Stellen übersät war und die Haut die Berührung mit den Laken nicht mehr ertrug … als die Abzehrung ihr schönes Gesicht in zwei große fiebrig glänzende Augen zwischen einer vorspringenden Stirn und spitzen Wangenknochen verwandelt hatte, über die sich eine dünne, durchsichtige Haut spannte … da bist du in Panik geraten. Und vor Angst, sie sterben zu sehen, wolltest du alles versuchen, was Hoffnung auf Heilung versprach: verbotene indische und chinesische Medikamente zweifelhafter Herkunft, die auf den Märkten für traditionelle Medizin unter der Hand verkauft werden; aus Kräutern, Knoblauch oder wildem Pfeffer hergestellte Medikamente; Prediger und sonstige Evangelisten, die Gebete anboten und Weihrauch und Weihwasser; Heiler, die von dir verlangten, einen Hahn oder ein Schaf zu opfern, um die Kraft der Amulette zu verstärken, die sie dir verkauften. Was tut der Mensch nicht alles, wenn keine Hoffnung mehr besteht? Sie ist dennoch gestorben. Du hast die Tote ins Dorf begleitet, weil deine Eltern Wert darauf legten, sie dort zu begraben. Du hast Lyra mitgenommen, ihr einziges Kind, das mit sechs Monaten verwaist war. Gott sei Dank wurde das Virus während der Schwangerschaft nicht auf das Ungeborene übertragen.

Nach dem Schock musste das Leben weitergehen, allein schon, um die drei Kinder großzuziehen. Zum Glück bist du verheiratet, hast du dir gesagt, dein Mann wird dir helfen, wieder Fuß zu fassen. Jetzt, da deine Schwester gestorben war, würde er dein einziger Rückhalt sein, eine Stütze, du würdest dich an ihn lehnen, von seiner Liebe und deinen Kindern umgeben – wie Tantine Turia und ihr Mann, wie deine Mutter und dein Vater. Was für eine grausame Enttäuschung! Er warf dir vor, du hättest dich zu sehr für die Pflege deiner Schwester verausgabt und ihn vernachlässigt. Er ging fremd, ohne es zu verheimlichen, wo du doch den Schmerz über den Verlust deiner Schwester noch nicht überwunden hattest. Wahrscheinlich dauerte sein Spiel schon lange, und du hast es einfach nicht bemerkt. Bis zu jener schicksalhaften Nacht, als der Schleier von deinen Augen fiel und du Angst hattest. Eine ungerechtfertigte Angst vielleicht, doch immerhin Angst, zu sterben wie Tamara. Daher hast du den dünnen Gummi verlangt, der zwischen Leben und Tod entscheidet. Du hast deinen Mann jedoch nicht gleich verlassen. Tantine Turia überredete dich, nach Hause zurückzukehren … an jenem Morgen, als du in aller Frühe mit blauen Flecken überall bei ihr hereingeplatzt bist. »Wegen einer solchen Lappalie verlässt eine Frau ihren Mann nicht! Was Gott durch die Ehesakramente vereint hat, kann nicht wegen ein paar Prügel getrennt werden.« Sie war deine Tante, sie hatte mehr Autorität über dich als deine Mutter, wie es die Tradition verlangt. Sie hatte dich aufgezogen. Also begleitete sie dich nach Hause, als gäbe es dieses Zuhause noch. Was soll's, deine Mutter hätte nicht anders gehandelt. Dieser scheinheilige Kerl von Ehemann begegnete ihr kleinlaut mit dem einer Schwiegermutter geschuldeten Respekt und schwor bei all seinen guten Göttern, er verstehe wirklich nicht, warum du von zu Hause geflüchtet warst, es sei ihm sehr peinlich, dass ein kleiner Zwist, der zwischen Mann und Frau hätte beigelegt werden können, außerhalb der ehelichen vier Wände ausgetragen werde. Tantine pflichtete ihm bei. Es war genau das, was sie hören wollte. Natürlich, sie, die einen Ehemann nur mit der Elle ihres liebsten Malaki selig beurteilen konnte, eines Mannes, der sie sein Leben lang geliebt, vergöttert und geachtet hatte. Die Schuldige warst eindeutig du. Und auf keinen Fall der Mann. Sie verabschiedete sich befriedigt. Klar hatte er sich nicht getraut zu sagen, dass das »kleine« Problem darin lag, dass du dich geweigert hattest, ohne Gummi Sex zu haben.

Nach diesem ersten Zwischenfall spielte er eine Woche lang den respektvollen treuen Ehemann. Dann drohte er, sich anderswo umzusehen, wenn du nicht nachgeben würdest. Je stärker du Widerstand geleistet hast, desto mehr beharrte er. Er war eindeutig genervt von deiner Hartnäckigkeit: kein Test, kein Sex ohne Gummi! Bis zu jenem Abend, als ihm die Sicherung wieder durchbrannte. »Schließlich gehörst du mir!«, brüllte er. Schimpfte, er hätte eine Mitgift bezahlt, um dich zu heiraten, und dass deine Bauern von Eltern nicht einmal in der Lage wären, ihm das Geld zurückzuerstatten. Du hast ihm geantwortet, deine Eltern seien keine armen Teufel. Was die Mitgift anging, so sei sie nicht einmal den durch drei geteilten Ertrag der Bananenpflanzung deiner Mutter wert. Deine Antwort jagte wahrscheinlich eine zusätzliche Dosis Adrenalin durch sein Nervensystem, denn er brauste auf: Du hättest keine Arbeit … du hättest keinerlei Einnahmen … die Krankheit deiner Schwester hätte dich ruiniert … ohne ihn ständest du auf der Straße … wüsstest nicht einmal, wohin gehen.

Du spürtest, dass er sich nicht mehr kontrollierte und dich schlagen würde. Das letzte Mal hattest du dich überrumpeln lassen, denn in den zwölf Ehejahren hatte er dich nie geschlagen. Aber du hattest dich ihm auch nie verweigert. Du hast dich kurz schutzsuchend im Wohnzimmer umgesehen, bist zum Tisch gelaufen, hast dich neben die Sturmlaterne gestellt. Die Kinder versteckten sich verängstigt in ihrem Zimmer. »Du glaubst wohl, du bist heiliger als der Papst, der gegen den Gummi ist«, schleuderte er dir ins Gesicht. Schneidend hast du geantwortet, du seist zwar

Christin, aber nicht katholisch, folglich sei der Papst nicht dein Imam. »Halt den Mund! Keine Frau hat das Recht, so mit mir zu sprechen!« »Prima, wenn du willst, dass ich still bin, halt auch du den Mund!«

Da ging er auf dich los, du warst aber darauf vorbereitet. Die Sturmlaterne traf ihn mitten auf die Stirn. Das Glas zerklirrte, und die Splitter verletzten ihn im Gesicht. Er blutete. Zum Glück für ihn – und zum Glück für dich – brannte die Laterne nicht. Hätte das heraustropfende Petroleum Feuer gefangen, wäre er in eine lebende Fackel verwandelt worden. »Ich sehe nichts mehr«, schrie er. »Du hast mir die Augen ausgeschlagen!« Er brüllte wie ein Wahnsinniger … Du musstest weg, er könnte dich umbringen … er könnte dem Kind deiner Schwester etwas zufügen … Während er wild um sich schlug wie ein flatterndes geköpftes Huhn, hast du hastig ein paar Habseligkeiten in deine Tasche gestopft, die weinenden Kinder genommen, und ihr seid geflüchtet.

Du wusstest nicht, wo die Nacht verbringen. Du wolltest zu deiner Tante, doch da hättest du eine weitere Predigt über dich ergehen lassen müssen. Fatumata, eine deiner besten Freundinnen seit der Gymnasialzeit, wohnte in einem anderen Stadtviertel. Sie würde sofort verstehen und dir wenigstens für eine Nacht Unterschlupf gewähren. Du hast ein Taxi angehalten, und ihr habt euch hineingezwängt.

Und du hast dir geschworen, nie mehr einen Fuß in jenes Haus zu setzen. Außer um deine Sachen zu holen, nachdem deine Tante und deine aus dem Dorf herbeigeeilte Mutter dich nicht dazu bewegen konnten, deinen Entschluss rückgängig zu machen. Ein paar Wochen später hast du einen Aidstest machen lassen, der Befund war negativ, und fühltest du dich buchstäblich wie wiedergeboren.

Das Wasser an deinen Schenkeln ist nicht mehr warm, und die Kühle auf deiner Haut lenkt deine Gedanken zum Eimer und dem Becken. Du stehst auf und trocknest zuerst die intimen Stellen, reibst dann den Körper trocken. Du fühlst dich sauber wie ein neue Münze, massierst die Rippen, die Oberarme, den Nacken und die Finger, um die Müdigkeit und die Zerschlagenheit zu vertreiben, schmierst deinen Körper mit santalduftendem Mandelöl ein, massierst dann das Gesicht mit Karitébutter.

Der lange Tag ist zu Ende, und die heilende Nacht kann endlich beginnen. Noch einen letzten Blick auf die zwei Buben, um dich zu vergewissern, dass sie vor Mückenstichen geschützt sind, und du schlüpfst unter das Moskitonetz und legst dich neben Lyra. Höchste Zeit, deinem Körper Ruhe zu gönnen.

SIEBEN

Als du aufwachst, sind deine Gedanken bereits im Steinbruch. Du hörst mit halbem Ohr Radio France Internationale, das eben die afrikanischen Nachrichten sendet.

// Sassou Nguesso, Präsident der Republik Kongo, hat für einen fünftägigen Aufenthalt im Hotel Waldorf Astoria in New York 400.000 Dollar ausgegeben. Laut den uns vorliegenden Dokumenten besetzte seine Entourage, darunter mehrere Familienmitglieder, 44 Zimmer. Zum Erstaunen des Hotelpersonals beglichen die Männer des Präsidenten die Rechnung bar, mit Bündeln von Hundertdollarscheinen aus ihren Attaché-Cases. Auf der Rechnung waren Flaschen Champagner der Marke Cristal zu je 750 Dollar aufgeführt.

Freetown. Im westafrikanischen Sierra Leone sind vier Journalistinnen von einer Pro-Beschneidungs-Gruppe verschleppt und gezwungen worden, nackt durch eine Ortschaft zu laufen. Die Journalistinnen hatten sich wiederholt gegen weibliche Genitalverstümmelung ausgesprochen. »Wir sind noch ganz benommen«, sagte die Journalistin Manja Balama-Samba der Agentur AFP. Die Frauen waren in der Stadt Kenema im Osten des Landes von Befürworterinnen der Beschneidung verschleppt worden, die ihnen die Kleider auszogen und sie durch die Straße zerrten, bis Polizei und Menschenrechtler eingriffen. Hintergrund soll ihre Berichterstattung über eine Kampagne am Internationalen Tag »Null Toleranz gegen Genitalverstümmelungen« am vergangenen Freitag gewesen sein. Die Chefin der Bondo-Geheimgesellschaft, Haja Massah Kaisamba, bekannte sich zu der Verschleppung der Journalistinnen. Die Frauen seien »in Gewahrsam« genommen worden, weil sie sich im Radio negativ über die Beschneidungen geäußert hätten, erklärte sie vor Journalisten.

Geheimgesellschaften verfügen in Sierra Leone über starken Einfluss, weshalb sich viele Politiker aus Angst um Wählerstimmen scheuen, sich für ein Verbot von Genitalverstümmelungen auszusprechen. UNO-Angaben zufolge sind in dem Land 94 Prozent der Frauen und Mädchen im Alter von 15 bis 49 Jahren beschnitten. //

Nur eine Frage beschäftigt dich: Wird dies ein besonderer Tag sein? Der Tag, an dem eure Kunden bereit sind, mit euch zu verhandeln?

Du hast die zwei Großen in die Schule geschickt, hast Lyra bei Tantine Turia abgegeben und beeilst dich, zeitig im Steinbruch zu sein. In den frühen Morgenstunden sengt die Sonne noch nicht, doch heute brennt sie schon seit acht Uhr gnadenlos, als wäre es bereits Mittag. Du wolltest die Erste auf dem Arbeitsplatz sein, doch Iyissu, die Stumme, ist wie immer vor dir da. Du würdest einen Kubikmeter deiner Steine dafür geben, um zu erfahren, was im Kopf einer Frau vor sich geht, der ihr Kind buchstäblich aus den Armen gerissen und ermordet wird. Du sagst ihr Guten Tag, sie lächelt dir mit leerem Blick zu und klopft weiter auf ihren Stein ein.

Eine nach der anderen treffen die anderen Frauen ein. Als alle da sind, umringen sie dich spontan, um die Strategie für heute festzulegen, vor allem aber, damit du ihnen noch einmal bestätigst, was ihr vor zwei Tagen beschlossen habt: bei zwanzigtausend Franc beginnen, dem strategisch verhandelbaren Preis, und eure Steine nur zum unverhandelbaren Preis von fünfzehntausend Franc je Sack verkaufen. Mit dem Kreis um dich herum wollen sie sich vielleicht gegenseitig Mut machen.

Dann geht jede zu ihrem kleinen Sektor, und die tägliche Fron beginnt.

Da! Die Camions kommen! Es ist elf Uhr. Ihr habt nicht lange warten müssen. Das Klopfen der Motoren, die Dieselabgase, die Staubwolke, das Kreischen der Bremsen, das Quietschen der Reifen … Ihr wärt am liebsten vor Freude aufgesprungen. Ihr seid erleichtert. Haben sie nicht gesagt, sie würden nicht zurückkommen, solange ihr den Preis nicht wieder auf zehntausend Franc senkt? Und sie sind trotzdem gekommen! Was beweist, dass sie auf eure Steine angewiesen sind. Doch ihr dürft eure Erleichterung ja nicht zeigen. Ihr klopft also ruhig eure Steine, als wäre euch das Ganze schnurz.

Sonst gingen die Aufkäufer gleich die Säcke inspizieren, selbstgefällig und herablassend wie alle, die das Geld haben, während ihr euch um sie gedrängt habt wie Hühner, wenn man ihnen ein Korn zuwirft, wussten sie doch, dass ihr euch für die ominösen zehntausend Franc alle Schikanen gefallen lasst. Einer brüllt dann: »He, du da, dein Sack ist nicht mal voll! Hältst mich für einen Dummkopf oder was? Füll ihn ordentlich, wenn du willst, dass ich ihn kaufe! Ja, was ist denn das? Soll das Schotter sein? Willst du mir nicht lieber gleich den großen Steinblock dort verkaufen?« Und sie traten den Sack und schütteten ihn aus, um der Verkäuferin zu beweisen, dass der Schotter zu grob war.

Sonst stiegen die Verlader erst aus, wenn der Handel abgeschlossen war. Doch heute klettern alle von den Lastern und steuern geradewegs auf euch zu: die Fahrer, die Aufkäufer, die Verlader. Baseballkappe auf dem Kopf und Sonnenbrille auf der Nase – wohl eher um euch zu imponieren, als sich vor der gleißenden Sonne zu schützen. Einer von ihnen, den sie als Sprecher oder als Chef bestimmt haben, Sonnenbrille auf der Nase, amerikanische Baseballkappe auf dem Kopf, kommt, lässig die Hüften wiegend, auf euch zu und setzt hochmütig zu einer Ansprache an. Er droht euch, sagt, sie seien gekommen, um euch eine letzte Chance zu geben, denn sie könnten auch woanders Steine kaufen, und sollten sie heute den Steinbruch unverrichteter Dinge verlassen, wär's das endgültig gewesen. Punkt.

Ihr bequemt euch endlich, den Kopf zu heben und ihnen einen flüchtigen Blick zuzuwerfen.

»Wir weigern uns nicht zu verkaufen«, antwortest du, denn du bist ja die Wortführerin, »doch bitte versteht uns: Ihr verkauft den Sack, den ihr von uns für zehntausend Franc bekommt, für dreißigtausend Franc weiter. Als der Präsident der Republik die Baustelle für den neuen Flughafen besucht hat und wütend war, weil die Bauarbeiten im Rückstand sind, hat er gedroht, sämtliche Bauunternehmer ins Gefängnis zu stecken, und ihr habt die Gelegenheit genutzt, den Preis je Sack auf fünfzigtausend Franc zu erhöhen! Fünfmal den Preis also, den ihr uns bezahlt. Doch auch wir wollen daran verdienen. Wir verlangen zwanzigtausend Franc, und euch bleiben noch dreißigtausend Franc Gewinn.«

Du bist nicht aufgestanden, um ihm zu antworten, bist ruhig auf deinem Hocker sitzen geblieben, einem großen ovalen Stein mit einer flachen Oberfläche.

»Zwanzigtausend ist der erste Preis, man kann immer noch verhandeln«, ruft Laurentine Paka dazwischen.

Ein empörter Frauenchor bringt sie zum Schweigen.

»Halt den Mund!«, herrscht sie Itela an. »Lass unsere Wortführerin sprechen! Sie hat zwanzigtausend gesagt, also sind es zwanzigtausend!«

»Sie ist nicht nur unsere Wortführerin! Sie ist auch unsere Präsidentin«, korrigiert eine andere. »Zwanzigtausend Franc und basta!«

Der arrogante Kerl ergreift wieder das Wort. Tut so, als hätte er eure Antwort nicht gehört.

»Wer weder lesen noch schreiben kann wie ihr, redet nicht über Dinge, von denen er keine Ahnung hat. Glaubt ihr vielleicht, eure Säcke gehen zu Fuß bis zur Flughafenbaustelle? Und die Camions … wisst ihr überhaupt, dass sie nicht nur Benzin brauchen, sondern auch Ölwechsel? Die Achsen müssen geschmiert werden, die Batterien aufgeladen, die Reifen aufgepumpt, die Bremsen kontrolliert, die Schrauben gereinigt und andere technische Dinge, von denen ihr nichts versteht. Wisst ihr, dass das alles Geld kostet? Während ihr nichts anderes tut, als auf eurem Hinterteil zu sitzen und zu klopfen!«

»Mag sein. Aber warum kommt ihr dann zu uns und wollt unbedingt unsere Schottersteine kaufen? Für weniger als zwanzigtausend Franc verkaufen wir nicht.«

Du bist ein bisschen sauer.

»Bravo, Präsidentin«, stimmen dir die Frauen zu.

»Kapiert ihr denn nicht, dass wichtige politische Interessen im Spiel sind? Kapiert ihr nicht, dass der Präsident der Republik größten Wert darauf legt, dass die Bauarbeiten vor den Unabhängigkeitsfeiern abgeschlossen sind, zu denen viele geladene Gäste aus der ganzen Welt erwartet werden? Wollt ihr etwa dem Präsidenten der Republik Schande machen?«

»Genau! Wenn ihr nicht wollt, dass sich der Präsident schämen muss, holt die zwanzigtausend Franc hervor. Und ihr bekommt die Steine. Die Bauarbeiten sind rechtzeitig fertig. Der Präsident ist zufrieden und kann mit seinen Gästen die Fiesta feiern.«

Plötzlich durchschneidet ein gellender Schrei die Luft … ihr wendet euch erschrocken um und seht gerade noch, wie sich Iyissu rasend wie eine Furie auf einen der Verlader stürzt. Der Mann hat versehentlich den Fuß auf einen ihrer Säcke gesetzt, und als sie das sah, hat sich der zornige Aufschrei ihrer stummen Seele entrungen. Der Mann liegt verdattert im Staub, während Iyissu in ohnmächtiger Wut auf ihn einprügelt. Der Kerl mit der dunklen Brille und der Baseballkappe und ein anderer stürzen ihrem Kollegen zu Hilfe und traktieren Iyissu mit Schlägen und Tritten.

Das hätten sie lieber nicht tun sollen!

Ya Mukiétus Blut wallt kurz auf, sie packt den Bebrillten am Kragen, lüpft ihn wie einen Hampelmann in die Höhe und schlägt ihm mit ihrer Steinklopferinnenfaust voll ins Gesicht. Seine Filmstarbrille zerbricht in zwei Teile, und er fällt längelang betäubt zu Boden. Sie sind weniger als ein Dutzend. Ihr fast doppelt so viele. Der Steinbruch verwandelt sich in ein Schlachtfeld. Sie kämpfen mit Fußtritten und Fausthieben, ihr mit euren Waffen: den Steinen. Ihr schleudert wahllos kleine und große Steine, trefft sie im Gesicht, am Schädel, im Nacken, an der Stirn, an den Schläfen ... Einige bluten. Und wenn einer stürzt, fallen gleich zwei oder drei Frauen mit Raubvogelklauen über ihn her, nehmen hinterhältig die Stelle aufs Korn, wo es am meisten weh tut, die Eier nämlich. Man hört jammern, greinen, flehen, betteln, ein paar flennen sogar. Ein einziges gewaltiges Drunter und Drüber!

Was für ein Schauspiel! Eine Horde aufgebrachter Frauen, die ein Trüppchen in Panik fliehender Männer verfolgt! Unterlegene Hunde flüchten immer mit eingezogenem Schwanz, und die Kerle genauso. Sie stürzen zu ihren Lastern, starten mit kreischenden Reifen, zwei fahren im Rückwärtsgang an, ein dritter verfehlt die Kurve und wäre beinahe im Straßengraben gelandet ... und dann verschwinden sie in einer Staubwolke.

Jubel bricht unter den Frauen aus! Freude und Gelächter. Itela, die aus Makoua kommt, nimmt einen Kochtopf und schlägt ihn wie ein Tamtam. Ihr klatscht und juchzt und trillert. Iyissu stellt sich als Erste in den Kreis. Sie tanzt und hüpft und kugelt sich vor Lachen, erzählt immer wieder, wie sie den Kerl geprügelt, gebissen, getreten hat. Ihr seid bass erstaunt, diese Wortsintflut ausgerechnet aus ihrem Mund zu hören, wo sie doch meistens den ganzen Tag kein Wort spricht. Der Schrei, der sich ihr entrang, als sie auf den Mann einschlug, war wohl der Schrei, den sie damals verschluckt hatte, als sie in ihre stumme Welt gekippt war, während der Präsident der Republik sie als Lügnerin, als Fabulantin brandmarkte. Dieser die Kehle abschnürende Schrei wurzelte im jahrelangen Bürgerkrieg, der das Land verwüstete. Und wie meist in solchen Zeiten, bezahlten die Frauen den schwersten Tribut. Eine große Zahl von ihnen überlebte als Witwe – wie Tantine Turia und Batatu –, während andere, entführt und vergewaltigt, ihren ganzen Besitz verloren. Iyissus Schicksal gehört zu den tragischsten. Aus Angst, er könnte von den rivalisierenden Milizen zwangsrekrutiert werden, schaffte sie es, ihren achtzehnjährigen Sohn außer Landes zu bringen. Er wurde schließlich vom Internationalen Roten Kreuz als Flüchtling anerkannt und in einem Anrainerstaat aufgenommen. Als dann eine der Milizarmeen den Krieg gewann und ihr Anführer Präsident der Republik wurde, hatte dieser in einer großmütigen taktischen Geste alle Geflüchteten aufgefordert, zurückzukehren, und versicherte ihnen, er bürge persönlich für ihre Sicherheit. Während viele zögerten, vertraute Iyissu seinem Wort und drängte ihren Sohn, nach Hause zurückzukehren.

Der Junge kam mit den ersten Heimkehrern zurück. Ihr langer Lulatsch von einem Sohn war nur noch ein dünnes Skelett, total erschöpft vom langen Marsch, vom Hunger, der Dysenterie, dem Sumpffieber. Sie hatte ihn zwei Jahre nicht mehr gesehen. Am Abend seiner Rückkehr nahm sie sich vor, ihn in ein schön warmes Bad zu stecken und ihm zu essen zu geben, bis er satt war. Als er den Anlegesteg betrat, schloss sie ihn in die Arme, drückte ihn fest an ihre Brust und weinte vor Freude. Doch ihre Freude dauerte nur kurz, denn zwei Soldaten der Präsidentengarde kamen auf sie zu, hießen den Jungen, seine Hände zu zeigen. Nun hatte er als Bauernsohn seiner Mutter auf dem Feld geholfen, hatte mit der Machete Buschwerk gelichtet und Holz zerkleinert, aus dem Holzkohle gewonnen wurde, was, natürlich, zu Verhornungen auf den Handflächen führt. »Das ist der Beweis, dass du mit AK-47 hantierst«, brüllte ihn einer der Soldaten an. »Du gehörst zu den feindlichen Milizen!« Und hopp, ohne ihm Zeit zu lassen, sich zu verteidigen, warfen sie ihn auf den Militärcamion, der ihn zum Erschießungskommando fuhr, denn Iyissu sollte ihn nie wieder sehen. Sie hatte sich den Soldaten vor die Füße geworfen, hatte gefleht, versucht zu erklären, er sei dem Aufruf des Präsidenten gefolgt und nach Hause zurückgekehrt. Vergeblich! Sie wurde von Springerstiefeln weggestoßen, während sich der Militärlaster mit seiner Ladung Opfer unwiderruflich entfernte.

Von da an wartete sie hoffnungsvoll auf ein Wort des Vaters

der Nation. Vielleicht war ihr Sohn bloß im Gefängnis … war vielleicht noch am Leben … Solange der Regierungssprecher, ein Papagei, behauptete, niemand, kein einziger junger Bursche, sei an der Anlegestelle von der Präsidentengarde verschleppt worden, machte sie sich keine ernsthaften Sorgen, denn sie hatte, wie so viele, volles Vertrauen in den Präsidenten. Sie verehrte ihn und nannte ihn »Vater der Nation«, und sie war überzeugt, dass er die Verantwortlichen bestrafen und den unglücklichen Eltern Trost und Zuspruch spenden werde, wenn er erfuhr, was an jenem Tag am Fluss passiert war.

Bis zu dem Tag, als der Vater der Nation sprach. Im Radio. Im Fernsehen. Eine Konferenz vor der versammelten internationalen Presse. Er hämmerte den Anwesenden ein, am Flusshafen habe es nie Massaker gegeben! Die ganze Geschichte sei eine Manipulation von Politikern im Exil, die sie zum Vorwand nähmen, um das Land zu destabilisieren und die Macht an sich zu reißen. Er bekräftigte, er werde einen Richter ernennen, der in den Augen der ganzen Welt beweisen würde, dass die ganze Geschichte erfunden und erlogen war!

Bei diesen Worten des »Vaters der Nation« tauchte vor Iyissus Augen ihr Sohn auf, der mit Dutzenden anderen von den Soldaten der Präsidentengarde gewaltsam entführt worden war. Geschockt, dass sogar der Präsident, »ihr« Präsident, so dreist lügen konnte, war sie ohnmächtig geworden, und anstatt zu schreien, anstatt ihren Schmerz hinauszuschreien, hatte sie den Aufschrei geschluckt. Und von dem Moment an hatte sie nicht mehr gesprochen.

Und jetzt tanzt sie mitten im Kreis ihrer Kolleginnen, von dem verdammten Schrei befreit, während Mukiétu und Atareta wetteifern, wer das Hinterteil am frenetischsten schüttelt. Moyala tanzt einen ihrer Volkstänze, wippt und wiegt ihren Oberkörper, und um nicht zurückzustehen, legst du hüfteschwenkend ein paar Rumbaschritte hin. Wie schön das Leben doch sein kann!

Genug getanzt! Es ist Essenszeit. Jede hat etwas mitgebracht, wie ihr gestern vereinbar habt. Ihr seid zu zahlreich und könnt nicht alle zusammen um ein Tuch sitzen, also breitet ihr daneben ein zweites Tuch zu einem großen gastfreundlichen Tisch aus. Du staunst über die Menge Speisen und über die Vielfalt. Ihr esst nach Herzenslust und sprecht über die Ereignisse des Morgens. Die großartigste Tat ist Mukiétus Schwinger auf die Nase des Sonnenbrillen-Heini. Spontan wird einstimmig beschlossen, dass du von jetzt an nicht nur Wortführerin, sondern auch Präsidentin bist. Denn wenn eine Entscheidung getroffen werden müsste und nicht alle anwesend sind, solltest du bevollmächtigt sein, allein für alle zu entscheiden. Die einzige Bedingung ist, dass du nicht unter den äußersten Preis von fünfzehntausend Franc je Sack gehst. Du dankst für das Vertrauen und verweist darauf, dass ihr diesen Leuten eure wilde Entschlossenheit bewiesen habt, und weil sie eure Schottersteine dringend benötigen, würden sie morgen bestimmt mit neuen Verhandlungstaktiken aufkreuzen. »Wir müssen daher ständig auf der Hut sein«, schließt du deine kurze Ansprache.

Als ihr fertig gegessen habt, legt ihr gemeinsam die Strategie für den morgigen Tag fest. »Der Stein ist unser Erdöl«, ruft Batatu. Genau, was du dir schon lange gesagt hast. Alle stimmen fröhlich händeklatschend in den Slogan ein: »Der Stein ist unser Erdöl … Der Stein ist unser Erdöl …«

Dank was für einem Zaubertrick hat die schöne Anne-Marie Ossolo eine Flasche Bier hervorgezaubert? Sie möchte sie mit allen teilen, doch dreiunddreißig Zentiliter lauwarmes Bier reichen kaum für fünfzehn Frauen. Mama Kody aus dem Sanga-Land hat eine gute Idee: »Opfern wir es doch anstelle von Palmwein den Ahnen, als Dank für unseren Sieg.« Das sei ebenso wirksam, versichert sie, die Ahnen hätten dafür Verständnis. Ihr Vorschlag wird mit Beifallklatschen begrüßt. Da niemand einen Flaschenöffner mit hat, klemmt Mukiétu den Verschluss zwischen die Eckzähne, ein Ruck … und das lauwarme Bier schäumt wie Champagner über den Flaschenhals. Sie reicht die Flasche an Iyissu weiter. Ihr freut euch alle, dass sie mit einem

Mal so fröhlich ist. Sie tritt in den Kreis und opfert das Getränk den Ahnen, schüttet es kreisförmig in umgekehrter Richtung zur Erdumdrehung, während ihr klatscht, auf Kochtöpfe und Eimer trommelt, juchzt und tanzt. Großmutter, die nie Bier getrunken hat, lacht sich wohl bucklig, dort, von wo aus sie dir zuschaut. Zwischen ihresgleichen sitzend, den Ahnen, zu denen sie nun gehört. Du nimmst dir vor, ihr den besten Palmwein darzubringen, den du auftreiben kannst, wenn ihr euch wieder versammelt und einen heiligen Kreis bildet, um euren – endlich – hart erkämpften Sieg zu feiern.

Laurentine Paka, die nie stillhalten kann, winkt und ruft fröhlich: »Mädchen, kommt, wir machen ein Erinnerungsfoto!« Die Fotos, die sie letztes Mal geknipst hat, sind sehr schön geworden, vor allem das Gruppenfoto mit Batatu und ihren Babys in der Mitte. Laurentines Mann hat sie ausdrucken lassen, und ihr habt sie vor Feierabend verteilt. Du hoffst, dass diese Bilder – die Bilder eures ersten Sieges – ebenso schön sind. Ihr hört auf zu tanzen und stellt euch übermütig wie Kinder in einer Reihe auf. Laurentine knipst ein Dutzend Bilder und reicht dazwischen das Handy jemand anders, um auch auf den Fotos zu sein.

Dann ist das Fest zu Ende. Von den Ereignissen des Tages aufgewühlt und völlig verausgabt, beschließt ihr einstimmig, den Arbeitstag – einen kurzen, aber aufregenden Tag – zu beenden. Jede geht also zu ihrem Steinhaufen, um ihre Sachen zusammenzupacken und nach Hause zu gehen.

In eurem Übermut seid ihr nicht im Mindesten auf den brutalen Gegenschlag gefasst! Um elf Uhr morgens habt ihr die Steinaufkäufer in die Flucht gejagt. Kaum zwei Stunden später, als ihr eben den Steinbruch verlassen wollt, kommen sie mit einem bewaffneten Kommando dahergebraust. Du bist zwar überrascht, aber nicht weiter erstaunt, denn die meisten Laster gehören den Bonzen der gegenwärtigen Regierung, die sich hinter anonymen Verwandten verstecken, um undurchsichtige Geschäfte zu tätigen. Die Polizei aufzubieten, um ihren Privatbesitz zu verteidigen, ist für sie an der Tagesordnung.

Es ist keine normale Polizeieinheit, sondern eine militarisierte Polizei, eine regelrechte bewaffnete Miliz, die es mit einer Bande gefährlicher Krimineller zu tun hat, könnte man meinen.

Ein Dutzend Polizisten mit Helmen, Knüppeln, Gewehren und allem Drum und Dran springt aus dem vergitterten Polizeiwagen. Der Befehlshabende hat eine Pistole am Gürtel. Er paradiert mit seinen Gradabzeichen, doch da du von Dienstgraden nichts verstehst, ernennst du ihn zum Hauptmann. Er kommt mit drei oder vier Männern auf euch zu, die der Schlacht von heute Morgen entkommen sind. Der eine ist der Kerl mit der dunklen Sonnenbrille, den Mukiétu k. o. geschlagen hat; um seinen Kopf ist ein Gazeturban gewickelt. Er ist eindeutig sehr, sehr wütend. Die anderen haben da und dort Heftpflaster, und einer geht gar an Bambuskrücken.

Du bist aufs Schlimmste gefasst.

Kampfbereit lesen ein paar Frauen Steine auf. Du greifst sofort ein und bittest sie, sich ruhig zu verhalten, denn diese bewaffnete Bande sogenannter »Ordnungskräfte« sucht bloß einen Vorwand, um euch ungestraft niederzumetzeln. Du nimmst all deinen Mut zusammen, gehst ein paar Schritte auf sie zu, lässt sie näherkommen, denn schließlich bist du auf deinem Territorium. Der »Hauptmann«, der nicht recht weiß, an wen sich wenden, zeigt mit dem Finger auf dich und brüllt los: »Man sollte euch alle wegen Schlägerei und willkürlicher Gewaltanwendung verhaften, Bande von Idiotinnen, die ihr seid … Händler angreifen, die nichts anderes wollen, als eure Steine kaufen … schämt ihr euch nicht?«

Er fragt nicht einmal nach eurer Version der Ereignisse und überschüttet euch mit Drohungen und Beschimpfungen. Doch … welche Version der Geschehnisse ist richtig? Hat nicht Iyissu als Erste den Kerl angegriffen? Nein, es war eher der Kerl mit der dunklen Brille, der Iyissu erwürgen wollte, bloß weil sie ihren Sack mit Steinen verteidigte. Doch letztlich spielt das keine Rolle; Tatsache ist, dass eine Bande zwielichtiger Unternehmer euren Broterwerb rechtswidrig an sich reißen wollte, und ihr habt euch verteidigt. Doch den Kommandeur der bewaffneten Polizisten interessiert das nicht die Bohne. Du erklärst ihm, dass ihr eure Säcke zu zwanzigtausend Franc verkaufen wollt … Er ergeht sich in Belehrungen, die nichts mit euren Bedürfnissen, eurem Leiden, eurer Realität zu tun haben, schwafelt von den Interessen der Allgemeinheit … brüllt, der internationale Flughafen sei von größter nationaler Bedeutung … er müsse vor den großen Unabhängigkeitsfeierlichkeiten fertig sein … geladene Gäste aus der ganzen Welt inklusive Frankreich würden dort landen … eure Weigerung zu verkaufen sei Sabotage!, jawohl, und vorsätzlich, denn ihr wollt das Bild des Landes und seines Präsidenten im Ausland herabsetzen … Weiber wie ihr würden ganz bestimmt nicht …

Ya Mukiétu kann sich nicht mehr beherrschen, vergisst, dass du die gewählte Wortführerin bist: »Wenn der Präsident so sehr auf diese Säcke angewiesen ist, soll er sie eben für zwanzigtausend Franc kaufen! Es sind unsere Säcke! Verstanden? Und wir entscheiden, für wie viel wir sie verkaufen. Er kann mir ja auch nicht die Farbe der Unterhosen vorschreiben, die ich morgen tragen muss, oder? Weil es meine! Unterhosen sind! Und genau so sind das unsere! Steine!« Großes Gelächter auf Seiten deiner plötzlich ermutigten Truppe: »Bravo! … Ganz genau! … So ist es!«

Der Hauptmann ist jetzt echt wütend. Er brüllt »Staatsbeleidigung!« und befiehlt seinen Männern vorzurücken. Itela fragt dich, was »Staatsbeleidigung« bedeutet. Das heißt, den Staatspräsidenten beschimpfen, erklärst du ihr. Was Ya Mukiétu noch mehr aufregt, und sie schleudert dem Hauptmann entgegen: »Geh, sag deinem unmöglichen Präsidenten, dass ich ihm tausendmal lieber mein Hinterteil gratis gebe, als ihm unsere Säcke für zehntausend Franc zu verkaufen.« Das bringt das Fass zum Überlaufen.

»Los, wir beschlagnahmen diese Säcke. Ihr könnt euer Geld auf dem Hauptkommissariat abholen«, befiehlt der Befehlshabende seinen Männern, »und zwar zehntausend Franc je Sack.« Und die Polizisten und die Verlader treten vor.

»Diebe, hu-hu-hu, Memmen, hu-hu-hu …« rufen die gegenüber den vorrückenden Bewaffneten hilflosen Frauen. Kaum hört der Hauptmann die Hu-hu-hu, brüllt er: »Stürmen!«

Stiefeltritte … Gewehrkolben schlagen auf die Frauen ein. Eure Steine fliegen, aber es ist ein ungleicher Kampf. Ihr schafft es immerhin, einen der Kerle übel zuzurichten. Da beginnen sie zu schießen – mit echter Munition! –, um ihren Kameraden zu befreien. Panik bricht aus. Du flüchtest in Richtung Fluss, andere hinter große Steinblöcke oder legen sich flach ins hohe Gras, um sich vor diesen Mördern unsichtbar zu machen. Doch wer nicht schnell genug rennen kann, wird erwischt und verprügelt. Dann verstummen die menschlichen Stimmen und das Knattern der Gewehre, und ihr hört nur noch das ferne Grollen des Flusses, der sich in seinem Lauf zum Ozean an den Felsen bricht, und das gedämpfte Aufschlagen der vollen und halb vollen Säcke, die durcheinander auf die Ladefläche der Camions geschleudert werden. Und gleich darauf das Aufheulen der startenden Motoren.

Der Steinbruch ist nicht weit von der Nationalstraße entfernt, und die Schüsse, die Schreie und das Klagen haben zahlreiche Neugierige angezogen, die von der Polizei zurückgehalten wurden, doch kaum sind die Streifenwagen verschwunden, stürzen sie herbei und machen ihrer Empörung Luft. Eine nach der anderen kommen deine Gefährtinnen aus ihrem Versteck im hohen Gras oder hinter einem Felsblock hervor. Andere jedoch liegen stöhnend auf der Erde. Du zählst die Verwundeten. Batatu: von einer Kugel in die Brust getroffen; Iyissu: den linken Arm gebrochen … zum Glück ist sie nicht Linkshänderin wie du; Laurentine Paka: eine klaffende Wunde von einem Gewehrkolben an der Stirn … Andere fehlen beim Appell: Mukiétu, Moyalo, Anne-Marie … Die Polizisten haben sie mitgenommen.

Am Vordringlichsten: die Verletzten abtransportieren. Batatu macht dir am meisten Sorge. Sie blutet stark und bedarf dringend ärztlicher Versorgung. Einer der zu Hilfe geeilten Männer stellt bereitwillig seinen Wagen zur Verfügung, doch das Auto kann nicht bis zum Steinbruch fahren, die Straße ist kaum mehr befahrbar, weil die Steintransporter tiefe Reifenspuren hinterlassen haben. Ihr müsst daher die Verletzte den Hügel hinauf bis zur Hauptstraße transportieren. Schnell wird mit zwei Stöcken und Palmzweigen eine improvisierte Trage angefertigt, und zwei Männer tragen sie ganz vorsichtig den Pfad hinauf. Ein zweites Auto wird zur Verfügung gestellt. Es fährt Iyissu mit ruhig gestelltem Arm ins Krankenhaus, und auch Laurentine Paka, deren obere Gesichtspartie um die klaffende Stirnwunde besorgniserregend anschwillt.

Erst nach dem Abtransport der Verletzten bemerkst du Bileko mit Batatus Babys auf den Armen. Plötzlich bist du dir deiner großen Verantwortung bewusst und verspürst gleichzeitig eine tiefe Solidarität. Bileko bietet sich an, die zwei Kinder bei sich zu behalten, bis die Mutter aus dem Krankenhaus entlassen wird. Sie brauche nicht einmal Fläschchen zu kaufen, denn sie besitze noch welche, versichert sie.

»Danke, Bileko, das ist eine sehr großherzige Geste. Doch es kommt nicht in Frage, dass du beide nimmst. Unsere Solidarität meint, dass wir die Verantwortung teilen; eins nehme ich, ich habe nämlich auch ein Fläschchen zu Hause.«

Das wäre also geregelt! Das Vordringlichste ist nun, Mukiétu, Moyalo und Anne-Marie freizubekommen. Ihr beschließt, euch alle in einer Stunde vor dem Hauptkommissariat einzufinden, wenn ihr eure Sachen nach Hause gebracht habt. Ihr seid fest entschlossen, alles zu unternehmen, um die Freilassung eurer Kameradinnen zu erwirken, selbst wenn ihr alle eingebunkert werden solltet. Du bindest das Baby in einem Tuch fest auf deinen Rücken – übrigens, wie heißt es? – und nimmst den Hang in Angriff, der zur Hauptstraße führt – begleitet von deinen Arbeitsgefährtinnen und den Männern und Frauen, die, aufgeschreckt von den Schreien und Schüssen, herbeigeeilt sind, um euch ihre Solidarität zu beweisen.

ACHT

Kaum hast du zu Hause Batatus Baby der Obhut deines älteren Sohnes anvertraut – schließlich ist er alt genug –, eilst du zu deiner Tante, um Lyra abzuholen und dann Milchpulver zu kaufen, denn jetzt musst du einen Mund mehr ernähren, was zusätzliche Ausgaben bedeutet. Doch was wäre echte Solidarität, wenn keine Opfer gebracht werden müssen?

Du hast nur gerade Zeit, Tantine mitzuteilen, dass eure Säcke Schotter von der Polizei beschlagnahmt wurden und dass drei Gefährtinnen verhaftet worden sind … und schon bist du mit Lyra auf dem Rücken wieder auf dem Sprung. Diese mehr als summarische Information beunruhigt sie, und sie verlangt genauere Erklärungen. Du antwortest, du hast es sehr eilig und rufst sie später an, um ihr alles zu berichten.

Auf dem Heimweg besorgst du Milchpulver. Als du Lyra zu dir genommen hast, wurde sie auch noch mit dem Fläschchen gefüttert. Warum hast du die zwei Fläschchen in einer Plastikdose aufbewahrt? Wusste das Schicksal vielleicht, dass nochmals ein Baby in dein Leben treten würde? Du testest die Schnuller: Sie sind noch nicht spröde. Du wirfst sie in einen zu dreiviertel mit Wasser gefüllten Kochtopf, um sie zusammen mit den zwei Fläschchen zu sterilisieren. Das Wasser kommt auf dem Gasherd schnell zum Kochen; du lässt sie noch ein paar Minuten im heißen Wasser, nimmst sie dann heraus und lässt sie abkühlen. Du erinnerst dich spontan an die richtigen Gesten: die Messbecher Milchpulver abzählen, das abgemessene Wasser hinzufügen, mischen, kräftig schütteln … Du hast gedacht, das Kind würde sich zuerst sträuben, diese industriell bearbeitete Milch zu trinken, an die es nicht gewöhnt ist, doch nein, überhaupt nicht, es beginnt gierig zu saugen. Vielleicht weil es sehr hungrig ist und ein hungriger Magen keine Feinschmeckermahlzeit erwartet. Du legst das Baby auf den Bauch und klopfst ihm ganz leicht auf den Rücken, es rülpst, rülpst sogar ein zweites Mal und schläft mit vollem Bäuchlein fast auf der Stelle ein. Wann hatte die Kleine das letzte Mal so viel gegessen? Du legst sie ins Bett, das sie mit Lyra teilen wird, und schlägst das Betttuch sorgfältig ein. Bevor du gehst, rufst du die Großen und gibst ihnen letzte Anweisungen.

Als du in die breite asphaltierte Straße einbiegst, stößt du auf eine Menschenmenge, mindestens fünfzig Personen, die ebenfalls zum Gefängnis unterwegs sind. Ein überraschender Solidaritätsbeweis. Es sind viele Männer darunter, Danny zum Beispiel, Laurentine Pakas Mann. Nun, jeder Mann, der mit einer Frau zusammenlebt, wird als Ehemann bezeichnet, ob legal oder traditionell verheiratet, ob verlobt oder einfach Geliebter. Laurentine, zum Beispiel, spricht mal von ihrem Mann, dann wieder von ihrem Freund oder ihrem Verlobten, was die Situation erst recht kompliziert. Hauptsache, er liebt Laurentine und dass sie immer noch zusammen sind. Du jedenfalls bezeichnest ihn mit dem allgemeinen Begriff »Mann«. Als er von der Verletzung seiner Frau erfuhr, war er entsetzt und wütend. Er wiederholte immer wieder, dass man Bürger eines Landes, vor allem Frauen, nicht auf diese Weise behandeln darf. Jetzt beginnt er von sich aus, den Verkehr zu regeln, Autos umzuleiten, Fahrer zu beschimpfen, die nicht schnell gehorchen. Es sind viele Männer gekommen. Sie applaudieren und machen euch Mut, wahrscheinlich weil ihr die Stirn habt, der Obrigkeit zu trotzen, was sich in diesem Land sonst niemand getraut.

Vor dem Polizeigefängnis angekommen, dem gefürchteten Untersuchungsgefängnis, wo nach wie vor gefoltert wird, stimmt die Menschenmenge spontan Gesänge an, die immer wieder in den Ruf »Befreit Moyalo! Befreit Mukiétu! Befreit Ossolo!« – (dreimal Händeklatschen) – »Befreit unsere Gefährtinnen!« übergehen. Ihr seid wütend, sehr wütend! Sie haben eure

Säcke gestohlen, haben euch verprügelt … und stecken euch auch noch ins Gefängnis! Inmitten dieser Menschenmenge, inmitten all dieser Frauen und Männer, die euch unterstützen, seid ihr erst recht zum Kampf entschlossen.

In diesem Land dauert die Abenddämmerung nur kurz, und es wird sehr schnell Nacht. Ihr wisst nicht, wie lange das Spektakel vor dem Polizeigefängnis noch dauern wird. Endlich kommt ein Polizeihauptmann heraus. Es ist nicht der, der euch mit seinen Männern im Steinbruch zusammengeschlagen hat. Er bittet euch, ruhig nach Hause zu gehen, denn Staatsangelegenheiten würden nicht nachts geregelt.

Aha! Euer Protest ist also zu einer Staatsangelegenheit geworden! Deine Kameradinnen schubsen dich nach vorn. In deiner Eigenschaft als Sprecherin ergreifst du also das Wort. Erklärst ihm bestimmt, ihr weicht nicht von der Stelle, bevor eure Kameradinnen nicht freigelassen werden. Worauf er wütend brüllt, es sei nicht an euch, ihm zu befehlen, was er zu tun hat, und wenn ihr innerhalb von fünf Minuten das Feld nicht geräumt hättet, würde er euch mit Knüppelhieben vertreiben lassen. Die Menschenmenge antwortet mit Buhrufen. Er spürt, dass er die Situation nicht mehr im Griff hat, und tritt, sein Walkie-Talkie vor dem Mund, eiligst den Rückzug an, wahrscheinlich um seinen Vorgesetzten zu informieren und Befehle entgegenzunehmen. Inzwischen erschallen eure von Pfiffen und Gespött begleiteten Rufe und Gesänge umso lauter.

Nach einer Stunde erscheint unter Beifallklatschen der Bürgermeister höchstpersönlich, begleitet von … deinem Exmann! Was hat denn der hier zu suchen? Ein Rätsel! Sein Anblick bringt dich etwas aus dem Konzept. Gewiss, ihr seid noch nicht offiziell geschieden, doch die traditionelle Trennungszeremonie wurde in Anwesenheit seiner und deiner Familie vollzogen: Der weiße Kreidekreis um deine Füße und die weißen Kaolinzeichnungen auf deinem Gesicht haben dir die Reinheit zurückgegeben und dich von allen Verpflichtungen gegenüber deinem Mann befreit. Wie auch immer, dieser Clown interessiert dich nicht mehr, und du richtest deine Aufmerksamkeit auf den Bürgermeister. Wenn Politiker sich nicht mehr hinter den Ordnungskräften verstecken und auf die Bühne treten, bedeutet dies, dass die Lage ernst ist. In eurem Fall muss man höllisch aufpassen, denn wenn sie einen katzenfreundlich umschmeicheln, bringen sie es fertig, eure Unterhose zu verkaufen, ohne dass ihr es merkt. Der Bürgermeister wendet sich also an die Menge. Er bedauert, dass es Gewalt und Verletzte gegeben hat, doch man müsse Verständnis für die Polizisten haben, sie seien, wie bekannt, von Natur aus nicht zimperlich. Da euer Steinbruch unter seiner Gerichtsbarkeit stehe und es nicht um einen Kriminalfall gehe, gehöre es zu seinen Prärogativen, politische Entscheidungen zu treffen. Und um zu beweisen, dass er euch respektiere und die Angelegenheit ernst nehme, habe er Wert darauf gelegt, den Abgeordneten Tito Rangi – der spontan seine Hilfe angeboten habe – um Vermittlung zu bitten. Letzterer werde euch brauchbare Vorschläge unterbreiten und nicht bloß leere Worte, denn schließlich sei er der persönliche Berater von Madame der Präsidentengattin. »Hört ihm also zu«, schließt er, »und geht ruhig nach Hause, denn unglücklicherweise – oder vielmehr glücklicherweise – leben wir in einem Rechtsstaat, und in einem Rechtsstaat gibt es amtlich festgesetzte Zeiten, um Leute aus dem Gefängnis zu entlassen. In Anbetracht dessen können eure Kameradinnen erst morgen entlassen werden.«

Kaum hat er seine Tirade beendet, bricht großes Geschrei aus. »Nein! Niemals! Bevor unsere Gefährtinnen frei sind, räumen wir den Platz nicht!«

Anstatt den Mund zu halten, hebt dein Dummkopf von einem Exmann die Hand und bittet um Ruhe. Seit eurer Trennung kann er es offensichtlich nicht lassen, sich in Positur zu stellen, wenn er auch nur deinen Schatten in seiner Nähe sieht. Du weißt genau, warum er hier ist. Er hat erfahren, dass du die Anführerin dieser Frauen bist oder zumindest ihre Sprecherin, was bei ihm wahrscheinlich gleich einen Adrenalinstoß ausgelöst hat wie bei einem rammeligen Hund. Hat der Bürgermeister nicht etwa gesagt, Tito habe ihm seine Dienste angeboten? Warum denn? Ganz einfach, um dich zu ärgern!

Als er nach eurer Trennung befürchtete, trotz seiner Kungeleien mit seinen Kumpanen in der Stadtverwaltung Alimente zahlen zu müssen, um eure zwei Kinder zu ernähren, die ihm offenbar gleichgültig waren, trat er der Partei des Präsidenten bei und ließ sich als Abgeordneter »wählen«. Er kandidierte in eurem Wahlkreis, doch da er auf keinerlei Leistungen verweisen konnte, wurde er im ersten Wahlgang dritter, hinter einem Kandidaten der Opposition und einem Unabhängigen. Doch siehe da! Das unabhängige Wahlgremium, dessen Mitglieder vom Präsidenten der Republik persönlich ernannt worden waren, disqualifizierte den Kandidaten der Opposition – obwohl er am meisten Stimmen bekommen hatte! – unter dem Vorwand, er habe zwei Stunden nach Schluss der offiziellen Kampagne Flugblätter verteilt, die zum Tribalismus und zum Divisionismus aufriefen, und erklärte später Tito zum Sieger im zweiten Wahlgang, und zwar mit dreimal so viel Stimmen, als er im ersten Wahlgang bekommen hatte. Der Trick war so fadenscheinig, dass er dauernd seinem Deputiertentitel »demokratisch gewählt« hinzufügt, als zweifle er selbst daran.

Er hebt also die Hand und beginnt zu sprechen. Er wirkt gesund und ist recht elegant gekleidet. Während alle einen Bubu tragen oder hemdsärmelig sind, trägt er einen Anzug: nachtblaues Jackett, violettes Hemd, mit einem fuchsiaroten Schlips aufgepeppt, und ein goldenes Kettchen um das Handgelenk. Er schuftet eindeutig nicht so wie du. Nimm dich zusammen, vergiss deinen Groll und hör ihm zu, ermahnst du dich, vielleicht rettet er die Situation. Schließlich, warum nicht? »Hört mir zu! Ich bin in meiner Eigenschaft als Abgeordneter hier, denn wie ihr bestimmt alle wisst, bin ich von euch, dem Volk, demokratisch gewählt worden. Was bedeutet, dass ich euch gegenüber den Behörden vertrete. Doch ich bin auch Berater von Madame der Präsidentengattin und genieße daher eine gewisse Autorität. Morgen berufe ich eine Versammlung ein, und ihr werdet

Gelegenheit haben, eure Forderungen geltend zu machen. Und wenn der Preis für eure Säcke neu ausgehandelt werden muss, reden wir darüber. Glaubt mir, ich bin auf eurer Seite. Doch lasst euch nicht manipulieren! Ihr wisst wahrscheinlich nicht, dass in diesem Moment die Blicke der ganzen Welt auf euch gerichtet sind. Wenn eure Wortführerin gut zu reden versteht, heißt das nicht, dass man ihr blindlings folgen muss. Misstraut den Schönrednern! Ihr habt mein Wort und das des Bürgermeisters! Das sollte euch reichen. Geht jetzt ruhig nach Hause. Eure Ehemänner und eure Kinder warten auf euch.«

Guter Ehemann, guter Vater, nicht wahr? Er hat es sich also nicht verkneifen können, dir eins auszuwischen.

»Wir warten gern bis morgen, um über den gerechten Preis für unsere Säcke Schotter zu verhandeln. Doch wir verlangen die unverzügliche Freilassung – ich wiederhole, die unverzügliche! Freilassung! – unserer Kolleginnen. Vorher bewegen wir uns nicht von der Stelle!«

Applaus deiner Gefährtinnen, Applaus der Menschenmenge.

»Was glaubst du, wer du bist, um Forderungen zu stellen?«, antwortet dein Ex schneidend. »Benimm dich nicht respektlos gegenüber der Obrigkeit! Willst vielleicht mit den anderen drei hinter Gitter?«

»Sperrt uns alle ein … sperrt uns alle ein …«, rufen die Frauen im Chor.

Eine laute Stimme erhebt sich in der Menge: »Man kennt euch doch! Wir trauen euren Versprechen nicht. Wer garantiert uns, dass ihr diese Frauen nicht anlügt?«

Da brennt dem Herrn Abgeordneten Tito Rangi, deinem einstigen Liebsten, die Sicherung durch. Er brüllt: »Wen? Wen beschimpft ihr als Lügner? Mich? Ihr beschimpft mich, einen demokratisch gewählten Abgeordneten, als Lügner? Einen Berater von Madame der Präsidentengattin? Wisst ihr, was das heißt: Beleidigung der staatlichen Autorität! Glaubt ihr vielleicht, dass eure Wortführerin ein Ausbund an Tugend ist? Ooh, ich kenne sie sehr gut! Sie war schließlich meine Frau. Sie hat ihre Familie aus einer bloßen Laune heraus verlassen. Ich sage euch das, um euch zu warnen: Hütet euch vor Menschen, die aus einer Laune heraus handeln! Hört lieber auf euren Abgeordneten!«

»Sie hat dich verlassen, weil du ständig fremdgegangen bist, du Weiberheld!«, ruft eine Frau in der Menge.

Du weißt nicht, wer es war. Großes Gelächter. In dir brodelt es gefährlich, du möchtest dem Kerl am liebsten den Hals umdrehen. Anstatt über eure Forderungen zu sprechen, über eure Verwundeten, über eure Verhafteten ... Nein, er will dich demütigen, weil er es nie verdaut hat, dass du, die Frau!, die Initiative ergriffen und ihn verlassen hast. Eine Demütigung, denn gewöhnlich ist es der Mann, der sich brüstet, dass er seine Frau aus dem Haus gejagt hat.

»Nehmt euch in Acht! Ihr sprecht mit einem vom Volk demokratisch gewählten Abgeordneten, mit einem Ratsmitglied im Präsidium der Republik!«, hörst du ihn labern. In dir wallt Zorn auf.

»Du bist nicht gewählt worden, du bist durch Wahlfälschung ernannt worden! Betrüger ...«

Wieder lautes Gelächter. Der Spott aus der Menge lenkt dich kurz ab, und deine Gereiztheit verwandelt sich in kaltblütiges Rachebedürfnis. Die Argumente zählen nicht mehr, du weißt, dass es hier nicht um den Preis für eure Schottersäcke geht. Der Abgeordnete dort vorn ist nur gekommen, um dich öffentlich zu demütigen. Du wirst es ihm heimzahlen. Und wenn man einen Mann bloßstellen will, vor allem einen Macho seiner Sorte, musst du seine Männlichkeit in aller Öffentlichkeit anzweifeln. Also richtest du dich auf, zeigst mit dem Finger auf ihn und schleuderst ihm mit schneidender Stimme spöttisch entgegen: »Sag mal, Tito-mein-geliebter-Mann-der-mich-ja-so-gut-kennt: Seit du dich von deiner neuen Eroberung aushalten lässt, hast du offenbar vergessen, dass du Kinder hast. Weißt du denn nicht, dass echte Männer stolz darauf sind, ihr Kinder großzuziehen? Weiß Madame die Präsidentengattin, dass ihr persönlicher Berater ein erbärmlicher Vater ist? Warum bringst du nicht zuerst dieses Problem in Ordnung, bevor du ein anderes anpackst, das dich ohnehin überfordert?«

Wahnsinn! Er war auf diesen Uppercut in den Plexus – vielmehr auf diesen Schlag unter der Gürtellinie – nicht gefasst. Die Wörter, mit denen er dich bespucken möchte, verklemmen sich in der Tiefe seiner Kehle, und er bringt nur ein paar stammelnde Gluckser hervor. Der Schimpf der Menschenmenge verwandelt sich in einen skandierten Chor: »Befreit Mo-ja-lo! Befreit O-sso-lo! Befreit Mu-kié-tu!« – dreimal Händeklatschen –, »befreit unsere Kameradinnen!«

Völlig überfordert und aus dem Konzept gebracht, treten der Bürgermeister und sein demokratisch gewählter Abgeordneter den Rückzug an. Ein erster Sieg für euch! Ihr habt ihnen Paroli geboten! Doch nur ein kleiner Sieg, weil eure Kameradinnen immer noch eingesperrt sind. Euch bleibt nichts anderes übrig, als im Hof des Hauptkommissariats ein Sit-in zu veranstalten. Ihr singt Volkslieder, singt Lieder, die bei Totenwachen gesungen werden, erfindet spontan neue Refrains, die sich auf euren Kampf beziehen.

Dennoch, deine Unruhe wächst: Warum haben die Behörden nicht wie sonst Militär geschickt, um euch zu verprügeln und mit Knüppeln und Knütteln auseinanderzutreiben? Etwas stimmt nicht.

Motorengeräusch unterbricht die fröhlichen Gesänge. Ein Polizeiwagen! Ihr geratet in Panik. Und du sagst dir, diesmal wird's ernst: Der Moment des unvermeidlichen Zusammenstoßes mit den Ordnungskräften ist gekommen. Ihr springt auf die Füße. Aus dem Wagen steigt der für das Gefängnis verantwortliche Polizeihauptmann, der vorhin gedroht hatte, euch mit Knüppelschlägen auseinanderzutreiben. Als er das Kommissariat betritt, blickt ihr ihm stumm nach. Dann werden die wildesten Vermutungen herumgereicht.

Plötzlich öffnen sich die zwei großen Metallflügel des Gefängnistors … und eure drei Kameradinnen treten heraus! Ein paar Nanosekunden lang herrscht Totenstille, dann bricht tosender Jubel aus. Es ist ein Uhr dreißig in der Früh! Ihr könnt es kaum fassen. Der Hauptmann hat bestimmt einen Anruf aus dem Präsidentenpalais erhalten, denn in diesem Land geht nichts ohne den Präsidenten der Republik. Zuerst kommt Mukiétu heraus, breit lächelnd trotz ihres geschwollenen und blutunterlaufenen Gesichts. Anne-Marie Ossolo folgt ihr hinkend, zuletzt erscheint Moyalo, die, ungeachtet ihres blauen Auges, spontan eine schöne Ansprache auf Lingala hält, euch dankt, dass ihr gekommen seid, und euch beschwört, euch eure Schottersäcke auf keinen Fall für zehntausend Franc stehlen zu lassen!

Du fügst in deiner Eigenschaft als Wortführerin hinzu, dass ihr euch nicht mit diesem ersten Sieg begnügen dürft. Der Kampf gehe weiter. Morgen würdet ihr zu einem Protestmarsch zum Hauptkommissariat aufrufen, und ihr würdet hier ausharren, bis die gestohlenen Säcke herausgegeben werden.

Die Gefangenen waren gemeinsam in eine Zelle geworfen worden. Keine wurde gefoltert – ein Wunder! –, doch es wurde auch keine ärztlich behandelt. Erste Priorität ist also, sie ins Krankenhaus zu bringen und ihnen etwas zu essen zu besorgen. Ihr wart alle solidarisch, und schließlich ist alles gut abgelaufen.

Dein Handy klingelt. Du wühlst in deiner Handtasche, ziehst es hervor, schaust auf die Uhr: Es ist fast zwei Uhr morgens! Wer ruft denn um diese Zeit an? Es ist Atareta, die es übernommen hat, sich im Krankenhaus um die Verletzten zu kümmern. Ihre Stimme klingt verzweifelt. Sie berichtet dir, sie seien am frühen Nachmittag im Krankenhaus eingetroffen, doch Iyissus Fraktur sei noch nicht behandelt worden; das Krankenhaus habe weder Gipsverbände noch Spritzen, weder Watte noch Wundalkohol. Man müsse alles selber kaufen. Wo das Geld hernehmen? Laurentine Paka habe Glück, Danny, ihr Mann, habe ihr Rezept bezahlt; sie habe dann den Rest ihres Wundalkohols Iyissu überlassen. Batatu hingegen sei immer noch auf der Intensivstation.

Du stoppst die sich zerstreuende Menschenmenge, rufst ihnen diese Informationen zu und bittest um Spenden. Eine rasche Berechnung ergibt, dass dringend dreißigtausend Franc gesammelt werden müssen: der Preis für drei Säcke Schotter. Ihr seid zahlreich, wenn jeder zweihundert Franc spendet, kommt schnell genügend Geld zusammen. Du gibst fünfhundert. Hände greifen in Hosentaschen, entknoten Hüfttuchzipfel, wühlen in Handtaschen, einer zieht ein Geldstück hervor, ein anderer einen Geldschein … Schließlich kommen fünfunddreißigtausend Franc zusammen, mehr als die dringend benötigte Summe. Mukiétus Sohn sagt, er habe noch Watte zu Hause, und spendet auch noch drei Wegwerfspritzen. Du rufst gleich Atareta an und bittest sie, ja nicht wegzugehen, sondern auf Ossolos Bruder zu warten, der zusammen mit Mukiétus Sohn schon mit dem Notwendigsten zum Krankenhaus unterwegs ist.

Das wär's! Du bist zufrieden. Hast getan, was getan werden musste. Dass alle diese Frauen, die du nur als schweißüberströmte Steinklopferinnen unter der sengenden Äquatorialsonne kennst, ein Familienleben haben, vermittelt dir ein neues Bild. Du hast entdeckt, dass Ossolos älterer Bruder Taxifahrer ist. Dass Mukiétus zwanzigjähriger Sohn Pfleger ist. Und dass die so lange stumme und ihrer Umwelt entrückte Iyissu einen Onkel hat, der Abteilungsleiter auf dem Universitätsrektorat ist.

Jetzt, da die Anspannung sich gelöst hat, fühlst du dich völlig erschöpft, und du verspürst Hunger. Tatsächlich, du hast den ganzen Tag nicht gegessen. Essen, duschen und dann schlafen gehen! Haben die Kinder geschlafen, während du weg warst? Hat der Bub das Moskitonetz über Lyra und Batatus Baby gezogen? Plötzlich befällt dich Unruhe: Und wenn das Baby aufgewacht ist und nicht mehr aufgehört hat zu weinen, weil es seine Mutter vermisst?

Einer der Demonstranten bietet sich an, dich nach Hause zu bringen, er könne noch jemand in seinem Auto mitnehmen. Auf der Rückbank sitzen bereits drei Frauen. Erstaunlich, die spontane Solidarität von Unbekannten, wenn die Situation es erfordert. Alles in allem ist die Welt vielleicht doch nicht so schlecht. Du nimmst das Angebot gern an und bedankst dich. Die Frauen rücken zusammen, um dir auf dem Dreiersitz Platz zu machen, was nicht ganz einfach ist, denn die eine ist recht korpulent.

Auf der Fahrt unterhaltet ihr euch über die Ereignisse des Tages, und wenn du die drei erzählen und ausschmücken hörst, bekommen die Geschehnisse eine epische Dimension. Wärst du beim Polizeiüberfall im Steinbruch nicht dabei gewesen, würdest du anhand ihres Berichtes glauben, es habe sich um ein heldenhaftes Bataillon barbusiger Frauen gehandelt, die mit bloßen Händen einen schweren Panzer russischer Herkunft angreifen. Auch wenn du im Stillen etwas amüsiert bist, tut dir der Ausdruck von Stolz auf den freudestrahlenden Gesichtern der Frauen in der Seele wohl. Diese Frauen, die nicht mit euch im Steinbruch arbeiten und höchstwahrscheinlich nie Steine geklopft haben, sorgen sich ebenfalls um die Verletzten im Krankenhaus.

Das Auto hält vor deinem Haus an. Du steigst aus, die drei Frauen machen es sich etwas bequemer. Danke, auf Wiedersehen, bis morgen.

Du gehst ins Haus. Die Kinder schlafen friedlich und haben sogar die Sturmlaterne angezündet und als Nachtlicht hingestellt. Du bist sehr stolz auf deine Buben. Batatus Baby schläft mit Lyra in deinem Bett, gut geschützt unter dem rundum festgezurrten Moskitonetz. Sie haben alle deine Anweisungen genau befolgt.

Du lässt dich schwer in einen Sessel fallen, und gleich überkommt dich bodenlose Erschöpfung. Du musst aufstehen und dir etwas zu essen machen, sagst du dir, doch dein Körper weigert sich zu gehorchen. Die Ereignisse des Tages ziehen an dir vorbei: das Bild deines Ex mit seinen deplatzierten, ja beleidigenden Bemerkungen. Warum wollte er dich öffentlich demütigen? Liebt er dich vielleicht noch … trotz der Maske eines gekränkten Machos, die er ostentativ zur Schau trägt? Hat dieser Mann sich je überlegt, dass du seinetwegen dein Leben und die Zukunft geopfert hast, von der deine Eltern geträumt hatten? Als du mit zwölf in den Bus gestiegen bist, der dich von deinem Dorf in die Hauptstadt und ans Gymnasium brachte, hast du dir nicht vorgestellt, dass die breite Überlandstraße, die sich vor die erstreckte und die der Bus mit hoher Geschwindigkeit entlangbrauste, durch einen Tunnel führte, aus dem du, mit siebzehn, völlig verstört herauskommen würdest.

Es war der Abschlussball für diejenigen, die die Aufnahmeprüfung für die Abiturklasse bestanden hatten. Du hattest von der sechsten bis zur Abiturklasse nie eine Klasse wiederholen müssen, gehörtest immer zu den zehn Besten und warst sogar meistens Klassenbeste. Du warst Fan eurer Frauenbasketballmannschaft und gingst zu allen ihren Spielen. Auch du warst sportlich, gehörtest zur Leichtathletikmannschaft und liefst vor allem die Zweihundertmeter-, die Vierhundertmeter- und Achthundertmeterstrecke. Trotz deines vollen Programms besuchtest du aus Treue zur Familientradition jeden Sonntag den Gottesdienst.

Tanzen hingegen gehörte nicht zu deinen Freizeitbeschäftigungen. Du gingst nie zu Partys, weil sie dich ganz einfach nicht interessierten. Doch diesmal fühltest du dich verpflichtet hinzugehen, weil du zu den Klassenbesten gehörtest und der Ball für euren Jahrgang organisiert worden war. Du schautest deinen tanzenden Freundinnen zu, wie sie zur Musik hopsten, das Hinterteil schwenkten und die Hüften verrenkten. Da du alle Aufforderungen zum Tanzen hoheitsvoll wie eine Prinzessin ablehntest, gaben es die Jungen schließlich auf, niemand forderte dich mehr auf, und du bliebst wie ein Dussel auf deinem Stuhl kleben. Zwar hättest du auch gern gejerkt, getwistet, gerockt, zu den Hip-Hop-Rhythmen gerappt, dich wie deine Freundinnen amüsiert, statt Mauerblümchen zu spielen … doch du konntest ganz schlicht nicht tanzen. In Afrika!!! Das hattest du nun davon, dass du die Tochter eines selbst berufenen Pastors warst.

Dann kam ein Junge und setzte sich neben dich. Du hattest ihn schon ein- oder zweimal im Pausenhof gesehen, kanntest ihn aber nicht näher. Er sah nicht schlecht aus, war nicht auffällig, aber elegant gekleidet, ein bisschen Schickimicki zwar, aber jedenfalls nicht wie die anderen in ihren ausgeflippten und etwas lächerlichen Aufmachungen. Er begrüßte dich mit deinem Namen, was dich erstaunte. Sagte, er heiße Tito und er kenne dich ... wer kenne denn die brillanteste Schülerin am Gymnasium nicht?

Du hättest eigentlich erwartet, dass er dir zuflüstert, du seist entzückend ... oder dein Kleid sei todschick ... du hättest die schönsten Augen der Welt ... Doch nein, er spricht von deiner Intelligenz, was ziemlich ungewöhnlich ist für einen jungen Mann, der mit einem Mädchen anbändelt. Du fühltest dich geschmeichelt und warst gleichzeitig etwas verunsichert. Also gabst du dich bescheiden, sagtest, gute Zensuren bedeute nicht unbedingt, dass man intelligenter sei als andere, und noch bevor er antworten konnte, fragtest du ihn, in welcher Klasse er sei, du seist ihm noch nie in einem deiner Kurse begegnet. Im letzten Jahr, erklärte er, in der Abiturklasse, und er warte auf die Resultate der vor ein paar Tagen abgelegten Prüfungen. Er gehörte also zu den Großen. Zu den fleißigen, die Mathe oder Physik studieren. Nein, Chemie, und immer mit ihren Atomen und Molekülen beschäftigt. Ein bewunderter Großer! Schließlich trautest du dich, ihn zu fragen, was für ein Abiturfach er denn gewählt habe. Philosophie, antwortete er. Das verwunderte dich, denn dir war unerklärlich, wie man auf den Gedanken kommen konnte, mit Philosophie Karriere zu machen, wo es doch jede Menge Arbeitslose mit einem Jus- oder Phil-Abschluss gab. Doch du wolltest ihn nicht verletzen und sagtest lieber nichts.

Wie erwartet, stellte er dir die gleiche Frage. »Mathematik«, hast du geantwortet. Er zog kurz die Brauen hoch, was bedeutete, dass er entschieden nicht erwartet hatte, eine Frau könne ein solches Fach wählen. Und um sich ein bisschen aufzuspielen und zu zeigen, dass auch er in Mathematik bewandert war, holte er die banalste Formel hervor: »$a^2 + b^2 = c^2$. Pythagoras' Theorem!«, fügte er stolz hinzu. »Außer unterrichten kannst du mit Mathe nichts anfangen, denn all die Axiome, Theorema und Lehrsätze sind viel zu abstrakt.«

»Nicht abstrakter als Ich-denke-also-bin-ich«, hast du es ihm mit gleicher Münze heimgezahlt. »Eins zu null für dich!«, sagte er, legte die linke Hand auf die Brust und neigte den Kopf. Du warst von seiner Geste bezaubert. Ein charmanter und!!! intelligenter Junge, sagtest du dir. Unter den Tänzern, die sich auf der Tanzfläche austobten, gab es nicht viele wie ihn. Du erklärtest ihm, du hättest dich nicht wegen der Lemma und Theoreme für Mathe entschieden, sondern weil du später, nach dem Abi, Wirtschaftswissenschaften studieren wolltest, vor allem Unternehmensverwaltung. »Aha, du meinst Management«, korrigiert er dich. »Nenn es, wie du willst, aber ich will meine eigene Firma gründen, denn man kann nicht damit rechnen, vom Staat angestellt zu werden«, hast du ihm erklärt. »Stimmt, mit Philosophie kann man keine Firma gründen«, meinte er, »doch sie lehrt dich, die Welt mit Skepsis zu betrachten.« Skepsis war bestimmt ein philosophischer Begriff, denn das Wort war dir fremd. Also sagtest du zu ihm, das sei ein geheimnisvoller philosophischer Jargon, ob er sich nicht einfacher ausdrücken könne bei Leuten wie dir. Er lächelte – ein bezwingendes Lächeln – und erklärte, dies bedeute, alles in Zweifel zu ziehen, die Welt in Zweifel zu ziehen. Die Welt in Zweifel ziehen? Noch so eine unverständliche philosophische Formulierung, als wolle er dich hänseln. Du hast fragend die Augenbrauen gehoben und übertrieben die Stirn gerunzelt, um ihm zu verstehen zu geben, dass du immer noch nichts verstanden hattest. »Wenn du noch lange in diesem gelehrten Jargon sprichst, frage ich dich nach dem Wert eines Tetraeders«, hast du ihm gedroht. Und wieder dieses Lächeln! »Genug geplaudert. Willst du nicht tanzen?« O je! Wie du befürchtet hattest. Du hättest so gern Ja gesagt! Doch du konntest nicht tanzen. Du tanztest wie ein Trampel – was ungewöhnlich war bei einem siebzehnjährigen Mädchen. Du hast versucht, Ausflüchte zu machen, gesagt, du seist müde. Spürte er deine Verlegenheit? Er half dir geschickt aus der Verlegenheit und beteuerte, er habe sich nicht getraut, ein anderes Mädchen zum Tanzen aufzufordern, weil er auch nicht tanzen könne, und da er wusste, dass du sehr intelligent und nett seist, würdest du nachsichtig sein und

Verständnis haben, falls er dir auf die Füße trat … Du bist ihm ins Wort gefallen: »Wer hast dir gesagt, dass ich tanzen kann? Wahrscheinlich tanze ich noch schlechter als du.« »Das ist ja prima!«, rief er aus, stand auf und meinte: »Je komischer man sich benimmt, desto mehr gibt's zu lachen. Wir sind gekommen, um uns zu amüsieren, und nicht zu einem Tanzwettbewerb.«

Du erinnerst dich nicht mehr, wann er dich bei der Hand genommen hat, wann er dich von deinem Stuhl hochgezogen hat … du standst plötzlich auf der Tanzfläche, seine Hände um deine Hüften, deine Hände an seiner Taille. Und zufällig war es ein langsamer Tanz, ein Slow, eine Schnulze voller *my love* und *kiss me tender* und *hold me tenderly*, und du wusstest nicht, warum die Discjockeys immer ausgerechnet dann das Licht dimmten. Bei den ersten drei Schritten tratst du ihm dreimal auf die Füße, beim vierten trat er dir auf die Füße. »Sorry«, sagte er, »siehst du, ich stolpere sogar über meine Füße.« Was dich beruhigte, du hast dich entspannt, auch wenn du ein bisschen den Verdacht hattest, es sei Absicht gewesen, denn er war ein guter Tänzer und führte seine Partnerin sicher. Ohne dass du dir dessen bewusst warst, wiegte sich dein Körper im Rhythmus der Musik. Er hielt dich etwas fester, du ließest es geschehen, du spürtest wohlige Wärme in deinem Bauch und schlossest die Augen.

Als die Musik abrupt zu den heißen Rhythmen des *coupé-décalé** überging und die Lichter hell aufleuchteten, löstet ihr euch voneinander. Du warst etwas verlegen und gingst mit gesenktem Blick zu deinem Stuhl. Er setzte sich neben dich, als sei nichts geschehen, und meinte bloß, du hättest dich schön verstellt, denn du seist eine tolle Tänzerin. Du warst zwar schon siebzehn, doch die Jungen waren dir bisher ziemlich gleichgültig gewesen. Doch jetzt überflutete dich ein ungewohntes Gefühl, und dir war, als würde dein Herz heftiger schlagen als sonst.

* Tanzmusik aus der Elfenbeinküste und der Diaspora, heute in Afrika einer der beliebtesten Musikstile, der elektronische Musik mit populären afrikanischen Rhythmen, z. B. der kongolesischen Rumba, verbindet.

Damit er deine Verwirrung nicht bemerkte, zogst du das Taschentuch aus der Handtasche und begannst, einen eher imaginären Schweiß abzutupfen. Er meinte, es sei wirklich warm, und fragte dich, ob du etwas trinken möchtest. Die Getränke waren unentgeltlich, also sagtest du Ja, denn du wolltest ihm nichts schulden. Er brachte dir einen schön kalten Mangosaft, forderte dich aber nicht zu einem weiteren Tanz auf, und das war besser so, du hättest ihm nämlich wahrscheinlich einen Korb gegeben. Du erinnerst dich nicht mehr, worüber ihr euch unterhalten habt, während ihr euren Saft schlürftet. Schließlich bat er dich um deine Adresse. Du hast sie ihm bereitwillig gegeben, denn du brauchtest ihm ja nicht zu antworten, oder? Du zögertest jedoch, ihm deine Telefonnummer zu geben – die deiner Tante –, gabst aber schließlich seinem Drängen nach. Ohne es dir eingestehen zu wollen, hofftest du, dass er dich am nächsten Tag anrief, wozu hätte er dich sonst um deine Telefonnummer gebeten? Das war dir noch nie passiert mit einem Jungen.

Als am nächsten Tag nichts geschah, fiel dir ein, dass deine Freundinnen – die sich besser mit Jungs auskannten als du – gesagt hatten, das sei halt so, wenn die Jungen erst einmal bekommen hätten, was sie wollten, würden sie die Mädchen vergessen. Also hatte er bekommen, was er wollte: einen Tanz mir dir. Das war's. Warum sollte er sich an dich erinnern? Trotzdem bliebst du den ganzen Tag möglichst in Telefonnähe. Ausgerechnet als du auf der Toilette warst, klingelte es. Du zogst hastig deinen Slip hoch und bist zum Telefon gestürzt, doch es war bereits verstummt. Du hobst den Hörer trotzdem ab: Auf dem Anrufbeantworter war eine Nachricht für dich.

Knapper ging es nicht: »Hallo Méré? Tito am Apparat. 109,5 Grad. Bis bald.« Was soll das? Ein zu entziffernder Code? Testete er deine Intelligenz? Du hörtest nochmals die Nachricht ab. Da war dir alles klar. Dein Herz klopfte wie wild, und du musstest laut lachen. Zum Glück war Tantine nicht in der Nähe, sie hätte sich bestimmt gefragt, ob ihre Nichte vielleicht übergeschnappt war.

Das war also des Rätsels Lösung! Er hatte immer an dich denken müssen … oder zumindest an das, was du ihm gesagt hattest, als du ihn wegen seiner esoterischen Philosophensprache necktest und drohtest, du würdest ihn sonst nach der durchschnittlichen Winkelsumme des Tetraeders fragen. Er hatte wohl schwer suchen müssen, der Ärmste, um ein Trigonometriebuch zu finden, denn an eurer Schule gab es keine Bibliothek. Oder hatte er einfach einen Lehrer gefragt? Ein Spinner, dieser Tito. Und ganz anders. Würde er dir auch noch Blumen schicken?

Und die Anrufe begannen!

War es Liebe? Ungeduldig auf den Anruf warten? Sein spontan auftauchender Name, wenn du beim Lesen warst, ein Bad nahmst oder ganz einfach spazieren gingst?

Ja, und dann kam jener schicksalhafte Tag. Als du an jenem Morgen aufgestanden bist, hattest du überhaupt nicht vor, ihn zu treffen. Du warst mit Reisevorbereitungen beschäftigt, denn du wolltest morgen für die Ferien zu deinen Eltern fahren. Das Schuljahr war zu Ende. Tantine Turia hatte eine Liste aufgestellt mit allem, woran es den Dorfbewohnern am meisten mangelte, und hatte dir Geld für die Einkäufe gegeben. Du hattest die Runde durch die Chinesenläden, durch die Budiken der Westafrikaner gemacht, warst auf dem großen Markt im Stadtzentrum und warst gegen dreizehn Uhr nach Hause gekommen. Du hattest schnell zu Mittag gegessen, denn du musstest – nebst deinen persönlichen Sachen – eine Riesenmenge Dinge packen. Schließlich würdest du für fast drei Monate verreisen. Als du eben dabei warst, einen Berg Räucherfisch in einen Karton zu stopfen, klingelte das Telefon. Es war Tito.

Er begann mit den Fragen, die man üblicherweise stellt, wenn man nichts Wichtiges zu sagen hat. Wie geht's? Was hast du den ganzen Tag gemacht? Lauter Belanglosigkeiten. Hauptsache, man unterhält sich, lässt den anderen spüren, dass man in Gedanken immer bei ihm ist. »Ich liebe dich« jedoch, das hattet ihr seltsamerweise nie zueinander gesagt. Warum eigentlich? Nun, für dich jedoch waren es drei Worte, die der Tochter eines protestantischen Predigers nicht spontan über die Lippen kommen. Und gar was Zärtlichkeiten angeht, Zungenküsse und so … Niemals! Du antwortest ihm freudig, es gehe dir gut, du hättest Einkäufe für deine Eltern gemacht und seist total erledigt und alles müsse noch fertig gepackt werden. »Warum hast du nichts gesagt? Ich hätte dir geholfen«, protestierte er. Du hattest gleich bemerkt, dass seine Stimme nicht fröhlich und unbekümmert klang wie sonst, sondern ernst, ja etwas traurig. War es, weil du verreisen wolltest? Oder weil er glaubte, du wärst abgereist, ohne dich von ihm zu verabschieden, wenn er dich nicht angerufen hätte?

»Deine Stimme klingt so traurig, Tito. Was ist los? Weil ich dir nicht gesagt habe, dass ich verreise? Weißt du, ich habe mich erst gestern Abend entschlossen.«

»Nein, nein. Es geht nicht darum. Die Abi-Resultate sind gestern verkündet worden, und ich bin nicht auf der Liste derjenigen, die bestanden haben. Mit anderen Worten: Ich habe nicht bestanden«, erklärte er mit erstickter Stimme.

Du warst sprachlos! Auch geschockt, denn für dich war sonnenklar, dass Tito das Abitur bestand. Sonnenklar. Du hattest keine Sekunde gedacht, er könnte durchfallen.

»Bist du noch da?«, fragte er.

»Ja. Ich versteh's einfach nicht.«

»Ich auch nicht.« Seine Stimme klang völlig verzweifelt. »Komm zu mir, Méréana. Lass mich nicht allein. Verabschiede dich wenigstens von mir, bevor du abreist. Ehrlich, ich bin verzweifelt. Ich muss dich sehen.«

Es war ein Hilferuf, eine Beschwörung. Dein Herz und dein Körper sagten Ja. Du musstest ihn trösten, ihn aufmuntern.

»Also gut. Ich bin in etwa einer Stunde bei dir, aber ich kann nicht lange bleiben. Erklär mir, wo du wohnst.«

Du wart noch nie bei ihm gewesen. Und er nie bei dir. Eine halbe Stunde später sprangst du in ein Taxi, fuhrst in sein Viertel, in seine Straße, vor sein Haus. Vielleicht hatte er auf dich gewartet, denn er stand am Gartentor. Er bat dich hinein. Ein ordentliches Haus mit elektrischem Strom. Er hatte ein Studio gemietet: Wohnzimmer, Schlafzimmer, Küche und eine Außendusche. Kaum habt ihr das Haus betreten, kaum hat er die Tür geschlossen, warfst du dich in seine ausgebreiteten Arme. Küsse … Zärtlichkeiten. Kaum zu glauben: Es waren die ersten Küsse, seit ihr einander auf dem Ball begegnet wart. Zum ersten Mal in deinem Leben hast du dich gehen lassen. Dein Kleid fällt auf deine Füße … seine Hose gleitet seine langen Beine hinab … das Häkchen deines Büstenhalters springt auf … sein Hemd fliegt davon … eure Füße schleudern die Slips weg … und ihr liegt beide eng umschlungen im Bett. Du spürst, wie etwas Hartes dich durchbohrt, einen durchdringenden Schmerz … du stößt einen Schrei aus, klammerst dich noch fester an ihn …

Alles war sehr schnell gegangen. Du standst vor ihm auf und entdecktest das Blut auf den Betttüchern und an deinen Oberschenkeln. Das war's also gewesen!

Du stößt einen Wutschrei aus in deinem Sessel. Warum an all das zurückdenken, wo dich morgen Wichtigeres erwartet?

Du stehst schwerfällig aus dem Sessel auf und gehst den Gasherd anzünden. Du stellst einen Kochtopf mit Bohnen und Salzfisch auf die bläuliche Flamme. Du hast das Essen im Voraus zubereitet, und die Kinder haben dir deinen Teil gelassen. Nachdem du gegessen hast, bist du zu erschöpft, um dich zu waschen. Es kommt selten vor, dass du zu Bett gehst, ohne mit einer schön warmen Dusche den Schweiß, den Schmutz und die Erschöpfung wegzuspülen, doch heute ist es wirklich zu spät. Es wird ja schon bald Tag. Im Bett schlafen die zwei Kleinen, also rollst du eine Matte aus und wirfst eine gefaltete Decke als Matratze darauf. Nachdem du Gesicht und Arme und die entblößten Körperstellen mit einem Mückenschutzmittel eingecremt hast, kannst du dich endlich hinlegen.

Möge der Schlaf dich entführen, Méréana.

NEUN

Hämmern ans Fenster deines Zimmers. Du schreckst aus dem Schlaf! Die Ereignisse des gestrigen Tages schießen dir durch den Kopf. Ist es die Polizei? Nein, die hätte nicht ans Fenster geklopft, die würde mit dem Gewehrkolben an die Tür hämmern und sogar versuchen, sie einzuschlagen, wenn du nicht schleunigst aufmachst. Du hörst deinen Namen rufen. Nach einer kurzen Verwirrung taucht dein verschlafenes Hirn aus dem Traum, und du erkennst Tantine Turias aufgeregte Stimme. Du eilst ihr die Tür öffnen. Sie schließt dich in die Arme, dreht dich in alle Richtungen, um zu sehen, ob du unversehrt bist, überschüttet dich mit einem Wortschwall: »Du bist noch am Leben! Gesegnet sei der Herr! Meine Nachbarin Felly hat mich um fünf Uhr heute Morgen geweckt und mir berichtet, du hättest gestern Abend zusammen mit den Frauen vom Steinbruch ein Polizeikommissariat angegriffen, um verhaftete Frauen zu befreien, ja, und es sei schief gegangen, und die Soldaten hätten dich ins Gefängnis verschleppt ... dort, wo man die politischen Gefangenen einsperrt! Aber als sie das hörte, hat Abéti, meine andere Nachbarin, gemeint, man hätte dich nicht ins Gefängnis gesteckt, sondern ins Krankenhaus gebracht, denn die Knüppelschläge hätten dir ein Bein gebrochen. Dann kam Rona gerannt und sagte, sie hätte von einer Frau erfahren, die die Schwester einer Frau kennt, die mit euch auf dem Kommissariat war, du wärst nicht nur verprügelt worden, du lägst im Koma! Mir ist ganz schwindlig geworden, und ich hab gleich versucht, dich auf dem Handy zu erreichen, aber ein Unglück kommt nie allein: Es war nicht geladen, weil wir seit gestern keinen Strom haben. Ich habe das erstbeste Taxi genommen und mich schnellstens ins Krankenhaus fahren lassen. Du warst aber nicht dort. Weißt du, ich hatte genug Geld mit, um den Pfleger oder den Arzt zu schmieren, falls man dich aus politischen Gründen nicht behandelt hätte, weil du dich mit der Regierung angelegt hast. Sie haben mir versichert, dass du nicht dort bist. Ja und ich habe sogar einen Moment gedacht, man verheimlicht mir die Wahrheit und du wärst tot! Méré, stimmt's, was man mir erzählt hat? Ein Kommissariat angreifen ... Ich bitte dich! ... Das darf man doch nicht!? Sag, wie kannst du mir so etwas antun, mein Kind! Gott sei Dank bist du nicht tot ... bist nicht einmal verletzt ... hast nur eine kleine Narbe an der Stirn ...« Unmöglich, ihren Wortschwall zu stoppen. Man kann einen sich nach einem Gewitter vom Berg ergießenden Wildbach nicht mit einer Staumauer eindämmen, im Gegenteil, man muss ihn abfließen lassen und warten, bis er versiegt. Du lässt sie also reden. Sie steht mit hastig umgebundenem Hüfttuch und ungekämmtem Haar vor dir, weil sie keine Zeit gehabt hat, ihren üblichen Dutt ordentlich hochzustecken, und mustert dich von oben bis unten, berührt dich, umarmt dich, um ganz sicher zu sein, dass du heil und ganz bist.

Du versuchst zu erklären. Sie ist erleichtert, deine Version der Ereignisse zu hören, auch wenn die Polizei und den Bürgermeister herauszufordern für sie bedeutet, politisch tätig zu sein. Was ihrer Meinung nach im Widerspruch zur Familientradition steht. War der brutale Tod ihres Mannes nicht etwa der Politik zuzuschreiben? Sie fragt vorwurfsvoll, warum du sie nicht angerufen hast. Es sei zu spät gewesen, wendest du ein, und überhaupt, ihr Handy war ja entladen. Da du Strom hast, rätst du ihr, sofort die Batterie zu laden, denn die Stromzufuhr kann jeden Moment unterbrochen werden. Sie hält dich, wie jede Mutter, immer noch für ein kleines Mädchen, obwohl du schon in den Dreißigern bist. Als sie das Handy angeschlossen hat, mustert sie dich daher nochmals von oben bis unten, um ganz sicher zu sein, dass nichts kaputt ist. Dann geht sie ins Schlafzimmer, um nach Lyra zu sehen, und findet zu ihrem Erstaunen zwei Kinder vor. Sie sagt lachend, sie habe nicht gewusst, dass du in der

Zwischenzeit ein Baby bekommen hast. Du berichtest ihr von der Vereinbarung mit Bileko, die zwei Kinder bei euch aufzunehmen, bis ihre Mutter genesen ist oder bis sich jemand aus ihrer Familie bereit erklärt, eines der Kinder zu sich zu nehmen. Sie versteht die Situation und bietet sich an, den Tag über dazubleiben und sich um die Kleinen zu kümmern, denn sie weiß, dass dir ein hektischer Tag bevorsteht.

Nach der Morgentoilette bist du ein bisschen unschlüssig, denn heute ist ein besonderer Tag. Ein anderer Tag. Ein Tag wie kein anderer zuvor.

Inzwischen hat sich Tantine um die Kinder gekümmert und bereitet nun den Frühstücksbrei für sie zu. Als du aus der Dusche kommst, beschwört sie dich, zuerst einmal zu frühstücken, bevor du dich anziehst. Du bist wirklich sehr froh, dass sie da ist. Sie bringt dir eine Tasse Kaffee, gezuckerte Dosenmilch und Beignets. In dein großes, über dem Busen geknüpftes Hüfttuch gewickelt, sitzt du träge in deinem Sessel und hörst entspannt Radio. Es tut unendlich gut, sich hin und wieder verwöhnen zu lassen wie ein Kind.

// Ein Pastor der Erweckungskirche und zwei Dutzend seiner Anhänger haben in den Straßen Kinshasas Kinder gejagt, als »Hexenkinder« angeprangert und grausam misshandelt. Solche Jungen im Alter von fünf bis vierzehn Jahren werden oft beschuldigt, für die Krankheit und die Armut ihrer Eltern verantwortlich zu sein. Verfolgt, geprügelt, ja sogar gequält, flüchten sie von zu Hause und suchen in den Straßen Zuflucht, wo man sie oft verjagt. Beim Verhör gab der Pastor zu Protokoll, seine Aktion gehe auf eine Offenbarung des Heiligen Geistes zurück, der ihm gesagt hätte, sein sechsjähriger Neffe sei für den plötzlichen Tod seines Bruders verantwortlich, für die Unfruchtbarkeit seiner Frau und die lange Ehelosigkeit seiner Schwester. Der Junge bekam drei Tage nichts zu essen, wurde geschlagen, und man drohte, ihn wie Jesus Christus mit weiß glühenden Nägeln zu kreuzigen. Schließlich gestand er, tatsächlich ein Hexer zu sein, er benutze einen Halm und eine Hahnenfeder als Flugzeug, um nachts zu reisen, er habe nicht nur seinen Onkel, sondern bereits drei andere Menschen »gefressen«, und zwei seiner Komplizen würden auf der Straße leben, darum die vom Pastor ausgelöste Hatz.

Der Präsident von Gambia, Seine Exzellenz Doktor Alhaji Yahya Avdul-Aziz Jemus Jungkung Jammeh, hat alle Vertreter der diplomatischen Missionen seines Landes eingeladen, um ihnen seine Erfindung vorzustellen: einen Trank aus Heilkräutern, der in drei Tagen Aids heilen kann … //

»Was hör ich da über Aids?«

Du hast nicht daran gedacht, dass Tantine Turia Radio hört, während sie am Gasherd hantiert. Alles, was mit Aids im Zusammenhang steht, ist seit Tamaras Tod ein heikles Thema in eurer Familie.

»Wieder mal einer, der behauptet, mit einem Wundertrank Aids heilen zu können.«

»Aber nicht schon wieder mit Knoblauch und Runkelrüben …?«

»Du bringst alles durcheinander, Tantine, Knoblauch und Runkelrüben, das war der frühere südafrikanische Gesundheitsminister. Diesmal ist es ein Präsident, der von Gambia.«

»Diese Leute wissen nicht, was für Unheil sie anrichten. Jedenfalls sind sie eine Schande für uns Afrikaner«, stellt sie angewidert fest.

Du beendest dein Frühstück und schaltest das Radio aus. Jetzt hast du keine Ausflüchte mehr: Du musst dich dem vor dir liegenden Tag stellen.

Du weißt nur, dass du heute nicht zum Steinklopfen gehst und dass auch die Kinder nicht zur Schule gehen werden. Sonst ist nichts wirklich geplant. Du bist die Wortführerin – vielleicht sogar die Präsidentin, wie Mukiétu vorgeschlagen hat –, doch Präsidentin wovon? Du weißt nicht einmal, mit wem ihr euch auseinandersetzen müsst, denn ihr steht ja nicht mehr euren gewohnten Verhandlungspartnern gegenüber: den Lkw-Fahrern und den Aufkäufern. Ihr werdet improvisieren, euch auf dem Weg vorkämpfen müssen. Während du dich in Gedanken versunken ankleidest, erinnerst du dich plötzlich ans Vordringlichste: Du musst dich unbedingt nach dem Zustand der Verletzten erkundigen!

Du rufst Laurentine Paka an. Danny ist am Apparat. Du fragst nach seiner Gefährtin. Es geht ihr gut, danke. Ihre Wunde an der Stirn wurde gut versorgt; sie hat keine starken Schmerzen mehr wie gestern. »… Wart mal, sie kommt eben aus der Dusche, ich geb sie dir.«

»Sag, wie geht's dir?«, fragst du, kaum hat sie »Hallo?« gesagt.

»Besser, Méré, aber es war schrecklich, als ich mich im Spiegel gesehen habe. Ich habe Pech gehabt! Die genähte Wunde zieht sich über die ganze Stirn. Ich bin hässlich, Méré, entstellt. Ich hätte tausendmal lieber einen Arm gebrochen, als eine so hässliche Schmarre im Gesicht zu haben. Schlimmer als die von Anne-Marie! Meinst du, die Narbe verschwindet, wenn die Wunde verheilt ist? Meinst du, ich finde eine gute Hauttönung, um sie abzudecken?«

Oh, diese Laurentine! Immer eitel. Ausgerechnet jetzt, wo es um euer Überleben geht, sorgt sie sich um ihr Aussehen. Zum Glück gibt es Frauen, die weder Armut noch Hungern daran hindern, sich um ihr Äußeres zu sorgen. In den Arbeitspausen spricht sie nur über Schönheitsmittel und von den Geschäften, wo man günstige amerikanische Marken findet und neue Gesichtsmilch und Cremes, die sie kürzlich entdeckt hat. Sie hat sich schnell mit Anne-Marie Ossolo angefreundet, die ein bisschen mehr von Mode versteht als du und weiß, was gerade »in« und was bereits »out« ist. Du vermutest, dass ein guter Teil ihres Verdienstes im Steinbruch für Schönheitsprodukte draufgeht, die sie in Mengen verwendet, um die Haut aufzuhellen. Du hast dich nie getraut, ihr zu sagen, dass die Lotionen und Puder von Fashion Fair, die sie auf dem Markt kauft, in Nigeria hergestellte

Fälschungen sind. Produkte, die toxische Substanzen enthalten und bei längerer Anwendung schädlich sind. Jetzt, da der Kampf euch einander nähergebracht hat, wirst du vielleicht den Mut haben, es ihr aus Pflichtgefühl zu sagen. Zuerst hast du gedacht, sie gebe auch recht viel Geld für ihre Groschenromane aus, die sie in ihrer Handtasche herumträgt, und erst viel später hast du festgestellt, dass sie immer und immer wieder die gleiche Geschichte liest. Du solltest sie etwas anderes entdecken lassen, *Ein so langer Brief* von Mariama Bâ zum Beispiel. Du hast das Buch in deiner Gymnasialzeit gelesen, und es hat dir sehr gefallen. Doch jetzt tröstest du sie vorerst, sagst, sie solle sich keine Gedanken machen, es gebe einen wirksamen Wundheilungsspray. Dann gehst du zum Wichtigsten über, und das Wichtigste ist im Moment, dass ihr euch trefft und euch auf das weitere Vorgehen einigt. Sie fragt, wo ihr euch versammelt. Du weißt es noch nicht, und falls sie einen Vorschlag hat, sei er sehr willkommen. Sie verspricht anzurufen, sobald sie wieder klar denken kann.

Kaum hast du aufgelegt, klingelt das Telefon. Du drückst auf den grünen Knopf. Es ist Atareta, die die Verwundeten ins Krankenhaus begleitet hat. Du hast sie ganz vergessen! Sie informiert dich, dass sie heute Morgen noch nichts über Batatus erfahren hat und dass sie gleich ins Krankenhaus geht. Du bittest sie, dich sofort anzurufen, wenn es Neuigkeiten gibt, inzwischen würdest du einen Versammlungsort suchen. Sie schweigt einen Moment, dann schlägt sie dir einen etwas ungewohnten, aber zweckmäßigen Ort vor, wo ihr euch treffen könntet: den Hof des Krankenhauses, in das Batatu eingeliefert worden ist. Klar! Warum bist du nicht selbst auf den Gedanken gekommen? Dieser Ort bietet zwei Vorteile: Erstens kennen ihn alle, und zweitens ist er nicht weit entfernt. Zudem wärt ihr in Batatus Nähe, gewissermaßen, um ihr eure Solidarität zu beweisen. Um welche Zeit? Die Frage nach der Zeit ist echt ein Problem in einem Land, wo die Zeit immer voraus ist und die Leute immer zu spät kommen. Du einigst dich mit Atareta darauf, die Versammlung auf dreizehn Uhr festzusetzen, doch um sicher zu sein, dass ihr nicht auf

Zuspätkommende warten müsst, beschließt ihr, auf zwölf Uhr mittags einzuladen, eine gute Stunde vorher also. Du bedankst dich und bittest sie, die Information zirkulieren zu lassen.

Kaum hast du aufgelegt, klingelt das Telefon wieder. Es kommt dir vor, als hättest du Dienst in einer Telefonzentrale. Diesmal ist es Ossolos Bruder, der von seiner Schwester aus anruft. Er ist bereit, dir das Taxi den ganzen Tag zur Verfügung zu stellen, und sagt, er fahre gleich zu dir. Dann kommt seine Schwester ans Telefon. Ihrem Bein gehe es gut, es sei nicht gebrochen, bloß ein Schmerz in den Waden von einem Kolbenschlag, doch sie könne problemlos auftreten, antwortet sie auf deine Frage, wie sie die Nacht verbracht hat. Sie möchte wissen, was ihr mit diesem Tag anfangen wollt, da ja keine zur Arbeit gehen wird. Du informierst sie, du hättest eben mit Atareta gesprochen, am Mittag werde eine Versammlung im Hof des Krankenhauses stattfinden. »Gute Idee«, stimmt sie dir zu, »was wollt ihr unternehmen?« Du wüsstest es noch nicht, aber Zweck der Versammlung sei, eine gemeinsame Strategie festzulegen, um eure beschlagnahmten Säcke wiederzubekommen. Du bittest sie, ihrerseits die Information an so viele Frauen wie möglich weiterzuleiten. Du würdest sie wieder anrufen. Doch da ihr Handy gestohlen wurde, kann man sie nur über ihren Bruder erreichen.

Jetzt sind die anderen Verwundeten an der Reihe. Zuerst Iyissu und ihr Arm. Sie hat kein Handy, doch seit gestern Abend weißt du, dass einer ihrer Onkel im Rektorat der Uni arbeitet. Als du die Nummer wählst, teilt dir eine elektronische Stimme mit, das Guthaben auf deiner Prepaidcard reiche nicht mehr für einen Anruf. Du hast heute entschieden kein Glück! Die Karte wird für fünftausend Franc verkauft, und die Minute kostet zweihundert Franc, was nicht einmal eine halbe Stunde telefonieren ergibt. In der gegenwärtigen Situation fünftausend Franc auszugeben ist ein Problem. Und doch muss es unbedingt sein, sonst kannst du mit den anderen nicht in Verbindung treten.

Bleibt dir nur eins, obwohl es dir schwerfällt: Tantine Turia zu fragen, ob du ihr Handy benutzen darfst. Du gehst ins

Wohnzimmer und erklärst ihr, du hättest keine Telefonkarte mehr. Sie blickt dich kopfschüttelnd an, was bedeutet, dass sie nicht versteht, warum du die ganze Geschichte nicht vergisst, wo sie dir doch schon so viel Ärger eingebracht hat. Du versuchst nochmals, sie zu beruhigen, es gehe nicht um Politik, du würdest nur um deine Steinsäcke kämpfen. Sie deutet auf das sich aufladende Gerät: »Drei kurze Anrufe und fertig!«, betont sie. Du dankst ihr von ganzem Herzen.

Nach wiederholten Versuchen bei der Telefonzentrale der Universität hast du endlich Iyissus Onkel in der Leitung.

»Guten Tag, ich bin Méréana, ich arbeite mir ihrer Nichte im Steinbruch am Fluss.«

»Was wünschen Sie?«

Die Stimme klingt abweisend.

»Ich bin die Wortführerin der Steinklopferinnen. Ich möchte mich nach Iyissu erkundigen ...«

Du hast den Satz noch nicht fertig gesprochen, und schon brüllt er los: »Wer hat Ihnen meine Telefonnummer gegeben? Rufen Sie mich nie mehr an! Wenn ihr gegen die Regierung seid, ist das euer Problem, wenn ihr euch von der Opposition manipulieren lasst, so habe ich nichts, rein gar nichts damit zu tun, verstanden? Ich bin Beamter und mache keine Politik! Und meine Nichte wohnt nicht bei mir. Auch wenn ich ihr Onkel bin, bin ich nicht für ihre Dummheiten verantwortlich. Ich habe genug Scherereien gehabt wegen der Geschichte mit ihrem Sohn, der sich als Milizsoldat hat schnappen lassen. Es reicht! Rufen Sie mich nie mehr an, verstanden? Nie mehr!«

Und, klick, er hat aufgelegt. Du hast die Angst in seiner Stimme gespürt. Du wunderst dich. Was hat das unglückliche Schicksal von Iyissus Sohn mit eurer Steingeschichte zu tun? Warum behauptet er, dass ihr von den Oppositionsparteien manipuliert worden seid? Der Präsident der Republik, die Regierung, die Minister, die Abgeordneten, die Politiker der Regierungspartei und die der Opposition sind zu weit weg, zu hochgestellt für euch einfache Frauen. Für euch zählen nur eure Steinsäcke und das tägliche Geld, das sie euch einbringen. Du beginnst an eurem Vorgehen zu zweifeln. Seid ihr vielleicht zu weit gegangen? Nein, eure Forderungen sind gerechtfertigt!

Du überlegst dir, dass Mukiétus Sohn, der doch Krankenpfleger ist, etwas über Iyissus Zustand in Erfahrung bringen könnte. Noch bevor du zu deinem dritten Anruf kommst, klingelt dein Handy. Erleichtert denkst du daran, dass du zwar nicht mehr anrufen, aber Anrufe entgegennehmen kannst. Es handelt sich bestimmt um wichtige Informationen von Ossolos Bruder, dem Taxifahrer, oder von Atareta, die Nachrichten von Batatu hat. Du stürzt zu deinem Handy. »Hallo?« Vom anderen Ende der Leitung raunzt dich eine vertraute Stimme an: »Méré?«

Es ist Tito! Tito Rangi, dein Ex!

Er überschüttet dich gleich mit wüsten Beschimpfungen, brüllt, gestern Abend hättest du dich wie eine vulgäre Nutte aufgeführt, hättest ihn mit deinen faustdicken Lügen in aller Öffentlichkeit gedemütigt.

»Glaubst du, unsere Familiengeschichten öffentlich ausbreiten zu müssen? Und behaupten, ich sei nicht imstande, mich um meine Söhne zu kümmern? Und auch noch die Erste Dame des Landes darin zu verwickeln? Du bist nicht nur eifersüchtig, weil du mich mit jüngeren und hübscheren Frauen siehst, deine Eifersucht hat sich offensichtlich in Hass verwandelt. Und der treibt dich dazu, dummes Zeug zu verbreiten und dich dämlich aufzuführen.«

Du bist baff! Zuerst einmal über seinen Anruf, denn seit eurer Trennung hat er nie mehr angerufen … und das ist immerhin über ein Jahr her. »Männerehre!«, erzählte er überall herum, »sie ist es, die mich verlassen hat, also ist es an ihr, zurückzukehren.« Wenn er wegen der Kinder mit dir Kontakt aufnehmen musste, lief es immer über Drittpersonen. Und dann die Heftigkeit seiner Beschuldigungen, die bloß lauter traurige Vulgaritäten sind. So hast du ihn nie gekannt, nicht einmal an jenem Tag, als er dich das erste Mal geschlagen hat. Es stimmt, dass du in aller Öffentlichkeit seine wirtschaftlichen Erfolge angezweifelt hast … und indirekt seine Männlichkeit … Gibt es eine schlimmere Beleidigung für einen Macho? Und wenn man sich vorstellt, dass dieser Mann dich einst verführte, weil er Philosoph war?

»Hör, Tito«, entgegnest du und versuchst, ruhig zu bleiben, »du hast mich persönlich angegriffen, wo wir doch nur dort waren, um im Namen der Frauen eine kollektive Forderung zu stellen. Wie auch immer, ich habe keine Lust, mit dir zu streiten; ich habe heute Wichtigeres zu erledigen, und deine Hirngespinste …«

»Hirngespinste?«, brüllt er in den Hörer. »Wenn jemand dummes Zeug redet, bist du's. Forderungen der Frauen … Blödsinn, lauter Blödsinn.«

»Hör mal, wenn du mir etwas zu sagen hast, dann sag`s. Ich habe keine Zeit zu verlieren.«

»Für wen hältst du dich eigentlich? Für deine Schwester vielleicht?«

Warum ist er so gemein? Du weißt, dass er deine Schwester absichtlich erwähnt, um dich zu treffen, wo es dich am meisten schmerzt; er weiß, dass die Wunde noch nicht verheilt ist, die ihr frühzeitiger Tod in deinem Herzen zurückgelassen hat. Wie kann man nur so gemein sein!

»Tito, wenn du meine Schwester noch einmal erwähnst, lege ich auf.«

»Sie war zumindest intelligent und hätte keinen solchen Unfug angestellt, wie du im Begriff bist zu tun. Auch wenn du mich hasst, gebe ich dir einen freundschaftlichen Rat: Stopp diese Demo, bevor es zu spät ist.«

»Die Leute, die dich zum Abgeordneten wählten, haben dich damit beauftragt, mich zum Aufgeben zu bewegen, nicht wahr? Mich, weil ich von den Frauen als Wortführerin gewählt worden bin.«

Du willst es ihm mit gleicher Münze heimzahlen. Nichts bringt ihn mehr in Rage, als ihn an seine gefälschte Abgeordnetenwahl zu erinnern.

Und er braust tatsächlich auf.

»Halt den Mund! Ich bin ein vom Volk gewählter Abgeordneter! Wenn du wenigstens etwas Grütze im Kopf hättest! Doch was soll man von jemandem erwarten, der nicht einmal Abitur hat und sich damit brüstet, eine Bande ebenso idiotischer Frauen anzuführen. Lies ein bisschen in den Geschichtsbüchern! Da wirst du feststellen, dass die Frauen, die die Dinge verändert haben, von einem ganz anderen Kaliber sind als du. Ich sag dir eins, Méré, wir wissen doch genau, wer euch manipuliert!«

»Und wer soll das sein?«

»Die Oppositionsparteien, verdammt! Zur Zeit findet doch in unserer Hauptstadt ein Kongress der Präsidentengattinnen Afrikas statt, und diese von der Opposition angezettelten Unruhen bezwecken nur eins: die Frau unseres Präsidenten in Misskredit zu bringen und – warum nicht – vielleicht den Präsidenten selbst. Und ihr glaubt, wir lassen das zu?«

»Und warum hast du nichts davon gesagt, anstatt mich vor den Versammelten anzugreifen?«

»Ich habe dich nicht angegriffen. Du hasst mich derart, dass für dich alles, was aus meinem Mund kommt, ein persönlicher Angriff ist. Ich wollte bloß diese armen Frauen vor deinem Wahnsinn warnen. Die Präsidentengattinnen Afrikas erweisen uns die Ehre, sich bei uns zu treffen, um über so wichtige Probleme wie den Kampf gegen Aids zu diskutieren, die Malariaprävention, die Verbesserung der Frauenrechte. Ihr dagegen habt nichts Besseres zu tun, als die Leute mit euren kindischen Sorgen um Schottersäcke zu belästigen. Wenn du glaubst, wir lassen euch diesen internationalen Kongress stören, irrst du dich gewaltig.«

»Wir haben überhaupt nicht die Absicht, was auch immer zu stören, aber wir gehen bis zum Letzten, um unsere Säcke zurückzubekommen.«

»Du bist immer noch so dumm. Deine Schwester …«

»Verr …«

Du unterbrichst ihn mit einem wüsten Wort, das du sonst nicht in den Mund nimmst, jedenfalls nicht einem Menschen gegenüber. Er bleibt ein paar Sekunden stumm, als hätte es ihm die Stimme verschlagen. Und du legst auf. Du weißt, dass es unhöflich ist, dass dir deine Eltern eingeprägt haben, die Leute ausreden zu lassen, egal worum es geht, doch was zu viel ist, ist zu viel. Und dieser Kerl soll deine Leitung nicht endlos besetzen, wo du doch wichtige Anrufe erwartest.

Bist dennoch beunruhigt. Du hast an diesem Morgen schon zweimal gehört, ihr würdet von den Oppositionsparteien manipuliert. Du hast dich nie für Politik interessiert, du kennst das Gesicht des Präsidenten nur von Plakaten. Und was die Opposition angeht, so hast du nicht die geringste Ahnung, wer dazu gehört.

Hingegen hat dir Tito eine wichtige Information gegeben: dass die Gattinnen der afrikanischen Präsidenten in eurer Stadt tagen! Um das Los der Frauen zu verbessern? Warum hat dann eure Präsidentengattin euch nicht an eurem Arbeitsplatz besucht? Du betrachtest deine Hände einer Frau in den Dreißigern, diese Hände, die immer schwieliger werden trotz der Salben, mit denen sie du jeden Abend massierst, nachdem du sie in warmem Wasser gebadet hast. Euer Los verbessern? Gegen Aids kämpfen? Ausgerechnet! Du erinnerst dich, wie die Gattin des Präsidenten dich nach dem Tod deiner Schwester zutiefst verletzt hat. Du hattest sie am Radio gehört. Es war bei einem Podiumsgespräch, in dem es darum ging, die stolzen Krieger eurer tapferen Armee zu schulen, für die Vergewaltigen zur Routine geworden war. »Ich bitte unsere Soldaten, nicht zu vergewaltigen. Denn wisst, dass ihr riskiert, eurerseits vom Virus angesteckt zu werden, wenn ihr vergewaltigt. Vergewaltigt also nicht. Aber nicht, weil Vergewaltigung ein Gewaltakt ist, ein Verbrechen, das strengstens bestraft wird, sondern vergewaltigt nicht, weil die Frauen euch tapfere Soldaten heimtückisch anstecken könnten! Es hat dich für deine Schwester geschmerzt, die vom Opfer zur Täterin gemacht wurde. Nein, auf die Tagungen dieser Damen kannst du gern verzichten.

Was Tito angeht … ach dieser Tito … er ist sich nicht im

Geringsten bewusst, dass er dein Leben zerstört hat. Seinetwegen bist du Steinklopferin geworden. Der Preis für ein Mal, ein einziges Mal die Beine spreizen! An dem Tag, als er sein Abi verpatzt hat. Du bist jungfräulich zu ihm gegangen, und als du weggegangen bist, warst du es nicht mehr.

Am nächsten Tag bist du ins Dorf gereist, zu deinen Eltern in die Ferien. Dein Vater hatte eine Gebetsstunde einberufen, um Gott für deinen Fleiß in der Schule zu danken und vor allem für deine Zulassung zur Abiturklasse – er sah dich bereits mit dem Abitur in der Tasche und die Tür zur Universität offen –, und auch, weil Tantine Turia dich in höchsten Tönen lobte für dein gutes Verhalten in dieser großen Stadt, wo eine Heranwachsende allen Versuchungen ausgesetzt ist. Es fehlte nur noch Großmutter, die ihrerseits alle ihre Ahnen angerufen hätte, was wiederum Papa veranlasst hätte, gegen »den Animismus, Fetischismus und Paganismus« seiner Mutter zu wettern.

Während der zu Hause verbrachten Ferien halfst du deiner Mutter, wie alle Mädchen im Dorf: die Felder für die neue Aussaat am Ende der Trockenzeit vorbereiten, im Brunnen Trinkwasser holen, von der Mutter lernen, wie man Maniokmehl herstellt und daraus Brot backt, nachdem man die Knollen im Fluss oder im Weiher hat rotten lassen, die Zöpfchen deiner Cousinen und deiner Freundinnen flechten … Deine jüngere Schwester Tamara folgte dir überallhin. Sie war vier Jahre jünger als du und bewunderte ihre große Schwester. Sie überschüttete dich mit Fragen, die manchmal von erfrischender Naivität waren. Wenn du sie nicht beantworten konntest, überspieltest du sie möglichst. Du verbrachtest auch viel Zeit damit, ihre Lektionen durchzugehen, vor allem die Matheaufgaben. Beschäftigt wie du warst, hattest du kaum mehr an Tito gedacht; einmal vielleicht, als du gegenüber Tamara erwähntest, du würdest einen Philosophen kennen, weiter nichts. So warst du nicht weiter beunruhigt, als deine Mens sich verzögerte. Du hattest deine erste Regel sehr früh gehabt, und sie waren immer sehr kapriziös gewesen.

Als die Ferien vorbei waren, warst du zu deiner Tante in die Stadt zurückgekehrt, und das neue Schuljahr hatte begonnen. Ein entscheidendes Jahr, das Abiturjahr, ein Jahr, von dem deine Zukunft abhing, wie es das Bildungssystem deines Landes will. Das Abitur war ein Fallbeil, das deine Leistungen während der sechs Gymnasialjahre in keiner Weise berücksichtigte, selbst wenn sie ausgezeichnet waren, denn nur das Ergebnis einer kaum zwei oder drei Tage dauernden Prüfung zählte.

Nach den Ernten legten deine Eltern vom Verkaufserlös genügend Geld auf die Seite, um die Kosten deines Schuljahrs zu decken, so dass du problemlos das notwendige Material kaufen konntest. Hefte, Bleistifte, Zirkel, Bücher … du gingst möglichst schnell alles einkaufen. Du brauchtest kein neues Lineal, keinen neuen Rechner und keinen neuen Winkelmesser, denn die des letzten Jahres waren noch in sehr gutem Zustand. An jenem Abend hast du in deinem neuen Mathebuch geblättert und all die unbekannten Gleichungen und Theoreme bestaunt, die du würdest lernen müssen. Dann hast du das Chemiebuch aufgeschlagen, die mit Pfeilen und Doppelpfeilen verbunden Formeln studiert. Noch waren sie dir unverständlich, aber du wusstest, dass am Ende des Schuljahres all dieses Wissen ins Brachland deine Gehirns Eingang gefunden haben würde. Im Physikbuch gab es noch spannendere Schemata, zum Beispiel das bunte Band eines elektronischen Spektrums, das von Violet bis Infrarot reicht. Du hast im Geografiebuch geblättert, in allen Kontinenten mit der Fingerspitze auf unbekannte Orte gezeigt und laut ihre fremd klingenden Namen entziffert: Reykjavik, Chittagong, Chattanooga, Dunedin, Ushuaia, Kalahari und vor allem Wagadugu, dessen melodiöse Silben du im Mund drehtest und mit geschürzten Lippen skandiertest. Und erst dein Geschichtsbuch, in dem die Fotos unserer bekannten Helden wie Patrice Lumumba und anderen dir unbekannten Männern und Frauen abgebildet waren.

Du konntest den ersten Schultag kaum erwarten! Deine neue Hose. Deine neuen Schuhe. Deine alte Schultasche, die du aus sentimentalen Gründen nicht ersetzt hattest. Am ersten Tag drei Lektionen: Mathematik, Geschichte, Biologie. Guter Biologielehrer, guter Mathelehrer, der Geschichtslehrer hingegen hatte euch eine ganze Reihe Daten für einen Kurs »Das heutige Afrika« diktiert: 1885: Konferenz von Berlin unter dem Vorsitz von Reichskanzler Otto von Bismarck. Beginn der Kolonialkriege. 1914: Schützenregiment der Tirailleurs sénégalais. Fortsetzung im nächsten Semester. Pausenläuten.

Beim Hinausgehen eilte dir Fatumata nach, deine beste Freundin. Sie hat den senegalesischen Händler, von dem sie ihren Namen hat, der an sein Land erinnert, nie gekannt. Der Kerl hatte nur gerade Zeit gehabt, ihre Mutter zu schwängern, bevor er verschwand. Ihre Mutter zog sie allein auf. Um den Lebensunterhalt zu bestreiten, verkaufte sie Brennholz und Kohle auf dem Markt. Fatumata half abends oft, ihr Holz und ihre Kohle zu verkaufen, und sie machte dabei ihre Hausaufgaben im Licht der Sturmlaterne oder einer Kerze, wenn das Petroleum ausging. Daher hatten ihre Schulhefte oft schwarze Kohleflecken, auch wenn sie sehr aufpasste. Um den Schuljahrbeginn vorzubereiten, verkaufte sie auf dem Markt portionenweise Fufu, doch obschon ihre Mutter sie unterstützte, hatte sie nicht genug Geld zusammengebracht, um alles notwendige Schulmaterial zu kaufen, und es fehlten ihr noch ein paar Bücher. Sie fragte dich, ob sie ein paar Seiten aus deinem Biologiebuch fotokopieren dürfte, denn sie hatte keine Zeit gehabt, die vom Lehrer an die Wandtafel gezeichneten Querschnitte und die schematischen Darstellungen abzumalen. Und auch das erste Kapitel aus dem Mathebuch, denn sie glaubte, ein paar Gleichungen nicht richtig aufgeschrieben zu haben. Kein Problem, hast du ihr geantwortet, an der Straßenecke vorn war ein Kiosk, der Fotokopien für fünfzig Franc die Seite machte. Als du gerade auf die Straße hinaustreten wolltest, kam dir Tito entgegen! Tito, den du seit dem Tag, als du dich von ihm verführen ließest, nicht mehr gesehen hattest.

Du hattest dich damals total verwirrt von ihm verabschiedet. Auf der einen Seite spürte dein Körper noch die Lust, die du eben empfunden hattest. Du hattest bis dahin nie gedacht, dass die intime Begegnung zweier Körper so intensiv sein konnte, dass man die Seele verlor, dass man keuchte und stöhnte wie ein wildes Tier, um kurz darauf in eine wohlige Leere zu fallen. Es war schön gewesen und angenehm. Doch du verspürtest auch eine gewisse Verlegenheit … nein, nicht ein Schuldgefühl, eine Sünde begangen zu haben, doch ein undefinierbares Unbehagen, etwas getan zu haben, was du nicht hättest tun sollen. Schließlich hattest du beschlossen, dass Vorgefallene zu begraben und nie wieder anzufangen.

Du freutest dich, ihn wiederzusehen, das war alles. Er wirkte eher aufgeregt und fragte, warum du nach der Rückkehr aus den Ferien nicht auf seine Botschaften auf dem Anrufbeantworter reagiert hättest. Du sagtest ihm, du hättest einer ganzen Menge Leute kein Lebenszeichen gegeben. Um ihm nicht noch mehr wehzutun, sagtest du ihm lieber nicht, dass du nicht einmal mehr seine Telefonnummer hattest. Fatumata, die etwas älter war als du, begriff gleich, dass ihre Ohren überzählig waren, sie nahm also die Bücher und ging ihre Fotokopien machen, während ihr diskutiertet. Kaum war sie weg, redete Tito weiter auf dich ein, sagte, seit dem, was zwischen euch vorgefallen war, wärt ihr durch ein besonderes Band verbunden. Das verärgerte dich. Du antwortetest ihm kalt, für dich sei es ein Moment der Verirrung gewesen in der Euphorie eines erfolgreich abgeschlossenen Schuljahres und du hättest ihn wegen seines nicht bestandenen Abiturs trösten wollen. Das sei alles. Jetzt beginne ein neues Schuljahr, und dein einziges Ziel sei nun, dich auf das Lernen zu konzentrieren. Im Brustton der Überzeugung sagte er, du seist gewissermaßen seine Frau, er sei dein erster Mann, und eine Frau würde ihren ersten Mann nie vergessen; du könntest ihn also nicht einfach fallen lassen. Er ging sogar so weit zu behaupten, du gehörtest jetzt ihm und was nicht noch alles … Zudem sei er umgezogen, du müsstet unbedingt seine neue Wohnung sehen, eine größere, angenehmere. Was dich etwas ärgerte. Es hieß immer, Frauen seien sentimental, sie würden sich an ihre erste Liebe klammern und patati-patata, doch jetzt stelltest du fest, dass es in Wirklichkeit die Männer sind, die nicht loslassen können. Du hast ihm also ruhig entgegnet, du könnest ihn nicht fallen lassen, weil du ihn nie getragen hättest, und mit einer Spur Bosheit hinzugefügt: »Kümmere dich lieber um dein Abi, denn ich nehme an, du versuchst es nochmals.« Die Ironie entging ihm, denn er meinte triumphierend, genau!, zu zweit könne man besser lernen und … »Basta«, hast du schroff zu ihm gesagt. »Ich habe keine Zeit zu verlieren und muss meine Lektionen lernen. Wir begegnen uns sicher hin und wieder auf dem Schulhof. Ruf mich aber vor allem nicht an!« Du ließest ihn stehen und gingst Fatumata suchen. Für dich war Tito eine erledigte Angelegenheit, nicht nur eine gewendete, sondern eine herausgerissene, zerrissene und in den Kehrichteimer geworfene Seite.

Du warst zwar ein bisschen besorgt, weil deine Mens immer noch ausblieb. Da du nicht wusstest was tun, hieltest du dich an die Coué-Methode und sagtest dir von Tag zu Tag, morgen würde sie einsetzen. Du spürtest deine Brüste anschwellen. Morgens erwachtest du mit Brechreiz, dann traten Pusteln im Gesicht auf: ein eindeutiges Zeichen! Du warst schwanger! Du hattest Mühe, es dir einzugestehen, sagtest dir, es sei ungerecht. Du kanntest Mädchen, die schon mehrmals ohne besondere Verhütungsmaßnahmen mit einem Jungen geschlafen hatten und nie schwanger geworden waren. Und du, ein einziges Mal! Ein einziges Mal in einem kopflosen Moment! Du dachtest an deine Eltern. Eine solche Nachricht würde sie umbringen! Dein Pastor von einem Vater würde vor Schande sterben. Du dachtest an Tantine Turia, bei der du wohntest: Mit ihrer Erfahrung würde sie bald die Veränderungen an deinem Körper feststellen. Du warst in Panik, dass sie deinen Zustand entdecken könnte. Übrigens, hatte heute Morgen, als du zur Schule gingst, ihr Blick nicht etwas länger als sonst deinen Busen gemustert? Würde sie sich nicht fragen, warum du plötzlich Pusteln im Gesicht hattest, ausgerechnet du, die sich jeden Morgen sorgfältig wusch? Und vielleicht auch, warum es dich plötzlich nach gewissen Speisen gelüstete?

Nein, du konntest das deiner Familie nicht antun: Du musstest dich dieser Schwangerschaft entledigen. Wie konnte man heimlich abtreiben? Mit siebzehn verliert man schnell den Kopf. Tito! Du musstest Tito sehen, Tito, den du vor ein paar Tagen im Schulhof so brüsk abgefertigt hattest.

Und nun suchtest du ihn in den ganzen Morgen in den Pausen auf diesem gleichen Schulhof. Klar, dass dein Kopf nicht bei der Sache war, deine Klassenlehrerin hatte es auch bemerkt, denn sie erteilte dir zweimal einen Verweis, das erste Mal mit einer Frage, die du nicht beantworten konntest, nicht weil sie schwierig war, sondern weil du ihren Ausführungen überhaupt nicht gefolgt warst. Das zweite Mal hatte sie ganz einfach festgestellt: »Méré, heute bist du offenbar sehr zerstreut. Ist etwas nicht in Ordnung?« Natürlich konntest du nicht antworten: »Ich denke an Tito, Madame.« Du hast bloß gestammelt: »Nein, Madame, es ist alles in Ordnung.« In der großen Pause und bis Schulschluss suchtest du ihn überall vergebens. Wo zum Teufel versteckte er sich?

Hatte er nicht gesagt, er sei umgezogen? Du kanntest seine neue Adresse nicht; du kanntest keinen seiner Freunde, und du konntest auch nicht lauthals verkünden, dass du einen Jungen namens Tito suchtest. Du warst schon am Verzweifeln, als du Fatumata erblicktest. Sie wollte das dritte Kapitel aus dem Biologiebuch fotokopieren.

»Fatumata, meine Freundin, meine Schwester, kannst du mir helfen?« »Ja sicher«, antwortete sie spontan. Du erklärtest ihr, du müsstest unbedingt Titos Adresse finden, aber er dürfte es in keinem Fall erfahren. Er könnte etwas vermuten und sich womöglich verdrücken, untertauchen. Man kennt das ja, immer bereit, alles abzustreiten und das Mädchen in der Scheiße zu lassen. Gut, du hättest ihn nicht abblitzen lassen sollen, aber wie hättest du wissen können, dass du dich in einer solch unmöglichen

Situation befinden würdest? Nun war's eben so, du hattest keine Wahl, du musstest ihn mit der Situation konfrontieren, um eine Lösung zu finden, ihn festnageln, falls er versuchte zu kneifen.

Tüchtige Fatumata! Bereits am nächsten Tag hattest du die Antwort. Tito war krank, er lag schon seit drei Tagen mit einem Malariaanfall im Bett. Jetzt ging es ihm besser, er hatte sich mit den neuen chinesischen Artemisinin-Medikamenten behandelt, die wirksamer waren als das gute alte Chloroquin. Er würde erst in drei oder vier Tagen wieder in der Schule erscheinen, denn er hatte eine Anämie und war extrem erschöpft. Drei Tage? Du konntest unmöglich so lange warten, die Angelegenheit war dringend und die Situation verzweifelt.

Du schneitest gleich nach der letzten Unterrichtstunde bei ihm herein. Es war zwei Uhr mittags. Du musstest den Bus nehmen, zweimal umsteigen, an der Haltestelle aussteigen, wo die Straße einmündet, in der er wohnte. Dann noch zehn Minuten unter der sengenden Tropensonne durch ein staubiges Sträßchen gehen und versuchen, Hausnummern zu identifizieren oder zu erraten, weil sie meistens fehlten. Endlich fandest du das Haus. Ein Grundstück mit einer weißgekalkten Mauer darum. Hübsch und sauber. Du gingst hinein und fandest gleich die braune Tür, die Fatumata dir beschrieben hatte. Du atmetest tief ein und klopftest an.

Eine schwache Stimme rief: »Herein.«

Du gingst hinein. Er öffnete verblüfft den Mund. Er lag auf einem Sessel in seinem kleinen Wohnzimmer. Seine Wangen waren eingefallen. Er sah aus wie ein verlassenes Kind. Hatte er denn keine Familie? Keinen Verwandten irgendwo? Eine geöffnete Sardinendose, Piment, eine halbe Baguette, eine Flasche Orangina. Das war wohl seine Mahlzeit. Er sah im Übrigen aus, als hätte er nicht viel gegessen; das ist das Problem mit der Malaria, man verliert den Appetit. Du hattest einen Moment lang Mitleid mit ihm. Hättest ihm wenigstens ein paar Früchte mitbringen sollen, vor allem Orangen wegen des Vitamins C. Nach der ersten Verblüffung ging ein breites Lächeln über sein

Gesicht, und sein knochendürrer Körper schien einen Energiestoß zu bekommen, denn er stand auf und kam mit ausgebreiteten Armen auf dich zu.

»Méré, wie lieb von dir! Du besuchst mich? Woher weißt du, dass ich krank bin? Ich wusste doch, dass du mich nicht einfach verlässt. Komm, lass dich umarmen.«

Du ließest dich in die Arme schließen … eine brüderliche Umarmung … nein, eher eine kameradschaftliche Umarmung. Er bedeutete dir mit der Hand, du solltest dich aufs Sofa setzen. Er freute sich ganz offensichtlich. Man hätte fast glauben können, er sei wieder gesund. Du hast gewartet, bis er sich beruhigt hatte, ihm dann rundheraus gesagt: »Ich bin schwanger.«

Zwei Augen größer als Unterteller über einem aufgesperrten Mund blickten dich an.

»Aber … aber … was erzählst du da? Stimmt's, oder ist es ein Scherz?«

»Glaubst du, ich hätte mir die Mühe gemacht, bis hierher zu kommen, nur um zu spaßen?«

Du hast so ruhig wie möglich geantwortet, um dich psychologisch darauf vorzubereiten, den Schock seines Leugnens zu dämpfen, das übliche »Wer beweist mir, dass ich der Vater bin?«

»Ich kann's nicht fassen!«

Wie den Tonfall seiner Stimme und den Ausdruck in seinem Gesicht deuten? Es lag weder Zorn noch Panik darin. Darauf warst du nicht vorbereitet. Etwas verwirrt und aus dem Konzept gebracht, hast du noch einmal gesagt: »Ja, wirklich, ich bin schwanger!«

»Ich kann's nicht fassen! Musst immerhin zugeben, dass ich super bin. Beim ersten Versuch, und schon mach ich ein Kind.«

Du glaubtest, einen gewissen Stolz aus seiner Stimme herauszuhören, wusstet aber nicht, worauf er hinauswollte. Rühmte er sich, oder reagierte er einfach ironisch? Angesichts von zwei schwierigen Situationen muss man sich dazu entschließen, sich auf die schwierigere einzulassen, denn die zu meistern bedeutet, das sich die erste von selbst erledigt hat.

»Du willst dich also drücken? Nun, das kennen wir. Du glaubst, dass nicht du es warst, dass ich dir das Kind eines anderen unterschieben will. Du denkst, ich bin eine Nutte, weil ich gleich nachgegeben habe? Dass ich, kaum habe ich dich verlassen, anderswo vögeln gegangen bin? Doch schau mich gut an und erinnere dich: War ich nicht noch jungfräulich, als du in mich gedrungen bist?«

Beim Sprechen nahm deine Wut zu, und je größer deine Wut wurde, desto vulgärer wolltest du reden, um ihn zu provozieren, damit er dich nicht für eine dumme Gas hielt, die sich heulend beklagt, weil sie sich hat entjungfern lassen. Oder um sein Mitleid zu erregen. Du sprachst laut und gehässig, um ihm einzuhämmern, dass er ebenso verantwortlich war wie du und dass ihr euch zu zweit der Situation stellen müsst. Du hattest am Gymnasium zu viele Mädchen gesehen, die hereingelegt oder sitzen gelassen worden waren. Dir sollte das nicht passieren! Doch je mehr du geredet hast, desto verblüffter schaute er drein, desto mehr schien er nicht zu verstehen, warum du all diesen Unsinn herausspuckst. Dann wurde er wütend.

»Was erzählst du da, Méréana? Wenn nicht ich es war, der dir dieses Kind gemacht hat, wer denn sonst? Der Heilige Geist oder der Teufel?«

»Du … du willst damit sagen, dass du anerkennst …«

»Zweifelst du an meiner Potenz? Glaubst auch du, dass ich zeugungsunfähig bin? Weil meine Mitschüler, die sich über meinen Erfolg bei den Mädchen ärgern, herumerzählen, ich hätte mit zwölf Mumps gehabt, wo es bloß eine Mittelohrentzündung war? Ich bin zu hundert Prozent ein Mann, Méré! Du zweifelst hoffentlich nicht daran!«

Das Ganze hatte eine unerwartete Wendung genommen! Dieser Philosophiestudent verblüffte dich ein weiteres Mal. Um dich nicht lächerlich zu machen, musstest du ganz subtil zurückkrebsen.

»Nein. Ich bin ganz einfach gekommen, um dich zu informieren und damit wir gemeinsam eine Lösung finden.«

»Ja, dann sprich ruhig mit mir, Méré. Ich weiß, dass du verzweifelt bist …«

Du warst mit einmal unendlich erleichtert, er machte es dir ja so leicht! Es war nicht angenehm, aber du musstest deine Vorurteile überdenken und zugeben, dass offenbar nicht alle jungen Männer gleich waren, ja dass es sogar anständige gab. Jetzt, wo dein Zorn verraucht war, hast du ihm von deinen Sorgen und Ängsten erzählt. Du hast ihm gestanden, dass du Angst hattest. Was würde deine Tante denken? Was würde dein Vater denken, für den es keine schlimmere Sünde gab als Sex vor der Ehe – was er mit dem grässlichen Wort »Hurerei« bezeichnete –, und überdies noch eine Schwangerschaft? Die Schande! Und dein Studium? Und das im entscheidenden Abiturjahr?

Er hörte dir aufmerksam zu, ohne dich zu unterbrechen. Ehrlich betroffen, antwortete er entschlossen, er sei bereit, jede Entscheidung zu unterstützen, die du vorschlagen würdest. Er wollte vor allem nicht, dass du seinetwegen das Abitur fallen lässt, dass du deine Eltern enttäuschst und den Traum nicht verwirklichst, von dem du ihm bei eurer ersten Begegnung erzählt hattest: deine eigene Firma zu gründen nämlich. Du warst gekommen, um es mit einem Gegner aufzunehmen, ja einem Feind, und fandest dich vor einem Freund, einem Verbündeten; vor einem aufrichtigen, großherzigen jungen Mann. Ihr wart Partner, ein Junge und ein Mädchen, die verzweifelt einen Ausweg aus einer gemeinsamen Katastrophe suchten.

Das Erste, woran du spontan dachtest, war Abtreibung. Du sagtest es ihm. Er zuckte kurz zusammen, meinte dann, er sei bereit, diese Lösung zu akzeptieren, wenn du ganz sicher wärst, dass es die richtige sei. Er bat dich jedoch, es dir nochmals zu überlegen, bevor du eine endgültige Entscheidung treffen würdest. Du spürtest trotzdem ein Zögern in seiner Stimme, es war also nicht die Lösung, der er den Vorzug gab, doch schließlich war es dein Bauch, deine Entscheidung.

Du hattest an eine heimliche Abtreibung gedacht, ohne dass deine Eltern davon erfahren würden. Eine Privatklinik wäre das

Beste gewesen. Da du erst siebzehn warst, würde man bestimmt die Einwilligung der Eltern verlangen. Was weiter kein Problem war in einem Land, wo man mit Geld alles beschaffen kann: gefälschte Impfausweise, gefälschte Lohnausweise und sogar gefälschte Diplome. Das Problem war aber, das Geld aufzutreiben. Eine Abtreibung in einer Klinik würde mindestens hunderttausend Franc kosten: Wo sollten zwei Gymnasiasten einen solchen Betrag herholen, den selbst ein Beamter nur schwer zusammenbringen könnte?

Wenn man sich hingegen an eine Frau aus dem Stadtviertel wandte, die … Nein! Gleich stürzten die Bilder gleichaltriger Mädchen auf dich ein, die bei einem Abtreibungsversuch im Kabuff einer Engelmacherin gestorben oder knapp dem Tod entronnen waren, die Bilder derjenigen, die versucht hatten, es selbst wegzumachen mit Hausmittelchen: Überdosen Nivaquinetabletten, Ausschabungen mit Kaliumpermanganat, Vaginalspülungen mit einer Mischung aus zerstoßenen Wildkräutern, die abtreibende Eigenschaften haben sollen. Nein. Das war nicht die richtige Lösung. Du wolltest nicht sterben. Ihr musstet euch etwas anderes einfallen lassen. Doch es gab nicht viele Alternativen: einmal die Abtreibung ausgeschlossen, blieb nur noch, das Kind zu behalten. Die Eltern von der Schwangerschaft in Kenntnis setzen also.

Kaum hattet ihr euch also darauf geeignet, das Kind zu behalten, fühlte er sich gleich mit einer Aufgabe betraut: »Ich bin der Mann, ich werde meine Verantwortung übernehmen!«, hatte er verkündet, »ich werde mich deinen Eltern vorstellen und ihnen sagen, dass ich der Vater des Kindes bin. Mach dir keine Sorgen, Méré, alles wird gut, ich beschütze dich.«

Er war vom »wir« zum »ich« geglitten, und du, erleichtert, dass du nicht mehr allein kämpfen musstest, im Nachhinein über deine Verzweiflung erschrocken, die dich zum Selbstmord hätte treiben können, hätte er sich geweigert, die Verantwortung zu übernehmen, du ließest dich bereitwillig bei der Hand nehmen, ließest dich führen, kurz, du stelltest dich nicht neben ihn, sondern hinter ihn. Sonst hätte er sich nicht als Besitzer deines Körpers gefühlt. Sonst hätte er sich nicht getraut, dich zu schlagen an jenem unglückseligen Tag, als du von ihm verlangt hattest, dass er einen Gummi überstülpt. Sonst hätte er sich nicht erlaubt, dich, wie gestern Abend, öffentlich zu demütigen.

Plötzlich steigt Zorn in dir auf und reißt dich aus deinen Überlegungen. Für wen hält er dich eigentlich, dieser Tito? Wie nimmt er sich das Recht heraus, dich zu verspotten, weil die Umstände dich vorübergehend zwingen, Steine zu klopfen? Schließlich bist du zur Schule gegangen! Hast Geschichte und Mathematik gelernt! Und wäre es nicht wegen dieser verflixten frühen Heirat gewesen, hättest du dein Abi bestanden, nein, du wärst sogar Dr. phil geworden wie deine Schwester. Und warum diese Frauenverachtung, die von jedem Wort aus seinem Mund trieft? Was macht das schon aus, wenn diese Frauen Analphabetinnen sind? Glaubt er vielleicht, dass es einen Doktortitel braucht, um eine aufrechte Frau zu sein, eine mutige Frau? Vielleicht weiß er es nicht, doch es gibt eine ganze Menge Frauen mit bescheidener Schulbildung, die die Geschichte ihrer Gesellschaft verändert haben.

Du denkst an die Frauen Guineas, die es, mit einem Protestzug zu seinem Palast, als Erste! gewagt hatten, den Diktator Sékou Touré herauszufordern; und auch an die malischen Frauen, die Moussa Traoré, einem anderen Diktator, die Stirn geboten haben. Du denkst an die Mütter der Verschwundenen unter Pinochets Fenster, an die Frauen Argentiniens, die für ihre entführten Kinder demonstriert haben. Je länger du es dir überlegst, desto mehr ereiferst du dich. Und die Namen der großen Frauen der Vergangenheit tauchen in deiner Erinnerung auf. Kimpa Vita, die im alten Königreich Kongo Truppen gegen den portugiesischen Besetzer anführte; Rosa Parks, die sich in einer Stadt der amerikanischen Südstaaten geweigert hat, einem Weißen ihren Platz zu überlassen. Die Heraufbeschwörung dieser Namen steigt dir ein bisschen zu Kopf, und du fühlst dich ihnen nahe. Gewiss, du siehst dich nicht an der Spitze eines Frauenmarsches zum Präsidentenpalais, sicher ist jedoch, dass weder Tito noch sämtliche tagenden Präsidentengattinnen Afrikas euch dazu bewegen werden, eure Schottersäcke für zehntausend Franc zu verkaufen!

Das Klingeln des Telefons ruft dich brutal in die Wirklichkeit zurück. Es hat wohl schon länger geklingelt, denn als du den Hörer abheben willst, verstummt es. Du kontrollierst, ob jemand eine Nachricht hinterlassen hat. Ja, eine SMS. »Dringend, Zustand Batatu sehr beunruhigend. Ruf sofort zurück.« Es war Atareta. Diese Nachricht wirkt wie eine Feder auf dich, die dich wieder in die Wirklichkeit schleudert, nachdem du dich in die Vergangenheit verirrt hast, in der Tito, dieser Lump, deine Erinnerung beherrschte. Der Typ lässt dich wirklich nicht in Ruhe! Du musst ihn ein für allemal aus deinem Kopf vertreiben; du darfst dich jetzt nicht durcheinanderbringen lassen, denn auf dir lastet eine für euch schicksalhafte Verantwortung!

Du springst aus deinem Sessel. Sagst zu Tantine Turia, dass du zu den anderen musst, bedankst dich, dass sie angeboten hat, auf die Kinder aufzupassen. Du bittest sie, Anne-Marie Ossolos Bruder anzurufen und ihm zu sagen, er möge mit seinem Taxi ins Krankenhaus fahren, du könntest nicht auf ihn warten, du müsstest dringend zu deinen Gefährtinnen. Du verlässt das Haus, begleitet von den beschwörenden Ermahnungen einer besorgten Mutter.

ZEHN

Als du auf die Straße hinaustrittst, hält ein Motorroller am Straßenrand am. Es ist Zizina, Ma Bilekos Tochter. Kaum hat sie den Motor abgeschaltet und die Standstütze ausgeklappt, stürzt sie auf dich zu, und du schließt sie in die Arme.

Seit dem Tag, da ihre Mutter sie dir vorgestellt hat, hat sie eine ganz besondere Zuneigung zu dir gefasst, und für sie bist du ein bisschen wie eine ältere Schwester.

»Ich bin wirklich erleichtert, große Schwester. Ich habe erst spät nachts erfahren, was euch passiert ist, und ich wollte unbedingt bei dir vorbeikommen, bevor ich auf Kundensuche gehe. Sag, geht's dir gut?«

»Das ist wirklich lieb von dir, Zina. Es geht, wie du siehst. Nichts Schlimmes. Moyalo, Ossolo und Mukiétu wurden verhaftet, sind aber inzwischen freigelassen worden. Nur Batatu ist noch im Krankenhaus.«

»Mama hat es mir berichtet. Was habt ihr jetzt vor?«

»Nun, ich weiß nicht recht. Ich bin eben auf dem Weg ins Krankenhaus, um Batatu zu besuchen. Danach sehen wir weiter.«

»Mama hält mich jedenfalls auf dem Laufenden. Mach's gut und einen schönen Tag.«

»Auch dir einen schönen Tag, ich hoffe, du machst heute gute Geschäfte. Übrigens, wann findet die UNO-Prüfung statt?«

»Oh... in zwei Tagen. Ich büffle jeden Abend.«

»Ich bin sicher, dass du es schaffst, brauchst dir gar keine Sorgen zu machen.«

»O.K., wenn du es sagst ... Ich muss los. Wir hören voneinander.«

Sie stellt ihren Roller wieder auf die Räder, tritt ihn an – und schon ist sie weg. Ein wunderbares Mädchen! Sie war dabei an jenem Tag, als ihre Mutter nach dem Tod ihres Mannes gedemütigt und brutal aus ihrem Haus und von ihrem Grundstück geworfen wurde. Als die Männer ihre Mutter auf die Straße hinausschleiften, hatte sie weinend versucht, sie mit Fußtritten daran zu hindern. Sie war damals erst zwölf, aber das Erlebnis hat sie stark geprägt, und sie hat eine ganz besondere Beziehung zu ihrer Mutter entwickelt. Sie hatte gesehen, wie schwierig es für ihre Mutter gewesen war, sie und ihren Bruder zu ernähren und ihnen eine Ausbildung zu ermöglichen. Die einst sehr vermögende Frau lebte nun in völliger Armut und hatte zunächst Waren verkauft, die sie auf Kredit von reichen westafrikanischen Händlern bekam, sich dann aber entschlossen, am Fluss Steine zu klopfen. Und um ihre Mutter zu entlasten, die abends erschöpft nach Hause kam, kochte Zizina nach der Schule das Abendessen – die einzige Mahlzeit des Tages. Und während sie im flackernden Licht einer Kerze, an der sich Insekten die Flügel versengten, ihre Schulaufgaben machte, knetete sie auch noch den Teig für die frittierten Beignets, die sie am nächsten Tag auf der Straße verkaufte. Das Erstaunlichste war, dass ihre Schulleistungen ausgezeichnet waren; für sie waren die guten Zeugnisnoten eine Art, ihre Mutter für all ihre Mühen zu entschädigen und ihr zu beweisen, dass sie sich nicht vergebens opferte. Vor allem in Geografie hatte sie sehr gute Noten, ein Fach, das sie besonders mochte. Bis zu dem Tag, an dem der Geografielehrer – von dem es hieß, er habe Aids – durch einen anderen Lehrer ersetzt wurde.

Und mit diesem neuen Lehrer passierte es. Ein Schurke, der mit einer unerfahrenen, wehrlosen Heranwachsenden anfing, Hasch-mich zu spielen. Jedes Mal, wenn er ihr eine schriftliche Arbeit zurückgab, bestellte er sie in sein Büro unter dem Vorwand, sie zu beglückwünschen. Zuerst waren es nur anerkennende Worte; dann begleitete er die Worte mit flüchtigem Streicheln, und als dieses Streicheln immer zudringlicher wurde, bekam Zizina Angst. Als sie sich weigerte, den Aufforderungen des Lehrers Folge zu leisten, wurden ihre Schulnoten immer schlechter. Die Korrektur von Geografiehausaufgaben ist allgemein nicht so subjektiv wie die einer philosophischen Betrachtung, und trotzdem entdeckte der Lehrer überall Fehler. Warum die Arbeit einer Schülerin mit »ungenügend« bewerten, weil sie *Ouighour* schrieb, wie sie es in einer Tageszeitung gelesen hatte, an Stelle von *Ouigour*, wie es der Lehrer vorgab? Und noch lächerlicher: Wie den Abzug von zehn Punkten rechtfertigen, nur weil sie die Frage, »Welches ist die Hauptstadt der Provinz Gauteng in Südafrika?«, mit *Johannesbourg* anstatt *Johannesburg* beantwortete? Das war nicht nur unfair, es war eine regelrechte Repressalie.

In den Schulen des Landes, wo es keinerlei psychologische Unterstützungsstrukturen gibt für Mädchen in einer Notsituation, war Zizina verloren. Sie hätte mit ihrer Mutter oder mit einer erwachsenen Person darüber sprechen müssen, doch wer weiß schon, was im Kopf einer Heranwachsenden vor sich geht. Einerseits vom Lehrer eingeschüchtert, andererseits um ihrer Mutter keinen Kummer zu bereiten, wenn diese erfahren sollte, dass ihre Schulleistungen sich verschlechterten, ließ ihre Hilflosigkeit sie dem Schurken in die Klauen fallen.

Du weißt nicht genau, was an jenem Nachmittag geschah, als sie, gezwungen und genötigt, einwilligte, zu ihm nach Hause zu gehen, weißt aber, dass es ihm diabolisch gelang, durch Versprechen, Drohungen und Schmeicheleien das verstörte Mädchen zu missbrauchen.

Armes Kind. Nach dieser Vergewaltigung, von der sie ihrer Mutter sich nicht zu erzählen traute, war sie völlig traumatisiert, und auch ihre Noten, die sich auffallend wieder verbessert hatten, konnten sie nicht aus ihrer Niedergeschlagenheit reißen.

Schließlich brach sie zusammen und erzählte ihre Mutter alles. Diese erschien wutentbrannt in der Schule, um den Lehrer zu stellen. Als der Skandal ausbrach, richtete er sich nicht etwa gegen den Schuldigen, sondern – was sonst? – gegen das

Mädchen, dass als »Flittchen«, als »Hure«, als »schlechtes Beispiel für die anderen Schülerinnen« hingestellt wurde. Sie wurde der Schule verwiesen. Der Lehrer leugnete natürlich alles. Zwischen den Aussagen des Lehrers und denen eines »überspannten« Mädchens war ja klar, wem man Glauben schenkte. Gott sei Dank hatte er sie nicht geschwängert und nicht mit Aids angesteckt.

Bileko, ihre Mutter, reagierte großartig – genau, wie Tantine Turia es getan hätte. Sie nahm sie bei der Hand, sagte, auch sie fühle sich verantwortlich für das, was ihr widerfahren war. Und sie begleitete sie auf dem langen Weg bis zu Zizinas physischer und psychischer Genesung. Und jetzt bereitete sie sich auf eine Aufnahmeprüfung vor, die, wenn sie bestand, aus ihr eine UNO-Beauftragte machte!

Du bist noch keine hundert Meter gegangen, als Anne-Maries Bruder mit seinem Taxi auftaucht. Er beugt sich über den Beifahrersitz und öffnet die Tür. Du steigst ein und setzt dich neben ihn. Er umarmt dich herzlich ... ein bisschen gar zu herzlich vielleicht. Du sagst dir, dass du ihn bisher ja nur als »Ossolos Bruder« kennst. Solltest ihn wenigstens nach seinem Namen fragen, denn schließlich wirst du oft mit ihm zu tun haben. »Alle nennen mich Armando«, antwortet er auf deine Frage. Hübsch, dieser Name, klingt nach Latino. Du informierst ihn gleich, dass sich Batatu, laut der letzten SMS vom Atareta, in einem sehr kritischen Zustand befindet. Ihr müsst ganz dringend Näheres in Erfahrung bringen. An der nächsten Straßenecke gibt es einen Kiosk, von wo aus ein Anruf von Handy zu Handy nur zweihundert Franc die Minute kostet; du bittest ihn, dort anzuhalten, damit du Atareta erreichen kannst, um nach Batatu zu fragen und dich zu erkundigen, ob die Frauen sich bereits im Krankenhaushof versammeln. Das sei nicht nötig, protestiert er, und hält dir sein Handy hin.

Als du in Armandos Taxi im Krankenhaus anlangst, ist es fast zwölf. Atareta, die auf dich gewartet hat, stürzt dir entgegen. Ihr habt sie gestern beauftragt, die Verletzten ins Krankenhaus zu begleiten und bei ihnen zu bleiben, während ihr euch um die Entlassung eurer verhafteten Kameradinnen kümmert. Nur Batatus Zustand ist ernst. Sie ist von zwei Kugeln getroffen worden, die eine hat bloß eine Streifwunde hinterlassen, die zweite hingegen ein lebenswichtiges Organ getroffen, man hat ihr nicht gesagt welches, ob Herz oder Lunge. Kurz, sie befindet sich in kritischem Zustand.

Atareta berichtet, sie hat alles unternommen, um jemanden aus Batatus Familie zu benachrichtigen. Doch niemand hat sich gemeldet. Es ist doch nicht möglich, dass sie keinen Onkel, keinen Neffen, keine Tante hat … irgendwo, in einer Stadt oder in einem Dorf … Ihr müsst vielleicht eine Meldung im Radio durchgeben, nachmittags, wenn die Todesanzeigen gesendet werden. Doch fürs Erste möchtest du möglichst schnell die Kranke sehen. In Begleitung von Armando, der sich an deine Fersen hängt, folgst du Atareta zum Saal, wo Batatu liegt.

Doch ihr Bett ist leer. Ihr geht von Bett zu Bett, findet sie aber nirgends. Du fragst nochmals Atareta, ob sie sich nicht im Zimmer geirrt hat, doch sie beteuert, dass es das richtige Zimmer ist. Du bist sehr beunruhigt und herrschst im Vorbeigehen einen Pfleger und eine Krankenschwester an, die im Korridor herumlungern. Das gefällt dem Pfleger offenbar gar nicht, er verweist gehässig auf das Krankenhausreglement und schimpft, ihr hättet seine Erlaubnis einholen müssen, bevor ihr euch dem Krankenbett nähert, man dürfe einen Krankensaal nicht einfach so betreten wie eine Mühle, und er fügt boshaft hinzu, dass, wenn eure Patientin nicht in ihrem Bett liege, sie eben bereits in der Leichenhalle sei. Was für eine Herzlosigkeit! Du spürst Armandos Zorn. Du blickst ihm fest in die Augen und schüttelst den Kopf. Vor allem ja kein Skandal! Die Krankenschwester hingegen hat eure Verzweiflung bemerkt. Sie hat gleich begriffen, dass ihr keine Hitzköpfe seid, sondern eher respektable Frauen und zweifellos in großer Sorge um eure Gefährtin. Sie legt die Hand auf den Arm ihres gereizten Kollegen und erklärt mitfühlend, der Zustand der Patientin habe sich verschlimmert und man habe sie auf die Intensivstation gebracht. Ihr bedankt euch für die Auskunft, während ihr kleinlauter Kollege sich über sein Verhalten schämt.

Ihr stürzt zur Intensivstation. Die diensthabende Krankenschwester fragt euch, ob ihr Angehörige der Patientin seid. Ihr erklärt, ihr seid ihre Kampfgefährtinnen. Doch sie beharrt darauf, dass nur Familienangehörige sie sehen dürfen. Ihr mögt ihr noch so erklären, Batatu habe keine Angehörige, ihre beiden Kinder seien in eurer Obhut ... doch starrsinniger als diese Frau, das gibt es nicht. Im Moment bleibt also nichts anderes, als zur Versammlung zu gehen und die anderen zu informieren.

Armando im Schlepptau, begleitet dich Atareta in den Hof des Krankenhauses, wo sich die Frauen vom Steinbruch unter dem großen Mangobaum versammelt haben. Sein dichtes Laub wirft einen Schatten, der besser vor der Sonne schützt als ein Segeltuchsonnenschirm. Wegen der kühlen Luft, die unter dem Geäst zirkuliert, stehen sich die Leute lieber in seinem Schatten die Beine in den Bauch, wenn sie auf die Besuchszeit warten, als sich ins erstickend heiße Wartezimmer ohne Klimaanlage zu setzen. Heute haben deine Gefährtinnen den Platz besetzt; sie sitzen im Gras, auf kleinen Bänken oder auf improvisierten Sitzgelegenheiten. Du stellst zu deinem großen Erstaunen fest, dass sie ausnahmsweise pünktlich gekommen sind, was beweist, dass sie ihre Verpflichtung ernst nehmen. Sie sind alle da: Moyalo, Anne-Marie Ossolo, Mukiétu, die Festgenommenen von gestern Abend. Laurentine Paka, die sich trotz der genähten Stirnwunde sorgfältig geschminkt hat. Iyissu mit ihrem eingegipsten Arm. Bileko mit Batatus Baby auf dem Rücken, eure geliebte Hexe Bilala... Auch die Weggefährten sind gekommen: Laurentines immer anwesender »Ehemann«, Mukiétus Sohn und viele dir unbekannte Frauen.

Als sie dich kommen sieht, steht Mukiétu auf, um dir ihren Platz auf der Bank zu überlassen. Du lehnst ab, denn sie ist die Ältere, und du kannst dich doch nicht auf ihren Platz setzen, während sie im Gras hockt. Die Frauen bestürmen dich, eine ruft, du seist die Chefin, eine andere, du seist ihre Präsidentin, wiederum eine andere, du hättest das Sagen … und alle geben dir deutlich zu verstehen, dass deine neue Rolle den Vorrang über das Erstgeburtsrecht hat. Schließlich gibst du nach und setzt dich unter Händeklatschen auf die Bank. Die fröhliche Stimmung könnte einen glauben lassen, sie wären sich des Ernstes der Situation nicht bewusst, was allerdings nicht der Fall ist, denn kaum hast du dich gesetzt, legt sich der Lärm, und alle Blicke sind auf dich gerichtet.

Du hast noch nie eine Versammlung geleitet; du bist nicht wie deine Schwester Tamara, die dutzende organisiert hat, zuerst als Vertreterin der Studentenbewegung, als sie auf der Universität war, und später als Veranstalterin mehrerer Kongresse, darunter auch internationaler. Trotzdem fühlst du dich wohl, denn dies ist keine Gewerkschaftsversammlung, sondern eine Lagebesprechung unter Kolleginnen nach den Ereignissen der letzten Tage … seit ihr beschlossen habt, eure Ware ein bisschen teurer zu verkaufen. Fühlst du dich so selbstsicher, weil du weißt, dass eure Forderung gerechtfertigt ist und dass es auf dieser Welt noch gerechte Anliegen gibt?

Du beginnst mit der schlechten Nachricht von Batatus Zustand. Atareta, die sich seit gestern um sie gekümmert hat, geht etwas näher darauf ein. Du beantwortest ein paar Fragen und nimmst Anregungen entgegen, dann beschließt ihr als Erstes, dass ihr euch – unabhängig davon, was für Resolutionen ihr noch verabschiedet – nach der Sitzung vor der Intensivstation versammeln und verlangen werdet, dass sie einigen von euch erlauben, Batatu zu besuchen. Die Namen derjenigen, die die Schwerverletzte besuchen sollen, werden vorgeschlagen, dazu gehörst natürlich du, dann Bileko, weil sie das Kind der Verletzten in Obhut genommen hat, und Atareta, die den Auftrag hat, sich weiterhin Batatus anzunehmen.

Nun ist es Zeit, euer vordringliches Problem zur Sprache zu bringen. Du rekapitulierst die Fakten und fügst hinzu: »Das Wichtigste ist, unsere gestohlenen Schottersäcke wiederzubekommen. Das Problem ist aber, dass wir nicht wissen, wohin die Polizei sie gebracht hat.«

»Sie sind sicher bereits auf der Flughafenbaustelle«, ruft eine Stimme.

»Wie gehen wir vor?«, fragst du.

Die Frauen beraten miteinander. Du siehst dich um. Eure Versammlung unter dem Mangobaum ist natürlich nicht unbemerkt geblieben. Da in diesem Land alles Spektakel ist, hat eure lebhafte Diskussion viele Neugierige angelockt. Auch sie beginnen untereinander zu diskutieren und wollen wissen, was da eigentlich los ist, was wiederum die Frauen ablenkt. Verärgert über die Zaungäste, hebt Mukiétu die Hand: »Ich sehe Leute hier, die nicht zum Steinbruch gehören. Ich meine damit vor allem Männer. Viele von ihnen sind eindeutig Spitzel, die uns ausspionieren und dann der Polizei Bericht erstatten.«

»Es sind auch Frauen darunter«, wirft Anne-Marie Ossolo ein, »und die sind gefährlicher als die Männer!«

Du willst das Wort ergreifen, aber da man dich in den hinteren Reihen nicht gut hört, musst du auf einen Stuhl klettern. Von dort aus siehst du, wie groß die Menschenmenge ist. An die hundert Menschen, was erstaunlich ist für ein improvisiertes Meeting und für einen unbedeutenden Rechtsfall. Dass Regierungsspitzel darunter sind – und es sind bestimmt welche da –, findest du prima, denn sie werden feststellen, dass ihr nichts anderes fordert, als eure Ware zu einem anständigen Preis zu verkaufen. Und die Karteikarten, die sie für ihre Vorgesetzten ausfüllen müssen, stärken nur eure Position.

»Jedermann kann zuhören, auch die Spitzel, denn ich weiß, dass welche hier sind. Ich bitte sie bloß, in ihren Berichten ehrlich zu sein! Die Wahrheit zu sagen! Hingegen können nur die Frauen vom Steinbruch das Wort ergreifen und Vorschläge einbringen!«

»Ich wende mich an alle Schnüffler und Schnüfflerinnen«, ruft Moyalo, »geht zu euren Bossen und sagt ihnen, sie sollen uns unsere Säcke zurückgeben!«

Sie erntet großen Applaus.

»Und sagt ihnen auch, dass sie Diebe sind!«, ergänzt Mukiétu und löst Gelächter und Bravorufe aus.

Du freust dich über Mukiétus und Moyalos Zwischenrufe, und die Reaktionen aus dem Publikum beweisen, dass alle bereit sind, den Behörden Paroli zu bieten.

»Wie gehen wir also vor, um zu unseren Säcken zu kommen? Hat jemand einen Vorschlag?«

Frauen flüstern einander ins Ohr, doch es kommt kein Vorschlag. Iyissu, die bis jetzt nicht viel gesagt hat, meint: »Wir haben dich als unsere Wortführerin gewählt ...«

»Als unsere Präsidentin!«, präzisiert jemand.

»Ja, als unsere Chefin«, fährt Iyissu fort. »Das heißt, dass wir dir vertrauen. Schlag uns etwas vor, und wir folgen dir.«

»Ja ... ja ... ja ... schlag uns etwas vor«, verstärken andere Stimmen den Chor.

Du bist etwas überrumpelt. Du hast gehofft, dass sich im Gespräch ein Vorschlag ergeben wird, und jetzt bitten sie dich, selbst einen Vorschlag einzubringen. Du weißt nicht was sagen. Du hast keine Rede vorbereitet, die du vortragen könntest. Du gerätst kurz aus dem Konzept, dann blitzt ein Gedanke auf: ein Marsch zum Polizeikommissariat! Ist das die Reaktion auf Titos verletzenden Anruf? Und du findest spontan die Worte, deutlich und klar und aus dem Herzen.

»Liebe Schwestern und Gefährtinnen, wir sind alle Frauen, die versuchen, unseren Lebensunterhalt durch Steinklopfen und mit dem Verkauf von Schotter zu verdienen. Unter uns gibt es Frauen, die zur Schule gegangen sind, und Frauen, die nicht lesen können, es gibt junge und ältere, verheiratete und unverheiratete, Witwen und Geschiedene. Wir fordern kein Gehalt vom Staat. Wir sind fleißige Frauen, alles, was wir verlangen, ist ein gerechter Preis für unsere Ware.« Der Applaus aus der Menschenmenge feuert dich an. Du willst zu allen Frauen sprechen, die euch begleiten, ob jene aus dem Steinbruch oder andere, aber auch zu den Schnüfflerinnen und Schnüfflern. Denen, die nicht auf dem Laufenden sind, schilderst du die Vorgänge der letzten zwei Tage, du sprichst vom neuen Flughafen, von den angestiegenen Preisen für Schotter, von eurer Weigerung zu verkaufen, von der brutalen Niederschlagung eures Protests. Und fährst fort: »Einheit macht stark. Als sich Dutzende und Aberdutzende vor dem Polizeigefängnis versammelten, ließen sie unsere Kolleginnen Mukiétu, Moyalo und Ossolo frei. Ich sage euch, Schwestern, wir werden unsere Steinsäcke auf die gleiche Art und Weise zurückholen, wie sie sie uns gestohlen haben. Jene Männer, die uns gewaltsam unsere Säcke weggenommen haben, glauben wohl, wir würden schweigen wie immer, weil wir ja bloß Frauen sind. Wenn sie uns zu Hause prügeln, wenn sie uns nach dem Tod unserer Männer aus dem Haus jagen und sich unseren ganzen Besitz aneignen, sagen wir nichts. Wenn sie uns schlechter bezahlen, sagen wir nichts. Wenn sie uns vergewaltigen, sagen wir nichts. Und wenn wir uns beklagen, sagen sie, wir hätten es verdient, und wir sagen immer noch nichts! Und heute glauben sie, dass wir nochmals schweigen, wenn sie unsere Steine stehlen. Aber nein! Diesmal irren sie sich! Zu viel ist zu viel!«

Du wusstest nicht, dass Worte eine berauschende Wirkung haben können. Je länger du sprichst, desto beflügelter bist du, desto mehr fühlst du dich mitgerissen. Du bist nicht mehr Méréana. Du bist eine der Pasionarias aus der Geschichte! Du bist die amerikanische Schwarze, deren Namen du nicht weißt. Wohl aber erinnerst du dich an das Leitmotiv ihrer berühmten Rede auf einem Frauenkongress: Und bin ich denn keine Frau? Eine Frau sein, bedeutet das nur leiden? Nein, nein und nochmals nein! »Wir werden mit unseren Kindern vor dem Polizeikommissariat unser Lager aufschlagen, und wir werden den Platz nicht verlassen, bevor sie uns unsere Säcke zurückgeben oder abkaufen!«

»Für zwanzigtausend Franc!«, ruft eine Frau.

»Ja, für zwanzigtausend Franc oder zum ausgehandelten neuen Preis, aber keinesfalls für zehntausend Franc wie bisher. Sonst bleiben wir mit unseren Kindern einfach dort.«

»Und unsere Männer auch«, ruft eine andere Frau, »zu etwas muss man sie ja brauchen können!«

Gelächter und Applaus. Aus der Menge der Gaffer erhebt sich eine Stimme: »Ich weiß, dass wir nicht das Wort haben, aber wir Frauen, die wir uns auf dem Markt abrackern, schließen uns euch an. Wir werden zum Kommissariat ziehen und mit euch dort ausharren. Wir bringen unsere Kinder und auch unsere Männer mit, denn wie die Schwester gesagt hat, zu etwas muss man sie ja brauchen können!«

Du staunst über die Wendung, die die Ereignisse genommen haben. Als sie dich vorhin gedrängt haben, dich auf diesen Stuhl zu stellen, hattest du keine Ahnung, was du sagen, und noch viel weniger, was du tun sollst. Und jetzt führst du einen Zug Frauen an, die wild entschlossen sind, ein Polizeikommissariat zu stürmen. Ist das alles nicht etwas zu schnell gegangen?

Inmitten des Applauses und der begeisterten Rufe hörst du Mukiétu, die draufgängerisch wie immer ruft: »Los! Geh'n wir! Worauf warten wir noch?«

Das Kommissariat ist nicht sehr weit vom Krankenhaus entfernt, knapp einen Kilometer. Wenn ihr jetzt loszieht, seid ihr in einer halben Stunde dort. Allgemeine Zustimmung, du kannst jetzt von deinem improvisierten Podium steigen.

Als du dich eben umwendest, um dich an der Lehne festzuhalten und, wie von einer Leiter, rückwärts vom Stuhl zu steigen, siehst du eine hochgestreckte Hand über der Menschenmenge. Bilala! Du staunst. Wäre es eine andere, Moyalo zum Beispiel oder Ossolo oder Mukiétu, die es gewohnt sind, das Wort zu ergreifen und ihre Meinung zu sagen, selbst wenn sie nicht danach gefragt werden, hättest du nicht weiter darauf geachtet. Alles war ja besprochen und beschlossen, es gab nichts hinzuzufügen. Doch Bilala, die sich bei Versammlungen nie äußert und die, wenn ihr ein bisschen nachbohrt, immer antwortet, sie sei mit den getroffenen oder zu treffenden Entscheidungen einverstanden ... wenn nun Bilala die Hand hochhebt, um etwas zu sagen, muss es sich um etwas Wichtiges handeln.

Bevor du ihre Geschichte kanntest, dachtest du, ihre Schüchternheit rühre daher, dass sie vom Land kommt – eine Dörflerin eben – und nie zur Schule gegangen ist. Du hast aber bald festgestellt, dass diese Erklärung nicht reicht, dass Mut, Intelligenz, Verantwortungsbewusstsein nicht von einer formellen Schulbildung abhängen. Bileko, Mukiétu, Atareta und all die anderen Frauen, die du täglich im Steinbruch triffst, sind der Beweis dafür. Bei Bilala hingegen bist du überzeugt, dass sie von ihrer Flucht aus dem Dorf traumatisiert ist ... nachts, verfolgt wie ein wildes Tier, sich versteckend, zwanzig Kilometer zu Fuß durch den Wald, bevor sie sich getraute, ein Fahrzeug zu besteigen, das sie in den Dschungel der Hauptstadt führte. Sie hat jedenfalls Glück gehabt, dass sie lebend davongekommen ist.

Sie war Mutter von sechs Kindern; ihr Drama begann, als ihre drei jüngsten Kinder innerhalb von vier Jahren starben, zwei an Malaria und eins an Sichelzellenanämie. Die Familie ihres Mannes machte sie für den Tod der Kinder verantwortlich, beschuldigte sie, sie sei eine Hexe, und jagte sie aus dem Haus. Das Schlimmste für sie war dabei, dass ihre Kinder sie nun mieden aus Angst, sie würde auch sie »fressen«. Sie hatte Tränen in den Augen, als sie dir diese Geschichte erzählte. Und wie immer in einem Dorf, wenn jemand der Hexerei beschuldigt wird: Eine Bande Jugendlicher, die von einem ihrer Söhne angeführt wurde, steckte nachts ihr Haus in Brand mit der Absicht, sie bei lebendigem Leib zu verbrennen. Zum Glück hatte sie es bis zum Waldrand geschafft, als die Brandstifter merkten, dass sie durch das kleine Fenster an der Rückwand geflohen war, während alle vor dem Haus warteten, um sie allenfalls zu steinigen, sollte sie den Flammen entkommen. Sie verfolgten sie wie eine Hundemeute ein Wild, doch sie kannte den Wald besser als ihre jungen Söhne. Sie sei drei Tage unterwegs gewesen, bevor sie weit, weit weg von ihrem Dorf auf die Überlandstraße hinaustrat. Immerhin konnte sie ihre Ersparnisse retten, denn als gewiefte Bäuerin hatte sie Geldstücke und Scheine in ihr Hüfttuch geknotet. Wer würde nach einem derartigen Erlebnis nicht versuchen, sich unsichtbar zu machen? Doch jetzt hat sie tatsächlich die Hand gehoben.

Du kletterst wieder auf deinen Stuhl und wedelst mit den Händen: »Wartet, wartet, geht noch nicht weg … es ist wichtig! Wartet!«

Was ist los? Alle verstummen.

»Bilala will etwas sagen, ich glaube, es ist wichtig.«

Wenn eine chaotische Menschenmenge, hundert und mehr Menschen, plötzlich verstummen, wirkt die Stille beklemmend. Bilala lässt den Arm fallen, als bereue sie, dass sie sich bemerkbar gemacht hat. Du gibst ihr ein Zeichen und ermutigst sie mit den Augen.

»Los, Bilala, sag schon!«

»Wir dürfen nicht zum Kommissariat ziehen. Die Polizei wird uns töten. Sie schießen immer, wenn es eine Demo gibt. Sie schießen sogar, wenn die Leute sitzend protestieren. Mein Onkel wurde getötet, als er zusammen mit anderen Pensionären vor der Landesrentenbank protestierte, weil er seit mehr als sechzehn Jahren seine Rente nicht bekommen hatte. Ich will nicht, dass sie Méréana töten! Wir brauchen sie. Wir dürfen nicht zum Kommissariat ziehen!«

Du bist verblüfft. Völlig verblüfft, so dass du nicht weißt, was antworten.

»Aber … aber … Bilala … wir haben den Beschluss doch einstimmig getroffen«, stammelst du, »… du hättest das vorher sagen müssen … jetzt ist es zu spät.«

»Du hast so schön gesprochen, dass ich mich nicht getraut habe, dich zu unterbrechen, weil du ja die Wortführerin bist … nein, die Präsidentin … und du diese Versammlung leitest.«

Wenn man nicht weiß, was sagen, schweigt man lieber. Doch du kannst nicht schweigen, eben weil du die Wortführerin bist … nein, die Präsidentin und weil du diese Versammlung leitest. Und wenn man nicht weiß, was sagen, und auch nicht schweigen darf, muss man die anderen zum Reden bringen und ihnen zuhören. Du wendest dich also an die Versammlung.

»Ihr habt gehört, was Bilala gesagt hat, sie will nicht, dass wir zum Kommissariat ziehen.«

»Wenn sie Angst hat, soll sie nicht mitkommen«, ruft Mukiétu. »Wenn wir auf unseren Hintern sitzen bleiben und unsere Busen betrachten, kehren unsere Säcke bestimmt nicht zu uns zurück!«

»Genau«, ruft eine andere, die du in der Menge nicht erkennst, »sie braucht nicht das Wort zu nehmen, wenn …«

Der Rest geht in einem Getöse unter, denn jetzt sprechen alle gleichzeitig. Du hast Angst, die Versammlung könnte wegen deiner Unentschlossenheit aus dem Ruder laufen. Du musst sofort durchgreifen! Eine Leaderin muss sich entschlossen zeigen! Entschlossenheit heißt durchführen, was beschlossen wurde. Trotz der leisen Zweifel, die sich in dir geregt haben, als du vorhin nach deiner flammenden Rede vom Stuhl klettern wolltest. Du hebst die Arme und rufst: »Demokratie, das ist die Stimme der Mehrheit. Außer Bilala sind alle hier Versammelten damit einverstanden, dass wir zum Kommissariat ziehen und die Herausgabe unserer Säcke fordern. Die Diskussionen sind zu Ende, verlieren wir keine Zeit mehr.«

Du willst wieder vom Stuhl klettern, als Iyissus laute Stimme – wer würde sie nicht erkennen! – dich nochmals stoppt.

»Ich aber glaube, Bilala hat recht. Erinnert euch, dass sie Studenten und Schüler getötet haben. Mein Onkel, der an der Universität arbeitet, hat mir erzählt, die Ordnungskräfte hätten die armen Sudenten bis aufs Unigelände verfolgt und auf sie geschossen.«

»Iyissu, hätten wir gestern nicht vor dem Kommissariat demonstriert, wärst du immer noch im Gefängnis …«

»Sie haben gestern Abend nicht geschossen, weil sie überrumpelt worden sind«, warnt jemand in der Menge, »mit all ihren Spitzeln sind sie heute auf dem Laufenden, und glaubt mir, sie erwarten uns Gewehr bei Fuß.«

Die Kakofonie schwillt an. Alle reden gleichzeitig. Du weißt nicht, was tun, und bereust, dass du Bilala eine abgeschlossene

Diskussion hast wieder in Gang bringen lassen. Dennoch! Andererseits bist du froh über ihre Warnung, denn du hast selbst einen Moment das Gefühl gehabt, dass du etwas zu forsch vorgegangen bist, als du diesen Marsch vorgeschlagen hast, ohne die näheren Umstände und Folgen abzuwägen. Nein, es ist wirklich nicht einfach, Leaderin zu sein!

Immer mehr Frauen ergreifen nun Partei für diejenigen, die gegen den Marsch sind. Du spürst, dass deine Selbstsicherheit etwas nachlässt. Von der Rhetorik deiner Ansprache beflügelt – und zweifellos auch (selbst wenn du es dir nicht eingestehen willst) vom Bedürfnis, Tito um jeden Preis zu beweisen, dass du dich nicht im Geringsten von seinen Drohungen einschüchtern lässt, ganz im Gegenteil –, hast du die wirkliche Lage in eurem Land außer Acht gelassen; Verhältnisse, die du besser als alle anderen kennst, weil du an der Seite deiner Schwester die von Iyissu erwähnten Studentenproteste hautnah erlebt hast, die dann mit dem Tod von zehn jungen Menschen endeten. Wie konntest du nur vergessen, dass hierzulande Bürgerproteste nicht von Antidemonstrationskommandos mit Knüppeln, Tränengas und Wasserwerfern auseinandergetrieben werden, sondern von der Armee, die mit echter Munition schießt und jedes Mal Tote zurücklässt? Deines Wissens ist die Armee ein einziges Mal nachsichtig gewesen: Sie haben nicht geschossen, sie haben bloß Gewehrkolben eingesetzt, um das Sit-in zweier alter Pensionäre auseinanderzutreiben, die ihre Rente forderten. Es gab bloß gebrochene Rippen, gebrochene Arme und zwei Siebzigjährige im Koma. Der eine war Bilalas Onkel. Alle anderen Demonstrationen wurden blindlings niedergeschlagen. Sieben Tote unter den Arbeitern der Minengesellschaft, die, nach der Schließung der von den Chinesen betriebenen Uranmine, die Bezahlung der ihnen zustehenden Abfindung verlangten. Neun Tote unter der Menschenmenge, die »Heuchler! Mörder!« an die Adresse des Staatspräsidenten skandierte und die herbeigeströmt war, um Blumen auf den Sarg eines Demonstranten zu legen. Was die Studenten angeht, waren die Folgen umso tragischer, als deine

Schwester am Abend zuvor vergeblich versucht hatte, die Organisatoren vom Protestmarsch abzuhalten.

Das war vor ihrer Hochzeit, und sie wohnte noch bei euch. Sie waren zu viert gekommen, drei Jungen und ein Mädchen, um mit ihr zu diskutieren. Du hattest sie ins Wohnzimmer geführt und ihnen Erfrischungen angeboten. Dann hattest du dich auf die Veranda gesetzt. Tito war noch nicht zu Hause.

Nach einer gewissen Zeit redeten sie so laut, dass man sie bis auf die Veranda hörte. Du erkanntest zuerst Tamaras Stimme, dann eine Männerstimme, die ihr heftig widersprach.

»Ich bin nicht einverstanden, es ist unverantwortlich!«

»Nur so verschaffen wir uns Gehör bei der Regierung, und sie werden uns endlich anhören! Wenn sie Hunderte Studenten in den Straßen sehen …«

»Tausende, wenn es uns gelingt, die Gymnasiasten und die Mittelschüler zu mobilisieren«, ereiferte sich eine andere männliche Stimme.

»Genau, wenn die Regierung Tausende Studenten in den Straßen sieht, wird sie nachgeben. Der Minister wird einlenken, uns anhören und auf unsere Forderungen eingehen.«

»Ihr sitzt zu viel vor dem Fernseher« – Tamaras Stimme –, »ihr habt Demonstrationen gegen die Regierungen in Paris, London, Ottawa oder vielleicht in Johannesburg gesehen; ihr habt Polizisten gesehen, die mit Knüppeln und Schilden vorrücken, um sich vor dem Steinhagel der Demonstranten zu schützen. Und ihr habt Fotografen und Journalisten gesehen, die von den Übergriffen berichten, ihr habt von Ermittlungen über die Brutalität der Polizei reden hören. Macht euch doch keine Illusionen! Wisst ihr denn nicht, dass man bei uns auf die Menge schießt? Und mit echter Munition? Wollt ihr das wirklich riskieren?«

»Wir stellen Schulkinder an die Spitze; sie werden doch nicht auf Zwölfjährige schießen!« Das war die Stimme des Mädchens.

»Ich bin geschockt, Ida, ich hab dich nicht für so zynisch gehalten. Wenn wir schon dabei sind: Warum nicht auch die

Frauen an die Spitze stellen? Sie werden doch nicht auf ihre Töchter und ihre Frauen schießen, oder? Verdammt, lebt ihr in diesem Land oder wo?«

»Du bist zu ängstlich, Tamara. Wenn es nach dir ginge, dürften wir gar nichts unternehmen. Keine Stipendien, keine Bücher in der Bibliothek, keine Computer, keine Laborausrüstung … ist nicht weiter schlimm. Bitte demonstriert nicht, bitte bleibt ruhig …«

»Ihr verdreht böswillig meine Worte! Das ist wirklich nicht fair! Ich habe nicht gesagt, wir sollen nicht gegen die jämmerlichen Studienbedingungen protestieren. Ich habe gesagt, dass wir es auf intelligente Weise tun sollten. Durch ein Sit-in in der Uni zum Beispiel, anstatt Hunderte Kinder auf die Straße zu schicken.«

»Und was hindert sie daran, die Uni durch die Armee stürmen zu lassen?«

»Also machen wir einen passiven Streik und fordern alle Studenten auf, zu Hause zu bleiben«, konterte Tamara.

»Ich bin Jurastudent«, beharrte derjenige, der offenbar der Wortführer war, »und ich sage euch, unsere Verfassung gibt uns das Recht zu demonstrieren, zu protestieren …«

»Unsere Verfassung ist ein Fetzen Papier, den der Präsident jederzeit ändern oder schlicht ignorieren kann, das weißt du genau.«

»Hör, Tamara, wir drehen uns im Kreis. Die Mehrheit des Studentenrats hat beschlossen, dass morgen ein Marsch zum Erziehungsministerium stattfindet. Du bist in der Minderheit, du musst den Beschluss akzeptieren und mit der Bewegung solidarisch sein.«

»Ich kann nicht für einen selbstmörderischen Beschluss einstehen.«

»Du kommst also morgen nicht mit?«

»Nein!«

»Feigling! Dann tritt aus dem Vorstand aus«, sagte die Stimme des Mädchens, das Tamara mit Ida angesprochen hatte.

»Der Beschluss ist von zu großer Bedeutung, als ihn uns fünf zu überlassen. Wir müssen eine Studentenversammlung einberufen, um unsere Standpunkte darzulegen«, beharrte Tamara.

»Wir haben keine Zeit. Die Studenten haben uns gewählt, damit wir an ihrer Stelle Entscheidungen treffen und Beschlüsse fassen. Das ist Demokratie. Wenn du morgen nicht kommst, bist du nicht mehr im Studentenrat, und wir wählen jemand anders.«

»Aber ihr lasst euch niedermetzeln!«

Sie trennten sich unversöhnt. Nur das Mädchen namens Ida umarmte Tamara. Diese hatte ihnen nachgeblickt und traurig zu dir gesagt: »Sie spielen mit dem Feuer. Es wird Tote geben.«

Und tatsächlich, am nächsten Tag schossen die Ordnungskräfte. Zehn offiziell bestätigte Tote, darunter, *hélas*, Ida, die Ärmste.

Du stehst auf deinem Stuhl vor all den Frauen, die aufgeregt durcheinander reden, und dir ist, als sei Tamara unter euch. Ihre Stimme klingt in deinem Kopf nach: »Wisst ihr denn nicht, dass man bei uns auf die Menge schießt? … Wir müssen auf intelligente Art demonstrieren …« Die Worte kreisen und kreisen in deinem Kopf. Du hast das Gefühl, du verrätst deine Schwester, wenn du auf diesem Protestmarsch bestehst. Bilala hat recht; sie ist in der Minderheit, gewiss, doch sie hat recht. Wie es Tamaras Beispiel beweist: In einer Demokratie bedeutet in der Minderheit sein nicht notwendigerweise, dass man nicht recht hat. Du hast jetzt deine Meinung geändert, du willst diese beherzte Demonstration vor dem Polizeikommissariat verhindern. Doch wie kannst du sie nach deiner leidenschaftlichen Pasionara-Rede vor einem Dutzend Frauen widerrufen, die ihre auf gemeine Art und Weise gestohlenen Schottersäcke zurückhaben wollen, was alle Gaffer ringsum gehört haben? Nein, das kannst du nicht. Doch, du musst! Man kann, man muss die Meinung ändern, wenn man feststellt, dass man sich geirrt hat. Gott sei Dank ist Tito nicht hier, um zu sehen, in was für eine Zwickmühle du dich manövriert hast. Mit einem hat er recht gehabt: Tamara hätte gewusst, was zu tun ist. Doch du musst unbedingt etwas sagen, du musst …

Laurentine Pakas erhobene Hand über der Menge ist wie ein Rettungsreifen. Erteile ihr das Wort und lass sie möglichst lang reden, so hast du Zeit zu überlegen. Du fuchtelst energisch mit den Armen, und nach mehreren Anläufen tritt Ruhe ein.

»Ich hätte einen Vorschlag, aber ich weiß nicht, ob es ein guter Vorschlag ist.«

Alle wenden sich ihr zu. Wenn eine Frau von ihrem Mann geliebt wird, sieht man das sofort. Ihr Lebensgefährte sitzt neben ihr und hält ihre Hand. Du spürst, dass sie verlegen ist, aber warum denn? Du möchtest nicht, dass sie sich lächerlich fühlt, und ermunterst sie, ihre Meinung zu äußern, du betonst, dass alle Vorschläge willkommen sind, selbst die ungewöhnlichsten. Und betest insgeheim, dass sie keine Vorschläge macht, wie zum Beispiel den Präsidenten der Republik höchstpersönlich aufsuchen. Deine Aufforderung macht ihr Mut: »Der Abgeordnete Tito Rangi weiß doch bestimmt, wo unsere Säcke sind. Er könnte vielleicht ...«

Beim Namen Tito hat sich wahrscheinlich dein Gesicht verdüstert, denn Laurentine verstummt sogleich und lässt den Satz in der Schwebe. Auf alles warst du gefasst, nur auf das nicht. Du gerätst kurz aus der Fassung. Am liebsten würdest du rufen, du willst unter gar keinen Umständen, dass sich dieser Kerl in eure Angelegenheiten mischt! Um ihn zu ärgern, hast du dich unbewusst – unüberlegt – dazu entschieden, in einem Protestmarsch zum Polizeikommissariat zu ziehen. Um ihm zu zeigen, dass er gegen den Wind pisst, dass du dich von ihm nicht einschüchtern lässt, und nun sitzt du selbst in der Zwickmühle. Du musst dich beherrschen, denn Hunderte Augen sind auf dich gerichtet. Vor allem nicht merken lassen, dass dieser Name dich stört, sondern vielmehr zeigen, dass du deinen persönlichen Groll zurückstellst und den Vorschlag ganz nüchtern prüfst, wie man es von einer Volksvertreterin erwartet, die du nun bist. Doch Mukiétu – nochmals sie – rettet die Situation.

»O nein, nicht nach all dem, was dieser Dreckskerl gestern Abend gequatscht hat. Ja, gestern Abend! Eine Schande für einen

Offiziellen … seine gemeinen persönlichen Angriffe. Das verzeihen wir ihm nie. Stimmt, du bist gestern ja nicht dabei gewesen, Laurentine, sonst hättest du seinen Namen nicht in Gegenwart all dieser Frauen genannt.«

Mukiétu benutzt Tito als Ventil für ihren gewohnten Männerhass, doch Bileko ergreift jetzt das Wort: »Um ans Ziel zu kommen, kann man auch einen Dreckskerl benutzen.«

»Wir wollen kein Gekungel, unser Kampf muss sauber sein«, widerspricht Atareta.

»Ihr täuscht euch gewaltig, wenn ihr meint, man könne es hierzulande zu etwas bringen, ohne sich die Hände dreckig zu machen«, entgegnet Bileko. »Glaubt mir, ich kann ein Lied davon singen.«

»Die Bäume mit den besten Früchten wurzeln im Mist. Wenn der Herr Abgeordnete uns helfen kann, unsere Säcke zu finden … warum nicht? Das ist die Hauptsache. Was soll daran so schlecht sein?«, hakt Moyalo in ihrem perfekten Lingala nach.

»Abgeordneter oder nicht, Mistdünger oder nicht, Tatsache ist, dass er die Frauen verachtet«, ruft Mukiétu. »Habt ihr etwa nicht gehört, wie er Méré behandelt hat gestern Abend? Er glaubt, er sei unersetzlich. Wie alle Männer. Wenn ich abends erschöpft nach Hause komme und meinen Körper entspannen muss, lasse ich mich von einer Freundin von nebenan massieren; ihr Hände sind zarter, liebevoller, sanfter als die eines Mannes, ob reich oder nicht, Abgeordneter oder nicht. Was diesen Kerl angeht, so hätte ich ihm am liebsten einen Tritt in den Arsch gegeben gestern Abend, als ich in der Zelle steckte.«

Du verlierst die Kontrolle über die Versammlung, denn jeder ergreift jetzt das Wort, ein einziges Durcheinander, jede unterbricht jede … Vom Protestmarsch und von euren Steinsäcken sind sie zu Tito übergegangen. Wird dich dieser Mann dein Leben lang verfolgen? Du wirfst einen heimlichen Blick zu Danny, Laurentines Liebstem, der stumm zuhört. Klar, sagst du dir, er denkt bestimmt an das männliche Klischee, dass Frauen nur dazu taugen, einander in die Haare zu geraten … und erst noch wegen eines Mannes! Im Grunde bist du an allem schuld. Deine privaten Probleme sind zu einem generellen Problem geworden, das die Lösung eures gemeinsamen Anliegens erschwert. Du musst unbedingt einen Ausweg finden!

»Ruhe! Hört auf, alle gleichzeitig zu sprechen! Die Diskussion leite ich! Tito kann uns egal sein. Was wir wollen ist, unser Eigentum zurückbekommen. Ich habe vorhin angeregt, dass wir in einem Protestmarsch zum Polizeikommissariat ziehen und ein Sit-in veranstalten, bis man unseren Forderungen nachkommt. Andere haben jedoch zu bedenken gegeben, das könnte gefährlich sein, weil die Ordnungskräfte auf uns schießen würden. Zwar habe ich den Vorschlag gemacht, aber das heißt nicht, dass ich mir die Argumente der anderen nicht anhöre, vor allem, wenn sie begründet sind. Ja, es stimmt, dass die Ordnungskräfte bei uns keine Knüppel einsetzen: Sie schießen. Wir haben vor ein paar Tagen im Steinbruch einen Vorgeschmack davon bekommen: Batatu, eine unserer Schwestern, liegt im Koma. Es ist ein echtes Wunder, dass sie uns nicht angegriffen haben, als wir die Freilassung unserer eingesperrten Kolleginnen forderten.«

»Sie waren nicht darauf gefasst!«, ruft jemand dazwischen.

»Ja, aber heute können wir nicht mit einem Überraschungseffekt rechnen. Die Spitzel sind unter uns. Verschieben wir den Protestmarsch auf später und finden wir eine intelligente, weniger gefährliche, doch ebenso wirksame Strategie!«

Unbewusst hast du wie Tamara gesprochen. Du spürst, wie sie dir zulächelt … dort, wo sie jetzt ist.

»Laurentine hat eben einen Vorschlag gemacht«, sagt Bileko.

Alles in dir sträubt sich. Alles, nur nicht sich mit Tito zusammentun!

»Laurentines Vorschlag ist nicht schlecht, ich geb's zu, aber man verhandelt lieber mit dem lieben Gott selbst als mit seinen Heiligen. Tito ist eine Null, er redet zwar viel, hat aber keine Macht. Wir müssen uns direkt an den Befehlshabenden wenden, der gestern unsere Schwestern verhaftet hat. Ernennen wir eine kleine Delegation, die sich zu ihm begibt.«

Alle pflichten dir bei, dass dies ein guter Kompromiss ist. Sogar Mukiétu, grimmige Befürworterin einer Demonstration der Stärke.

»Ich ernenne Méréana zur Leiterin der Delegation«, ruft Bilala, die den Strategiewechsel angeregt hat.

»Wir brauchen sie doch gar nicht zu ernennen«, protestiert eine Stimme, »sie ist ja unsere Präsidentin.«

»Ruhe! Ruhe!«, befiehlst du energisch. »Gehen wir die Dinge in Ruhe an. Zuerst einmal: Jede darf das Wort ergreifen, das heißt, alle direkt Betroffenen. Mit anderen Worten: Die Frauen vom Steinbruch treffen die Entscheidungen! Zum Zweiten: Da wir nicht alle zusammen zum Polizeikommissariat gehen können, müssen wir die Anzahl der Delegierten bestimmen, und dann wählen wir die Delegierten. Und da es spät ist, können wir erst morgen handeln.«

Dann läuft alles geordnet ab. Ihr einigt euch ziemlich schnell auf eine sechsköpfige Delegation, und du wirst selbstverständlich zur Delegationsleiterin bestimmt. Nachdem die anderen fünf Mitglieder gewählt worden sind, beschließt stürmischer Applaus die Versammlung. Du siehst, wie Danny seine Liebste umarmt, und diese Geste rührt dich zutiefst. Laurentine lächelt und fährt mit der Hand über die Stelle, wo er sie geküsst hat, vielleicht, um ihr vom Kuss beschädigtes Make-up zu glätten.

Es ist an der Zeit, Batatu zu besuchen.

ELF

Während die von Atareta angeführte Delegation auf den Spitaltrakt zugeht, in dem sich die Intensivstation befindet, staunst du über dich selbst. Du hättest dir nie vorgestellt, dass Steinklopfen am Fluss dich an die Spitze einer Frauenbewegung katapultieren würde. Du betrachtest die Frauen, die dich zum Treffen mit dem Polizeikommissar begleiten werden: Mukiétu, die wegen ihrer Unverblümtheit gewählt wurde; Bileko wegen ihrer kosmopolitischen Erfahrung – hat sie etwa nicht kompetent mit Geschäftsleuten in Hongkong, in Dubai, in Singapur verhandelt? Bilala, weil sie als Erste die Idee eines Protestmarsches in Frage gestellt hat; und schließlich Iyissu, deren Arm in der Schlinge Beweis für die Brutalität ist, mit der gegen euch vorgegangen wurde. Keine deiner Gefährtinnen hat sich das Steinklopfen ausgesucht, jede ist auf einem anderen Weg im Steinbruch gelandet, durch Situationen, die ihnen keine Alternative gelassen haben; sie werden wahrscheinlich bis an ihr Lebensende zu dieser Arbeit gezwungen sein, bis zu dem Tag, an dem ihr geschundener Körper zusammenbricht. Du siehst doch, dass Moyalo, trotz ihrer burschikosen Art, steif vom Rheumatismus ist; Mukiétu hat sich schon zweimal mit dem Hammer den Finger zerschmettert; und dass Bileko heute nicht blind ist, ist einem Wunder zu verdanken, als ihr rechtes Auge von einem Splitter verschont wurde, der in ihrem Lid stecken blieb. Auch wenn diese Arbeit kaum zum Überleben reicht und mehr schlecht als recht die Gebrechen zu pflegen.

Deine Situation ist anders. Du bist mit einem festen Ziel dort: die Summe von hundertzwanzigtausend Franc zusammenzubringen. Du brauchst dieses Geld dringend, da keine deiner

Bekannten es dir leihen wollte – oder nicht konnte. Eine deiner Freundinnen hat dir vom Steinbruch erzählt und gemeint, mit sechs Wochen Steinklopfen könntest du genügend Schottersäcke füllen, um diesen Betrag auf die Seite zu legen. Du hast dir also sieben Wochen vorgenommen … und dann Schluss mit Schottersäcken! Mit hundertzwanzigtausend in deiner Sparbüchse kannst du dich in der Computerschule einschreiben, die, auch mit Firmenpraktika, in drei Monaten Informatiker ausbildet. Du hast eine gute Schulbildung, deine Zukunft ist nicht versperrt wie die deiner Arbeitsgefährtinnen. Natürlich gibt es im Land jede Menge arbeitslose Abiturienten und sogar Dutzende von Akademikern, die, wenn sie nicht Steine klopfen, alle möglichen Waren auf den Märkten verkaufen, doch das vermag deine Zuversicht nicht zu erschüttern. Und wenn ihr eure Forderungen durchsetzt und den Preis für eure Schottersäcke erhöht, kannst du noch schneller die Sklavenarbeit im Steinbruch aufgeben. Du musst also dein Bestes tun, um diese Aktion erfolgreich durchzuführen. Das ist das Mindeste, was Tamara von dir erwartet hätte.

Vom Getümmel im Hof des Krankenhauses gewarnt, erwartet euch am Eingang ein Mann in Anzug und Krawatte, begleitet von einem Arzt im weißen Kittel. Er erklärt, er sei der Direktor des Krankenhauses und wisse um eure Probleme und Sorgen. Da die Erlaubnis, Patienten zu besuchen, nicht von administrativen, sondern von medizinischen Erfordernissen abhänge, habe er den Leiter der Intensivstation kommen lassen, damit ihr euer Anliegen mit ihm besprechen könnt. Ihr staunt über die Höflichkeit und das Verständnis; es ist das erste Mal seit der Gründung eurer Bewegung, dass ein Mann mit Befugnissen euch mit Mitgefühl behandelt. Was euch ein bisschen aus dem Konzept bringt, denn ihr wart auf eine Konfrontation gefasst, und nun steht ihr vor einem teilnahmsvollen Menschen. Der Arzt ergreift das Wort und erklärt, dass aus medizinischen Gründen nur zwei Personen Batatu besuchen dürfen. Diese zwei Personen sind schnell bestimmt: du natürlich und Atareta, sozusagen die

Verbindungsoffizierin, so ließe sich zumindest die ihr zugeteilte Funktion bezeichnen.

Batatu liegt auf einer dünnen Matratze auf einem Metallbett, eine Sauerstoffmaske über dem Mund, zwei Schläuche in der Nase, nur mit einem Laken zugedeckt. Darunter zeichnet sich ihre Brust ab, die sich im Atemrhythmus bewegt. Sie spürt nichts, sieht nichts, sie hört nichts: Sie liegt im Koma. Schweißtropfen glänzen auf ihrer Stirn, denn die asthmatische Klimaanlage macht vor allem Lärm, anstatt zu kühlen. Du möchtest ihr sagen, dass ihr alle in Gedanken bei ihr seid, dass ihr für sie betet, dass ihre Babys gut aufgehoben sind ... Du konzentrierst dich ganz fest auf diese Gedanken, als könnten telepathische Wellen den Nebel ihres Komas durchströmen und in ihr Bewusstsein dringen.

Atareta schnieft. Der Arzt nimmt euch sanft, aber bestimmt am Arm und führt euch aus dem Saal. Er versucht nicht, euch die Wahrheit zu verheimlichen; Batatus Zustand ist sehr ernst, das Schlimmste kann jeden Moment eintreten. Du wischst mit dem Handrücken die Tränen weg.

Der Krankenhausdirektor gibt euch äußerst höflich und mit tausend Umschweifen zu verstehen, dass sich Batatus Krankenhausrechnung bereits auf dreihunderttausend Franc beläuft, und er möchte wissen, wer dafür aufkommen wird. Das ist nicht alles: Es sind dringend Antibiotika zu siebzehntausend Franc die Packung nötig. Niemand von euch kann eine solche Summe aufbringen, selbst wenn ihr alle eure Ersparnisse zusammenlegt. Aber du kannst nicht »niemand« antworten. Womöglich würde er die Schläuche abhängen, die eure arme Batatu am Leben halten. Du antwortest ihm bestimmt: »Unsere Vereinigung!« – als hättet ihr eine Vereinigung! Das scheint ihn zu beruhigen.

Die anderen Mitglieder der Delegation erwarten euch im Besuchsraum. Als sie euch sehen, springen sie von den metallenen Sitzbänken auf und eilen euch mit besorgt fragendem Blick entgegen. Du bedeutest ihnen mit der Hand, sich zu setzen, und lässt Atareta berichten. Sie hat noch nicht fertig gesprochen, und schon schniefen und weinen ein paar Frauen. Du ergreift das Wort, um ihnen ein bisschen Hoffnung zu geben.

Ihr verlässt den Besuchsraum. Draußen schaust du auf die Uhr: Es ist schon siebzehn Uhr. Du hast einerseits das Gefühl, der Tag sei sehr lang gewesen, und andererseits, dass die Stunden sehr schnell vergangen sind. In deinem Kopf prallt alles zusammen. Du kannst nicht mehr klar denken, als seien sämtliche Zellen in deinem Kopf vollständig ausgepresst. In solchen Situationen verlangst du lieber keine weiteren Anstrengungen von ihm und lässt ihn ausruhen. Also erklärst du deinen Kolleginnen, es sei zu spät, um weiter zu beraten. Andere wichtige Pflichten erwarten dich jetzt. Zuerst einmal die Kinder. Du denkst an Lyra, an Batatus Baby, an Tantine Turia, die den ganzen Tag allein auf die Kinder aufgepasst hat und jetzt bestimmt nach Hause gehen möchte. Auch die anderen denken wahrscheinlich an die unerledigten Aufgaben zu Hause. Alle stimmen dir zu, und ihr verabredet euch für den nächsten Morgen vor der Intensivstation; zum einen, um euch nach Batatus Zustand zu erkundigen, zum anderen, um euch zu besprechen, bevor ihr euch zum großen Treffen mit dem Polizeikommissar begebt.

Ihr verabschiedet euch voneinander, und jede trägt ihr Bündel Alltagssorgen nach Hause, wo die allabendlichen Pflichten warten. Der Hof des Krankenhauses, wo es vor ein paar Stunden noch vor Menschen wimmelte und unter dem großen Mangobaum Dutzende Frauen über ihr Schicksal debattierten, liegt im gespenstischen Licht der Abendsonne ausgestorben da. Du willst nur noch eins: schnellstens weg von hier. Du trittst durch das große Tor auf die Straße hinaus zur Busstation. Du solltest vielleicht lieber ein Taxi nehmen, auch wenn das teurer ist, anstatt auf einen Bus zu warten. Was für ein Zufall: Vor dem Tor steht ein Taxi. Du gehst darauf zu, um den Fahrpreis auszuhandeln, doch der Fahrer hat offenbar das Tor überwacht, denn noch bevor du beim Wagen bist, öffnet er die Tür, springt vom Sitz und kommt dir breit lächelnd entgegen: Es ist Armando, Anne-Maries großer Bruder.

Verblüfft, ihn hier zu sehen, wo doch alle schon längst gegangen sind, fällt dir nichts anderes ein, als fragend seinen Namen auszurufen: »Armando?«

»Nun ja, du siehst, ich bin noch da. Ich hab auf dich gewartet, um dich nach Hause zu bringen. Nach einem so anstrengendem Tag ist es zu mühselig, auf einen überfüllten Bus zu warten und sich einen Sitzplatz zu erkämpfen.«

»Das ist nett von dir, Danke. Wo ist deine Schwester?«

»Ich weiß nicht, sie ist wohl nach Hause geeilt, um auf ihren Typen zu warten. Sie kann sich einfach nicht von ihm trennen, obwohl er ihr nur Ärger und Kummer bereitet. Du solltest mit ihr sprechen, auf dich hört sie vielleicht.«

»Sie ist eine sehr schöne Frau.«

»Ja, ihre Schönheit hätte sie beinahe das Leben gekostet. Ich nenne das eine teuflische Schönheit.«

»Sprich nicht schlecht über deine Schwester, ich mag sie sehr.«

»Nein, ich sage nichts Schlechtes über sie, ich hänge sehr an ihr. Ich möchte ganz einfach, dass sie auf mich hört und diesen Typen zum Teufel jagt, aber sie kann ihn einfach nicht vergessen. Ein verheirateter Mann übrigens.«

»Alle Brüder schimpfen über die Freunde ihrer Schwester.«

Er geht um den Wagen herum und öffnet die Beifahrertür. Du staunst über die höfliche Geste; jedenfalls ist dies hierzulande unüblich. Er setzt sich auf den Fahrersitz, und anstatt den Motor anzulassen, reicht er dir eine Flasche Orangina, so kalt, als käme sie direkt aus dem Kühlschrank.

»Du hast bestimmt Durst.«

Ja, du hast Durst und bist dankbar für das Getränk. Du nimmst die Flasche entgegen und bedankst dich. Doch gleich schrillt eine kleine Alarmglocke in deinem weiblichen Warnsystem, diesem angeborenen System, das es Frauen seit Generationen erlaubt, trotz der männlichen Machenschaften zu überleben. Du witterst etwas. Aufpassen! Vorsicht! Wenn ein Mann, den du um nichts gebeten hast, dich plötzlich mit Liebenswürdigkeiten überschüttet, musst du auf der Hut sein. Doch du kommst nicht weit mit deinen Überlegungen, denn er nimmt einen Prospekt aus dem Handschuhfach und reicht ihn dir.

»Schau, wir haben Unterstützung ... Wir haben Unterstützung!«

Wovon spricht er? Er zeigt auf das Blatt. Die fette rote Überschrift springt dir in die Augen: UNTERSTÜTZEN WIR DEN KAMPF DER FRAUEN! Du lehnst dich in den Sitz zurück und beginnst verwundert zu lesen, während der Wagen losfährt.

// Das autokratische und antidemokratische Regime hat wieder zugeschlagen. Diesmal hat es arme unschuldige Frauen, unsere Mütter und unsere Schwestern, getroffen. An ihrem Arbeitsplatz und im Kerker wurden sie von Schergen des Regimes zusammengeschlagen und gefoltert. Dabei wollten sie nur den Verkaufspreis ihrer Ware verhandeln, für die geldgierige Unternehmer bisher einen lächerlichen Betrag bezahlt haben. Wenn es noch eines Beweises bedürfte, dass unser Land in ein faschistisches Regime abdriftet, so ist er durch dieses brutale Auftreten der Polizei erbracht. Wir brauchen einen Wechsel! Es ist Zeit, die skrupellosen Leute zu verjagen, die ungestraft Staatsgelder unterschlagen, während sie das im Elend lebende einfache Volk mit Gewalt unterdrücken. Das Vorgehen gegen diese armen Frauen, die lediglich um ihr täglich Brot kämpfen, ist dafür ein letzter Beweis.

Die Oppositionsparteien, die sich in der Oppositionsbewegung für den Machtwechsel (OBfM) zusammengeschlossen haben, treffen sich morgen Vormittag, um das weitere Vorgehen zu beraten. Es ist unsere Pflicht, die Forderungen dieser Frauen zu unterstützen! Der Sieg dieser Arbeiterinnen ist ein Schritt zur Entmachtung der korrupten Politiker und ihrer Clique. //

Du liest nochmals. Du verstehst nicht, oder vielmehr, du verstehst jetzt, warum Tito behauptet hat, dass ihr euch von den Oppositionsparteien manipulieren lasst. Und warum Iyissus Onkel so erschrocken war, als du ihn angerufen hast. Obwohl keine von euch Kontakt mit einem Oppositionspolitiker aufgenommen hat! Oder überhaupt mit einem Politiker.

Heute bist du über Dreißig, und seit du geboren wurdest, regiert der gleiche Präsident das Land, trotz des Gezeters und des ständigen Geplärrs der sogenannten Oppositionsparteien. Halt … dank eines unvorhergesehenen Zufalls der Geschichte waren sie einmal fast fünf Jahre lang an der Macht, doch der Alte hat ihre Inkompetenz, ihre Streitigkeiten, ihren Machthunger genutzt, um die Verhältnisse wieder zu seinen Gunsten zu wenden. Er hat seinen Posten mit Waffen zurückerobert, und um ein so denkwürdiges Chaos zu verhindern wie das, das ihn von seinem Präsidentensessel vertrieb, ließ er sich eine neue Verfassung schneidern, in der er sich ein zehnjähriges Mandat zugestand. Und jetzt, da dieses Mandat abläuft, wird er wiederum die Verfassung ändern und das zehnjährige Mandat durch ein lebenslängliches ersetzen lassen. Während die Oppositionsbewegung palavert, Allianzen schmiedet und auflöst, Flugblätter verteilt, kläfft und bellt, zieht die Karawane des Präsidenten ruhig ihres Wegs und zermalmt unterwegs jegliche Widerstandsregung. Also, sagst du dir, angesichts der Folgenlosigkeit ihres Geredes seit über dreißig Jahren würde eine Verbindung mit diesen Leuten euch vor allem Unglück bringen und sonst kaum etwas. Jedenfalls hat euer Kampf nichts mit ihrem zu tun. Ihr wollt weder die Regierung noch den Präsidenten stürzen. Ihr wollt ganz einfach eure Steinsäcke zu einem besseren Preis verkaufen. Basta. Ihr macht keine Politik, wie Tantine Turia sagen würde.

»Armando, ich verstehe nicht, warum die Opposition dieses Flugblatt verfasst hat.«

»Sie wollen euch unterstützen.«

»Wir machen keine Politik.«

»Auch du sagst das, Méréana? Was heißt das, ihr macht keine

Politik? Aber egal: Wenn du dich nicht um Politik kümmerst, kümmert sich die Politik eben um dich.«

»Wir wollen mit den Leuten der Opposition nichts zu tun haben. Sie nutzen unseren Kampf zu eigenen Zwecken. Wir wollen lediglich unsere Steinsäcke für fünfzehntausend Franc verkaufen.«

»Ich dachte, es sind zwanzigtausend.«

»Ehm ... ja, zwanzigtausend. Ich glaube, dir kann ich es sagen. Zwanzigtausend ist der Verhandlungspreis. Unser Ziel ist, von zehntausend auf fünfzehntausend zu kommen. Es ist bestimmt nicht übertrieben, fünftausend Franc mehr zu verlangen. Wegen fünftausend Franc schießt man nicht auf Menschen.«

Im Kopf völlig ausgelaugt, bequem in deinem Sitz, schließt du die Augen und willst nur noch das Schnurren des hin und wieder hüstelnden Motors hören, wenn das Auto über ein Schlagloch fährt. Armando hat deine Müdigkeit bemerkt und schweigt. Zur Entspannung nimmt er eine CD aus ihrer Hülle und schiebt sie in den Schlitz des CD-Players auf dem Armaturenbrett. Und was hörst du? *Parafifi*, ein uraltes Chanson aus den Fünfzigerjahren des letzten Jahrhunderts, ein trauriges Liebeslied von Joseph Kabasele, dem kongolesischen Sänger, das an seine Liebste gerichtet ist, eine gewisse Félicité.

> *Félicité / Mwana mwasi suka botembe / Oya lelo / Oningisi mokili awa / Na mopanzi / Tale elengi ya paradizo / Namipesi / Nyonso se na yo / Félicité Di dudu / Motema ya paradizo / Mabanzo ma ngai na yo / Makila matamboli / Elongi na yo Didi / Anjelo mobateli / Soki otali ngai chéri / Mayaele masili ngai ...*
> *Félicité, Schönste unter den Schönen, heute liegt dir die Welt zu Füßen ...*

Du spürst, dass er diesen Hit aus alten Zeiten nicht zufällig ausgesucht hat. Ein Chanson aus einer Zeit, da ihr beide noch nicht geboren wart. Es ist ganz offensichtlich an dich gerichtet. Ach, diese Männer, er hält dich wohl für eine Banausin oder wie? Er glaubt wohl, er sei zartfühlend. Na ja, eher mit Holzpantoffeln ...

»Kannst du wohl das Radio einschalten?«, bittest du ihn, bevor der verzückte Verliebte sein nächstes Couplet anstimmt.

»Weißt du, Méréana, in besonderen Momenten höre ich die Chansons aus alten Zeiten gern. Heute sind sie Klassiker.«

Du ahnst es. Er erwartet, dass du ihn fragst, was denn diese besonderen Momente sind, um dann dir den üblichen Schmus zu erzählen. Nein, du beißt nicht an.

»Ich möchte gern die Nachrichten hören, wenn es dir nichts ausmacht.«

Etwas enttäuscht schaltet er das Radio an und überlegt wohl, wie er sein zweifellos sorgfältig vorbereitetes Szenario umsetzen kann.

// In Simbabwe hat die Regierungspartei Zanu-PF bei den großen nationalen Unternehmen eine Zwangskollekte veranstaltet, damit der 85. Geburtstag von Präsident Robert Mugabe mit dem gebührenden Prunkaufwand gefeiert werden kann. Zum Festmenü gehören 2000 Flaschen Champagner der Nobelmarken Moët & Chandon oder Bollinger 1961, 5000 Flaschen Johnny Walker und Chivas, 8000 Langusten, 100 kg Riesengarnelen, 4000 Portionen schwarzer Kaviar, 3000 Enten, 16.000 Eier, 3000 Schokolade-Vanille-Torten, 8000 Packungen Pralinen Ferrero Rocher. 80 Kühe, 70 Ziegen und 12 Schweine werden für das Bankett geschlachtet.

Geschäftsleute sind gehalten, 45.000 bis 50.000 amerikanische Dollar auf das Konto der Bewegung vom 21. September überweisen, der nach dem Geburtsdatum des Präsidenten benannten Jugendorganisation.

Simbabwes Wirtschaft gilt offiziell als die schlechteste der Welt. Vor einer Woche hat die Zentralbank zwölf Nullen der Landeswährung gestrichen, um die Hyperinflation zu bekämpfen, die auf 231.000.000 Prozent geschätzt wird. Die Arbeitslosenrate beträgt 94 Prozent; 80.000 Bewohner sind an Cholera erkrankt, 4000 bereits gestorben.

In Papua-Neuguinea wurde am Dienstag eine junge Papua-Frau von den Bewohnern eines Dorfes im Zentrum der Hauptinsel lebendigen Leibes verbrannt, weil sie nach dem Tod mehrerer Aidskranker der Hexerei verdächtigt wurde. Die nackte Leiche der jungen Frau, die laut Polizei ungefähr 20 Jahre alt war, wurde in einer Mülldeponie gefunden; das Opfer war geknebelt und, an einen Pfahl gebunden, auf einem Scheiterhaufen dem Feuer übergeben worden. Bereits im Februar wurden in Lae, der zweitgrößten Stadt Papua-Neuguineas, zwei alte Frauen der Hexerei beschuldigt und zu Tode gefoltert. Die zwei Frauen, die aus derselben Gegend stammten, wurden gefesselt, mit Eisenstangen erschlagen und durch die Stadt geschleift. Auf die Leichen wurden Reifenstapel gehäuft, mit Benzin übergossen und angezündet …

Sport: Die Fußballmannschaft von … //

»Halte bitte vor dem Kiosk dort an, ich muss eine Handykarte kaufen.«

Er hält an. Du steigst aus und kaufst die Karte. Es geht nicht anders, du musst die tausend Franc opfern, denn in der gegenwärtigen Situation musst du dich unbedingt mit den anderen verständigen können. Da der Kiosk nicht weit von Zuhause ist, beschließt du, zu Fuß nach Hause zu gehen. Du sagst zu Armando, ein bisschen Gehen würde dir guttun. Er protestiert und steigt aus. Als er sieht, dass du darauf bestehst, bietet er dir seine Dienste für morgen an. Er verabschiedet sich von dir, umarmt dich und drückt dich ein bisschen länger als nötig an seine Brust.

ZWÖLF

Eine Riesenüberraschung erwartet dich zu Hause. Fatumata! Du traust deinen Augen nicht. Fatumata, deine Freundin aus dem Gymnasium. Bei ihr hast du Zuflucht gefunden an jenem Abend, als du deinen Mann verlassen hast und mit deinen weinenden Kindern aus deinem Heim geflüchtet bist. Sie ist inzwischen in die Hafenstadt umgezogen, das wirtschaftliche Zentrum des Landes. Wann habt ihr euch zum letzten Mal gesehen? Bei Tamaras Tod hat sie eine Woche unbezahlten Urlaub genommen, um bei dir zu bleiben und dir zu helfen, den Schock über den Tod deiner Schwester zu überwinden, für die du nicht nur eine große Schwester warst, sondern auch eine Mutter. Das hatte dich sehr bewegt.

Ihr läuft einander mit ausgebreiteten Armen entgegen. Umarmt euch. Fatumata, das Mädchen, dass deine Bücher fotokopierte, weil sie sich keine kaufen konnte, das Mädchen, das auf dem Markt mit seiner Mutter Holzkohle und abends im flackernden Kerzenlicht an der Straßenecke geröstete Erdnüsse verkaufte und das Geld für Hefte und billige Kleidung verwendete: Dieses Mädchen hat es letztlich weiter gebracht als du. Fatumata ist das lebende Beispiel dafür, dass Glaube und Durchhaltewille zum Ziel führen. Zuerst Buchführungsangestellte in der lokalen Zweigniederlassung einer großen Erdölgesellschaft, deren Logo eine Muschel ist, hat sie alle Stufen erklommen und ist heute kaufmännische Leiterin.

»Fatumata! Was für eine Überraschung! Wie lange bist du schon in der Stadt?«

»Seit gestern Abend. Zu Gesprächen mit dem Bergbau- und Erdölministerium. Doch sag, stimmt das, was ich heute im

Ministerium als Erstes gehört habe? Dass du eine Gruppe aufständischer Frauen anführst?«

»Aufständischer Frauen?«

»Ja. Es heißt, ihr hättet den Konvoi des Präsidenten der Republik mit Steinen beworfen und du seist sogar verhaftet worden. Was ist das für eine Geschichte?«

»Und du hast es geglaubt?«

»Natürlich nicht. Daher bin ich gleich nach der Sitzung zu dir geeilt, um Näheres zu erfahren.«

»Also, ich klopfe Steine am Fluss. Ich brauche Geld.«

Sie glaubt, nicht richtig gehört zu haben. Sie ist entsetzt. Sie denkt bestimmt, ihre Schulfreundin sei tief gefallen.

»Aber Méré, bitte, du weißt doch, dass ich da bin, ich kann dir jederzeit Geld leihen!«

»Ich weiß, aber ich habe überhaupt nicht daran gedacht.«

»Wie? Du hast nicht daran gedacht ... Vergiss das alles. Wie viel brauchst du, um über die Runden zu kommen?«

»Jetzt geht es nicht mehr um Geld, Fatu. Es geht nicht mehr um mich und meine Pläne. Es geht um alle diese Frauen!«

»Sag mir wenigstens, was los ist!«

Ihr setzt euch auf die Veranda, und du erzählst ihr alles. Sie hört dir stumm zu und schüttelt zwischendurch den Kopf. Schließlich sagt sie: »Du erinnerst mich an Tamara. Die gleiche Leidenschaft. Habt ihr das im Blut, oder wie?«

Du lachst. Schließlich hat sie Tamara ebenso gut gekannt wie du, und sie sollte wissen, dass man euch unmöglich miteinander vergleichen kann. Ihr plaudert noch ein bisschen und teilt euch ein lokales Bier. Dann begleitest du sie zu ihrem Auto.

»Danke, Fatu. Es ist wirklich sehr lieb von dir. Lass mich dich nochmals anschauen. Wie lange haben wir uns nicht mehr gesehen? Ein Jahr, anderthalb Jahre?«

»Aber nein, das war, als ich nach Tamaras Tod zu dir gezogen bin. Wir haben uns doch später noch mal gesehen, erinnerst du dich nicht? Als ich dich überstürzt besucht habe. Am gleichen Tag hin und zurück.«

»Klar, wie konnte ich das nur vergessen! Übrigens, du siehst blühend aus. Bestimmt geht es dir prima.«

»O ja, es könnte nicht besser sein. Ich kann immer noch nicht glauben, was ich alles habe durchmachen müssen, um so weit zu kommen. Ich bin glücklich, Méré. Noch einmal: dank dir.«

»Und dein Mann? Wie geht's ihm?«

»Ich habe noch nie einen Mann gesehen, der sich so um sein Kind kümmert. Du wirst es nicht glauben, doch der Kleine gleicht ihm immer mehr. Jedenfalls sind wir glücklich, und das ist die Hauptsache.«

Sie steigt in ihr Auto.

»Nochmals, Méré, ruf mich bitte an, wenn du Geld brauchst.«

Sie hebt die Hand zu einem letzten Gruß und fährt los.

Es macht dich froh, zu wissen, dass sie glücklich ist. Du erinnerst dich spontan an das Sprichwort »Geld macht nicht glücklich«. Fatumata ist das beste Beispiel dafür. Wenn sie heute glücklich ist in ihrer Ehe, dann nicht wegen ihres Geldes.

Als sie heiratete, war sie der Typ Frau, wie sie sich jeder Mann wünscht: schön, gebildet, treu, beruflich erfolgreich, mit einem ansehnlichen Gehalt, vor allem verglichen mit dem ihres Mannes, der Oberpfleger in einer Arztpraxis war. Doch nach drei Jahren kinderloser Ehe übte die Familie ihres Mannes zunehmend Druck auf ihn aus, er solle sie verstoßen oder sich wenigstens eine andere Frau nehmen, die ihm Kinder schenkte. Bei jeder Auseinandersetzung stocherte er in der Wunde und schleuderte ihr ins Gesicht, sie sei unfruchtbar. Nicht nur, dass er immer später nach Hause kam und nicht einmal versuchte zu verheimlichen, woher er kam, er ging sogar ganz offen fremd, und alle wussten, dass er ein »zweites Büro« hatte, eine offizielle Mätresse also. Wenn sie sich beklagte, antwortete er ihr brutal: »Werd erstmal schwanger, statt mich zu nerven!« Ohne die Unterstützung ihres Mannes, von ihrer Schwiegerfamilie verhöhnt und gedemütigt, litt die schöne mollige Fatumata an Magenschmerzen, wurde dünn und dünner und verkümmerte. Sie wurde depressiv, ja fast magersüchtig.

Eines Abends, als die Erdölgesellschaft einen Empfang gab zu Ehren eines Angestellten aus Benin, der nach Erfüllung seines Vertrags in sein Land zurückkehrte, spitzte sich die Lage zu. Nach dem Empfang stellte Fatumata fest, dass ihr Kollege vergessen hatte, einen wichtigen Buchungsbeleg zu unterzeichnen. Da er am nächsten Tag frühmorgens ins Flugzeug steigen würde, rief sie ihn an und sagte ihm, sie käme kurz vorbei. Er führte sie ins Wohnzimmer, und als er den Beleg unterzeichnet hatte, bot er ihr einen Abschiedsdrink an, denn sie würden sich ja wohl kaum wiedersehen. Sie plauderten über belanglose Dinge, doch dann wurde das Gespräch zunehmend intimer. Beschwipst von zärtlichen, bewundernden Worten, wie sie sie schon lange nicht mehr gehört hatte – und vielleicht auch beschwipst vom perlenden Sekt –, hatte sie sich ihm hingegeben. Als vier Wochen später ihre Periode ausblieb, machte sie einen Test und wusste, sie war schwanger.

Sie konnte sich nicht darüber freuen, und aus Angst, es könnte herauskommen, dass sie ihren Mann betrogen, ja verraten hatte, verfiel sie in eine tiefe Depression. Dann musste sie an dich denken. Erinnerungen an die Gymnasialzeit vielleicht, als du sie gebeten hattest, Tito zu finden, weil du unvermutet ein Bäuchlein hattest. An jenem Abend rief sie dich an. Ihre Stimme klang verzweifelt, und sie sagte, sie müsse dich unbedingt sehen und werde für morgen einen Flug buchen. Am gleichen Tag hin und zurück.

Am Flughafen erkanntest du die schöne Fatumata kaum wieder. Es war nicht die attraktive fröhliche Frau mit einem Lächeln auf den Lippen, deren mollige Figur zu ihr passte, sondern eine Frau mit eingefallenen Wangen und ausgezehrt wie eine Schwindsüchtige.

Sie erzählte dir ihr Martyrium in allen Einzelheiten und gestand dir auch die Situation, in der sie sich befand. Dann habt ihr alle möglichen Alternativen durchgesprochen.

Die einfachste Lösung wäre gewesen, ihrem Mann zu gestehen, dass sie schwanger war. Basta. Was implizit bedeutete, dass er der Vater war, und die Schmähungen würden aufhören. Er wäre endlich glücklich, ein Kind zu haben. Sie müsste sich wohl oder übel für das Familienglück entscheiden und mit der Lüge leben. Realität ist, dass die ganze Wahrheit meist eine Ehe zerstört, eine Lüge sie aber oft rettet. Schließlich entschied sie sich für diese Lösung.

Als ihr euch voneinander verabschiedet habt, kam dir ein perverser Gedanke. Lüge oder nicht, der Kerl durfte nicht so einfach davonkommen nach all den physischen und moralischen Qualen, die er deine Freundin hatte erleiden lassen.

»Und wenn du ihn jetzt demütigst?«, hörtest du dich Fatumata zuflüstern.

»Wie denn?«, fragte sie verwundert.

»Hör mal, wenn dieser Typ, der Kollege aus Benin, dich beim ersten Mal geschwängert hat, heißt das doch, dass du nicht unfruchtbar bist, oder? Dass du nicht steril bist! Fatu, du kennst doch unsere Männer: Wenn dein Mann in der ganzen Zeit keine außerehelichen Kinder gezeugt hat, wenn er sein ›zweites Büro‹ nicht geschwängert hat, dann war das nicht aus Liebe zu dir, sondern ganz einfach, weil er nicht dazu imstande ist …«

Du hattest noch nicht fertig gesprochen … und sie blickte dich mit offenem Mund und weit aufgesperrten Augen an. Die Pupillen leuchteten seltsam. Für sie war es eine fast göttliche Enthüllung. Es wunderte dich nicht, dass sie nicht vorher daran gedacht hatte. Seit Generationen haben die Männer den Frauen Schuldgefühle und das Bewusstsein männlicher Überlegenheit eingehämmert, so dass es für die meisten Frauen selbstverständlich ist, dass ein Mann unmöglich zeugungsunfähig sein kann! Es liegt immer an der Frau. Wenn etwas nicht stimmt, muss man zuerst bei der Frau suchen.

Du fuhrst mit deiner Predigt fort: »Du hast zwei Möglichkeiten, Fatumata. Entweder mit dem Geheimnis leben und deine Ehe retten und alle Demütigungen vergessen. Oder dich rächen, die Wahrheit enthüllen und diesen Kerl als zeugungsunfähig bloßstellen. Dass er froh sein kann, wenn er überhaupt einen

Steifen bekommt! Wozu du dich auch immer entscheidest: Du hast ihn in der Hand!«

»Du bist unglaublich, Méré! Ich habe mir das nie überlegt. Du hast natürlich recht! Ich habe zu sehr gelitten, ich werde ihm die Wahrheit sagen und ihm das Maul stopfen. Egal, wenn man mich für eine untreue Frau hält, dafür übernehme ich die Verantwortung.«

Sie schwieg einen Moment, dann blickte sie dich an: »Wenn ich mir überlege, dass ich mehr als einmal Selbstmord begehen wollte. Es wäre vollkommen sinnlos gewesen, und ich hätte mich zusätzlich noch für einen Kerl mit madigen Spermatozoen umgebracht.«

»Pass auf, Fatu. Es gibt eine noch bessere Möglichkeit. Enthülle nichts in der Öffentlichkeit. Sag nur ihm die Wahrheit. Sprich mit ihm. Sag ihm, dass du dich seit einiger Zeit gefragt hast, wer von euch beiden steril sei. Er wird dir natürlich antworten, dass du es bist, was sonst? Und dann sagst du ihm in aller Ruhe, es könne nicht an dir liegen, denn du hättest einen Mann gefunden – einen richtigen! –, der dich geschwängert hat. Stell ihn vor die tragische Wahl: entweder dich öffentlich bloßzustellen, damit würde er gleichzeitig zugeben, dass er nicht imstande ist, eine Frau zu schwängern, und sich zum Gespött machen. Oder schweigen und seine Männlichkeit retten. Ich mache jede Wette, dass er sich für die zweite Alternative entscheidet. Und wette zudem, dass er dich auf den Knien beschwören wird, das Geheimnis zu wahren.«

Sie verabschiedete sich mit einem geheimnisvollem Lächeln von dir. Du hast nie erfahren, was zwischen ihrem Mann und ihr gesprochen wurde oder was für einen Pakt sie miteinander geschlossen haben. Jedenfalls war Fatumata nach ein paar Monaten wieder die fröhliche strahlende Frau von früher, während der arme Mann in ständiger Sorge lebte, jemand könnte herausfinden, dass er nicht der Vater seines Sohnes sei.

Als du dich von Fatumata verabschiedest hast und ins Haus gehst, ist es bereits spät. Du hoffst, dass du Tantine Turias Hilfsbereitschaft nicht strapaziert hast. Sobald du das Haus betrittst, hörst du aus der Küche rufen: »Gott sei Dank, dass du nach Hause kommst. Ich hoffe, du hast keine Dummheiten gemacht.«

»Keine Sorge, Tantine, alles ist gut gegangen. Morgen treffen wir uns mit dem Polizeikommissar und bereden, wie wir unsere Steinsäcke zurückbekommen.«

»Hat ihr eine Verabredung?«

»Nicht direkt. Wir wollen eine fordern.«

»Und wie denn?«, fragt sie etwas skeptisch.

Du berichtest ihr mit wenigen Worten, was ihr vorhabt, und lässt alles aus, was sie beunruhigen könnte.

»Wenn man euch empfängt, verlangt bloß nichts anderes als eure Säcke! Politisiert vor allem nicht. Politik ist gefährlich.«

Dir wird bewusst, dass Tante Turia dir genau das rät, was du vorhin zu Armando gesagt hast, und du fragst dich plötzlich, ob das nicht nur Worte sind. Was ist nicht Politik, abgesehen vielleicht von Liebe und Sex? Bessere Schulen fordern, einen Fußballplatz im Viertel, ein höheres Gehalt, ein besseres Gesundheitswesen … alles ist Politik. Der Unterschied ist, dass manche ihren Broterwerb darauf gründen, während andere wie ihr nur sporadisch Politik machen, einen angemessenen Preis für eure Schottersäcke fordern zum Beispiel. Doch das kannst du deiner Tante nicht sagen.

»Einverstanden, Tantine, ich mache keine Politik. Vielen Dank, dass du die Kinder gehütet hast.«

»Ich habe allen zu essen gegeben, und die zwei Buben sind bei ihren Hausaufgaben, glaube ich. Ich habe große Mühe mit Batatus Baby gehabt, es hat pausenlos nach der Mutter geweint. Schließlich hat sie sich an mich gewöhnt, ich hab sie gewaschen, dann hat sie endlich das Fläschchen getrunken und ist eingeschlafen. Morgen müsste man ihr einen leichten Maisbrei geben, sie ist groß genug dafür, und dann kriegt sie keinen Durchfall. Es kann ja sein, dass sie die Trockenmilch nicht verträgt.«

»Und Lyra?«

»Oh, der kleine Schatz liebt seine Oma über alles. Sie hat die große Schwester gespielt und ist dann auch eingeschlafen. Sie wollte unbedingt das Baby ins Bett bringen.«

Die zwei Buben haben ihre Hausaufgaben fertig und spielen nun ein Spiel, dessen Regeln dir sehr kompliziert erscheinen. Der Ältere ruft: »Tag!, Mama«, und winkt dir zu, während der Kleine aufsteht und zu dir rennt, dich umarmt und vergisst, nach den versprochenen Beignets zu fragen. Du öffnest die Schlafzimmertür einen Spaltbreit. Lyra schläft neben Batatus Baby, als seien sie immer zusammen gewesen: zwei kleine Engel, doch die Mutter des einen liegt im Krankenhaus im Koma.

Ohne dass du sie darum bittest, erbietet sich Tante Turia, morgen nochmals zu kommen und die zwei Mädchen zu hüten, während die Buben in der Schule sind. Du dankst ihr herzlich und begleitest sie bis auf die Straße hinaus.

»Ruf mich bitte an, wenn etwas ist, mein Handy ist jetzt geladen. Nimm ein schönes warmes Bad – ich habe das Wasser im großen Blecheimer schon heiß gemacht … iss und versuch zu schlafen. Also dann, bis morgen.«

Sie legt ihre Arme um dich, und ihr umarmt einander herzlich. Du blickst ihr nach, bis sie in der Nacht verschwindet, die ältere Schwester deiner Mutter, die den Schmerz über das brutale Verschwinden ihres Mannes verwunden hat und nun als Witwe ein ruhiges, ausgeglichenes Leben führt und von ihrem Schneideratelier lebt. Könntest du das doch auch von dir sagen!

Du schickst die beiden Buben ins Bett, weil sie morgen in die Schule müssen. Sie murren ein bisschen, gehorchen dann. Du testest das Wasser, das Tantine Turia für dich vorbereitet hat. Es ist tatsächlich warm. Obwohl du einen Heißhunger hast, willst du dich vor dem Essen waschen. Du nimmst den Kessel mit dem warmen Wasser vom Herd und trägst ihn hinaus. Du schlüpfst aus den Kleidern, wickelst ein Tuch um die Hüfte. Mit einem Frottétuch über dem Arm, die Toilettenseife in der einen und die Sturmlaterne in der anderen Hand, willst du zur Dusche hinter dem Haus gehen. Plötzlich überkommt dich völlige Erschöpfung, und du musst erst ein paar Minuten ausruhen. Du lässt dich in deinen Sessel fallen, der es gewohnt ist, deine müden Knochen zu tragen, wenn du dich abgekämpft, ausgelaugt von der harten Tagesarbeit ausruhst. Heute jedoch ist nicht nur dein Körper, sondern auch dein Hirn ausgebrannt.

Du lehnst dich bequem im Sessel zurück, atmest ganz langsam tief aus und hoffst, dass dieses lange Yoga-Ausatmen auch ein bisschen von deiner Müdigkeit ausströmen lässt. Du schleuderst die Schuhe von den Füßen, und die kühle Luft streichelt deine so lange eingesperrten Zehen. Du schließt die müden Augen. Alles ist ruhig. Du hörst das Atmen der Kinder nicht, nicht einmal das der beiden Buben, die hinter dem Paravent schlafen. Deine Tante hat sich wirklich gut um sie gekümmert. Zum Glück hast du sie, Tantine Turia. Sie hat dich geformt, mehr als deine Mutter, hat dich seit deinem zwölften Lebensjahr ins Leben begleitet, bis zu jenem Moment, wo dich, mit siebzehn, eine unerwünschte Schwangerschaft in eine Frühehe katapultiert hat. Doch auch bei dieser Prüfung war es wiederum sie, die dir half. Ihre unerwartete, aber bewundernswerte Reaktion während jenes Dramas half dir, von einer unüberlegten Dummheit Abstand zu nehmen, was dir das Leben rettete und dir ermöglichte, zuversichtlich in eine Zukunft zu blicken, die du für völlig zerstört hieltest.

Du hattest dich in deinem Zimmer eingeschlossen, als du vom Fenster aus Tito sahst, der, wie er versprochen hatte, in Begleitung eines älteren Verwandten, eines Onkels vielleicht, zu euch kam, um deiner Tante die Nachricht zu bringen. Du hattest nicht den Mut hinauszugehen, um ihr diesen jungen Mann vorzustellen, der ihr völlig unbekannt war und nun vor ihrer Tür stand. Du schämtest dich für das, was du getan hattest, schämtest dich, deine Tante enttäuscht zu haben nach all dem, was sie für dich getan hatte; du schämtest dich, weil die Leute wegen deines dummen Verhaltens glauben würden, sie sei eine schlechte Mutter gewesen. So kam zur Beschämung auch ein Schuldgefühl hinzu.

Du erfuhrst nie, wie er sich vorgestellt hat, und auch nie,

wie sein Verwandter die Angelegenheit darstellte, jedenfalls rief nach zehn Minuten, vielleicht weniger, deine Tante mit ihrer lauten Stimme nach dir, in der nun Zorn und Ungläubigkeit mitschwangen. Eine Hitzewelle stieg in dir auf, und du schwitztest in den Achselhöhlen. Doch kneifen war unmöglich, du musstest gehorchen. Du fragtest dich, ob zum Tode Verurteilte sich ebenso fühlen, wenn sie mit gesenktem Kopf und zentnerschwerem Herzen auf den Galgen zugehen. Du gingst hinein und stelltest dich neben Tito. Tantine musterte euch beide ein paar Sekunden stumm. Sekunden, die dir wie Stunden erschienen. Vielleicht musste sie sich beruhigen.

»Méré, kennst du diesen jungen Mann?«

»Ja, Tantine.«

»Wer ist er für dich?«

»Er … er ist ein Mitschüler aus dem Gymnasium.«

»Ist das alles?«

Da wusstest du nicht mehr, was antworten. Wie einer Mutter sagen, dass dies nicht alles ist, dass du zu ihm nach Hause gegangen bist, dass er dich ausgezogen hat, dass er dich gevögelt hat und du ihn hast gewähren lassen, was dir eine Schwangerschaft eingebracht hat?

»Stimmt's, dass du schwanger bist?«

»Ja, Tantine.«

So! Das war's! Du hattest es gesagt, wenn auch mit fast unhörbarer Stimme.

»Mein Gott, mein Gott, dass mir das passieren muss! Ich hab zwar etwas vermutet, doch so etwas … nein, das hätt ich mir nie vorgestellt! Ich habe dir so vertraut! Bist du dir bewusst … Warten Sie bitte draußen«, herrschte sie Tito und seinen Begleiter an.

Die beiden beeilten sich, den Raum zu verlassen. Wenn sie nur nicht verdufteten und dich allein ließen. Kaum schloss sich die Tür hinter ihnen, brach alles hervor, was die Tante in ihrer Brust zurückgehalten hatte. »Méréana, wie konntest du mir das antun?! Du, die ich immer als Vorbild zitiert habe, du, die immer zu den Klassenbesten gehört hat, die nie zu ungehöriger Zeit nach Hause gekommen ist! Wie hast du es nur angestellt, auf der Straße eine Schwangerschaft aufzulesen? Und deine Eltern … hast du an deine Eltern gedacht? Ja, du wirst ihn umbringen, deinen Prediger von einem Vater. Er bekommt einen Herzanfall, wenn er erfährt, was du getan hast. Mein Gott, muss das mir passieren? Und meine kleine Schwester, deine Mutter, was wird sie von mir denken? Dass ich dir keine guten Ratschläge gegeben habe? Dass ich dich nicht liebe? Schande, Schande, Schande über mich, über dich, über deine Eltern, über deine Familie … Und ich habe dir so vertraut, Méréana, wie konntest du uns dies antun?«

Jedes ihrer Worte war ein Schlag, tat dir weh, verletzte dein Herz, obwohl du wusstest, dass sie gerechtfertigt waren und dass du keine weniger harten Worte gebraucht hättest, wenn einem Mädchen unter deinem Dach Gleiches widerfahren wäre. Da konntest du nicht mehr, alle Dämme brachen, und du hast geweint. Du weintest nicht einmal mit Würde; deine Tränen waren von langen verzweifelten Schluchzern begleitet.

Doch was ist das? Durch den Tränenschleier siehst du eine Gestalt mit ausgebreiteten Armen auf dich zukommen, die Armen umschließen dich liebevoll und fest. Du schmiegst den Kopf zwischen ihre Brüste, du lässt dich völlig gehen, dein Körper saugt die Güte und die mütterliche Liebe auf, die aus allen ihren Poren strahlt. Du bist keine Waise mehr, du bist in Tantines Armen geborgen.

Du wusstest, dass sie dich liebte und dass sie dir helfen würde. Da musstest du wieder weinen, diesmal aber waren es Tränen der Erleichterung, die dich befreit und gleichzeitig deine Worte befreit haben, die zwischen zwei Schluchzern aus der Tiefe deines Herzens kamen. »Bitte verzeih mir, Tante Turia, verzeih mir, dass ich dich enttäuscht habe. Ich liebe dich, Tantine, hilf mir, ich bitte dich, hilf mir!«

Sie hielt dich in den Armen, streichelte stumm deinen Rücken, dein Gesicht. Erst als du, am Ende deiner Kräfte, endlich aufgehört hast zu weinen, weil du keine Tränen mehr hattest, sagte sie liebevoll zu dir: »Mein Kleines, verzeih mir, wenn meine Worte dich verletzt haben. Ich stand unter Schock. Schließlich bist du noch ein Kind. Ich hätte dir von den Realitäten des Lebens erzählen müssen, dir die Entwicklung deines Körpers erklären müssen, als du mir entsetzt von deiner ersten Mens erzählt hast, vom Blutfluss, von dem du nicht wusstest, was es war. Ich hätte dich über die Gefühle und das Verlangen aufklären müssen, die das Wachsen deiner Brüste begleiten, die Wölbung deines Gesäßes, die wiegenden Hüften beim Gehen; dich vor den Jungen warnen, die dir jedes Mal schmeicheln würden, wenn sie deinen Busen, deinen wiegenden Gang mit Blicken verfolgen; dich warnen vor diesen lauernden Räubern, die Verstecken mit dir spielen würden, bis du ihnen nachgibst. Nein, ich habe dich nie gewarnt, ich habe das unsinnige Tabu beachtet, das verlangt, dass man mit seiner Tochter nicht über Männer spricht. Ich habe dir die ganze Zeit von abstrakten Tugenden gepredigt, von Liebe, Treue, Enthaltsamkeit und dem ganzen Rest, wo du doch nicht einmal wusstest, was eine schlichte Teenagerverliebtheit ist.«

Sie schwieg einen Moment, dann fuhr sie lächelnd fort, als mache sie sich über sich selbst lustig.

»Nicht einmal über die Sünde habe ich gesprochen! Doch was ist schon die Sünde für eine Siebzehnjährige? Eine Erfindung der Erwachsenen natürlich. Mein Gott, hätt ich gewusst! Nun ist es passiert, wir sind beide in der Bredouille. Du kannst auf deine Tante Turia zählen, du wirst damit fertig werden, wir werden beide damit fertig werden.«

Sie drückte dich nochmals fest an sich, ging dann zur Tür und bat Tito und seinen Onkel herein – es war tatsächlich sein Onkel. Sie sagte dir, du solltest dich neben sie aufs Sofa setzen, dem Onkel und dem Neffen gegenüber.

»Hm, das Unglück ist nun mal passiert, was schlagen Sie vor?«, wandte sie sich an Tito.

Wie es die Tradition verlangt, setzte der Ältere zum Sprechen an, doch die Tante fiel ihm brüsk ins Wort.

»Lassen Sie ihn sprechen. Er ist für die Schwangerschaft verantwortlich, nicht Sie. Was gedenken Sie nun zu tun, junger Mann? Ihr helfen abzutreiben?«

Tito blickte dich an. Diese Lösung hattet ihr zwar in Betracht gezogen, dann aber verworfen, weil ihr das Geld dafür nicht hattet. Doch wenn Tante diese Option unterstützte, wie ihre Frage anzudeuten schien, wäret ihr ohne zu zögern einverstanden. Tito dachte wahrscheinlich das Gleiche. Er blickte dich mit fragend hochgezogener Braue an.

»Wir haben daran gedacht und …«

»Gut. Denkt nicht mehr daran«, fiel ihm die Tante empört ins Wort. »Eine Abtreibung kommt nicht in Frage, hörst du, Mére?«

»Eben, Tantine, wir haben davon abgesehen …«

»Umso besser! Alles, nur das nicht!«, bekräftigte die Tante.

»Wir haben uns entschieden, das Kind zu behalten. Ich bin der Vater, ich übernehme die Verantwortung«, beteuerte Tito entschlossen.

»Mit was für Mitteln, Student ohne Arbeit?«

»Als Titos Onkel verpflichte ich mich, für alles Erforderliche aufzukommen«, getraute sich der Onkel das Wort zu ergreifen, »Babywäsche, Windeln, Wiege und auch Kinderwagen, wenn nötig«, fügte er hinzu, um einen guten Eindruck zu machen.

»Ja, genau. Babywäsche beisteuern und dann verschwinden. Ich weiß, wie die Burschen hier die Mädchen betrügen.«

»O nein«, wandte Tito empört ein. »Ich bin kein mieser Typ, der ein Mädchen schwängert und dann verduftet. Der Beweis dafür: Ich habe Sie aufgesucht, nicht allein, sondern mit meinem Onkel, um zu zeigen, dass ich meine Familie mit einbeziehe. Ich bin hier, um meinen Verpflichtungen nachzukommen. Ich werde für Mére und mein Kind sorgen.«

Das schien Tantine zu beruhigen. Sie war ein bisschen harsch mit den beiden gewesen, aber nur, um deutliche Antworten zu bekommen und sich ein Urteil über Tito bilden zu können. Sie blickte ihn einen Moment an, dann wandte sie sich gleichzeitig an euch drei, ging übergangslos von einem zum anderen.

»Dein Neffe scheint mir ein ernster junger Mann zu sein, und ich bin froh, dass Méré nicht an einen Schuft geraten ist. Natürlich wäre es mir lieber gewesen, wenn das nicht passiert wäre, doch es ist nun mal passiert, ich muss also meinen Teil übernehmen. Mére, mein Kind, ich unterstütze dich, ich helfe dir, ich kümmere mich um das Kind. Das Problem sind Mérés Eltern. Wie werden sie reagieren? Méré ist ihre ältere Tochter, sie haben viele Hoffnungen in sie gesetzt. Es ist eine schwierige Aufgabe, ins Dorf zu gehen, ihnen die Nachricht zu überbringen und ihnen klarzumachen, dass es sich um ein Missgeschick handelt, das jedem Mädchen passieren kann. Vorläufig behalten wir das Geheimnis für uns, bis ich mit ihren Eltern gesprochen habe.«

Sie hielt ihr Versprechen. Am nächsten Tag reiste sie ins Dorf. Sie erklärte dir, sie müsse das allein tun, ohne dich wäre es leichter. Sie blieb drei Tage weg, drei Tage, die du in fiebriger Angst verbracht hast und fast nicht essen konntest. Wie würde dein so frommer Vater das aufnehmen, was er als eine Befleckung des Körpers, des Tempels des Herrn, betrachtete? Und deine Mutter, die so stolz war auf dich, das erste Mädchen, das aufs Gymnasium geht?

Was Tantine nach ihrer Rückkehr berichtete, war wie eine Bombe: Heirat! Du hattest an alles gedacht, nur nicht ans Heiraten. Du warst sprachlos. Sie hat nichts Näheres über ihren Besuch und die Dispute mit ihrer Schwester und deinem Vater erzählt, und auch nicht, wie sie die Nachricht aufgenommen hatten. Sie erklärte dir bloß, dass heiraten für alle die beste Lösung sei. Nein, du hattest nie daran gedacht, so jung zu heiraten, ganz im Gegenteil, denn damals war dir nur deine Zukunft wichtig. Zuerst das Abitur. Ein Diplom in angewandter Mathematik. Ein MBA. Mit dem Ziel, eine Firma zu gründen, die tropenfeste Hightechprodukte in Lizenz herstellte. Würde diese frühe Ehe deine Träume nicht zerstören? Nicht unbedingt, versicherte dir Tantine Turia. Alles in allem war es besser, als eine mittelose ledige Mutter zu sein. Du konntest nicht ewig auf die Großzügigkeit deiner Tante zählen, während du mit einem Ehemann …

Also hast du dich damit abgefunden. Deine Eltern sind in die Stadt gekommen, und ihr habt in Tantine Turias Garten die traditionelle Hochzeit gefeiert. Alles verlief gut. Deine Eltern haben keinerlei Schwierigkeiten gemacht und sich mit einer symbolischen Mitgift begnügt. Die offizielle Hochzeit hat kurz darauf stattgefunden, und dein Vater hat dich, die Bibel in der Hand, mit einem gewissen Stolz in der protestantischen Kirche der Gemeinde vorgestellt und euch den Segen gegeben. Nur deine geliebte Großmutter mit ihren vielen Ahnen und Fetischen fehlte. Und wieder hat Tantine Turia alles an die Hand genommen. Sie hat dein Hochzeitskleid ausgesucht, sie hat die Zeremonie bis ins Kleinste überwacht, sie hat die Angehörigen angeführt, die dich feierlich zum Haus deines Mannes begleiteten, eines strahlenden Tito Rangi, als hätte er sein ganzes Leben auf dich gewartet. Sie hat eure junge Ehe begleitet und vor allem die jungen Eltern unterstützt, als das erste Kind da war.

Wie recht sie gehabt hatte! Nach und nach lerntest du Tito schätzen. In der ersten Zeit war es nicht die romantische große Liebe mit Küssen unter dem Sternenhimmel, wie sich das jeder Teenager vorstellt, sondern eine langsam wachsende Liebe, die sich in ihrem eigenen Rhythmus festigt. Tito war sehr lieb, sehr entgegenkommend, immer bereit, dir den kleinsten Wunsch zu erfüllen. Und Tantine war glücklich, euch glücklich zu sehen, glücklich, zum Glück ihrer Nichte beigetragen zu haben. Für dich war sie wichtiger geworden als deine Mutter, und wenn du Probleme hattest, die du nicht allein bewältigen konntest, liefst du zu ihr. Und noch heute ist sie da, immer verständnisvoll, immer hilfsbereit …

Wie viele Erinnerungen …Doch jetzt musst du dich waschen, essen und schlafen, denn der morgige Tag wird eben so anstrengend sein wie der heutige. Nicht euer gewohnter täglicher Kampf mit den Steinen, sondern ein Kampf mit den Leuten, die euch schändlich ausbeuten wollen. Du stehst auf und gehst zum Herd. Du hast wohl lange vor dich hin geträumt, denn das Wasser ist nur noch lauwarm. Du zündest das Gas an, und während das Wasser warm wird, bereitest du dich für die Dusche vor.

Die Dusche tut dir gut. Jetzt denkst du nur noch an eins, dich auf die Matte mit der dicken Decke darüber legen, die dir als Bett dient, seit du deines Lyra und Batatus Baby überlassen hast. Nachdem du heißhungrig das Essen heruntergeschlungen hast, das die Tante gekocht hat, legst du dich nackt unter dein Hüfttuch und streckst dich wohlig seufzend. Du spürst deinen Körper, der seit über einem Jahr nicht mehr liebkost wurde; du legst deine Hand auf deine trotz der Schwangerschaften noch straffen Brüste, legst sie dann flach auf deinen Bauch, massierst ihn, dann gleitet sie zu deiner flaumigen Scham. Du spürst Feuchte zwischen deinen Schenkeln und Schmetterlinge im Bauch. Du bist nun völlig entspannt. Du drehst dich auf die Seite, ziehst die Knie an, stopfst das Kopfkissen zwischen die Schenkel, ziehst die Knie etwas fester an. In dieser Fötusstellung kannst du das Kissen besser zwischen die Schenkel klemmen. Du spürst wohlige Wärme in dir aufsteigen und gleitest nach und nach in die Nebel des Schlafs.

DREIZEHN

Es verheißt nichts Gutes, wenn um fünf Uhr morgens ein Polizeiwagen vor dem Haus stoppt. Um fünf Uhr dreißig ebenso wenig. Denn es ist fünf Uhr dreißig, als ein weißer Kastenwagen mit heulender Sirene, die ihre Frequenz im Rhythmus des Blaulichts zu modulieren scheint, mit quietschenden Reifen vor deinem Grundstück hält. Der Polizeiüberfall gilt eindeutig deinem Haus. Du schnellst von deiner Matratze hoch, stürzt ins Wohnzimmer, schiebst verstohlen die Gardine zur Seite: Drei Männer stürzen wie Schachtelteufel aus dem Fahrzeug. Der eine trägt eine dunkle Sonnenbrille und schwenkt ein Maschinengewehr. Zwei Kolbenschläge ans Tor. Vier Tritte, und der Torflügel – ein an einen Holzrahmen genageltes Wellblech mit zwei Kupferstreifen anstelle eines Schlossbandes – gibt nach und lässt die drei Männer herein.

An der Spitze der Polizist mit der Kalaschnikow. Offensichtlich der Leiter des Einsatzkommandos, denn er brüllt gleich los: »Aufmachen! Hände hoch! Aber schnell, ich schieße sonst.«

Du musst schleunigst aufmachen, sonst schießt der Kerl tatsächlich. Als du zur Tür eilst, wird dir bewusst, dass du unter deinem Tuch nichts anhast. Um Himmelswillen …! Du rennst ins Schlafzimmer und schlüpfst hastig in einen Slip, greifst nach deiner Arbeitskleidung: einer alten durchgescheuerten Jeans und einem vom Schweiß und vom vielen Waschen ganz ausgebleichten T-Shirt. Kaum hast du es übergestreift, zersplittert die furnierte Haustür. Zwei Männer stürzen ins Wohnzimmer, schieben die Stühle herum, kippen den Tisch … Der Bewaffnete richtet das Gewehr auf dich, wahrscheinlich um den zwei anderen Rückendeckung zu geben. Deine zwei Buben wachen auf und springen aus dem Bett. Sie stehen an der Wand und halten einander verängstigt fest. Auch die zwei kleinen Mädchen im Schlafzimmer sind vom Lärm aufgewacht und weinen herzzerreißend. Und du stehst wehrlos da, weißt nicht, was los ist, starrst gebannt auf die schwarze Mündung des Gewehrlaufs.

»Méréana Rangi! Bist du das?«

»W … w … warum?«, stammelst du schließlich. »Was ist hier los?«

»Méréana! Bist du das? Antworte!«

»Ja … das bin ich … aber was ist eigentlich los …? Was habe ich verbrochen?«

»Marsch, wir nehmen dich mit.«

In dir blitzt es kurz auf: Wortführerin der protestierenden Frauen auf einem Stuhl … verhöhnt die Ordnungskräfte … ruft zum Widerstand auf … fordert die Rückgabe der Schottersäcke …

Du hast begriffen! In diesem Land verschwindet man, ohne Spuren zu hinterlassen. Also muss die ganze Welt erfahren, dass man dich verhaftet hat, sonst ist alles vergeblich gewesen. Du musst dir ganz schnell etwas einfallen lassen. Fragst, ob du die Schuhe im Schlafzimmer holen darfst. »Versuch ja nicht abzuhauen«, brüllt der mit der Kalasch dich an.

Tantines Telefonnummer ist gespeichert, brauchst bloß die richtige Taste zu drücken, und am anderen Ende der Leitung klingelt's. Schnell, Tantine, geh dran!!! Endlich! »Tantine, die Polizei hat mich verhaftet. Komm schnell, die Kinder sind allein.« Du legst auf. Noch zehn Sekunden. Armando! Du tippst seine Nummer. »Armando, benachrichtige die anderen Frauen. Man hat mich verhaftet.« Noch sechs Sekunden. Du tust so, als würdest du deine Schuhe suchen. Einer der drei erscheint im Türrahmen, um nachzusehen, ob du versuchst zu flüchten. Du hast gerade noch Zeit, in deine Zehensandalen zu schlüpfen.

Du trittst aus dem Schlafzimmer … und plötzlich bäumt sich etwas in dir auf. Warum sollst du dich abführen lassen wie ein Opferlamm? Also sagst du ihnen, dass du dich weigerst mitzugehen. Ein Skandal, dass man in einem Rechtsstaat ohne Haftbefehl Bürger verhaftet …und dazu noch um fünf Uhr morgens!

Wärst lieber still gewesen! Was zu viel ist, ist zu viel! Einer der drei zerrt dich zur Tür. Du stößt ihn zurück. Da wirst du von einem brutalen Stoß aus dem Haus katapultiert, verlierst das Gleichgewicht und fällst auf den Hintern. Einer der Polizisten versucht, dich auf die Beine zu zerren, und du versetzt ihm wütend einen Tritt. Hast ihn zwar nicht getroffen, doch er knallt dir eine Ohrfeige. Deine Unterlippe blutet.

»Handschellen«, brüllt der Kommandant.

Du schlägst wild um dich. Sie müssen dich zu zweit festhalten, um deine Arme nach hinten zu nehmen und dir Handschellen anzulegen. Dann schleppen sie dich gewaltsam auf die Straße hinaus. Deine zwei Buben folgen weinend und schreiend ihrer Mama. Aufgeschreckt von der heulenden Sirene, hat sich inzwischen eine Menge Gaffer vor deinem Haus versammelt. Du wirst in den weißen Kastenwagen geworfen. Die Sirene heult, das Blaulicht leuchtet auf, der Wagen startet mit quietschenden Reifen.

Du hast vor allem Angst, weil du nicht weißt, wohin sie dich führen. Das Hauptkommissariat wäre nicht schlimm, ja selbst das Gefängnis. Das sind zumindest offizielle Orte, wo mittlerweile aufpasst wird, dass dort niemand stirbt … seit dem Skandal vor drei Monaten, als zwei Dutzend Personen erstickt sind in einer Zelle, in die man dreißig Personen gepfercht hatte, obschon sie für kaum die Hälfte vorgesehen war. Nein, du hast Angst, man könnte dich woanders hinführen, an einen jener anonymen Orte, die nicht auf den Karten der Menschenrechtsorganisationen verzeichnet sind. Und solche Orte gibt es zur Genüge in eurem Land. Du siehst dir deine Entführer etwas genauer an: schwierig zu sagen, ob sie zur Armee, zur Polizei oder zur Gendarmerie gehören. Ihre Uniform ist eine nicht vorschriftsmäßige Mischung der drei offiziellen Uniformen. Wie auch immer: Nichts erstaunt dich in diesem Land, in dem nach dem langen grausamen Bürgerkrieg die Milizen oft originelle Fantasieuniformen tragen.

Doch dann stellst du verblüfft fest, dass der Polizeiwagen weder in Richtung Gefängnis noch in eine unbekannte Richtung fährt. Im Gegenteil: Die Strecke ist dir bestens vertraut. Die sandige Straße mündet in die breite geteerte Avenue, der Wagen biegt in den Kreisel ein, nimmt die Abbiegung rechts, fährt den Boulevard entlang, wo die großen Militärparaden stattfinden, in Richtung Stadion, biegt links ab … Dein Hirn registriert durch das kleine vergitterte Fenster die topografischen Details. Und du bist völlig verblüfft, als der Wagen nach einer Reihe Kurven wie in den amerikanischen Filmen endlich kreischend auf den Felgen stoppt: Du befindest dich im Hof des Frauen- und Behindertenministeriums!

Geheimnis über Geheimnis!

Ein Korridor aus zwei Sesselreihen in einem trostlosen Gebäude. Nachdem sie dir die Handschellen abgenommen haben, liefern die Polizisten dich dort ab. Sie rauchen und plaudern draußen im Hof, denn sie wissen ja, dass du nirgendwohin flüchten kannst. Du befindest dich offensichtlich in einem Wartezimmer. Du siehst dich kurz um, suchst dann einen Sessel aus, den du für den bequemsten hältst. Ein schäbiger weinroter Kunstledersessel mit verschossenen Sitz- und Rückenkissen. Abgenutzt von zahlreichen Nacken und Hinterteilen, denen sie einen Hort des Friedens geboten haben, während die Leute bange darauf warteten, dass die Ministerin geruht, sie wenn auch nur eine Minute zu empfangen. Wenn es tatsächlich das Frauen- und Behindertenministerium ist, wie auf der Tafel zu lesen, ist es für die Regierung offensichtlich von zweitrangiger Bedeutung im Vergleich zum Bergbau- und Erdölministerium. Dort hattest du mehrmals vorgesprochen, als du dir die Unterlagen für den Antrag auf die HIV-Dreifachtherapie für deine Schwester abgeholt hast. Unterlagen übrigens, die nichts genützt haben.

Doch warum hat man dich hierhergebracht?

Jetzt, da du allein in diesem müffligen Sessel-Korridor sitzt, brauchst du dich nicht länger zu fragen, warum sie dich abgeholt haben. Du bist die Wortführerin der renitenten Steinklopferinnen, und eure Forderungen gehen wahrscheinlich den verschiedenen Ämtern auf die Nerven. Doch warum haben sie dich ins Frauen- und Behindertenministerium gebracht und nicht eher in das Innen- und Polizeiministerium?

Die einzige plausible Erklärung ist wahrscheinlich, dass die Ministerin dich in Augenschein nehmen und mit dir sprechen will. Schließlich ist sie für die Probleme der Frauen zuständig! Ach was, du bist doch bloß eine namenlose Frau unter Tausenden, die sich hierzulande abrackern. Ohne Diplom, von deinem Mann getrennt, alleinerziehende Mutter, Steinklopferin. Eine Ministerin wird kaum deinetwegen ihre wertvolle Zeit verlieren.

Und übrigens: Einen besseren Preis für eine Ware verlangen ist, so viel du weißt, kein spezifisches Frauenproblem. Vor allem aber, um eine Ministerin zu treffen, wird man nicht in aller Herrgottsfrühe gewaltsam aus dem Bett geholt. Wahrscheinlich haben sie dich hergebracht, damit man dir eine Abreibung verpasst. Um dir zu befehlen, eure Bewegung sofort aufzulösen. Wer kann eine Frau besser herunterputzen als eine andere Frau? Nein, du wirst dich nicht einschüchtern lassen. Du wirst euer Anliegen verteidigen. Was weiß denn schon eine Ministerin, die nicht jeden Tag selber einkauft, von den alltäglichen Sorgen der Frauen?

Das Warten dauert. Du denkst an die Kinder. Tantine Turia ist bestimmt schon bei ihnen. Und Armando? Du tastest die Taschen deiner Jeans ab. Verflixt, in der Panik hast du vergessen, dein Handy einzustecken.

Die Ministeriumsangestellten trudeln einer nach dem andern ein. Die meisten ignorieren dich, doch einige nicken dir erstaunt zu. Aber keiner getraut sich, das Wort an dich zu richten. Schließlich setzt sich der Bulle, der die Operation geleitet hat, neben dich. Ohne dunkle Brille und Kalaschnikow. Auch er schweigt. Ihr wartet.

Dann kommt endlich die Sekretärin und meldet, die Ministerin sei bereit, ihn mit seiner Fracht zu empfangen. Er gibt dir Zeichen aufzustehen. Und ihr folgt der Dame: du vor ihm, er hinter dir. Die Sekretärin öffnet die Tür, bittet euch einzutreten und verschwindet.

Du hast noch nie zuvor das Büro eines Ministers betreten und schon gar nicht eine leibhaftige Ministerin getroffen. Mit deinen billigen Plastiktongs, deinen verschossenen, durchgewetzten schmutzigen Jeans, deinem blutfleckigen und vom vielen Waschen verbleichten T-Shirt, mit deiner geschwollenen Lippe und dem ungekämmten Haar, etwas verlegen und unbeholfen, bleibst du auf halbem Weg zwischen der Tür und dem Schreibtisch der Ministerin stehen.

Dass eine Ministerin so entsetzt dreinschauen kann, hättest du dir niemals vorgestellt. Sie starrt dich mit aufgesperrtem Mund und aufgerissenen Augen an, als sei die Decke eingestürzt oder ein Außerirdischer in ihrem Büro gelandet.

»Aber … du meine Güte! … was ist passiert?«, ruft sie aus.

Dann schweift ihr Blick von dir zum Polizisten.

»Zu Befehl, Madame! Das ist die Person, die Sie uns befohlen haben, heute Morgen als Erste zu Ihnen zu bringen …«

»Ja aber … aber … was habt ihr mit ihr angestellt? Das ist unmöglich … Habe ich euch vielleicht gesagt, ihr sollt sie misshandeln?«

»Zu Befehl, Madame! Weigerung, uns zu folgen. Hat uns mit Fußtritten traktiert. Hat sogar versucht, uns zu beißen.«

»Na prima! Ich hätte mich ebenso verhalten, hätte man mich so behandelt. Ihr seid brutale Schläger, und ihr bleibt brutale Schläger. Ihr macht mir Schande. Man behandelt unsere Bürger nicht auf diese Weise … Ich bin zutiefst empört. Es tut mir aufrichtig leid. Glauben Sie mir, es ist nicht üblich, unsere Mitbürger so zu behandeln. Gehen Sie nach Hause und nehmen Sie sich Zeit. Ich bin den ganzen Morgen in meinem Büro. Ich werde Anweisung geben, dass man Sie gleich zu mir führt. Nochmals, es ist mir ausgesprochen peinlich!«

Sie wendet sich an den Polizisten: »Ihr fahrt sie augenblicklich nach Hause. Behandelt sie würdig und respektvoll. Verstanden? Sonst bekommt ihr es mit mir zu tun.«

»Zu Befehl, Madame!«

Er legt die Hand an die Mütze. Du schweigst. Denn was sollst du zu einer wütenden Ministerin sagen, die sich bei dir entschuldigt?

Eine Ministerin, die sich entschuldigt! Das hat es noch nie gegeben. Du verbeugst dich ganz einfach, um deinen Respekt zu zeigen. Als du dem Polizisten folgst, befiehlt sie ihm, immer noch wütend: »Ihr fahrt sie in meinem Wagen nach Hause, verstanden? Und vom diensthabenden Motorradpolizisten eskortiert.«

»Zu Befehl, Madame!«

Ein Wunder, dass er nicht auch vor dir strammsteht, als er dir die Tür aufmacht.

VIERZEHN

Heulende Sirene, eine Motorradeskorte, gefolgt von einer Ministerlimousine. Auf dem Rücksitz der Limousine sitzt du, Méréana, während dein Folterer – jetzt dein Schutzengel – vorn neben dem Fahrer Platz genommen hat. Ihr steuert durch den dichten Verkehr, und du stellst ungläubig fest, dass euer Wagen bei Rot über die Kreuzung fährt, dass die Autos an den Straßenrand ausweichen oder auf den Grünstreifen und die Verkehrspolizisten ihnen mit ausholenden Gesten befehlen, auf die Seite zu fahren, um euch vorbeizulassen. Du bist völlig durcheinander. Du hast das Gefühl, als ob in deinem Hirn ein paar Neuronen ausgerastet wären: Vor ein paar Stunden hat man dich verprügelt, in Handschellen abgeführt, in einen Polizeiwagen geworfen … Und nun sitzt du bequem auf dem lederbezogenen Rücksitz einer Ministerlimousine samt Bodyguard und Motorradeskorte. Du bist völlig durcheinander und weißt nicht, wie dir geschieht.

Eine Ministerlimousine mit Motorradeskorte bleibt in einem Armeleuteviertel nicht unbemerkt. Kaum hat die Limousine angehalten, schon ist sie von Schaulustigen umringt. Die Leute fragen sich bestimmt, was ein hochgestellter Regierungsvertreter in diesem Stadtviertel verloren hat, das nie im Mittelpunkt des politischen Interesses stand … es sei denn während der Wahlkampagnen, wenn ihre Parteigänger Geld oder T-Shirts verteilen und bunte Tücher mit ihrem Porträt oder dem Porträt des Großen Häuptlings. Der Bodyguard mit dunkler Sonnenbrille auf der Nase weiß, was von ihm erwartet wird. Als der Fahrer auf die Bremse tritt, springt er aus dem Auto, legt die Hand auf den Türgriff, der Wagen stoppt, er drückt die Klinke, die Herumstehenden halten den Atem an – und wen sehen sie aus der Luxuslimousine aussteigen? Eine Frau in verwaschenen Jeans und schmuddeligem T-Shirt und Plastiktongs, mit geschwollener Lippe und zerrauftem Haar wie eine Witwe: Méréana! Doch egal: Sie sehen das alles nicht, sie sind von den Machtsymbolen geblendet, von der Motorradeskorte, vom Leibwächter mit der dunklen Sonnenbrille. Als sie dich erkennen, fangen sie spontan an zu klatschen. Du fängst Gesprächsfetzen auf.

»Méréana ist zur Ministerin ernannt worden.«

»Ich habe seit drei Monaten meine Rente nicht bekommen.«

»Keine Sorge, Méré kümmert sich darum.«

»Endlich haben wir eine Ministerin in unserem Viertel!«

»Sie kennt meine zwei Söhne, die keine Arbeit haben!«

Erschrocken über den Lärm und die Aufregung erscheint nun auch Tantine Turia. Sie blickt ungläubig vom Auto zum Motorradfahrer und zu dir … Du winkst ihr zu. Deine Geste löst erneut Applaus aus. Du gehst auf sie zu, legst den Arm um sie, und ihr verschwindet hinter der Gartentür.

Die Kinder rennen dir entgegen. Sie sind alle wohlauf, Tantine Turia hat sich rührend um sie gekümmert.

»Träume ich oder was?«, fragt sie dich. »Du schickst mir eine verzweifelte SMS, man hätte dich gekidnappt. Und dann kehrst du wie eine Prinzessin seelenruhig in einer Regierungslimousine zurück. Was ist eigentlich los?«

Du nimmst sie ein bisschen auf den Arm: »Ja, weißt du es denn noch nicht? Ich bin zur Erdölministerin ernannt worden!« Sie schüttelt den Kopf, überzeugt, dass tu total übergeschnappt bist.

Doch dann berichtest du ihr, was vorgefallen ist. Und sie erzählt dir, sie sei in Panik zu dir gestürzt und habe Armando vorgefunden, der mit seinem Taxi wartete. »Der Ärmste ist wahrscheinlich gerade von Gefängnissen zu Polizeikommissariaten unterwegs, um dich zu suchen.«

Du rufst ihn gleich auf dem Handy an. Er ist erleichtert und sagt, er komme gleich. Wirklich ein netter junger Mann, dieser Armando!

Endlich kannst du dich umziehen. Was zieht man für einen Besuch bei einer Ministerin an? Vor allem, wenn man seit Jahren keine neuen Klamotten gekauft hat! Weißt du überhaupt noch, wie sich eine distinguierte Frau kleidet? Du hast seit Monaten nur deine Steinklopferinnen-Arbeitskleidung getragen: Jeans und T-Shirt. Dieselben, in die du heute Morgen geschlüpft bist, als sie dich verhaftet haben. Du wühlst in deinem Kleiderschrank. Beginnst bei den Tüchern. Ziehst eins hervor, das noch nicht verwaschen ist, knüpfst es um die Taille, ziehst ein passendes Oberteil an, schlingst das Kopftuch, betrachtest dich im Spiegel: Nein, es ist nicht das Richtige, du fühlst nicht wohl darin. Wer trägt denn noch so etwas … Dann erinnerst du dich an die zwei weiten Bubus, die du vor langer Zeit von einer Reise aus Ostafrika mitgebracht hast. Der eine ist aus dunkelblauer Basinette mit goldbesticktem Halsausschnitt; du hast ihn mindestens seit einem Jahr nicht mehr getragen. Er steht dir zwar sehr gut, aber das Dunkelblau lässt deine Haut etwas zu dunkel erscheinen. Vielleicht passt der andere aus schwerer Basinette besser zu deinem Teint und betont deinen Busen. Du faltest ihn auseinander und schlüpfst hinein: *Hélas*, du hast ziemlich abgenommen, du schwimmst regelrecht darin. Du wirfst ihn also auf den Kleiderhaufen auf dem Bett. Was jetzt? Du wühlst nochmals im Schrank und ziehst ein braunes Leinen-Deuxpièces heraus. Wann hast du es das letzte Mal getragen? Du suchst ein beiges Oberteil aus, knöpfst es sorgfältig zu, schlüpfst in den Rock, ziehst den Reißverschluss hoch, streichst den Stoff glatt. Ja, er sitzt gut über den Hüften. Dann ziehst du die Jacke an. Du öffnest deine Schmuckschatulle, schüttest den Inhalt auf das Bett. Das Fünffrancstück, das du darin aufbewahrst – ein Glücksbringer – rollt auf den Fußboden. Du entscheidest dich für die silbernen Ohrringe. Du legst alles samt der Münze wieder in die Schatulle und klappst sie zu. Du versuchst, schlecht und recht Lippenstift auf die geschwollene Unterlippe aufzutragen. Nein, keine hohen Absätze, ja nicht, lieber schwarze Mokassins. Du drehst dich ein paar Mal vor dem Spiegel: Echt, du siehst aus wie eine erfolgreiche Geschäftsfrau!

Im Wohnzimmer wirst du mit bewundernden »Ah« und »Oh« empfangen. Du bist überrascht, so viele Leute vorzufinden. Tantine Turia hat den Paravent und die Matratzen an die Wand geschoben, um Platz zu schaffen. Die Nachricht von deiner Verhaftung hat sich wie ein Lauffeuer verbreitet. Etliche deiner Kampfgefährtinnen aus dem Steinbruch sind gekommen, und auch Laurentine Pakas Mann und Armando. Es ist übrigens Laurentine, die – mit dem Handy in der Hand – als Erste ausruft: »Wow, Méré, du siehst umwerfend aus!« Und die anderen pflichten ihr bei: »Super … echt Spitze …« Laurentine und Anne-Marie wollen sogar mit dir geknipst werden.

Im Wohnzimmer ist es etwas eng, also geht ihr alle in den Hof hinaus, und du schilderst ihnen kurz die Ereignisse des Morgens: Die Ministerin für Frauenfragen hätte dich zu ihr bestellt, doch statt dich ordnungsgemäß davon in Kenntnis zu setzen, habe man dich um fünf Uhr morgens aus dem Bett geholt und misshandelt. Die Ministerin sei sehr zornig gewesen, hätte ihre Leute gehörig abgekanzelt und dich in ihrem Dienstwagen nach Hause fahren lassen, damit du das Gesicht waschen und dich ordentlich anziehen kannst. Kurz, du hast keine Ahnung, was die Ministerin von dir will … auch wenn du dir vorstellen kannst, worum es geht. Worum? Um eure standhafte Weigerung, eure Steine zu verkaufen.

Also schlägst du vor, nach deinem Treffen mit der Ministerin eine Versammlung einzuberufen: am gleichen Ort wie gestern, unter dem großen Mangobaum im Hof des Krankenhauses. Doch einige wenden ein, dort gebe es zu viele ungebetene Zuhörer, es sei besser, wenn ihr untereinander bleibt. Schließlich einigt ihr euch darauf, dass ihr euch bei dir zu Hause trefft. Was Tantine Turia mit ihrer Zwangsvorstellung, dass du »Politik machst«, bestimmt nicht gefällt.

Alle begleiten dich zum Auto. Armando verschlingt dich

mit den Augen. Plötzlich wirst du dir deines hüftewiegenden Ganges bewusst. Seine Anwesenheit ist dir offenbar nicht mehr ganz gleichgültig, auch wenn du es nicht zugeben willst. Gott sei Dank hast du auf die hohen Absätze verzichtet.

Der Fahrer sitzt bereits am Steuer, während der Bodyguard dir eilfertig die Tür öffnet und stocksteif dasteht, bis du eingestiegen bist. Was für ein Gegensatz zu heute Morgen, als er dich in den Polizeiwagen geworfen hat. Eine zwar etwas kindische Revanche, aber du lässt ihn ein bisschen schmoren und hast es nicht eilig einzusteigen, im Gegenteil, du unterhältst dich kurz mit Laurentine, die sich neben dem Wagen knipsen lässt, fragst deine Tante irgendetwas, die dir ausführlich antwortet, bittest Armando, sein Möglichstes zu tun, um die anderen Frauen zu benachrichtigen ... Endlich bequemst du dich, einzusteigen. Du lehnst dich im Sitz zurück und schlägst die Beine übereinander. Der Motorradfahrer startet den Motor und fährt mit heulender Sirene los.

Doch nach zehn Metern bleibt das rechte Rad in einem Schlagloch stecken. Du wirst nach vorn geschleudert, und hättest du dich nicht reflexartig an die Lehne des Vordersitzes geklammert, wäre dein Kopf an die Decke geprallt. Vom Schlag säuft der Motor ab.

»Verdammte Scheiße, pass doch auf«, flucht der Bodyguard, wirft dir dann einen verlegenen Blick zu. »Entschuldigen Sie, Madame. Die Straßen in diesen Vierteln ...«

»Das brauchst du mir nicht zu sagen, schließlich wohne ich hier«, entgegnest du und lehnst dich mit hoheitsvoller Miene, würdig wie die Königin von England, ins Polster zurück. Der Fahrer ist nervös. Er bringt den Motor wieder in Gang, tritt das Gaspedal durch und schafft es, den Wagen aus dem Schlagloch zu manövrieren. Gleich darauf bleibt er im Sand stecken. Der Fahrer tritt nervös aufs Gas. Doch die Räder drehen durch, das Auto rührt sich nicht von der Stelle. Zum Glück ist nicht Regenzeit, ihr würdet sonst in einem Schlammloch versinken. Unbeirrt in deine Würde einer vornehmen Dame gehüllt, herrschst du den Bodyguard ungnädig an: »Sitz doch nicht einfach da! Tu was!«

Er steigt aus und versucht zu schieben. Im Stillen amüsierst du dich köstlich, als du ihn schieben, stoßen, keuchen, schwitzen siehst, den Mann, der es heute Morgen gewagt hat, dir Handschellen anzulegen. Ist das die Strafe dafür? Das Auto bewegt sich keinen Zentimeter vorwärts. Plötzlich fällt ein Schwarm übermütig schreiender Kinder lachend, rufend, zwitschernd über den Wagen her, und sie schieben. Dank der geeinten Kraft ihrer Arme befreien sie das Auto aus dem Sandloch.

»Hundert Franc, hundert Franc!«, rufen die Kinder. Dein Schutzengel tut so, als höre er nicht, springt in den Wagen … und das Auto braust davon, noch bevor er Zeit gehabt hat, die Tür zuzuschlagen. Die Kinder rennen euch ein Stück weit nach, bleiben immer mehr zurück und geben schließlich auf. Du kannst der Versuchung nicht widerstehen, deinem Folterer, der zu deinem Schutzengel geworden ist, noch eins draufzugeben.

»Deine Vorgesetzten haben es ja nicht nötig, die Straßen in unseren Vierteln instand zu setzen, schließlich fahren sie alle dicke Geländewagen.«

Ihr biegt in die breite Allee ein, und wieder fahren alle Autos auf die Seite, um euch vorbeizulassen.

Das ist also die Macht! Du schließt die Augen und atmest tief den Ledergeruch der Sitze ein. Du genießt die Kühle der Klimaanlage. Keine Steine, die geklopft werden müssen, kein Staub, keine sengende Sonne, kein Schweiß … Du verstehst jetzt, warum in einem armen und überdies völlig korrupten Land wie dem deinen die Menschen sich nicht nur an die Macht klammern, sondern auch bereit sind zu töten, um an der Macht zu bleiben. Du verstehst, warum die Hotels zu dreitausend Dollar die Suite … warum der Champagner zu hundertfünfzig Dollar und die Mätressen …

Das Leben hält immer Überraschungen bereit: Du hättest dir in deinen wildesten Träumen nicht vorstellen können, dass du eines Tages schick angezogen in einer Ministerluxuslimousine samt Bodyguard und Motorradeskorte sitzen würdest, nur weil du einen besseren Verkaufspreis für eure Schottersäcke gefordert hast. Wenn Tamara dich doch sehen könnte!

Der Wagen hält im Hof des Ministeriums an. Dein Zerberus führt dich nicht mehr durch den müffligen Wartekorridor, sondern durch eine Geheimtür direkt ins Büro der Sekretärin. Diese empfängt dich, als hätte sie dich erwartet. Sie steht sofort auf und sagt diensteifrig, sie sehe gleich nach, ob die Frau Ministerin frei sei und bereit, dich zu empfangen. Kommt gleich darauf wieder zurück und begleitet dich äußerst höflich ins Büro ihrer Chefin.

FÜNFZEHN

Die Ministerin an ihrem Schreibtisch begrüßt dich freundlich und zeigt auf das Sofa. Du setzt dich.

»Eine Sekunde, und ich bin für Sie da. Ich muss nur noch ein paar dringende Papiere unterschreiben.«

Als der Polizist dich am frühen Morgen in dieses Büro führte, warst du noch ganz durcheinander und hast die Ministerin nicht wirklich angeschaut. Du erinnerst dich nur an ihren Zorn, der sich offenbar inzwischen gelegt hat. Jetzt kannst du sie in Ruhe betrachten, während sie ihre wichtigen Dokumente unterzeichnet.

Sie ist älter als du, in den Vierzigern, möchtest du sagen. Oder knapp fünfzig? Kurzes entkraustes Haar, Ponyschnitt, grellrote geschminkte Lippen. Sie trägt eine fuchsiarote Bluse mit V-Ausschnitt über einem üppigen Busen. Ihre weißgoldenen, mit Brillanten besetzten Ohrringe sind todschick, wenn auch etwas protzig. Die Art Schmuck, den man *duty-free* an den Flughäfen oder im Flugzeug kauft. Sie muss recht viele Meilen auf ihrer *Frequent-Traveller*-Karte haben. Und du hast geglaubt, du seist elegant und *à la mode* in deinem klassischen Deuxpièces!

»So, das hätten wir«, sagt die Ministerin.

Du zuckst zusammen und senkst schnell den Blick.

Sie ruft: »Marguerite?«

Die Sekretärin kommt sofort herein, als hätte sie hinter der Tür gewartet.

»Ich habe die eiligen Briefe unterschrieben, die anderen können warten. Ich unterschreibe sie nachher.«

Du stehst auf. Die Ministerin steht ebenfalls auf, geht um den Schreibtisch herum, während du etwas eingeschüchtert auf sie zugehst.

Sie nimmt die Brille ab, versucht, sie in die rechte Brusttasche zu stecken, hängt sie dann in den V-Ausschnitt ihrer Bluse. Sie trägt eine Hose aus Leder, was aber überhaupt nicht vulgär wirkt wie meist, vor allem, wenn man nicht sehr schlank ist. Mit ihrem glatten Haar – sie verbringt wohl ziemlich viel Zeit beim Friseur und lässt dort eine Menge Geld –, mit ihrem Make-up, ihrer Designerhose und -bluse und ihren *open-toe*-Lederpumps verkörpert sie den Archetypus jener afrikanischen Damen reiferen Alters, die oft Ministerien vorstehen oder ihr Land bei Internationalen Organisationen vertreten. Sie streckt dir eine goldberingte Hand entgegen. Du nimmst sie und drückst sie höflich. Schwierig zu sagen, ob der Stein in ihrem Ring ein echter Diamant ist.

»Setzen wir uns doch.«

Sie hat gesagt: »Setzen wir uns.« Und nicht »Nehmen Sie Platz.« Sie versteht es also, Leute zu empfangen und ihnen die Befangenheit zu nehmen. Du setzt dich auf den gepolsterten Stuhl ihr gegenüber und sie sich in ihren Ministersessel.

»Jetzt sehen Sie besser aus als heute Morgen«, sagt sie freundlich lächelnd. »Ihr Kostüm ist sehr geschmackvoll und steht Ihnen sehr gut.«

»Danke.«

»Braun und orange sind meine Lieblingsfarben. Sie werden es nicht glauben, aber meine Freundinnen sind jedes Mal entsetzt, wenn sie mich besuchen, weil ich meine Küche orange habe streichen lassen.«

Diese lockere Einführung entkrampft dich ein bisschen. Sie mustert dich einen Moment und sagt dann: »Nochmals, es tut mir wirklich sehr leid, dass meine Leute Sie so behandelt haben. Ich habe ihnen nicht gesagt, sie sollen Sie verhaften. Ich bin die Ministerin für Frauenfragen, und wenn es jemanden gibt, der über die Alltagssorgen der Frauen in unserem Land Bescheid wissen muss, so bin ich es. Als ich gehört habe, dass im Steinbruch am Fluss auf Frauen eingeschlagen wurde, wollte ich natürlich mehr darüber erfahren. Meine Beamten haben mir gesagt, Sie seien die Person, mit der ich sprechen soll. Ich habe sie also gebeten, möglichst schnell Kontakt mit Ihnen aufzunehmen und einen Gesprächstermin zu vereinbaren. Worauf man Sie gekidnappt hat. Man kann diesen Leuten noch so erklären, dass Demokratie auch Respekt gegenüber den Bürgern bedeutet, sie verstehen es immer noch nicht. Es ist wirklich zum Verzweifeln! Dass ich Wert darauf gelegt habe, Sie in meinem Wagen nach Hause zu fahren, soll ihnen ein Beispiel und eine Lehre sein. Nun, vergessen wir das alles. Danke, dass Sie gekommen sind!«

Du bist angenehm überrascht. »Danke, dass Sie gekommen sind«, hat sie gesagt? Ja, kann man denn der Vorladung bei einer Ministerin nicht Folge leisten? Einfach so? Du hättest nie geglaubt, dass eine Ministerin eine einfache Bürgerin, ein Nichts, so zuvorkommend empfängt. Allein schon ihr »Danke« macht sie dir sympathisch, ja, du hast das Gefühl, ihr vertrauen zu können.

»Danke, Madame, ich … ich weiß nicht, was ich sagen soll. Ich gestehe, ich war nicht darauf gefasst, dass eine Ministerin mich so zuvorkommend empfängt. Ich bin wirklich berührt von Ihren Worten.«

»Sie brauchen sich nicht zu bedanken. Den Bürger zu respektieren, das sollte die Regel sein. Ich habe erfahren, dass eine von Ihnen im Koma liegt.«

»Ja, unsere Kollegin Batatu, Mutter von zwei Kindern.«

Du beobachtest sie. Sie schließt eine Zehntelsekunde die Augen wie ein Boxer, der einen Hieb einsteckt, aber den Schmerz unterdrückt.

»Erzählen Sie mir bitte, was genau vorgefallen ist.«

Ermutigt, schilderst du es ihr. Je länger du sprichst, desto zuversichtlicher bist du. Sie ist Ministerin. Sie ist in der Regierung. Sie befasst sich mit den Problemen der Frauen. Wenn jemand etwas für euch tun kann, wenn jemand die Situation ändern kann, dann ist sie es. Ist eine Ministerin nicht etwa dazu da? Du schilderst ihr also den Zusammenstoß mit der Polizei und schließt mit den nachdrücklichen Worten: »Bedrohen wir die Republik und die Regierung, nur weil wir unsere Schottersäcke zu zwanzigtausend anstatt zu zehntausend Franc verkaufen wollen? Wir haben schon zu sehr gelitten, Madame, und was diesen Punkt angeht, sind wir zu keinerlei Kompromissen bereit.«

Sie schweigt einen Moment. Du fragst dich, ob du vielleicht nicht etwas zu weit gegangen bist. Pass auf, Méré, du darfst sie nach dem wohlwollenden Empfang nicht gegen dich aufbringen!

»Zuerst einmal«, sagt sie schließlich, »müssen sich alle beruhigen. Man sollte die Regierung nicht für Missstände haftbar machen. Missstände gibt es überall, selbst in Ländern, die sich wie Frankreich oder die USA für demokratische Musterbeispiele halten. Was natürlich nicht heißt, dass man alles schlucken soll. Das Ganze ist mir nicht etwa gleichgültig. Ich war außer mir, als ich erfahren habe, dass Sie nicht nur mit Knüppeln traktiert worden sind, sondern die Polizei auch noch mit scharfer Munition auf Sie geschossen hat. Auf Frauen schießen, die nur einen besseren Preis für ihre Ware aushandeln wollen, ist absolut unzulässig, für mich jedenfalls. Es ist meine Pflicht, Ihnen zu helfen, aber zuerst will ich klar sehen in dieser Geschichte. Können Sie mir ehrlich versichern, dass nichts anderes hinter dieser Forderung steckt?«

»Ganz bestimmt nicht, Madame. Was soll dahinter stecken?«

»Ich will ganz einfach wissen, ob Sie nicht manipuliert werden.«

Du bist etwas enttäuscht. Diese Frage beweist, dass ihr Hirn funktioniert wie das aller Männer und Frauen, die auch nur ein bisschen Macht haben und für die es keine spontanen Forderungen geben kann. Andererseits, in Anbetracht ihrer Stellung ist es eine legitime Frage.

»Sie können ganz sicher sein, dass nichts anderes dahinter steckt und dass uns niemand manipuliert«, antwortest du entschlossen.

Sie schlägt ein Dossier auf und zieht das Flugblatt der Opposition hervor, das du in Armandos Taxi gelesen hast.

»Sie wollen doch nicht etwa behaupten, dass Sie dieses Flugblatt nie gesehen haben?«

Aufgepasst, Méréana! Ihr Tonfall hat sich verändert; ihre Stimme ist schneidend, und jede Spur Liebenswürdigkeit ist aus ihrem Gesicht verschwunden. Ist alles nur Tünche gewesen?

»Nein, Madame. Ich habe es sogar gelesen. Aber sie haben mit uns nichts zu tun. Und wir nicht mit ihnen.«

»Aha, Sie wollen mich also glauben machen, dass eine Bande Analphabetinnen, ungebildete Tagelöhnerinnen, die von der Hand in den Mund leben, einen Protestmarsch vor ein Polizeikommissariat organisiert hat, ohne dass jemand im Hintergrund die Fäden zieht?«

»Ihr Worte erstaunen mich, Madame, wie können Sie sagen, dass Sie sich für Frauen einsetzen, wenn Sie sich so verächtlich über sie äußern?«

»Es ist keine Verachtung. Ich weiß, mit wem ich es zu tun habe.«

Das macht dich sehr wütend.

»Sie sprechen wie die Weißen, die sagten doch: Ich weiß, wie mit meinen Negern umgehen. Sind wir nicht Ihre Negerinnen, Madame?«

Kaum hast du fertig gesprochen, schon bereust du. Méréana, vergiss nicht, dass diese Frau Ministerin ist!

»Was Sie nicht sagen! Glauben Sie vielleicht, ich weiß nicht, dass Sie die Aufwieglerin sind?«

»Ich wiegle niemanden auf, Madame«, sagst du betont respektvoll.

»Was ist denn in Sie gefahren, diese Frauen dazu anzustiften, mit bloßen Händen auf die Ordnungskräfte loszugehen? Das ist doch eine Dummheit.«

Es ist stärker als du: Vom Wort »Dummheit« betroffen, sagst du mit kindischem Stolz: »Nicht mit bloßen Händen, Madame, wir hatten ja unsere Steine!«

»Und was habt ihr erreicht? Außer dass eine arme Frau im Koma liegt?«

Du schweigst. Überlegst dir, dass du dich vielleicht falsch ausgedrückt hast, dass sie deine Erklärung so deutet, als hättet ihr die Polizisten und ihre Befehlshaber zuerst angegriffen.

»Habt ihr nicht etwa gedroht, zum Kommissariat zu ziehen, und wer weiß, vielleicht sogar zum Präsidentenpalais? Wollen Sie vielleicht behaupten, dass meine Quellen lügen? Und wissen Sie, woher ich diese Informationen habe?«

»Wir sind schlicht Frauen, die einen besseren Preis für unsere Schottersäcke verlangen. Nichts anderes.«

»Frauen, die Steine werfen ... Frauen, die die Ordnungskräfte steinigen.«

»Wir wurden mit Gewehrkolben angegriffen, Madame!«

»Weil ihr den ersten Stein geworden habt. Und Sie sind die Anführerin, nicht wahr?«

»Ich bin bloß ihre Sprecherin.«

»Und manipuliert! Warum habt ihr ausgerechnet diesen Moment gewählt, um eure Forderungen zu stellen?«

»Weil die Umstände es erforderten ...«

»Genau! Um die Konferenz der Präsidentengattinnen Afrikas zu stören.«

»Das stimmt nicht. Wir wussten nicht einmal, dass die Präsidentengattinnen Afrikas hier eine Konferenz abhalten. Wir haben einzig und allein unsere zwanzigtausend Franc gefordert ...!«

»Für zwanzigtausend Franc hetzt man keine Frauen auf! Verkaufen Sie mich nicht für dumm! Sie werden doch diese Konferenz nicht für zwanzigtausend Franc scheitern lassen, oder? Und mich vernichten.«

Sie mustert dich. Da du nichts sagst, fährt sie etwas ruhiger, ja versöhnlicher fort: »Die Fernsehkameras der ganzen Welt sind auf unser Land gerichtet. Diese Konferenz ist sehr wichtig, es wird das Zehnjahresjubiläum der Zusammenkünfte der Präsidentengattinnen Afrikas gefeiert. Was gibt es Peinlicheres, als wenn gleichzeitig eine Frauendemonstration weltweit über die Bildschirme flimmert, die mit Gewalt auseinandergetrieben wird? Sollte das passieren, auf wen würde mit dem Finger gezeigt? Auf mich! Und mein Ministerium! Man wird mich als unfähig bezeichnen. Ich bitte Sie nur um eins: Stoppen Sie sofort ihre Bewegung! Sie können Ihre Kampagne nach der Konferenz fortsetzen, wenn wir nicht mehr im Blick der Weltöffentlichkeit sind. Und Sie haben mein Wort: Ich werde Sie dann voll und ganz und hundertfünfzigprozentig unterstützen. Es ist für mich und mein Ministerium wichtig. Aus Staatsräson sozusagen.«

Aha, das war's also! Das ganze freundliche Getue, die Höflichkeit dir gegenüber war nicht wegen eurer schönen Steinklopferinnen-Augen, sondern ihretwegen, ihres Ministeriums wegen, damit sie vor dem Präsidenten und seiner Gattin eine gute Figur zu macht. Auf ihren Vorschlag, eure Forderungen wieder aufzunehmen, wenn die Kameras sich abgewendet haben, möchtest du am liebsten antworten: »Damit ihr uns dann nochmals brutal niederschlagt, dann aber unter Ausschluss der Öffentlichkeit!« Aber du bezwingst dich und denkst über eine vernünftige Lösung nach.

»Zwanzigtausend Franc, das ist für Sie vielleicht ein Pappenstiel, Madame, aber für viele von uns bedeuten zwanzigtausend Franc leben oder sterben.«

Du spürst, dass du den richtigen Ton gefunden hast: ruhig, vernünftig, respektvoll. Was auf sie wirkt, denn sie holt ihr Lächeln einer liebenswürdigen vornehmen Dame hervor.

»Madame Méréana, sagen Sie mir deutlich und klar, was Sie verlangen, um den Protest einzustellen.«

Diese direkte Frage gefällt dir. Eine einfache, direkte Frage verlangt eine einfache, klare und vor allem operationale Antwort. Je nachdem, wie sie deine Frage beantwortet, wirst du entscheiden können, ob sie, abgesehen von schönen Worten, tatsächlich befugt ist, Entscheidungen zu treffen. Du musst so klar wie möglich antworten. Und überzeugend.

»Erstens: dass Sie veranlassen, dass man uns unsere Schottersäcke zurückgibt, die die Polizei gestohlen hat.«

»Sagen wir, konfisziert. Die Polizei stiehlt nicht.«

»Für uns ist es Diebstahl, Madame. Sie hat nicht das Recht,

die Früchte unserer mühevollen Arbeit und unseres Schweißes zu stehlen. Das können wir niemals hinnehmen.«

»Gut. Ich nehme es zur Kenntnis. Ich werde mit dem Innenminister darüber sprechen, und er wird auf mich hören. Jetzt, da er weiß, dass ich die volle Unterstützung der Präsidentengattin habe.«

»Und wenn man unsere Säcke nicht findet?«

»Dann werde ich alles unternehmen, damit man euch entschädigt.«

»Zum neuen Preis: zwanzigtausend Franc, keinen Centime weniger.«

»Ich tue mein Möglichstes.«

»Diejenigen, die uns angegriffen haben, sollen bestraft werden. Wir leben doch in einem Rechtsstaat? Oder gilt das Recht für uns nicht, nur weil wir Frauen sind? Eine unserer Kolleginnen liegt im Koma. Wer kümmert sich um die zwei Waisen, wenn sie nicht daraus erwacht? Die Rechnung für die Spitalkosten beläuft sich bereits auf dreihunderttausend Franc. Wo sollen wir das Geld hernehmen?«

»Ich setze mich dafür ein, dass der Staat diese Kosten übernimmt. Aber ich sage Ihnen jetzt schon: Es wird nicht einfach sein.«

»Warum? Man bringt doch Politiker und ihre Angehörigen zur medizinischen Behandlung nach Übersee – manchmal sogar wegen eines Schnupfens –, ungeachtet der Kosten.«

»Vorsicht! Übertreiben Sie nicht!«

»Ich übertreibe überhaupt nicht. Wissen Sie eigentlich, wie schwer wir es haben, Madame?«

Der freundliche Firnis bekommt wieder Risse, und dahinter kommen ein strenges Gesicht und eine belehrende Stimme zum Vorschein.

»Schwer? Vielleicht ist es Ihnen nicht bekannt, aber ich bin zur Frauenministerin ernannt worden, weil ich allzu gut weiß, wie schwer es Frauen haben. Und es ist kein Ausruhjob, das können Sie mir glauben. Ich habe an über zwanzig nationalen und internationalen Konferenzen teilgenommen, ich kenne alle Statistiken. Soll ich Ihnen etwas davon erzählen? Von der Vorherrschaft der Männer über die Frauen? Von Gewalt in der Familie und Gewalt wegen der Mitgift? Von der Zwangsehe? Vom Levirat? Von Vergewaltigungen und Vergewaltigung als Kriegswaffe? Von den gewaltsamen Verstümmelungen? Vom Hexenglauben, von Aids, von Malaria? Und Sie wollen behaupten, dass ich das Leiden der Frauen nicht kenne? Wissen Sie, dass ich, wenn ich nicht mehr Ministerin bin, internationale Gelder beschaffen und eine Nichtregierungsorganisation gründen werde, um Frauen den Zugang zu wirtschaftlichen Ressourcen zu erleichtern?«

Sie verstummt, um Atem zu holen. Glaubt sie, dich mit ihren Ausführungen zu beeindrucken, die nichts anderes sind als der politisch korrekte und auf den Menschenrechten fußende Diskurs der internationalen Institutionen mit ihrem formatierten Vokabular und ihrem lauen Konsens? Weiß sie nicht, dass du Tamaras Schwester bist? Die dir genau diesen Typus Frau schilderte, dem sie an Kolloquien und Kongressen begegnete und den die internationalen Institutionen gern als Expertinnen rekrutieren, ob Ministerinnen, Projektleiterinnen. Beraterinnen, NRO oder was weiß ich. Den Typ Frauen, der, sämtliche Spesen bezahlt, von internationaler Konferenz zu internationaler Konferenz fliegt, weltgewandt, perfekte Kommunikationsexpertinnen und PR-Managerinnen, die in Wirklichkeit meistens keine Ahnung von den lokalen Gegebenheiten haben. Nichts ist konkret von all dem, was sie dir gesagt hat, und nichts hat etwas mit deinen alltäglichen Erfahrungen zu tun. Was weiß sie von eurer mühseligen Arbeit, von der Schwierigkeit, den großen Felsblock durch die Hitze eines Holzfeuers oder brennender Reifen zu sprengen? Wie gefährlich es ist, Felsblöcke in Bruchstein, und wie mühsam, den Bruchstein mit dem Hammer in Schotter zu verwandeln? Und wie lange es braucht, um einen Sack Schotter zu füllen? Von den Gefahren und den vielen Unfällen? Du sagst nichts. Aus deinem Schweigen schließt sie, dass du von ihrer

Performance beeindruckt bist und dass du ihre Sachkenntnis und ihre Kompetenz nicht mehr anzweifelst. Beruhigt darüber, dass die natürliche Ordnung der Dinge wiederhergestellt ist, gibt sie sich versöhnlicher und hat ihr Lächeln wiedergefunden.

»Ich werde Ihnen erklären, was ich schon alles unternommen habe, um Ihnen zu beweisen, dass ich ihre Probleme sehr ernst nehme. Als meine Leute mir gemeldet haben, dass einige der Frauen eingesperrt worden sind, habe ich gleich zum Telefon gegriffen und den Innenminister angerufen. Wie zu erwarten war, hätte er mich am liebsten zum Teufel gejagt. Er hat von Unruhestiftung gesprochen, von Wiederherstellung der Ordnung, vor allem im gegenwärtigen Zeitpunkt, als sei er allein für den Schutz der Republik zuständig. Er gehört zu denen ... und es gibt eine ganze Menge davon ..., die glauben, das Frauen- und Behindertenministerium sei lediglich ein Vorwand, um die Gunst der internationalen Gemeinschaft zu gewinnen und an Entwicklungshilfegelder heranzukommen. Nein, mein Ministerium rangiert nicht unter ferner liefen, und dies ist die Gelegenheit, es zu beweisen. Jetzt oder nie! In meiner Eigenschaft als Vizepräsidentin des Organisationskomitees dieses Kongresses habe ich einen direkten Draht zur Gattin des Präsidenten. Gleich nachdem der Innenminister mich abgewiesen hatte, konnte ich sie telefonisch erreichen. Ich habe mit dem Thema Angst gepokert. Ich habe ihr die Situation mit dramatischen Worten geschildert und ihr gesagt, wenn die verhafteten Frauen nicht sofort freigelassen werden, würden Tausende Frauen zum Kongresszentrum ziehen. Ich habe es ihr überlassen, sich die Folgen vorzustellen.

Auch ein Unglück hat sein Gutes, in dem Sinne, als die Frau des Präsidenten in den meisten unserer afrikanischen Länder eine gewisse Autorität über die Regierungsmitglieder besitzt. Die Präsidentengattin war ganz entsetzt bei der Vorstellung, die Nachrichten der internationalen Fernsehsender würden eine zornige Frauendemonstration zeigen – in dem von ihr organisierten Kongress geht es ja gerade darum, zu beweisen, was sie alles getan hat, um das Los eben dieser Frauen zu verbessern. Also hat sie gleich zu ihrem Handy gegriffen und den Minister angerufen. Ich weiß nicht, was gesprochen wurde, doch keine Stunde später sind Ihre Kolleginnen aus der Haft entlassen worden.«

»Ach so. Das Geheimnis ist gelüftet. Wir waren alle sehr überrascht, wie schnell man unsere Kolleginnen freigelassen hat. Und noch dazu ohne massives Vorgehen gegen die Demonstranten.«

Sie hat also die Frau des Staatschefs manipuliert, damit sie euch freilässt und sozusagen in Reiterinnen der Apokalypse verwandelt. Eine echte Drahtzieherin. Du empfindest trotz allem Bewunderung für sie.

»Das gehört zu meiner Arbeit. Sie können also auf mich zählen. Gut, verständigen wir uns darauf: Ich setze mich dafür ein, dass ihr eure Säcke zurückbekommt, und ich helfe euch, die Krankenhauskosten für eure Kollegin zu decken. Und ihr verpflichtet euch im Gegenzug, eure Demonstrationen sofort einzustellen. Ein Geben und Nehmen also.«

»Und Sie sorgen auch dafür, dass wir unsere übrigen Säcke für zwanzigtausend Franc verkaufen können. Wenn sie nicht mehr aufzufinden sind, werden sie uns zum gleichen Preis vergütet. Es handelt sich ja um einen bescheidenen Betrag.«

»Bei jeder Verhandlung gibt es einen Kompromiss; man erreicht nicht immer alles, was man will.«

»So weit sind wir noch nicht, Madame.«

»Ich weiß, ich weiß. Aber eins verstehen Sie doch: Ich kann nicht zulassen, dass Frauen leiden, ich muss etwas dagegen unternehmen. Also werde ich für Sie und für alle diese Frauen mein Möglichstes tun. Hinterlassen Sie bei meiner Sekretärin die Namensliste aller Frauen, die im Steinbruch arbeiten, wie auch Ihre Telefonnummer. Möglicherweise rufe ich Sie noch vor Mittag an, denn ich möchte diese Angelegenheit schnellstens in Ordnung bringen.«

»Ich bin Ihnen zu großem Dank verpflichtet, dafür, dass Sie mich empfangen und sich unsere Version der Ereignisse angehört haben. Ich bin zutiefst berührt und vertraue Ihnen voll und ganz.«

Sie steht auf und du ebenfalls. Als du ihr die Hand gibst, forscht sie in deinem Gesicht, als versuche sie, etwas zu entziffern, was ihr entgangen ist.

»Ich muss zugeben: Nachdem ich die mir übergebenen Dossiers gelesen hatte, war ich nicht auf eine Gesprächspartnerin wie Sie gefasst. Sie sind gebildet, intelligent … Wie sind Sie überhaupt zum Steinklopfen gekommen?«

»Das ist eine lange Geschichte. Sie wissen ja, die Verletzlichkeit der Frauen, der schwierige Zugang zu den wirtschaftlichen Ressourcen …«

Sie weiß nicht, was von dieser Antwort halten.

»Verstehe«, sagt sie dann. »Ich hoffe, wir werden ein andermal Gelegenheit haben, uns darüber zu unterhalten.«

Sie hat also nichts begriffen. Du wüsstest auch nicht, bei welcher anderen Gelegenheit du ihr von deinem Abstieg in dieses Steine-Inferno erzählen könntest. Du nickst kurz und gehst hinaus.

SECHZEHN

Du verlässt das klimatisierte Büro der Ministerin und trittst etwas verwirrt in die feuchte Hitze hinaus. Du schwankst zwischen Bewunderung und Abneigung und weißt nach fast einer in ihrem Büro verbrachten Stunde immer noch nicht, was du von ihr halten sollst. Dir dreht sich alles im Kopf. Du musst dich einen Moment setzen, um die Lage zu überdenken und die Neuigkeiten zu verarbeiten.

Um dich herum ist zu viel Lärm und Betrieb ... die Menschenmenge, durch die du dich schlängeln musst ... die Fahrräder, die sich einen Dreck um die Verkehrsregeln kümmern und unvermittelt auf dem Gehsteig vor dir auftauchen ... die hupenden, knatternden und betäubende Abgase auspuffenden Autos ... Du schaust auf deine Armbanduhr. Es ist schon fast dreizehn Uhr, und du verspürst plötzlich Hunger. Du hast seit dem Morgen nichts gegessen, du bist bestimmt unterzuckert und fühlst dich ausgelaugt. Ja, du musst dich hinsetzen, etwas essen und nachdenken. Ein Glas Fruchtsaft, und du bist gleich wieder munter.

Du setzt dich in das nächste Café, an dem du vorbeikommst. Das *Café des Anges.* Café und Konditorei, ein recht angenehmer Ort trotz seines pompösen Namens. Du nimmst an einem freien Tischchen Platz. Du bist schon lange nicht mehr in einem Café im Stadtzentrum gewesen, um dir eine kleine Freude zu leisten: ein Schokoladen-Eclair oder ein Buttercroissant, ein Stück Apfelkuchen oder eine kleine Madeleine. Du nimmst die in der Mitte gefaltete Speisekarte, die auf dem Tisch steht. Du wirfst einen Blick darauf: Das günstigste Getränk kostet fünfhundert Franc, wo du doch nicht mehr als dreihundert ausgeben möchtest. In deinem Stadtviertel sind fünfhundert Franc viel Geld; man könnte sich damit eine Omelette mit Champignons oder mit Schinken, eine Tasse Kaffee und ein Butterbrot leisten, und es würde noch Geld übrig bleiben. Wie machen die das, bei solchen Preisen? Du hast zweitausend Franc mit. Eine Cola kostet fünfhundert Franc. Eine Orangina sechshundertfünfzig Franc. Eigentlich hast du keine Lust auf eine Cola, aber du fühlst dich verpflichtet, hundertfünfzig Franc zu sparen: den Fahrpreis für den Bus, der dich nach Hause fährt.

Als du die Karte hinlegen willst, kommt die Bedienung. Ein junges Mädchen, das trotz ihres Lächelns erschöpft wirkt. Wahrscheinlich hat sie ihren Dienst sehr früh am Morgen angetreten ... ähnlich wie du, wenn du zum Steinbruch gehst.

»Madame, Sie wünschen?«, fragt sie freundlich. Nicht mechanisch und gleichgültig wie die abgehetzten Kellner. Sie mustert dich. Du spürst, dass sie dich in deinem schicken Kostüm bewundert. Sie hält dich wahrscheinlich für eine Karrierefrau, die sie gern gewesen wäre, anstatt von Tisch zu Tisch von nicht immer höflichen Kunden Bestellungen entgegenzunehmen. Aus einer plötzlichen Anwandlung von Eitelkeit antwortest du spontan »Orangina«. Du willst sie nicht enttäuschen und ihr nicht den Eindruck vermitteln, du müsstest dein Geld zählen.

Du hast kaum Zeit, dein Handy hervorzuholen, schon ist sie mit der Flasche zurück. Sie schüttelt sie kräftig und schenkt dir dann ein.

»Sechshundertfünfzig, Madame.«

Du hast vergessen, dass man hier sofort bezahlt. Du reichst ihr einen Tausendfrancschein. Sie wühlt in ihrer Schürze und reicht dir das Wechselgeld. Großmütig bedeutest du ihr, sie soll es behalten. »Oh, vielen Dank Madame!«, antwortet sie überrascht. Denn Trinkgelder sind hier nicht Usus. Du bist mit dir zufrieden und nimmst einen Schluck.

Jetzt: telefonieren!

Mit den andern Kontakt aufnehmen. Berichten.

Seltsam, als Erstes kommt dir Armando in den Sinn. Du

rechtfertigst dich, sagst dir, es sei wegen seines Taxis, mit dem er als Verbindungsmann fungieren könnte. Seine Telefonnummer ist auf deinem Handy gespeichert, du brauchst bloß zu scrollen und die grüne Taste zu drücken.

»Méré, wo bist du?«, ruft eine besorgte Stimme. »Wie ist's gegangen?«

Du freust dich, seine Stimme zu hören.

»Ich bin bei der Ministerin fertig. Ich habe ein sehr interessantes und ermutigendes Gespräch mit ihr geführt. Ich glaube, wir haben gute Chancen, unsere Säcke zurückzubekommen, und vielleicht auch zum von uns geforderten Preis. Wir müssen uns sofort treffen. Ich gehe gleich nach Hause.«

»Wie kommst du nach Hause?«

»Ich nehme den erstbesten Bus.«

»Nein, warte, ich hole dich ab. Wo bist du genau?«

»Im *Café des Anges*.«

»Alles klar! Deshalb klingt deine Stimme so lieblich wie die eines Engels.«

Du tust so, als hättest du seine Bemerkung nicht gehört.

»Du brauchst mich nicht abzuholen. Ich kann den Bus nehmen.«

»Nein, wart auf mich. Ich muss einen Kunden in der Stadt absetzen, genau in jener Gegend. Ich bin in einer Viertelstunde bei dir. Bleib dort.«

»O.K., wenn du darauf bestehst … So kann ich meine Orangina in Ruhe austrinken. Auf nachher. Und danke.«

Du nimmst einen Schluck, und deine Gedanken schweifen wieder zur Ministerin. Sie ist dir eindeutig unsympathisch. Eine machtbesessene Frau, die über Leichen geht, um das zu erreichen, was sie will. Hat sie die Frau des Präsidenten manipuliert, um den Innenminister auszuschalten? Und euch als eine Horde Furien hingestellt, die das Präsidentenpalais stürmen wollen? Im Übrigen: Sie hätte den Uniformierten, der dich um fünf Uhr morgens aus dem Bett geholt hat, nicht in deiner Anwesenheit anzubrüllen brauchen. Einen Untergebenen demütigt man nicht vor einem Dritten. Sie hat es getan, um dir ein für allemal zu beweisen, dass sie die Macht hat und du es dir merken sollst. Du weißt genau, worauf sie hinauswill: Sie will eure Bewegung nutzen, um ihre Ministerkarriere zu sichern. Falsches Lächeln. Falsches Mitgefühl. Wie soll man eine solche Person mögen? Kaum hast du diesen Schluss gezogen, weicht deine Abneigung der Bewunderung. In Wirklichkeit ist sie eine zielstrebige Person, und du bewunderst zielstrebige Personen. War deine Schwester nicht auch zielstrebig? Gut, dass es solche Frauen gibt. Frauen, die sich den Männern widersetzen. Männern wie dem Innenminister, der bloß seinen Machobizeps spielen lässt. Schließlich, warum soll sie die Situation nicht nutzen, um ihren Posten zu retten, wenn das letzten Endes eurer Forderung dient? Opportunistin? Warum soll eine Politikerin nicht ebenso opportunistisch sein wie der unfähigste Politiker? Alles in allem gefällt sie dir nicht schlecht. Im Grunde argumentierst du falsch: Das eigentliche Kriterium, einen Politiker zu beurteilen, ist doch seine Effizienz, Probleme zu lösen? Und nicht, ob er geliebt wird und einem sympathisch ist. Und mit dem Wenigen, das du von dieser Ministerin weißt …

Das Klingeln deines Handys unterbricht deine Grübeleien. Tantine Turia? Oder Atareta, die dich über Batatus Zustand informieren will? Bevor du das Gerät ans Ohr hältst, wirfst du einen Blick auf die angezeigte Nummer. Sie ist dir unbekannt.

»Hallo, ja?«

»Méréana Rangi?«

»Ja.«

»Ich bin die Sekretärin der Ministerin. Die Ministerin muss Sie ganz dringend sprechen! Sie erwartet Sie in ihrem Büro. Es eilt!«

»Aber ich habe es doch soeben verlassen?!«

»Ich weiß, aber es ist sehr dringend. Wo befinden Sie sich?«

»Nicht sehr weit weg. Im *Café des Anges*.«

»Sehr gut! Ich werde der Ministerin bestellen, dass Sie in etwa einer Viertelstunde hier sind.«

»Worum geht's?«

»Ich weiß es nicht. Ich weiß nur, dass die Ministerin Sie ganz dringend sprechen will. Sie haben oberste Priorität.«

»Dann muss es sich tatsächlich um etwas Wichtiges handeln. Ich bin gleich dort.«

Was zum Teufel ist schon wieder los? Auch wenn du keinen Grund zur Beunruhigung hast – die Frauenministerin ist immerhin nicht der Innenminister, bei dem, wie jedermann weiß, einbestellte Personen manchmal spurlos verschwinden –, ist es wohl vorsichtiger, die Angehörigen zu benachrichtigen, wenn du von einer Minute auf die andere so dringend vorgeladen wirst.

Das Handy zeigt an, dass du nur noch sechs Gesprächsminuten auf der Karte hast. Was heißt, dass du aufpassen musst und mindestens zwei für Notfälle sparen. Du rufst Tantine Turia an und informierst sie kurz, lässt ihr aber keine Zeit, unnütze Fragen zu stellen, die die paar Einheiten aufbrauchen. Armando! Du wählst seine Nummer, lässt zweimal klingeln und legst auf, bevor er abnimmt. Wenn er deine Nummer sieht, wird er bestimmt sofort anrufen. Ihr nennt das »biper«. Und er ruft tatsächlich eine Minute später an. Du erklärst ihm, du wärst dringend ins Ministerium bestellt worden, hättest aber keine Ahnung warum. Er bittet dich zu warten, damit er dich hinfährt. Was unmöglich geht. Also schlägt er vor, dass er vor dem Ministerium auf dich wartet. Das sei nicht nötig, sagst du zu ihm, er solle lieber auf Kundensuche fahren. Er will nichts davon hören.

Du stehst auf. Siehst auf dem Regal links von dir das köstliche Wienerkonfekt. Auch die Madeleines erinnern dich spontan an deine Kinder. Du fühlst dich ein bisschen schuldig, weil du dir diesen Cafébesuch ohne sie geleistet hast. Du hast ihnen schon lange keine richtigen Kuchen mehr mitgebracht. Manchmal fragst du dich, ob du eine gute Mutter bist. Wenn du erschöpft vom Steinbruch nach Hause kommst, weist du die Buben manchmal brüsk zurück, weil du Ruhe brauchst. Ja, du hast dich manchmal sogar gefragt, ob es nicht besser wäre, sie zu ihrem Vater zu schicken. Du hast die Kinder schließlich nicht allein gemacht. Er soll nur mal sehen, wie das ist, Kinder zu erziehen ... anstatt seiner Nutte einen Luxuswagen zu kaufen, während du dich abschuftest. Zum Glück vergisst du das schnell wieder. Doch ehrlich, eine alleinerziehende Mutter hat es wirklich nicht einfach.

Mit dem übrig gebliebenen Geld kaufst du drei Madeleines, eine für jedes Kind. Du wickelst sie sorgfältig in Pergamentpapier und steckst sie in die Handtasche.

Als du das Vorzimmer betrittst, begrüßt dich die Sekretärin mit strahlendem Lächeln, als rette dein Erscheinen ihren Job. Sie steht auf und meldet dich bei der Ministerin an. Kaum eine Minute später kommt eine Dame aus ihrem Büro. Eine vornehme, elegante Dame, sie trägt ein hellgraues Mieder und ein zartviolettes Gewand, ihr zu einem Meerschneckenhaus gewickelter Turban unterstreicht ihre stolze Haltung. Sie mustert dich unschlüssig und fragt sich wohl, was dich zu einer so wichtigen Person macht, dass man dir absolute Priorität gewährt.

Die Ministerin empfängt dich stehend. Es eilt also wirklich. Dich Platz nehmen zu lassen würde wertvolle Minuten kosten.

»Ich habe nicht gedacht, dass ich Sie schon so bald anrufen werde. Aber gleich nachdem Sie gegangen sind, hat mich die Präsidentengattin angerufen. Ich weiß nicht, was der Innenminister ihr berichtet hat, jedenfalls war sie sehr aufgebracht. Sie hat gesagt, sie will diese Aufwieglerin sofort sehen.«

»Ich bin keine Aufwieglerin«, protestierst du.

»Das können Sie ihr selber erklären.«

»Ich werde wirklich mit der Präsidentengattin sprechen?«, fragst du ungläubig.

»Ja, und seien Sie höflich. Und respektvoll!«

»Ich bin immer respektvoll, Madame!«

»Nicht nur respektvoll: ehrerbietig! Vergessen Sie nicht, dass Sie mit der Frau des Staatspräsidenten sprechen. Los, verlieren wir keine Zeit.«

Kaum hast du das Büro der Ministerin verlassen, steht die

Dame auf und fragt, ob sie wieder hineinkann. Die Sekretärin bittet sie, sich noch einen Moment zu gedulden. Inzwischen haben drei weitere Frauen die Reihe derjenigen verlängert, die auf eine Audienz bei der Ministerin warten.

Ironie des Schicksals: Der Kastenwagen, der dich heute Morgen entführt hat, fährt dich jetzt mit dem gleichen Fahrer zum Präsidentenpalais. Ohne Leibwächter und Sirene diesmal. Er versteht die Welt nicht mehr: Heute morgen hat er eine Person in Handschellen, in alten Klamotten und wie eine Kriminelle misshandelt, ins Ministerium befördert, und jetzt fährt er eine elegante Dame zum Palais des Präsidenten der Republik! Doch er hat in seinem Beruf schon so viel Ungereimtes gesehen, dass ihn nichts mehr verwundert.

Als ihr aus dem Hof des Ministeriums fahrt, siehst du dich nach Armandos Taxi um. Er hat dir ja versprochen, auf dich zu warten. Du siehst es nirgends, das Gespräch mit der Ministerin hat schließlich ja nur kurz gedauert.

Erste Überlebensregel in diesem Land: Immer jemandem mitteilen, wohin man unterwegs ist. Du zögerst. Die nächsten Angehörigen anrufen? Tante Turia oder Armando? Tantine wird die Information möglichst für sich behalten, damit sich nichts herumspricht. Du entscheidest dich weder für die eine noch für den andern, sondern rufst Laurentine Paka an. Du teilst ihr kurz mit, du bist auf dem Weg zur Privatresidenz des Präsidenten, wohin dich die Erste Dame des Landes bestellt hat. Es sei sehr wichtig, dass sie die Nachricht möglichst verbreitet. Verblüfft über die unglaubliche Neuigkeit, bleibt sie ein paar Sekunden stumm, dann meint sie: »Zum Glück bist zu anständig angezogen. Sie werden feststellen, dass wir ordentlich gekleidet sind, auch wenn wir Steine klopfen.«

Echt Laurentine!

Es bleiben dir noch drei oder vier Anrufminuten. Du sparst sie lieber auf, um später die anderen anzurufen. Du klappst das Handy zu, steckst es in die Handtasche, lehnst dich im Polster zurück und lässt sich zur Privatresidenz des Präsidenten fahren.

SIEBZEHN

Es ist einfacher, durch ein Nadelöhr zu kommen als in die Privatgemächer des Präsidenten der Republik und seiner Gattin.

Die erste Absperrung befindet sich etwa zwanzig Meter vor dem großen Tor, das in den Hof und zu den verschiedenen Palastflügeln führt. Die zwei Wachsoldaten fragen euch, wohin ihr wollt, ob ihr einen dienstlichen Auftrag oder eine Vorladung habt. Der Fahrer erklärt. Ein Anruf bei wem auch immer bestätigt, dass du erwartet wirst. Nur du! Den Fahrer fordert man auf zu wenden. Du musst also die letzten Meter zu Fuß zurücklegen. Beim Anblick der Wachsoldaten taucht in deinem Kopf das Bild von Iyissus Sohn auf, der bei seiner Rückkehr aus dem Flüchtlingslager mit Schlägen empfangen und in einen Militärcamion mit unbekanntem Ziel geworfen wurde. Wer weiß, ob diese zwei Soldaten nicht auch zu dem schaudervollen Kommando gehörten, damals, beim Landesteg am Fluss?

Du gehst auf die zweite und noch bedrohlichere Absperrung zu: Schilderhaus, zwei Panzerwagen, die Kanonen auf die Avenue gerichtet, die um die Palastgebäude und zum Haupttor führt. Du entdeckst die Videokameras, die bestimmt jede deiner Bewegungen festhalten.

Eine Soldatin durchsucht dich, tastet deinen Körper ab, um sicherzugehen, dass du keine Bombe im Slip versteckst; sie konfisziert dein Handy und das Päckchen mit den Madeleines, fordert dich dann auf, weiterzugehen. Anscheinend bist du keine Gefahr mehr für die Republik. Du betrittst den Hof des Privatpalais des Präsidenten und seiner Gattin.

Du kommst aus dem Staunen nicht mehr heraus: Wenn man wie du aus den dicht bewohnten Vierteln kommt, wo der

Lebensraum auf ein paar Quadratmeter beschränkt ist und sich mehrere Personen ein kleines Zimmer teilen und manchmal sogar das Bett, kann man sich nur schwer vorstellen, dass jemand für sich ganz allein über so viel Platz verfügt! Du bewunderst den sauber gemähten grünen Rasen, die Sprinkler mit den sich drehenden Armen, die Sprühregen verbreiten. Die schnurgeraden Alleen sind mit Palmen gesäumt, darunter einige Ravenalas – der Baum des Reisenden – mit ihren Fächerblättern. Zwei prächtige Pfauen stolzieren auf dem Rasen, der eine schlägt mit seinem grün-rot-blau gesprenkelten Schwanz das Rad. Du siehst Liegestühle unter ausladenden Schirmen: Dort befindet sich sicher der Swimmingpool.

Während du mit weit aufgerissenen Augen dieses Pflanzenparadies bewunderst, bittet dich ein Wachsoldat, ihm zum Empfangsraum zu folgen. Ihr geht an einer Garage vorbei, und du zählst einen Aston Martin, zwei japanische Geländewagen und eine leere Box – für den Rolls-Royce wahrscheinlich. Du lässt deine Fantasie schweifen: Du hast nie in einem Rolls gesessen, vielleicht lässt dich die Frau des Präsidenten in ihrem nach Hause chauffieren. Oder vielleicht in einem der luxuriösen Offroader?

Der Wachsoldat führt dich in den Salon, bittet dich Platz zu nehmen und zu warten, bis du an der Reihe bist. Du siehst dich um. Mein Gott! Du fragst dich, ob du deinen Hintern auf einen der vornehmen Ledersessel setzen oder ob du dich nicht lieber bescheiden mit einer Bank begnügen sollst. Egal! Du entscheidest dich für den vornehmen Sessel. Dein Hinterteil wiegt das der Ersten Dame des Landes bestimmt auf, oder? Der Sitz ist unendlich weich, du legst die Arme auf die Lehnen und lehnst dich behaglich zurück. Echt etwas anderes als die Sessel im Frauen- und Behindertenministerium, bei denen die Federn unter der Housse hervorstanden und dich stachen, wenn du dich zurücklehntest. Doch du bist nicht allein. Drei weitere, elegant gekleidete Frauen warten ebenfalls. Sie quetschen sich zu zweit auf einem Sofa, während die jüngere steif auf einer Bank sitzt.

Alle drei ignorieren dich hochmütig; vielleicht halten sie dich für eine Konkurrentin, die die Dame – die der staatliche Rundfunk »Mutter der Nation« nennt – um eine Unterstützung bitten will. Sie richten den Blick ostentativ auf den Fernseher … oder vielmehr auf die Fernseher, davon zwei mit Riesenbildschirmen. Es sind fünf Geräte, und auf jedem läuft ein anderer Sender. Auf dem französischen Sender eine Quizsendung. Auf dem ersten englischen Sender *American Idole*; CNN überschüttet einen vor allem mit Werbung; der arabische Sender Al-Jazira sendet Nachrichten. Das fünfte Gerät strahlt das lokale Fernsehen aus und, nach traditionellen Tänzen, die Wiederholung der gestern gehaltenen Rede des Staatsoberhaupts.

Bequem in deinem weichen Sessel sitzend, betrachtest du die Decke. Du verstehst zwar nicht viel von Architektur, doch die feinen geometrischen Stuckaturen müssen ein Vermögen gekostet haben; du fragst dich, ob die Marmorsäulen in jeder Ecke des Raums echt sind. Zuhinterst gibt es eine Bar mit aneinandergereihten Wein- und Likörflaschen auf einem Regal hinter der Theke. Hier finden wahrscheinlich auch Empfänge statt. Aus dem Hahn auf der Theke fließt vielleicht Champagner anstatt Wasser, in diesen Kreisen soll es das Hauptgetränk sein. Du hast noch nie so viel Luxus gesehen. Hättest dir niemals vorgestellt, dass es in diesem Land reicht, durch ein Tor zu gehen, um sich auf der Rückseite des Spiegels zu befinden, in einer Welt, in dem es weder Armut noch Elend gibt und wo niemand Steine klopfen muss, um zu überleben.

Nach längerem Warten bittet man dich herein, obwohl die drei Frauen vor dir da waren. Du betrittst das Büro – oder vielmehr einen weiteren Salon – und stehst endlich vor der Präsidentin! Du hast sie bisher immer nur in den Fernsehnachrichten gesehen, wenn sie im Namen ihrer Organisation *Enfance-Solidarité* Geschenke verteilte. Diese Organisation nennt sich eine Nichtregierungsorganisation, obwohl alle wissen, dass sie zu Dreiviertel vom Staat finanziert wird.

Die Präsidentin – recht füllig und im Gegensatz zur Ministerin afrikanisch gekleidet: Dreiteiler und Turban aus dem gleichen Stoff wie das Gewand. Was ihr Würde verleiht und Mütterlichkeit vermittelt. Hinter ihr eine Dame mit Notizbuch, wahrscheinlich ihre Sekretärin. Du bist ehrlich beeindruckt. Sie steht nicht auf.

»Méréana Rangi? Richtig?«

»Ja, Madame.«

»Guten Tag.«

»Guten Tag.«

»Setzen Sie sich!«

Du setzt dich. Verkrampft, fast versteinert. Du kannst es immer noch nicht fassen, dass du dort sitzt, vor der Ersten Dame des Landes, in ihrem Palais. Obwohl die Ministerin dich gewarnt hat, die Gattin des Präsidenten sei sehr aufgebracht, spricht sie sehr ruhig.

»Sie sind recht jung. Sie könnten meine Tochter sein, wissen Sie? Sie gleichen überhaupt nicht der Furie, die man mir geschildert hat.«

»…«

»Nun also, Sie hetzen Frauen gegen mich auf?«

Du bist nicht vorbereitet, bist eingeschüchtert, weißt nicht, wie reagieren … was sagen …

»Also … also …«

»Also was? Reden Sie, ich bin über alles informiert.«

»Ich denke, es liegt ein Missverständnis vor, Madame. Wir hetzen niemand gegen Sie auf, wir sind bloß Frauen, die einen besseren Preis für ihre Schottersäcke verlangen.«

»Es heißt, Sie hätten die Ordnungskräfte mit Steinen beworfen. Gehört sich das?«

»Wir sind mit Gewehrkolben und Schüssen angegriffen worden, Madame.«

»Eine von euch liegt im Koma?«

»Ja, Madame.«

»Traurig, sehr traurig das alles. Sie sehen, wohin das führt, wenn man etwas fordert, dabei aber den falschen Weg einschlägt. Sie haben bestimmt schon von der NRO *Enfance-Solidarité* gehört, oder?«

»Ja, Madame.«

»Und Sie wissen, wer sie leitet?«

»Ja. Sie, Madame.«

»Warum seid ihr also mit euren Problemen nicht zu mir gekommen? Schließlich befasst sich diese NRO mit allem, was Frauen betrifft!«

»Weil … weil … weil einen besseren Preis für seine Ware zu verlangen kein spezifisches Frauenproblem ist.«

»Eine etwas seltsame Erklärung. Sind Sie eine Frau oder nicht?«

»Ja, aber in diesem Fall nicht.«

Sie blickt dich verwundert an.

»Pardon? Mal sind Sie Frau, mal nicht, je nachdem?«

»Mhm … nein, ich spreche von Frauenrechten …«

Du drückst dich offenbar schlecht aus, weil sie nach wie vor nicht versteht; sie ist aber immerhin so höflich und fragt nicht, ob du nicht ganz richtig im Kopf bist.

»Hören Sie, wir organisieren hier ein großes Fest der Frauen. Es soll nicht nur das Fest der Präsidentengattinnen sein, als Mutter der Nation will ich, dass alle Frauen unseres Landes daran teilnehmen. Ich wünsche mir, dass auch Sie daran teilnehmen. Ich sehe nicht, was für ein Problem Sie haben, das ich nicht lösen kann.«

»Unsere Schottersäcke …«

»Ich weiß, Sie wollen sie für zwanzigtausend Franc verkaufen, Sie fordern, dass man Ihnen die Säcke zurückgibt, die von der Polizei konfisziert wurden, weil Sie sich geweigert haben, einzulenken, und die Polizisten angegriffen haben. Das weiß ich alles. Das werden wir in Ordnung bringen, was aber Zeit in Anspruch nimmt. Daher möchte ich Sie um etwas bitten: Hören Sie sofort auf mit Ihren Forderungen und Demonstrationen, selbst wenn noch nicht alles geregelt ist. Ich will nicht, dass Unruhe oder das Gefühl von Unruhe über dem Land liegt, während ich meine Gäste willkommen heiße. Ich weiß, Sie sind eine vernünftige junge Frau. Sie wollen doch bestimmt nicht, dass dieser Kongress scheitert, oder? Dass unser Land – und vor allem sein Präsident! – sich vor der ganzen Welt schämen muss?«

»Es ist schwierig, unsere Forderungen zurückzustellen, weil …«

»Hören Sie, meine Tochter – ich kann Sie doch Tochter nennen? Schließlich könnte ich Ihre Mutter sein –, Sie sind die Wortführerin; wie man mir berichtet hat, wissen Sie Ihr Wort zu setzen. Bei der Versammlung im Hof des Krankenhauses haben Sie verhindert, dass die Frauen zum Polizeikommissariat ziehen. Was ich an Ihnen schätze, ist Ihre Intelligenz, sich einer Situation zu stellen, und ihr Mut, die Meinung zu ändern. Daher habe ich mir trotz meiner zahllosen Verpflichtungen die Zeit genommen, Sie zu empfangen, und habe Sie sogar vor den Damen draußen hereingebeten, die seit Stunden warten. Was Beweis ist für die Wertschätzung, die ich für Sie habe. Ich weiß, dass die Frauen Ihrer Gruppe auf Sie hören werden, wenn Sie ihnen erklären, dass ihr eure Forderungen zurückstellen müsst, solange ich versuche, die Angelegenheit zu regeln. Wenn Tito Rangi heute Abgeordneter ist, so dank mir. Ja, dank meiner Intervention ist er Berater des Präsidenten.«

Die Erwähnung von Titos Name ärgert dich.

»Tito hat mit dieser Angelegenheit nichts zu tun!«

»Ich wollte Ihnen damit nur zu verstehen geben, dass ich das, was ich für ihn getan habe, auch für Sie tun kann. Glauben Sie vielleicht, ich wüsste nichts über Sie? Ihre Schwester zum Beispiel … wir sind einander nie begegnet, aber ich schätzte sie sehr, denn sie hat unserem Land Ehre gemacht. Seien Sie ebenso vernünftig. Bitten Sie die Frauen, ihre Forderungen auszusetzen. Wenn Sie das tun, befasse ich mich persönlich mit der Angelegenheit … ich befasse mich übrigens bereits damit. Warum, glauben Sie, sind Ihre Kameradinnen so schnell freigekommen?«

Sie blickt dich stumm an, was heißt, dass Sie eine Antwort erwartet.

»Dank Ihrer Intervention, Madame.«

»Genau! Nochmals, die Konferenz der afrikanischen Präsidentengattinnen, dieses große Fest in unserem Land, ist enorm wichtig für mich.«

Sie blickt dich stumm an. Du sagst nichts. Suchst in deinem Kopf nach einer Antwort. Wie formulierst du gegenüber der Frau des Staatspräsidenten, der Mutter der Nation, deine kategorische Weigerung, deine Freundinnen zu verraten?

Auf das verzichten, was euch schon so viel gekostet hat? Sie daran erinnern, dass eine von euch im Koma liegt? Als sie feststellt, dass du den Köder nicht schluckst, trotz aller Komplimente, die sie über dich ausschüttet, sagt sie schroff: »Ich weiß, dass Sie hundertzwanzigtausend Franc brauchen.«

Du gerätst kurz in Panik. Woher weiß sie das? Was weiß sie sonst noch über dich?

Und fährt fort: »Hundertzwanzigtausend Franc, das ist kein Problem. Ich bin sehr empfänglich für die Mühen und Leiden der Frauen, und genau darum wirft man mir vor, ich sei maternalistisch. Den Frauen helfen, den Männern gegenüber autonom zu werden, ihnen helfen, ihr Schicksal selbst in die Hand zu nehmen, das ist meine Lebensaufgabe. Wozu wäre es sonst gut, die Gattin des Staatschefs zu sein? Und Mutter zu sein? Sie wissen es vielleicht nicht, aber ich bin auch Mutter.

Ich kämpfe gegen die Armut, gehe in die Dörfer, verteile Palmöl an die Frauen, Medikamente, Milchpulver für die Babys, Fufu-Stößel, Mörser, Schulbänke. Ich habe sogar einmal sämtliche Krankenhauskosten für eine Frau übernommen, die Fünflinge geboren hatte. Und ich habe mich bei meinem Mann dafür eingesetzt, dass im nächsten Parlament die Frauenquote verdoppelt wird. Wir werden von fünfzehn Prozent Frauen heute auf dreißig Prozent kommen, ein großer Schritt auf dem Weg zur Gleichstellung. Und dann, mein Programm zur Aidsbekämpfung! Nach Rücksprache mit der Kirche plädiere ich auch für Abstinenz und die Wiedereingliederung der Prostituierten zur Vorbeugung, denn je weniger Prostituierte es gibt, desto weniger

HIV-Infizierte und Ansteckungsrisiken wird es geben. Soll ich Ihnen sagen, dass mein Kampf gegen Aids weltweit als Beispiel gilt? Dass dieser wichtige Kongress hier bei uns stattfindet, ist kein Zufall, sondern eine Bestätigung, eine Würdigung meiner Arbeit! Verstehen Sie jetzt, welche Bedeutung der Kongress hat? Ihr persönliches Problem regle ich jetzt gleich. Was die übrigen Forderungen angeht, so befasse ich mich sofort nach dem Kongress damit. Ich gebe Ihnen mein Wort.«

Sie wendet sich der Frau zu, die du für ihre Sekretärin hältst. Diese zieht einen dicken Umschlag aus einer Schublade und reicht ihn Madame. Madame legt ihn demonstrativ auf ihren Schreibtisch.

»In diesem Umschlag ist weit mehr, als Sie brauchen, um ihre finanziellen Probleme zu lösen. Für Ihr Studium, für Ihre Zukunft. Er gehört Ihnen.«

Du bist baff! Du hast von Korruption reden hören, du weißt, dass sie sich rasant ausbreitet, doch du bist nie direkt damit konfrontiert worden. Bis gerade eben war für dich absolut klar, dass du nicht korrumpierbar bist. Doch nun … Der Umschlag liegt vor dir. Du brauchst nur die Hand auszustrecken, den Umschlag an dich zu nehmen, ihn in deine Handtasche zu stecken und tschüss. Alle deine Probleme wären gelöst. Morgen könntest du gleich die Einschreibegebühren für deinen Informatikkurs bezahlen, und in sechs Monaten könntest du vielleicht deine eigene Schule, deine eigene Firma und deinen zerstörten Jugendtraum verwirklichen. Und du könntest deinen Kindern die kleinen Freuden bereiten, auf die sie in ihrem Alter Anrecht haben. Wie auch immer: Im Leben muss man seine Chancen ergreifen. Und diese Chance kommt kein zweites Mal. Und dann … hat sie dieses Geld nicht etwa aus der Staatskasse gestohlen? Somit gehört es auch ein bisschen dir. Warum also nicht die Gelegenheit nutzen?

Vor lauter Korrumpieren kann die Dame offenbar im Gesicht ihres Gegenübers lesen: ob er käuflich ist oder ob er zögert und einen kleinen Stups braucht, um die leisen, aber hartnäckigen

Bedenken beiseite zu schieben. Sie ordnet dich wahrscheinlich der zweiten Kategorie zu, denn nachdem sie dich einen Moment lang beobachtet hat, sagt sie mit sanfter, beruhigender Stimme: »Was in diesem Büro passiert, bleibt in diesem Büro. Niemand wird je etwas erfahren. Los, nehmen Sie!«

Sie steht auf. In ihrer prächtigen Aufmachung wirkt sie noch einschüchternder. Du hebst den Blick. Sie kommt mit dem Umschlag in der Hand auf dich zu. Sie reicht ihn dir. Du betrachtest das Objekt, einen dicken strohfarbenen Umschlag; er ist versiegelt. Du rührst dich keinen Millimeter. Sie blickt dich nachdenklich an, tätschelt dann deine Schulter und sagt mütterlich: »Los, nehmen Sie, es ist nicht der Rede wert, nur gerade genug, um Ihnen zu helfen.« Du betrachtest den Umschlag, dann nimmst du ihn brüsk an dich und steckst ihn in deine Handtasche. Es ist vollbracht! Du stehst auf. Und da legt die mitfühlende Dame nach ihrem bescheidenen Triumph den Arm um deine Schulter und sagt mit verschwörerischem Lächeln: »Machen Sie kein großes Problem daraus, mein Kind. Machen Sie sich keine Sorgen. Sie sind nicht die Erste, die eine vernünftige Entscheidung darüber gefällt hat, wo ihre Prioritäten liegen. In etwa zwei Stunden findet sich eine Fernsehequipe an dem Ort ein, wo ihr eure Versammlung abhaltet. Sie nimmt euer Kommuniqué auf oder, besser gesagt, eure Erklärung, dass ihr eure Forderungen bis nach dem Kongress der afrikanischen Präsidentengattinnen zurückstellt. Das ist kein Verrat, ganz im Gegenteil. Viele, und nicht zuletzt der Präsident der Republik, werden eure Entscheidung als eine patriotische Geste betrachten. Alles Gute! Ich zähle auf Sie.«

Sie kehrt dir den Rücken zu und geht zu ihrem Sessel. Ihr Problem ist gelöst; sie hat dich bereits vergessen. Ihre Sekretärin begleitet dich zur Tür. Wäre sie ein Mann, hättest du sie als Schergen der Präsidentengattin bezeichnet. Oder kann man auch »Schergin« sagen?

Auf dem Weg zurück zum Ausgang des Präsidentenpalais hörst du, siehst du, denkst du nichts. Nur die feuchte Hitze erinnert dich daran, dass du die klimatisierten Gebäude verlassen hast. Im Schilderhaus gibt man dir dein Handy zurück, aber nicht das Päckchen mit den Madeleines. Du machst den Wachsoldat darauf aufmerksam. Doch der antwortet drohend, du hättest bloß dein Handy abgegeben, sonst nichts. Mein Gott, Soldaten, die Madeleines stibitzen! Du hakst nicht nach. Du nimmst das Handy und steckst es in die Handtasche, über dem strohgelben Umschlag, der so schwer wiegt wie dreißig Silberlinge.

ACHTZEHN

Ein Wachsoldat führt dich aus dem Sicherheitsperimeter des Präsidentenpalais hinaus und lässt dich stehen. Du befindest dich jetzt allein auf der Straße. Allein und zu Fuß. Du fragst dich, was für Fantastereien du dich hingegeben hast, vorhin, als du die Luxuswagen in ihren Boxen – wie Vollblutpferde in ihren Ställen – bewundert und dich gefragt hast, ob man dich wohl in einem von ihnen nach Hause fahren wird.

Du schreitest eilig aus. Alles ist dir lästig: die Hitze, das Gefühl, in den Achselhöhlen zu schwitzen, das elegante Deux-pièces, das dich jetzt einschnürt mit seinem anliegenden Oberteil und seinem zu engen Rock. Gott sei Dank hast du keine Schuhe mit hohen Absätzen an. Und diese Handtasche mit dem Umschlag erst, die dir jetzt zentnerschwer erscheint. Warum hast du das Geld überhaupt angenommen? Jedenfalls hast du nichts Besonderes gespürt, als du den Umschlag entgegengenommen und in deine Handtasche gesteckt hast. Diese Geste erschien dir unvermeidlich, vorbestimmt, erwartet. Warum? Ja, warum eigentlich? Vielleicht, weil du, als ihre dominierende Persönlichkeit sich vor dir aufbaute, eine unbewusste Angst gehabt hast, die Frau könnte dich auf der Stelle vernichten, wenn du es gewagt hättest, das Geld abzulehnen? Oder hast du wie eine Kartenspielerin geglaubt, auf einen Schlauen gehöre ein Überschlauer? Wie auch immer, du hast den Umschlag blind … und unbedarft entgegengenommen. Wut steigt in dir auf. Du bist wütend auf dich. Ein schlechter Scherz, das alles. Die Antworten, die du dieser Frau hättest geben müssen, drängen sich plötzlich deutlich und klar in deinem Kopf.

Sie kenne euer Leiden, sagt sie, weil sie in den Dörfern

Geschenke verteilt. Doch seit wann, Madame, ist Wohltätigkeit ein Mittel, die Armut zu bekämpfen? Überlassen wir doch die punktuellen Aktionen, die Spenden, die Nothilfe denjenigen, die wissen, wie man das macht: den humanitären Organisationen, die, was auch immer man im Einzelfall davon halten mag, Leben retten … und dann wieder gehen. Wer ein Land regiert, für den besteht der Kampf gegen das Elend nicht aus werbewirksamen Kampagnen wie die Dörfer mit Geschenken einzuzuckern und dann schleunigst verschwinden. Das wirkliche Leben der Menschen, und insbesondere das der Frauen, beginnt, nachdem die Fernsehteams den Deckel auf das Objektiv geschraubt haben. Nachdem die Präfekten ihre platten lobhudlerischen Reden heruntergeleiert haben. Nachdem die Begrüßungshymne verklungen ist und Sie selbstzufrieden den Heimweg antreten. Sie werden dann feststellen, Madame, dass Ihr Auftritt nichts geändert hat. Das Sumpffieber, das verseuchte Wasser, die Unmöglichkeit ärztlicher Behandlung, der Mangel an Bänken und Büchern in den Schulen … alles ist wie vorher, wie auch das Elend der Dorfbewohner, das weniger als einen US-Dollar täglich wert ist, wie man ausgerechnet hat.

Und wart mal! Hat Sie nicht gesagt, sie hätte deine Schwester gekannt. Wer's glaubt! Sie brauchte ja nur auf www.google nachsehen zu lassen! Und zu alledem hat sie sich auch noch getraut zu behaupten, sie hätte sie sehr geschätzt! Und was noch! Deine Schwester hätte ihr ins Gesicht geschleudert, dass die Gleichstellung von Mann und Frau in der Nationalversammlung nicht eine Gleichstellung ersetzen kann, die es in der Gesellschaft nicht gibt – in einer Gesellschaft, in der Frauen immer noch geschlagen werden, von ihrem Ehemann verstoßen werden, in der Witwen ihres ganzen Eigentums beraubt werden! Dass die Gleichstellung auf lokaler Ebene ansetzen muss, dass dort Frauen gewählt werden müssen, denn eine Frau im Dorf- oder Quartierkomitee, eine Frau in einer Schlüsselfunktion in der Gemeindeverwaltung oder in einem Unternehmen hat mehr Macht als eine ins Parlament katapultierte Abgeordnete!

Aids? Hält sie immer noch die Prostituierten für die Hauptschuldigen? Himmeltraurig, das alles.

Du hättest Sie daran erinnern sollen, dass sie den Soldaten empfohlen hat, nicht zu vergewaltigen … weil sie Gefahr liefen, von HIV-infizierten Frauen angesteckt zu werden! Wenn es etwas Gemeineres gibt als das, fliegst du zum Mond! Zum Glück wird in eurem Land die Genitalverstümmelung nicht praktiziert, sonst würde die gütige Dame sie zweifellos auch bekämpfen und den Männern raten: »Bitte, meine Herren, tun Sie etwas gegen die Beschneidung, denn eine beschnittene Frau mindert Ihre Lust im Bett!«

Im Grunde schimpfst du eher auf dich. In dir brodelt es, weil du dich schämst, dass du dich hast einschüchtern lassen, dass du dich nicht getraut hast, deine Gefährtinnen angemessen zu verteidigen. Nein, Tamara hätte sich nicht so lächerlich verhalten wie du. Denn es ist doch so, dass alle Antworten, die dir erst jetzt einfallen, aus ihren vielen begeisterten Briefen aus Neuseeland stammen, jener Insel am Ende der Welt, wo der Umgang mit Maori, die für ihre Rechte kämpften, ihr Studentenleben geprägt hatte. Du hast die Briefe sorgfältig aufbewahrt. Du hast sie lange in dem Zimmer aufbewahrt, das sie während ihrer Zeit bei Tito und dir bewohnt hatte, damals, als du für sie eher eine Mutter als eine große Schwester warst. Du hast dein Möglichstes getan, damit sie nicht die gleichen Fehler macht wie du, damit sie das wird, was deine Eltern sich für dich gewünscht hatten, du aber nie geworden bist.

Kaum war aus dem Dorf die Nachricht gekommen, sie hätte die Primarschule abgeschlossen und könnte nun aufs Gymnasium gehen, hast du, um Tantine Turia zuvorzukommen, sofort deinen Eltern gesagt, du möchtest gern, dass sie bei dir und Tito wohnt. Tito war großartig, und du wirst ihm immer dankbar sein für alles, was er für Tamara getan hat. Trotz des Hasses, den er seit jener Nacht für dich empfindet, als du ihm die Tür vor der Nase zugeschlagen hast. Auch für ihn war sie eine kleine Schwester. Er hat sich ins Zeug gelegt und den kleinen Anbau, der als Garage und als Rumpelkammer diente, in ein hübsches Zimmer verwandelt, er hat eine Tür eingesetzt und die Außentür zu einem Fenster umgebaut. Auch als er noch nicht Chef der Abteilung für Informatik und Kommunikation im Erziehungsministerium war, besorgte er immer die notwendigen Bücher, was dein Kassiererinnengehalt schonte. Er hat ihr in der Abiturklasse geholfen, und später, als ihr Tamara ein Mac-Notebook geschenkt habt, hat er ihr gezeigt, wie damit umgehen und die notwendigen Programme laden. Du hast ihr in Mathe geholfen, *of course*, vor allem, wenn es um Statistik ging. Doch sie hat sich sehr schnell allein zurechtgefunden, denn sie lernte immer mehr Dinge, die ihr zu eurer Zeit, kaum vier oder fünf Jahre früher, nicht gelernt habt.

Von Anfang an war deine große Sorge, wie du verhindern könntest, dass die Zukunft deiner Schwester, damals erst dreizehn, von einer Schwangerschaft zerstört würde. Du warst für sie die große Schwester und gleichzeitig die Mutter. Zuerst hast du dir gesagt, dass du ihre körperliche Entwicklung überwachen musst, darauf achten musst, dass sie abends nie zu spät nach Hause kommt, und dass du immer wissen musst, mit wem sie ausgeht. Doch alles ging schneller, als du dachtest. Eines Nachmittags kam sie von der Schule nach Hause, blieb einen Moment in der Tür stehen, rückte ihre Umhängetasche zurecht, als deinen Augen plötzlich etwas auffiel: volle Lippen in einem entspannt lächelnden Gesicht, ein für ihr Alter auffallend voller Busen, wiegende Hüften … sie hatte zweifellos die Schwelle der Pubertät überschritten, ja, und hatte vielleicht auch … Du bist in Panik geraten! Sie war gerade mal fünfzehn! Mama – vielleicht war es Großmutter – hatte oft zu euch gesagt: »Man muss dem Kind Ratschläge geben, bevor es zum Tanz geht, und nicht, wenn es nach Hause kommt!« Kam Tamara bereits von einem »Tanz« zurück?

Solltest du sie dort, vor der Tür, zur Rede stellen, wo sie dir eben ein fröhliches »Hallo, Méré« zugerufen hatte? Nein, das wäre falsch gewesen, so verhält sich eine von Panik erfasste große Schwester. Du musstest wie eine Mutter vorgehen, also *calmos*, Méréana.

Du hast also die tägliche Routine weiterlaufen lassen. Du hast gekocht, und nach Titos Rückkehr von der Arbeit habt ihr zusammen gegessen, habt einander die Vorkommnisse des Tages erzählt, Tito hängte die schief in den Angeln hängende Tür des Küchenschranks wieder ein. Tamara hat das Geschirr gespült, ist dann in ihr Zimmer gegangen, du hast das Kind zum Zähneputzen geschickt und es zu Bett gebracht.

Dann hast du an ihre Tür geklopft. Auf ihr »Herein!« bist hineingegangen und hast dich auf ihr Bett gesetzt. Dir war klar: Nicht um den heißen Brei herumreden, sonst könntest du nicht mehr sagen, was gesagt werden musste. Du hast also geradewegs das Thema angeschnitten. Tantine oder Mama hätten es bestimmt anders angepackt, aber sie waren Mütter, du schließlich nur eine große Schwester.

»Hast du schon einmal mit einen Jungen geschlafen, Tamara?«

Verblüfft sperrte sie Mund und Augen auf, schüttelte dann den Kopf, als hätte sie nicht richtig verstanden.

»Wie bitte?«

»Du hast mich doch verstanden, ich brauche die Frage nicht zu wiederholen.«

»Méré, wie kannst du ...«

»Sei mir nicht böse, Tam, ich vertraue dir.«

»Warum fragst du mich denn so etwas? Vermutest du etwas?«

»Ich möchte dir bloß ein paar Ratschläge geben, bevor es passiert ... und auch wenn es schon passiert ist.«

»Du weißt, dass ich so etwas nie tun würde! Was würdest du von mir denken! Und Mama erst! Vor allem nach dem, was dir zugestoßen ist.«

»Eben, ich möchte nicht, dass dir passiert, was mir passiert ist. Ich habe großes Glück gehabt mit Tantine an meiner Seite.«

»Sag das nicht. Tito ist sehr großherziger Mensch, du bist immer ein Vorbild für mich gewesen, und ich bewundere dich sehr.«

»Ich habe Glück gehabt, das ist alles. Stell dir vor, welche Folgen mein Leichtsinn gehabt hätte, wäre Tito, na ja, krank gewesen. Missversteh mich nicht: Die Jungfräulichkeit an sich ist nicht so wichtig, sie ist jedenfalls dazu da, verloren zu werden. Was zählt, ist, wie man sie verliert und mit wem. Heute reicht es für ein Mädchen nicht mehr, die Pille zu nehmen. Es geht nicht mehr nur darum, eine Schwangerschaft zu verhüten. Denk nur an die vielen Krankheiten, die durch Sex übertragen werden, die alten und die neuen und die schlimmste: Aids. Also, Schwesterchen, was auch immer passiert, pass auf, bestehe auf dem Kondom.«

»Danke. Ich werde deinen Rat bestimmt beherzigen. Für den Moment habe ich keinen Freund und eigentlich anderes im Kopf.«

»Auch ich hatte anderes im Kopf, als es passiert ist. Es gibt Dinge, die du willst, und Dinge, die du nicht willst. Du musst dich im Voraus wappnen, um mit Dingen fertig zu werden, die ganz unerwartet auf dich zukommen.«

Sie hat nicht geantwortet. Und du hast das Gefühl gehabt, dass sie über das nachdenkt, was du ihr eben gesagt hast.

»Das war's, was ich auf dem Herzen hatte und dir unbedingt sagen wollte, Tamara.«

Du bist aufgestanden und wolltest hinausgehen. Und sie ist aufgesprungen und hat dich fest umarmt.

»Danke, Schwesterherz.«

Dieses liebevolle »Schwesterherz« hat dich sehr berührt, und du hast sie ebenfalls umarmt. Nie zuvor habt ihr euch so nahe und so verbunden gefühlt. Dann hast du sie auf die Wange geküsst, bist hinausgegangen und hast die Tür hinter dir zugezogen.

Ihr habt nie mehr darüber gesprochen bis zu dem Tag, als sie ihr Abitur mit vorzüglichen Noten bestand und ein Stipendium für die Dunedin-Otago-Universität in Neuseeland bekam, und du hast nie erfahren, ob deine kleine Schwester ihre Jungfräulichkeit noch unter deinem Dach verlor, als der junge Mann, den sie später, nach ihrer Rückkehr aus Neuseeland, heiratete, ihr hartnäckig den Hof machte. Du wolltest es nicht wissen, und du hast nicht versucht, es zu erfahren.

Hartnäckiges Autohupen schreckt dich aus deinen Gedanken, die zwischen Zorn und zärtlichen Erinnerungen schwanken. Was zum Teufel ist mit diesem Kerl los, der mit seiner Hupe das ganze Viertel alarmiert? Als wollte er die Zuaven der Präsidentengarde herbeizitieren. Du schaust hinüber ... und siehst Armando, der seine langen Arme schwenkt, um dich zu seinem geparkten Taxi zu dirigieren. Sein Anblick versetzt dich brüsk in die unmittelbare Realität. Mein Gott, du hast Überlebensregel eins vergessen: immer melden, wo du dich befindest. Du hast beim Betreten des Präsidentenpalais dein Handy ausgeschaltet. Tante Turia und die anderen sind bestimmt in Panik, weil sie dich nicht erreichen und keine SMS schicken konnten. Du gehst zu Armando hinüber. Er steigt aus dem Taxi und kommt mit ausgebreiteten Armen auf dich zu. Spontan rennst zu ihm hinüber und fällst ihm um den Hals. Er schließt dich fest in die Arme und du ihn. Du bist glücklich über diesen physischen Kontakt, über die tröstende Wärme nach zwei gnadenlosen intellektuellen Duellen mit zwei mächtigen, knallharten Frauen. Es tut dir gut, die Hand zu spüren, die deinen Rücken streichelt ... Was ist mit dir los, Méré? Dich so gehen zu lassen! Hast du nichts gelernt aus deiner Erfahrung mit Tito? Lass dich von den Liebenswürdigkeiten eines Mannes nicht auf den Leim locken! Was wird er von dir denken? Dass das arme Dummerchen seinem Charme verfallen ist? Du musst dich zusammennehmen, Méré, bevor ihm der Kamm anschwillt ... Du stößt ihn zurück, soll er dich eben für launisch halten. Er ist zwar etwas verwundert, sagt aber nur: »Mensch, Méré, haben wir Angst gehabt! Warum hast du kein Lebenszeichen gegeben? Nach dem ersten Klingelton ist immer gleich der Anrufbeantworter gekommen. Als mir Laurentine gesagt hat, du seist von der Frau des Präsidenten einbestellt worden, wollte ich es nicht glauben. Ich wusste doch, dass du bei der Ministerin warst, und wollte dich dort abholen. Die

Sekretärin hat mir dann gesagt, du hättest ihr Büro vor gut einer Stunde verlassen, wollte mir aber nicht sagen, wohin du gegangen bist. Also bin ich zum Präsidentenpalais gefahren. Man hat mich deinetwegen fast umgebracht. Nach einer Weile haben mir die Soldaten befohlen, auf der Stelle zu wenden … Sie haben behauptet, ich wäre in den Sicherheitsbereich des Präsidentenpalais eingedrungen. Also habe ich hier gewartet … für alle Fälle … Warum hast du nicht angerufen, Méré? Du weißt doch, dass man in der Residenz des Staatspräsidenten verschwinden kann!«

Er öffnet dir die Wagentür, du steigst ein, und er setzt sich ans Steuer.

»Man treibt sich hier besser nicht zu lange herum«, meint er und tritt aufs Gas. Er kriegt die erste Kurve schlecht, entschuldigt sich, fragt dann: »Nun, wie ist's gegangen?«

»Es war schrecklich!«

»Wie, schrecklich? Hast du ihr nicht erklärt …«

»Komm, ich möchte zuerst die anderen beruhigen.«

Du entsperrst das Handy. Rufst Tantine Turia an.

»Méré, bist du's?«, ruft sie erleichtert aus, als sie deine Stimme hört. Du erklärst ihr, dass du nur noch ein paar Einheiten hast und dass du noch die andern anrufen musst. »Aber die sind doch alle hier!«, antwortet sie. Du bittest sie, dir Laurentine Paka zu geben, der du sagst, du seist in Armandos Taxi auf dem Heimweg.

»Du kannst mein Handy benutzen, wenn du sonst noch jemand anrufen möchtest. Ich habe noch genug Einheiten drauf.«

»Danke, für den Moment nicht.«

»Also, warum war es schrecklich?«

»Ich kann dir nur eins sagen, Armando: Ich brauche nicht mehr im Steinbruch zu arbeiten. Ich bin reich!«

Das Auto schleudert und landet auf dem Gehweg. Armando blickt dich entgeistert an.

»Pass auf, schau auf die Straße!«

Er fährt langsamer, steuert den Wagen wieder auf die Fahrbahn und hält am Bordstein an.

»Ich versteh nicht, Méréana. Du … du bist …« Er lässt den Satz in der Schwebe.

»Genau!«

Du öffnest deine Handtasche, nimmst den dicken Umschlag heraus und wirfst ihn auf seine Knie. Er starrt ihn verwirrt an, traut sich nicht, ihn zu berühren, als fürchte er, es sei eine Bombe drin, die jeden Moment in seiner Hand explodieren könnte.

»Anderswo ist die Korruption versteckt, alles läuft unter dem Tisch ab. Bei uns versteckt sie sich nicht, sie findet unter freiem Himmel und in aller Öffentlichkeit statt. Komm schon, teilen wir den Inhalt, halbe-halbe, nur wir beide. Wir sind reich, Armando.«

»Was …? Aber … nicht du, Méré!«

»Warum nicht? Auch ich brauche Geld. Du nicht?«

»Ja … aber … glaubst du, es ist richtig … deine Kolleginnen … wie viel ist drin?«

»Keine Ahnung. Zähl doch!«

Endlich traut er sich, den Umschlag zu berühren. Er nimmt ihn in die Hand, schaut die Rückseite an.

»Du hast ihn ja noch nicht mal aufgemacht, er ist noch versiegelt.«

»Das ist besser so. Ich habe die Meinung geändert, öffne ihn nicht.«

Er sagt nichts mehr. Du musterst ihn belustigt. Und plötzlich musst du lachen, es ist stärker als du, du krümmst dich, schluckst, schüttelst dich vor Lachen, Tränen fließen über deine Wangen … Armando betrachtet dich verdutzt, denkt bestimmt, du drehst durch. Endlich fasst du dich wieder. Fühlst dich plötzlich wohl, vernünftig und frohen Herzens.

»Los, beeilen wir uns, die anderen erwarten uns ungeduldig.«

»Und … der Umschlag?«

»Bewahre ihn auf, ich vertraue ihn dir an.«

NEUNZEHN

Freudenrufe empfangen euch, als Armando vor deinem Haus anhält. Sie sind alle da, deine Kampfgefährtinnen. Sie laufen herbei, drängen sich um den Wagen, öffnen die Tür, klatschen. Hatten sie vielleicht geglaubt, dass sie dich nie wiedersehen, wenn du erst mal das Präsidentenpalais betreten hast?

Sie folgen dir in den Hof, der in einen Versammlungsort verwandelt worden ist: zwei Dutzend im Kreis aufgestellte Stühle, und in der Mitte thront ein Sessel. Du stellst gleich fest, dass es nicht dein guter, alter, abgenutzter, müder Sessel ist, in den du dich jeden Abend fallen lässt, um deine Glieder auszuruhen und in Gedanken alle Frustrationen des Tages vorbeiziehen zu lassen. Es ist Tantine Turias vornehmer Sessel mit gepolstertem Rücken und geflochtenen Seitenlehnen. Warum befindet sich dieser Sessel hier, und wie ist er hergekommen? Du hast weder Zeit zum Überlegen noch zu einer Begrüßung, schon wirst du mit Fragen überschüttet, und die Frauen drängen dich zum berühmten Sessel. Durch das Stimmengewirr hörst du Tantine Turias Stimme: »Sie hat bestimmt Hunger, lasst sie doch erst mal was essen!« Stimmt, du hast Hunger und Durst, aber du kannst von den aufgeregten Frauen doch nicht verlangen, dass du dich zuerst in aller Ruhe verpflegst. Schließlich ist der Tag auch für sie lang gewesen. »Ich habe keinen Hunger«, lügst du fröhlich, »nur gerade ein bisschen Durst.«

Du ignorierst den Sessel und setzt dich auf einen Stuhl. Einstimmige Proteste brechen aus: »Der Sessel! Setz dich in den Sessel!« Du protestierst. Du willst keine Sonderstellung einnehmen. Ihr seid alle gleich. Und, fügst du hinzu, wenn jemandem der Sessel zusteht, dann der Ältesten von euch, Ma Bileko also. Bileko, die Batatus Baby auf dem Schoß trägt, antwortet bestimmt: »Nein, nein, du musst dich in den Sessel setzen! Wir wissen, dass wir hier alle gleich sind, doch es geht weder um uns noch um dich, es geht um die Gegenpartei. Wenn sie unsere Sprecherin respektieren soll, müssen wir ihnen zeigen, dass auch wir sie respektieren. Also müssen wir ihr auch einen würdigen Sessel bereitstellen. Warum sonst klammern sich unsere Präsidenten an ihren Sessel, wenn er nicht das Symbol der Macht schlechthin ist?«

Alle applaudieren. Was antworten? Nichts! Was bleibt dir anderes, als zu gehorchen? Du stehst auf und gehst zum Sessel, und damit es nicht gar zu feierlich wirkt, übst du unter dem Lachen und den Bravo ein paar würdige Gesten. Du setzt dich also. Abgesehen von Armando, von Laurentines Danny und Tantine Turia, die euch von der Veranda aus beobachtet, ist niemand da, der nicht zum Steinbruch gehört. Deine Kolleginnen wollten offenbar nicht, dass sich die chaotische Szene auf dem Krankenhaushof wiederholt, und haben daher alle ungebetenen Gäste ausgeschlossen. Eine Art Versammlung hinter verschlossenen Türen, aber unter freiem Himmel.

Du beginnst mit deinem Bericht. Fasst kurz die Kavalkade von heute Morgen und das Treffen mit der Ministerin zusammen. Was Letztere angeht, beharrst du, trotz ihrer zweifelnden Mienen, darauf, dass ihr – eben, weil sie eine rücksichtlose Politikerin ist und wegen ihres kalten Realitätssinns – auf sie zählen könnt. Dann kommt der schwierigste Teil: dein Treffen mit der Gattin des Staatspräsidenten. Du berichtest ihnen die ganze Wahrheit.

»Natürlich war ich eingeschüchtert, aber ich habe, glaube ich, das Wesentliche gesagt von dem, was ich zu sagen hatte, nämlich, dass wir unsere Forderungen nie zurücknehmen werden. Leider wollte sie das partout nicht verstehen. Wie die Ministerin hält sie uns für ungebildete Analphabetinnen, die nicht selber denken können und die von der Opposition manipuliert werden. Zudem glaubt sie, es reiche, mich zu kaufen, und dann würde ich euch bitten, das Ganze fallen zu lassen, und ihr würdet mir ebenso brav folgen … Du hast noch nicht fertig gesprochen, und Wut und Empörung branden auf. Für wen hält sie sich eigentlich, diese Person … wie lange ist sie nicht selbst einkaufen gegangen … laden wir sie doch ein, einen Tag lang mit uns Steine zu klopfen … ist doch nicht dein Ernst, glaubst du, die würde auch nur ein Stündchen durchhalten … zum Glück meint sie nicht auch noch, unter unseren Tüchern würden sich Mannsbilder verstecken … sie ist es eher, die sich hinter den Präsidentengattinnen Afrikas versteckt, um uns zu bestehlen … glaubt mir, wir sollten nicht vor dem Kommissariat protestieren, sondern am Flughafen und die vornehmen Damen einzeln empfangen, wenn sie aus dem Flugzeug steigen … Das Durcheinander von Stimmen und Worten stürzt auf dich ein. Du wedelst mit den Händen, rufst: »Halt, ich bin noch nicht fertig …« Endlich tritt Ruhe ein, und du fährst fort: »Kurz, sie hat mich bestochen, damit ich die Bewegung blockiere. Ich weiß nicht, wie viel sie mir gegeben hat, aber dem dicken Umschlag nach zu schließen, handelt es sich um viel Geld. Ich habe ihn Armando übergeben.«

Alle Köpfe wenden sich Armando zu. Der arme Mann ist nicht darauf vorbereitet, und vor den Dutzenden auf ihn gerichteten Augen zuckt er zusammen wie eine Antilope im Kreuzfeuer der Jägerfackeln.

»Ich hab ihn im Handschuhfach eingeschlossen, ich geh ihn gleich holen.«

Frohen Mutes kommt er zurück, weil er nun auch eine Hauptrolle spielt. Er zeigt auf den breiten Klebstreifen und fordert die Anwesenden auf, ganz genau hinzuschauen und sich zu vergewissern, dass der Umschlag nicht geöffnet worden ist.

»Öffne ihn vor allen hier«, sagst du.

Er zieht am Klebstreifen, jedoch vergebens, der Leim klebt wirklich gut. Er nimmt ein kleines Taschenmesser aus der Hosentasche, schneidet den Falz ein Stück auf und steckt die Klinge hinein. Dann trennt er – ratsch! – den großen papayagelben

Umschlag auf und leert den Inhalt auf den niedrigen Schemel neben dem Sessel.

Es herrscht Totenstille. Er beginnt laut zu zählen. Sechs Päckchen gebündelter Scheine zu je zehntausend Franc, fünf zu je fünftausend Franc, zehn zu je zehntausend Franc und der Rest, zehn Päckchen zu je fünfhundert Franc.

»Rechnet bitte nach: eine Million Franc!«

Nagelneue Scheine, als kämen sie frisch aus der Druckerei. Niemand von euch hat jemals so viel Geld aufs Mal gesehen, außer vielleicht Ma Bileko zu den Zeiten, als sie noch eine große Händlerin auf den asiatischen und afrikanischen Märkten war. Du siehst Iyissus weit aufgesperrte Augen, Moyalos offenen Mund, dem sowohl die Schärfe als auch das Lingala abhanden gekommen sind, Mukiétus geballte Fäuste … Du weißt nicht warum, du bist unendlich erleichtert. Doch, du weißt warum! Du unterbrichst die Stille und sagst: »Gott sei Dank hat Armando auf mich gewartet, als ich aus dem Präsidentenpalais kam. Ich weiß nicht, was ich getan hätte oder was mir hätte zustoßen können, wenn ich diesen Umschlag mit mir hätte herumtragen müssen. Ich mag gar nicht daran denken.«

»Die sind imstande, es dir von jemand klauen zu lassen und dann das Gerücht zu verbreiten, du hättest den Zaster unterschlagen«, meint Anne-Marie Ossolo.

»Das viele Geld macht mir Angst«, murmelt Bilala. »Man darf es nicht antasten.«

»Wir müssen es zurückgeben«, bekräftigt Iyissu.

»Es ist ja nicht ihr Geld«, meint Mukiétu, »es ist Geld, das ihr Mann der Bevölkerung gestohlen hat, also ist es unser Geld!«

»Nehmen wir nur gerade so viel davon, wie wir brauchen, um uns für unsere gestohlenen Säcke zu entschädigen, und den Rest geben wir zurück«, schlägt Moyalo vor.

»Aber wenn wir uns selbst mit gestohlenem Geld bezahlen, sind wir auch Diebinnen«, beharrt Iyissu.

»Ich habe euch schon gesagt: Wenn wir ihr dieses Geld zurückgeben, bricht sie in Wut aus«, wirfst du ein. »Sie ist so überzeugt, wir nehmen es an, dass sie schon ein Fernsehteam und das Radio bestellt hat. Ich soll vor laufender Kamera und Mikrofon erklären, dass wir auf unsere Forderungen verzichten.«

»Teilen wir dieses Geld gerecht untereinander auf, öffentlich, vor aller Augen, und sprechen wir offen aus, woher es kommt. Um ihr zu zeigen, was wir mit Korruptionsgeldern anfangen. Und im Übrigen, einen Dieb bestehlen ist nicht stehlen, man zahlt bloß mit gleicher Münze heim.«

»Für mich ist es ganz einfach«, mischt sich Laurentine ein, die bisher nichts gesagt hat. »Wenn die Dame vor Wut schäumt, im Fall dass wir ihr Geschenk zurückweisen, dann können wir es ebenso gut behalten und unsere Forderungen trotzdem aufrechterhalten.«

Ihr dreht euch im Kreis. Tantine Turia, die euch von der Veranda aus beobachtet, hebt die Hand und bittet, auch etwas sagen zu dürfen. Du erteilst ihr zuvorkommend das Wort.

»Ich weiß, mich geht es nichts an, doch ich möchte euch Folgendes sagen: Entweder ihr nehmt das Geld an und haltet euren Teil der Abmachung ein, was bedeutet, ihr hört sofort auf, eine Preiserhöhung für eure Säcke zu fordern. Oder ihr schickt das Geld an die Absenderin zurück und beharrt auf eurer Forderung. Das verlangt die Moral, es gibt keine Zwischenlösung. Alles andere ist Politik!«

»Eine Million, das ist viel Geld für uns, Tantine.«

Warum hast du das gesagt? Sie blickt dich etwas erstaunt an, sagt aber nichts. Ma Bileko ergreift das Wort: »Hört mir gut zu! Wenn wir das Geld ablehnen, laufen wir Gefahr, auf diese oder andere Weise in die Enge getrieben zu werden. Und dann riskieren wir auch, unsere Arbeit im Steinbruch zu verlieren. Macht euch keine Illusionen, sie finden immer einen guten Grund, um uns daran zu hindern, dass wir unserer Arbeit nachgehen. Oder sie schließen ganz einfach den Steinbruch. Nehmen wir das Geld aber an, sind wir nicht besser als die Leute, die uns zusammengeschlagen und unsere Säcke gestohlen haben, und wir machen es anderen ausgebeuteten Frauen schwer, in der Zukunft für ihre

Interessen einzutreten. Vergesst nicht, dass die Händlerinnen mit ihren kleinen Ständen auf den Märkten uns beobachten und bewundern. Nach allem, was wir erlitten haben, und wenn wir an unsere arme Batatu denken, die im Koma liegt, nur weil sie einen höheren Preis für ihren Sack Schotter verlangt hat, dann sehe ich nicht ein, warum wir alles fallen lassen sollen und unsere Säcke weiterhin für zehntausend Franc verkaufen. Hier geht es nicht um Moral, sondern um Würde!«

Ihr applaudiert spontan, Mukiétu am heftigsten. Es ist also entschieden: Ihr nehmt das Geld nicht an, ihr lasst euch nicht korrumpieren. Was also mit dem Geld? Und wie es zurückgeben? Armando kann sich doch nicht einfach in sein Taxi setzen, vor das Präsidentenpalais fahren, dem Folterknecht dort den Umschlag hinhalten und sagen: Hallo, ich bin gekommen, um Madames Umschlag zurückzubringen. So einfach geht's wohl nicht.

Allgemeines Schweigen. Und wieder hebt Tantine die Hand.

»Schieß los, Tantine Turia, wir hören.«

»Ich habe Ma Bileko genau zugehört. Ich habe vorhin von Moral gesprochen, sie hat von Würde gesprochen. Damit hat sie etwas Wichtiges gesagt, das beides miteinander verbinden könnte: die Würde und die Moral. Sie hat Batatu erwähnt. Batatu liegt im Koma, sie hat ihr Leben für euren Kampf aufs Spiel gesetzt, sie ist mit ihren Zwillingen allein auf der Welt, ohne Beistand, sie hat nichts, um die Krankenhauskosten zu bezahlen. Warum gebt ihr das Geld nicht ihr?«

»Bravo, Turia, ich stimme dir voll und ganz zu«, antwortet Ma Bileko spontan, »genau das müssen wir tun. Ich habe gar nicht daran gedacht.«

Genau, ganz genau, das ist die richtige Antwort auf die Arroganz all derer, die glauben, ihr seid nichts, weil ihr weder Geld noch Macht besitzt. Ihr nehmt also das Geld an, verkündet es öffentlich im Radio und im Fernsehen und sagt, woher ihr das Geld habt! Und selbstverständlich haltet ihr eure Forderungen aufrecht. Zufrieden und erleichtert beschließt du die Sitzung und bittest jede Einzelne zu bleiben, bis ihr eure Entscheidung den Journalisten bekannt gegeben habt, was nicht lange dauern wird. In genau dem Moment klingelt dein Handy.

Du wühlst hastig in deiner Handtasche. Es könnte sich um einen wichtigen Anruf handeln, vielleicht von der Ministerin, die wissen will, wie dein Gespräch mit der Ersten Dame verlaufen ist oder, warum nicht, ein Anruf der Ersten Dame höchstpersönlich! Du drückst auf die Taste.

»Hallo, ja?«

»Méré?«

Du hättest beinahe das Handy weggeschleudert. Rangi! Tito Rangi! Der Kerl geht dir langsam auf den Wecker. Wird er dich denn nie in Ruhe lassen?

»Leg bloß nicht auf! Ich habe dir etwas sehr Wichtiges mitzuteilen.«

Alle Blicke sind auf dich gerichtet. Du musst einen kühlen Kopf behalten.

»Ich höre«, sagst du mit betont sachlicher Stimme.

Du stehst auf und entfernst dich; du willst nicht, dass deine Gefährtinnen dich beobachten, sollte er dich mit seinen Bemerkungen auf die Palme treiben.

»Die Präsidentengattin hat mich angerufen und gesagt, sie ist äußerst zufrieden mit dir. Du hast sehr gut daran getan, alles zu akzeptieren, was sie dir gesagt hat, den Umschlag inklusive. Ich bin es gewesen, der ihr von deiner schwierigen Lage erzählt hat, und du siehst nun, wie sie reagiert hat. Eine große und hochherzige Dame. Wir werden dich doch wegen hundertzwanzigtausend Franc nicht im Stich lassen! Weißt du, Méré, ich hasse dich nicht, auch wenn du das glaubst. Im Übrigen erinnere ich dich daran, es war deine Entscheidung, dass du gegangen bist. Ich weiß, du bereust manchmal deine unüberlegte Handlung, und wenn du nach Hause zurück …«

»Aha, dieses Geld soll mich dazu bewegen, zu dir zurückzukehren? Ich habe geglaubt, die Frau des Präsidenten hätte mich gekauft, damit wir unsere Forderungen fallen lassen.«

»Nein, nein, du hast mich falsch verstanden. Das Geld ist nicht als Bestechung gedacht, es geht nicht darum, dich zu kaufen. Es soll dich einfach dafür entschädigen, dass du deinen Einfluss geltend gemacht und verhindert hast, dass unser Land vor seinen illustren Gästen in eine peinliche Situation gerät. Jede Arbeit ist eine Entlohnung wert.«

»Aha! Ist es dann aber nicht das, was auch wir verlangen? Ein anständiger Lohn für unsere Arbeit?«

»Das ist nicht dasselbe! Ihr, das ist die Straße, Frauen, die Steine werfen … Man verhandelt nicht mit Leuten, die das Gesetz brechen. Ich hoffe, du hast verstanden, wir zählen auf dich.«

»Ja sicher, du kannst bestimmt auf mich zählen.«

»Noch etwas. Die Präsidentengattin will nicht, dass die Erklärung von einer dieser Analphabetinnen abgegeben wird, die politisch völlig bedeutungslos sind, sondern von dir persönlich, weil dich jetzt alle kennen.«

»Kein Problem, Tito. Ich werde das Kommuniqué selber verfassen und lesen. Ich will ja nicht, dass du den Abgeordnetensitz verlierst, wo dich doch ihr Mann ernannt hat …«

»Nerv mich nicht schon wieder, bis jetzt haben wir uns zivilisiert unerhalten. Ich bin gewählter Volksvertreter, das weißt du ganz genau. Ich werde also der Gattin des Staatspräsidenten mitteilen, dass du alle ihre Bedingungen akzeptierst hast. Du wirst es nicht bereuen, das wirst du sehen. Ja, und noch etwas: Es wäre gut, wenn du deiner Presseerklärung ein paar Höflichkeiten an die Adresse der Ersten Dame hinzufügst.«

»Wenn du meinst, kann ich auch erwähnen, dass du mich dazu ermutigt hast, das Kommuniqué selbst zu verlesen.«

»Dazu bist du nicht verpflichtet. Jedenfalls liebe ich dich, wenn du so vernünftig bist wie jetzt. Die Journalisten sind schon unterwegs, werden wohl bald da sein.«

»Du weißt wirklich alles, nicht wahr? Sogar, dass ich hundertzwanzigtausend Franc brauche.«

»Alles interessiert mich, was dich betrifft.«

»Was soll das heißen?«

»Das heißt, was es heißt. Gut, ich habe noch eine Menge zu erledigen. Bis bald!«

Du legst auf, ohne auf seine Antwort zu warten. Du bist zufrieden und wütend zugleich. Zufrieden, weil du ruhig geblieben bist. Hast deinen Zorn bezähmen können. Wütend, weil du jetzt zweifelsfrei weißt, wer der Dreckskerl ist, der der Lady deine Karteikarte zugesteckt hat. Und warte! Hat Monsieur nicht großmütig gesagt, er sei bereit dich aufzunehmen, wenn du ins eheliche Heim zurückkehrst? Er merkt nicht einmal, dass er es ist, der dich ständig verfolgt und belästigt, während er dir je länger, je widerlicher ist. Ha! Er kann sie haben, seine Presseerklärung!

Du gehst wieder zu den anderen. Du berichtest ihnen, dass das Fernsehen in einigen Minuten hier sein wird, um eure Erklärung aufzuzeichnen. Ihr müsst schnellstens den Text aufsetzen und bestimmen, wer für euch sprechen wird.

Ihr einigt euch schnell auf den Text des Kommuniqués. Nicht einig seid ihr, ob im Radio und Fernsehen der Betrag von fünfzehntausend Franc genannt werden soll ... oder die zwanzigtausend Franc als taktische Verhandlungsgrundlage. Ihr entscheidet euch für den zweiten Vorschlag. Schwieriger ist die Frage, wer die Erklärung verlesen soll. Du wirst einstimmig zur Sprecherin gewählt, aber du lehnst ab. Du erklärst ihnen, dass du bei der Ministerin warst und bei der Präsidentengattin, der Kampf dürfe sich in der Öffentlichkeit nicht auf eine einzige und immer dieselbe Person beschränken. Für die Fernsehzuschauer brauche es ein neues Gesicht. Aus dem Augenwinkel siehst du Laurentine Paka, wie sie ihr Spiegelchen aus der Handtasche nimmt und sich zu schminken beginnt. Aber du hast nicht an sie gedacht; du hast vielmehr die »ländlichste« unter euch vorgesehen, die »analphabetischste«, diejenige, die nur Kikongo spricht und kein einziges Wort Französisch versteht, während alle offiziellen Kommuniqués auf Französisch verlautbart werden: Du hast dich für eure geliebte Hexe Bilala entschieden. Gibt es eine bessere Möglichkeit, Tito und seiner Madame Präsidentin eins auszuwischen, als Bilala als Symbol eurer Entschlossenheit vorzustellen? Du erklärst ihnen deine Überlegungen, argumentierst, dass die Ministerin euch als kleine analphabetische Tagelöhnerinnen hingestellt hat, unfähig, allein eine Entscheidung zu treffen, also müsst ihr sie mit einer dieser Analphabetinnen konfrontieren, um ihr das Gegenteil zu beweisen. Bilala ist etwas erschrocken, als sie hört, welche Aufgabe sie gebeten wird zu übernehmen, zögert, lässt sich schließlich überreden. Voilà, ihr seid bereit!

Wie erwartet, kreuzt nicht nur ein Journalist mit seinem Kameramann auf, sondern ein ganzer Tross rückt an. Madame hat alle Hebel in Bewegung gesetzt. Neben den offiziellen Presseleuten, dem Fernsehmann und dem Journalisten vom staatlichen Rundfunk, sind auch die Auslandkorrespondenten der BBC, von RFI, der Voice of Amerika und von Radio South Afrika erschienen. Ihr staunt nur so. Ist eure unbedeutende Bewegung, die von einem guten Dutzend Steinklopferinnen in einem kleinen Steinbruch am Fluss ins Leben gerufen wurde, um ein bisschen mehr Geld für ihre Ware zu fordern, zu einem so wichtigen Ereignis geworden, dass sogar die internationale Presse anrückt?

Da die Journalisten nicht wissen, an wen sich wenden sollen, teilen sie sich spontan in zwei Gruppen auf: Wie nicht anders zu erwarten, kommen die einen auf dich zu, die anderen auf Laurentine: Schließlich seid ihr die einzigen westlich gekleideten Frauen. Das reicht für sie, um zu entscheiden, wer die Leaderinnen sind. Allerdings wenden sich mehr an Laurentine als an dich, sie ist besser gekleidet und wohl auch hübscher als du. Mit deinem feinen, aber etwas strengen Kostüm kannst du gegen Laurentines kniekurzen, modisch verschossenen Jeansrock, ihre hellgelbe ärmellose Bluse mit einer Brosche, deren Similibrillanten glitzern wie echte, nicht konkurrieren, und auch nicht gegen die tragische Schönheit, die die Narbe ihrem Gesicht verleiht. Du hast nie herausbekommen, was Laurentine in den Steinbruch geführt hat. Ihre offenkundige Sorglosigkeit, ihre zur Schau getragene Koketterie, ihre Vorliebe für Liebesromane und die ständige Anwesenheit ihres Mannes an ihrer Seite, das alles passt irgendwie nicht zusammen. Versteckt Laurentine hinter ihrem offenen Wesen etwas Tragisches? Die Kameras klicken, die Blitzlichter leuchten auf. Laurentine hat ihren kurzen Glanzauftritt.

»Wir sind gekommen, um die Erklärung zur Zurücknahme eurer Forderungen aufzuzeichnen«, ruft ihr ein Journalist des staatlichen Fernsehens zu.

Die Journalisten, die dich umringen, wenden sich von dir ab und stürzen sich auf Laurentine in der Annahme, sie sei die Sprecherin. Doch mit einer ausholenden Geste zeigt sie auf dich und sagt etwas gar feierlich: »Méré ist unsere Leaderin und offizielle Sprecherin. Sie müssen sich an sie wenden, wir stehen alle geschlossen hinter ihr.«

Brav wie eine Herde traben sie wieder auf dich zu. Du zeigst mit ausgestrecktem Arm auf Bilala: »Unsere Kollegin Bilala wird unsere Erklärung abgeben. Sie ist bereit, eure Fragen zu beantworten.«

Ihr habt sie in den Sessel gesetzt. Ihr habt sie gebeten, die Erklärung sitzend abzugeben. Erhobenen Hauptes wie eine Wortführerin, die man respektiert, eine Wortführerin, die man respektieren muss. In den paar Tagen eures Kampfes habt ihr gelernt, dass, selbst wenn es um eine gerechte Sache geht, eine Inszenierung nötig ist, damit man ernst genommen wird. Der Fernsehreporter wirft Bilala einen schrägen Blick zu und wendet sich an dich.

»Uns ist es lieber, Sie übernehmen das«, sagt er dann.

»Es ist nicht an Ihnen, unsere Wortführerin zu bestimmen«, antwortest du.

»Die Instanzen, die uns hergeschickt haben, haben darauf bestanden, dass Sie die Sprecherin sind.«

»Da die Gattin des Staatschefs mit Ihnen verhandelt hat, verlangt die Höflichkeit, dass Sie unsere Fragen beantworten«, sagt der Radiomann.

»Ich habe gesagt, dass Bilala die Erklärung abgibt. Bitte nehmen Sie das zur Kenntnis.«

Er druckst etwas verlegen herum und flüstert dir dann ins Ohr: »Nicht in dieser Aufmachung!«

Es stimmt, Bilalas Hüfttuch, gewaschen, gewrungen, getrocknet und tausendundeinmal nochmals gewaschen, ist nicht mehr blütenfrisch, und das Tuch auf ihrem Kopf ist da und dort fadenscheinig; sie trägt gewöhnlich Plastiktongs, wie die Chinesen sie millionenfach auf unsere Märkte werfen. Du weißt nicht, wie es ausdrücken: In ihrer Bescheidenheit und, ja, in ihrer Armut strahlt sie eine schwer zu definierende Authentizität aus, die sie noch würdiger erscheinen lässt, als sie dort zwischen den Stühlen wie eine Königin auf Tantine Turias Sessel thront. Du wendest dich wieder dem Pressemann zu und sagst laut und vernehmlich, um ihn in Verlegenheit zu bringen: »Verstehe ich das richtig? Du willst nicht, dass sie unsere Erklärung abgibt, weil sie ein Hüfttuch trägt? Schämst du dich unserer Kultur und der Art, wie sich unsere Mütter kleiden?«

»Wir scheißen auf euch«, brüllt Mukiétu. »Wenn ihr unsere Erklärung nicht aufzeichnen wollt, sind genügend ausländische Sender da.«

»Was? Ihr Foulard gefällt euch nicht?«, fragt Anne-Marie nach. »Wartet nur, ihr werdet schon sehen.«

Alle starren sie an. Sie hält ein großes Tuch in den Händen. Wo hat sie es hervorgezaubert? Sie entfaltet es klackend im Wind. Sie entknotet das Tuch auf Bilalas Kopf, reicht es Ma Asselam, die neben ihr steht. Mit raschen geschickten Gesten und flinken Fingern verwandelt sie das Tuch in eine Kopfbedeckung. Wie eine Tiara wird sie auf Bilalas Kopf gesetzt, mit zwei ineinandergeschlungenen doppelten Zipfelknoten über dem Ganzen. Wunderbar! Eine richtige Zauberkünstlerin, unsere Anne-Marie. Ihr applaudiert spontan, und Bilala sagt strahlend lächelnd: »Danke, oh, danke!« Dieser Farbtupfer hat ihre Kopfhaltung verändert und unterstreicht die Würde, die sich auch durch Armut nicht verbergen lässt.

»Was ist? Gefällt dir das immer noch nicht?«, ruft Mukiétu wütend. »Willst du etwa, dass sie ein langes Abendkleid anzieht?«

»Nein … nein … es geht nicht darum«, stammelt der Journalist, »… nur … die Erklärung ist sehr wichtig … unsere ausländischen Gäste werden sie sehen … Man hat mir gesagt, die Präsidentengattin ist darauf ganz besonders gespannt und …«

»Worauf wartet ihr noch? Los, macht schon!«

Du greifst ein. Er hat keine Wahl. Entweder er ist einverstanden, oder er kann gehen. Ihr braucht ihn nicht, die ausländische Presse ist anwesend, und das reicht euch, denn ihre Glaubwürdigkeit ist größer als die des kriecherischen staatlichen Fernsehens und Radios. Es bleibt ihm nichts anderes übrig, als seinem Kameramann und seinem Tontechniker Weisungen zu geben. BBC, RFI, Radio South Africa strecken bereits ihre Mikrofone hin.

»Mama Bilala, ihr habt beschlossen, auf Bitte der Gattin des Staatspräsidenten, der die Probleme unserer Frauen sehr am Herzen liegen, eure Forderungen fallen zu lassen. Ich bitte Sie, Ihre Erklärung auf unserem Sender abzugeben.«

»*Asante*«, sagt Bilala lächelnd. »Ich bin bereit.«

Langsam und deutlich beginnt sie zu sprechen – in ihrem Kikongo mit dem Akzent der Leute aus dem Land des Regenwaldes.

»Bilala ist mein Name.«

»Stop!«, ruft der Journalist. »Wir wollen eine Erklärung auf Französisch. Unsere ausländischen Gäste sollen sie auch verstehen.«

Du bist wütend. Der Typ nervt dich. Ihr sprecht in der Sprache eures Landes und basta!

»Fahr fort, Bilala, brauchst dich nicht um den Kerl zu scheren«, rufst du ihr unter dem Beifall der anderen Frauen zu.

»Bilala ist mein Name. Ich spreche hier im Namen aller Frauen, die am Fluss Steine klopfen. Folgendes ist passiert: Die Händler, die uns Schottersäcke für zehntausend abkauften, verkaufen sie weiter für fünfzigtausend. Sie verdienen vierzigtausend Franc daran! Wir unsererseits wollen nun unsere Säcke für fünfzehn … für zwanzigtausend Franc verkaufen. Aber das ist ein Problem für diese Händler, wir wissen nicht warum. Wegen unserer Forderung haben sie bewaffnete Polizei an unseren Arbeitsplatz am Fluss geschickt; sie haben uns grundlos niedergeknüppelt, verletzt, eingesperrt; eine von uns wurde von den Kugeln verwundet und liegt jetzt im Koma.

Heute Morgen hat uns die Frauenministerin empfangen und versprochen, uns zu helfen. Dafür danken wir ihr von ganzem Herzen. Nach der Ministerin hat Mama Präsidentin unsere Wortführerin vorgeladen. Am Ende des Gesprächs hat sie ihr Geld gegeben und ihr befohlen, unsere Forderungen unverzüglich rückgängig zu machen. Wir haben uns versammelt, und wir haben Folgendes beschlossen: Mama Präsidentin, wir nehmen dieses Geld an« – sie hält den dicken Umschlag hoch und schwenkt ihn vor der Kamera –, »vielen Dank. Das Geld wird voll und ganz für die Behandlungskosten unserer Batatu verwendet, die im Koma liegt, und für ihre zwei Kinder. Doch unsere zwei Forderungen halten wir aufrecht, denn wir verlangen keine Almosen. Wir werden solange protestieren, bis man uns, erstens: unsere gestohlenen Schottersäcke zurückgibt. Und zweitens: bis man uns unsere Schottersäcke zu zwanzigtausend Franc abkauft. Wenn wir unsere Säcke bis heute Abend nicht zurückerhalten, ziehen wir in einem Protestmarsch zum Polizeikommissariat. Das ist alles, was wir zu sagen haben.«

Ihr applaudiert stürmisch, und eure Bravo und Juhu werden von den Zaungästen aufgenommen, die beim Eintreffen der Medien herbeigeströmt sind und sich vor dem Haus drängen. Bilala hat es prima gemacht! Vor allem, weil sie nicht abgelesen hat. Wunderbar, wie sie den dicken Umschlag vor den Kameras geschwenkt hat! Ihr seid alle sehr stolz auf sie; sie hat soeben einen Mythos zerstört: dass eine Analphabetin nicht ohne Hilfe in der Lage ist, ihre Forderungen zu formulieren. Die Journalisten vom staatlichen Fernsehen und Radio hingegen machen Begräbnisgesichter; sie sind gekommen, um eine Kapitulation aufzunehmen, und haben eher eine Kriegserklärung präsentiert bekommen. Was für ein Schicksal hält ihnen der zuständige Minister bereit? Aber ihr … ihr seid zufrieden. Euer Standpunkt wurde gesendet, und die ausländischen Rundfunkstationen werden eurer Botschaft zusätzlich Nachdruck verleihen, denn sie sind alle in eurer Stadt zu empfangen.

Was tun jetzt, außer warten? Jedenfalls seid ihr sicher, dass die Polizei – diejenigen, die eure Säcke beschlagnahmt haben – und die Ministerin oder die Präsidentengattin rasch handeln werden, denn die erste der eingeladenen Präsidentengattinnen wird morgen landen: eine dir freundlicherweise vom Witzbold Tito Rangi gelieferte Information.

Der Tag ist bereits vorgerückt, als die Journalisten endlich abziehen, gefolgt von den Neugierigen, die sich vor dem Haus drängten. Aber es ist noch nicht spät; etwas über vier Uhr nachmittags, das heißt noch fast zwei Stunden Tageslicht. Nachdem die vielen Menschen gegangen sind, habt ihr Zeit, eine Zwischenbilanz zu ziehen und ein paar wichtige Entscheidungen zu treffen. Erstens, du bewahrst den dicken Umschlag auf, und Bileko verwaltet das Geld. Dann beauftragt ihr Atareta damit, zum Krankenhaus zu gehen und sich über Batatus Zustand zu informieren, dann in die Apotheke, um die dringendsten Medikamente zu kaufen, und schließlich zum Fernsehen, um ein Foto von Batatu abzugeben zusammen mit einem Aufruf, denn trotz des im Radio gesendeten Aufrufs hat sich bis jetzt kein Familienmitglied gemeldet. Mit dem Foto ist das vielleicht erfolgversprechender. Sagt man nicht etwa, dass ein Bild tausend Worte aufwiegt? Ma Bileko nimmt achtzigtausend Franc aus dem dicken Umschlag und übergibt sie Atareta, die gleich ein Taxi suchen geht. Schließlich vereinbart ihr einstimmig, euch morgen um elf Uhr vor dem Krankenhaus zu treffen, wo Batatu um ihr Leben kämpft.

Ihr klappt die Stühle zusammen und verstaut sie in einer Hofecke. Du fragst dich, woher diese Stühle kommen, und erfährst, dass sie für hundert Franc das Dutzend gemietet worden sind. »Gar nicht so teuer«, meint Laurentine Paka, als du die Stirn runzelst, »weniger als ein Sack Steine.« Jedenfalls hätten sie keine Stühle mieten müssen, ihr hättet ja auch auf Bänken sitzen können, auf Matten oder sogar auf den hinten im Hof gestapelten Ziegeln. Doch nein, trotz der schwierigen Situation haben sie es vorgezogen, das Geld zusammenzulegen und so die erforderlichen zweitausend Franc für die Miete dieser zwei Dutzend Stühle aufgebracht, um der Versammlung einen formellen, würdigen Rahmen zu verleihen. Für alle, die noch Zweifel hegten, die Botschaft könnte nicht unmissverständlicher sein: Diese Frauen sind ernst zu nehmen!

Nun, da alles erledigt und besprochen ist, brechen die Frauen eine nach der anderen auf. Trotz seiner Beharrlichkeit versteht Armando immerhin, dass du keinerlei Lust hast, ihn zurückzuhalten, und dass es Zeit ist für ihn, einen Teil der ihm entgangenen Tageseinnahmen wettzumachen. Er nimmt großzügig seine Schwester Anne-Marie, Bilala, Mukiétu und Iyissu mit, und bevor er aufbricht, schafft er es noch, sich von dir zu verabschieden und dir weiterhin seine Dienste anzubieten, falls notwendig.

Der Hof ist jetzt leer. Ma Bileko plaudert noch ein bisschen mit Tantine Turia. Sie wartet auf ihre Tochter, die sie abholen und dann gemeinsam mit ihr nach Hause gehen will. Die beiden Frauen haben – wie zwei erfahrene Großmütter – eine Gummiunterlage und eine Decke auf eine Matte gebreitet und Batatus Babys daraufgelegt. Ma Bileko sitzt in Tantines schönem Sessel, der nun auf der Veranda steht. Du neckst sie und beteuerst, dieser Sessel passe sehr gut zu ihr, sie sitze in der natürlichen Haltung einer Generaldirektorin darin. »Das passt eher zu dir, Méré, in dem schicken Kleid, wie es zu einer jungen, modernen, berufstätigen Frau gehört, strahlst du die Aura einer geborenen Führungskraft aus. Ich bin wirklich froh, dass wir dich als unsere Vertreterin gewählt haben.« Du winkst mit falscher Bescheidenheit kurz ab und gehst ins Haus. Endlich kannst du es dir bequem machen!

ZWANZIG

Als du dich endlich deines Deuxpièces entledigt hast und in ein Hüfttuch gewickelt und mit Sandalen an den Füßen aus dem Schlafzimmer kommst, ist Bileko schon weg. Du bedauerst, dass du dich nicht von ihr hast verabschieden können, und setzt dich in Tantine Turias Sessel, der heute zu unerwarteten Ehren gekommen ist. Jetzt, da die Versammlung beendet ist und alle fort sind, ist er wieder ein banales Möbel, und du kannst es dir nicht verkneifen, Tantine ein bisschen zu necken.

»So hat dieser Sessel nun endlich sein Wohnmuseum verlassen und sich der Wirklichkeit gestellt, schließlich ist er dafür geschaffen, es Hinterteilen bequem zu machen …«

»Mach dich bloß über mich lustig. Zum Glück besitze ich ein so schönes Möbelstück!«

»Wie ist er denn hier gelandet?«

»Bileko!«

»Bileko?«

Und wie sie dir schmunzelnd erzählt, bestand Bileko, als alle Stühle aufgestellt waren, darauf, dass du auf einem imposanteren Stuhl sitzen musst, auf einem Sessel wenn möglich, um vor den Leuten, die euren Kampf verfolgen, deine höhere Position hervorzuheben. Also hat Tantine ihnen deinen alten Sessel im Wohnzimmer gezeigt. Bileko hat einen Blick auf das Möbel mit dem schwarzen Kunstlederbezug geworfen, der aussieht wie ein schorfiger Haarboden, und empört ausgerufen: »Ja, wisst ihr denn nicht, dass ein Sessel ein Machtsymbol ist?! Wir brauchen einen repräsentablen Sessel, der die Bedeutung unserer Bewegung augenscheinlich macht! Sonst werden wir zum allgemeinen Gespött. Wenn wir unsere Wortführerin auf dieses alte Möbel hier setzen, machen sich die Leute über uns lustig.« Als sie noch eine bekannte Geschäftsfrau war und geschäftlich in Asien zu tun hatte, so hat sie uns erklärt, sei sie immer in den schönsten Kleidern erschienen, was jedem Achtung abnötigte. Laurentine hat zustimmend geklatscht und betont, dass Bileko absolut recht hat und wir uns Respekt verschaffen müssen.

Nach dem leidenschaftlichen Plädoyer hat also Tantine ihren Sessel angeboten: »Ein noch ganz neuer Sessel!«

Und es stimmt: Das Möbel ist tatsächlich nagelneu! Wie viele alte Damen deckt sie den Sessel immer mit einer durchsichtigen Plastikhülle zu. Du hast sie deswegen oft geneckt, hast gesagt, der Sessel ist doch dazu da, dicke Hinterteile zu massieren, und nicht, um unter einer Plastikhülle bewundert zu werden.

»Ma Bileko ist wirklich eine bewundernswürdige Frau«, sagst du zu Tantine Turia. »Ich freue mich, dass ihr euch gleich verstanden habt.«

»Nicht nur Batatus Babys haben uns einander nähergebracht, auch unser Alter. Wir haben geplaudert wie zwei alte Frauen, die alles gehört und alles gesehen haben auf dieser Welt. Uns kann nichts mehr überraschen.«

»Ihr seid doch gar nicht so alt! Du bist achtundfünfzig und sie kaum über sechzig. In dem Alter bist du nicht Methusalem. Du bist eine noch junge Großmutter!«

»Jedenfalls haben wir uns gleich gemocht und sind Freundinnen geworden. Ich habe sie eingeladen, mein Nähatelier zu besuchen, wenn eure Aktionen ihr einen Moment Ruhe lassen. Wir würden jetzt noch hier sitzen und schwatzen, hätte ihre Tochter sie nicht abgeholt.«

»Zizina war da? Ein großartiges Mädchen! Ist sie mit ihrem Roller gekommen?«

»Kennst du sie gut?«

»O ja, sehr gut. Sie betrachtet mich als ihre große Schwester; sie hat mir viel von ihrem Leben erzählt. Manchmal erinnert sie mich an Tamara.«

»Sie hat eben ihre Prüfung für die Aufnahme in ein Frauenpolizeikorps abgelegt, das die UNO nach Liberia schicken will … oder nach Kongo-Kinshasa, ich weiß nicht mehr genau.«

»Nach Liberia. Die Prüfung hat also heute stattgefunden? Sie hat mir davon erzählt, aber ich hatte das Datum vergessen. Ich wünsche ihr jedenfalls viel Glück, nicht nur ihr, sondern auch Bileko. Schwer, sich vorzustellen, dass sie heute völlig mittellos ist und Steine klopfen muss, um zu leben, und dürres Holz im Busch sammeln, um ihr Essen zu kochen, wo sie doch einst Millionen gescheffelt hat und alles verlor, nur weil sie das Pech hatte, Witwe zu werden.«

»Wie recht du hast!«

»Sie hat wenigstens Kinder.«

Tantines Gesicht verzieht sich kurz und verrät, wie viel Mühe es sie kostet, den Schmerz zu verbergen. Mein Gott, warum hast du das gesagt? Die Worte sind dir spontan über die Lippen gekommen, sie waren schneller als deine Gedanken. Du könntest dich ohrfeigen für deine Taktlosigkeit!

»Ja, sie hat wenigstens Kinder«, wiederholt sie, und in ihrer Stimme schwingt Bitterkeit mit.

»Nein, Tantine, ich hab das nicht so gemeint, das weißt du! Ich wollte damit nur sagen, dass ihre Schwiegerfamilie nicht die bequeme Ausrede ins Feld führen konnte, sie hätte ihrem Mann keine Kinder geschenkt. Was sie aber nicht gehindert hat, sie all ihrer Güter zu berauben.«

»Ich habe schon verstanden, was du sagen wolltest, Méré. Du hast recht, das darf kein Grund sein, Frauen zu berauben und zu verstoßen. Möchtest du wissen, warum es der Familie meines Mannes – meines geliebten Maki – nicht gelungen ist, mich aus dem Haus zu werfen, obwohl ich ihm keine Kinder geschenkt habe? Und glaub mir, sie haben es versucht! Und wie!«

»Nun, weil es ein Testament gab, ein legales Dokument, mit dem er dir sein ganzes Vermögen vermacht hat.«

»Du scherzt wohl? Was ist ein Testament wert in diesem Land? Vor allem, wenn's ums Erben geht. Die Tradition ist stärker als sämtliche Gesetze.«

»Warum also haben sie dich nicht aus dem Haus deines Mannes geworfen?«

»Aus Angst vor Fetischen! Genau. Nicht etwa aus Angst vor der Justiz oder aus Erbarmen … aus Angst vor Fetischen! Maki wusste genau, dass ich mich bei seinem Tod innerhalb einer Sekunde auf der Straße finden würde, wenn er zu Lebzeiten kein stichfestes Argument fand, das zu verhindern. Also tüftelte er eine unglaubliche Strategie aus, um seine Familie auszutricksen. Weil alle diese Leute – Onkel, Tanten, Neffen oder Schwestern –, die er verdächtigte, auf unser Vermögen zu spekulieren, an die Macht der Fetische glaubten und eine Höllenangst vor Hexern hatten – wie viele Leute übrigens –, sagte er sich, dass man Fetischanhänger und Hexer am besten mit ihren eigenen Waffen schlägt.

Er setzte also geschickt das Gerücht in Umlauf, er sei in den okkulten Praktiken des Orients bewandert, vor allem in den indischen, und stehe daher unter dem Schutz von Geistern, die in unseren Breiten unbekannt sind. Geister, die mächtiger sind als alle Amulette sämtlicher Marabuts Westafrikas zusammen. Ja, diese orientalischen Fetische trotzten sogar dem Zauberbann der Pygmäen in unseren Regenwäldern. Auf den Gedanken war er bei seinen Aufenthalten in Indien gekommen, wo er als Stabsoffizier zwei Militärmissionen leitete. Um das Gerücht zu untermauern, hängte er ein großes Bild der Hindugottheit Vishnu in unser Wohnzimmer. Vishnu war darauf mit einem Wildschweinkopf und vier Armen abgebildet, und jede Hand trug einen symbolischen Gegenstand: ein Rad, ein Schwert, eine Muschel und eine Keule. Wer das Bild zum ersten Mal sah, bekam es mit der Angst zu tun. Und ich muss gestehen, ich habe mich erst mit der Zeit daran gewöhnt. Die Statuetten unserer Ahnen, die mit Nägeln gespickten und mit Raubtierkrallen und Kaurimuscheln verzierten *nkisi kondi* mit dem symbolischen Spiegelchen auf dem Bauch, sind nichts dagegen. Für den Fall, dass Vishnus Anwesenheit nicht reichte, die Botschaft zu verbreiten, stellte er mitten im Salon einen voluminösen Buddha auf. Und um allem die Krone aufzusetzen, erklärte er, dass die Macht unserer einheimischen Fetische mit dem Tod ihres Besitzers erlischt; in Indien aber funktioniere das ganz anders. Die Fetische seien Schlafende, im Winterschlaf sozusagen, und täten niemandem etwas zuleide, solange ihr Besitzer lebt. Doch wenn der seinen letzten Atemzug ausstößt, würden sie aktiv und schützten alle, deren Schutz ihr Besitzer ihnen für den Fall seines Todes anvertraut hat.

Und glaub mir, Méré, es hat funktioniert! Niemand hat sich getraut, mich aus dem Haus zu verjagen. Außer einem Neffen, der den Helden spielen wollte. Zugegeben, auch der Zufall hat mir geholfen. Jener Neffe stand eines Morgens in aller Herrgottsfrühe vor meinem Haus, schreckte mich mit Geschrei und Gepolter an der Haustür aus dem Bett. »Jetzt reicht es endgültig«, rief er. Brüllte, dass die Fetischgeschichten lauter Schwindel seien. Er gebe mir achtundvierzig Stunden Zeit, das Haus seines Onkels zu verlassen, sonst würde er mir Beine machen! Und das sei noch gnädig. Dass ich einen guten Teil meines Salärs in den Kauf und die Renovierung des Hauses gesteckt hatte, ginge ihn nichts an!

Kaum setzte er einen Fuß auf die Straße, flog eins der Papiere davon, die er in der Hand hielt und mit denen er vor meinem Gesicht hin- und hergefuchtelt hatte. Er wollte es fangen, trat einen Schritt auf die Fahrbahn hinaus ... und wurde päng! von einem vorbeirasenden Auto erfasst. Er war auf der Stelle tot. Natürlich verbreitete sich sofort das Gerücht, der in meinem Salon thronende Vishnu sei der Verursacher seines Todes, da er ihm einen Keulenschlag auf den Kopf gegeben habe. Dieser Schlag hätte sein Hirn zerschmettert, und so habe er sich orientierungslos wie ein geköpftes Huhn unter die Räder des Autos geworfen. Das sei das Schicksal, das alle erwarte, die Malakis Witwe aus dem Haus werfen wollten. Die Strafe sei schlimmer als Aids, man würde wahnsinnig und dazu verdammt, in Lumpen durch die Stadt zu irren, bis man sich schließlich von einem Auto zermatschen ließe. Nach dem jähen, brutalen Tod des unverschämten

Neffen zweifelte jedenfalls niemand mehr daran, dass mich mächtige Geister beschützten, und man ließ mich in Ruhe. Die Leute waren geldgierig, das schon, aber nicht tollkühn.

»Was für eine Geschichte, Tantine!«

»Ja, ja. Deswegen wohne ich, eine kinderlose Witwe, immer noch im Haus deines Onkels. So. Das reicht. Es wird langsam Nacht, ich muss mich um die Kleinen kümmern, bevor ich nach Hause gehe. Und du, sieh dich an; du hast seit heute morgen nichts gegessen.«

Worauf sie aufsteht und die Kinder ruft. Lyra kommt wie immer als Erste gehüpft. Wen wundert's, mit einer so liebevollen Großmutter!

Sonst isst du abends mit den Kindern, nachdem du sie gewaschen und ihnen bei den Hausaufgaben geholfen hast, wenn sie welche machen müssen. Nachdem sie im Bett sind, ruhst du dich einen Moment aus, um deinen Körper verschnaufen, deinen Geist schweifen und die Mühen und Sorgen des Tages hinter dir zu lassen. Nach Möglichkeit nimmst du eine warme Dusche und gleitest dann in das Reich des Schlafs.

Doch heute war kein gewöhnlicher Tag, dem deine tägliche Routine folgen kann. Unmöglich, vernünftig zu essen oder klar zu denken, erhitzt wie du bist, mit deinen zerschlagenen Gliedern, die jetzt – vom Ministerium zum Präsidentenpalais, vom Korruptionsversuch zu öffentlicher Herausforderung – erschöpft und verschwitzt sind. Du musst dich erst einmal waschen. Fängst also mit der warmen Dusche an.

Zwei Eimer Wasser. Du schrubbst deinen Körper mit einem Luffaschwamm, der mit Seifenschaum durchtränkt ist, spülst dich dann mit einem ganzen Eimer Wasser ab. Mit erfrischten Gliedern und sauberer Haut trittst du aus der Dusche und spürst alle Poren atmen. Du hast wohl ziemlich lange geduscht, denn Tantine hat schon die Kinder gewaschen und ihnen zu essen gegeben und will jetzt nach Hause gehen. Du dankst ihr für alles und begleitest sie bis zum Tor. Unmöglich, sie noch ein Stück weit zu begleiten, denn unter deinem Hüfttuch hast du nichts an, hast ein Handtuch um den Kopf gewickelt und trägst Tongs.

»Soll ich nicht hier schlafen? Wenigstens gibt es dann eine Zeugin, wenn sie dich noch mal abholen wie heute Morgen.«

»Sorge dich nicht, Tantine! Jetzt, da alle Welt informiert ist – hast du Radio gehört, die internationalen Sender? –, werden sie es nicht wagen, mich zu entführen. Für alle Fälle ist mein Handy geladen, und ich habe noch ein paar Einheiten. Ich rufe dich als Erste an, sollte irgendetwas sein.«

»Pass trotzdem auf, mein Kind. Bis morgen. Geh jetzt, bring die Kinder ins Bett.«

Sie schließt dich in die Arme und macht sich auf den Weg. Du gehst nicht gleich ins Haus, bleibst einen Moment stehen und blickst ihr nach, wie sie klein und kleiner wird und schließlich nur noch ein Punkt ist, der still unter dem Mondlicht verschwindet. Dann gehst du hinein, aber die im Schatten verschwindende Gestalt schwebt immer noch in deinem Geist: ein dunkler Fleck auf der Netzhaut, nachdem sie grellem Licht ausgesetzt war. Du fühlst dich schuldbewusst, dass du sie unbedacht an einen Schmerz erinnert hast: den, keine Kinder zu haben. Es war das »wenigstens« – »sie hat wenigstens Kinder gehabt« –, das wie ein hinterhältiger Pfeil den Panzer durchbohrte, unter dem sie ihren Schmerz begraben hatte. Du könntest dich prügeln! Du hättest von dem Schmerz nie erfahren, wenn sie sich dir nicht anvertraut hätte in einem jener intimen Momente, wo jeder seinen Schutzpanzer fallen lässt. Ihre Schwester, deine Mutter, hat nichts von ihrem Schmerz geahnt und Tamara auch nicht. »Weißt du, Méré, da ich nie ein Kind geboren habe, kenne ich die Leiden und Freuden der Mutterschaft nicht«, hatte Tantine einmal zu dir gesagt. »Malaki und ich wünschten uns so sehr ein Kind, und dass ich keine Kinder haben konnte, hat mich sehr geschmerzt. Doch jetzt, da er tot ist, schmerzt mich das nicht mehr. Ich habe dich und deine Schwester; ich glaube nicht, dass ich ein Kind aus meinem Bauch mehr lieben würde als euch beide.«

Tantine, liebste Tantine Turia.

EINUNDWANZIG

Das Klingeln weckt dich wie ein Sturmläuten. Du schaust auf die Uhr. Was? Schon sechs Uhr dreißig! Du setzt dich auf und greifst nach dem Handy, zögerst, auf die Verbindungstaste zu drücken. Du lässt es noch ein paar Mal klingeln, bis du ganz aufwachst und klar denken kannst, denn du hast schlecht geschlafen. Schlecht geschlafen, weil dir in dem Moment, als du, eingelullt vom feinen Regen, schon sanft in den Schlaf glittest, plötzlich Zweifel gekommen sind über die Art und Weise, wie ihr auf das Angebot der Ersten Dame reagiert habt. Nicht so sehr, weil ihr auf ihr Ansinnen nicht eingegangen seid, als vielmehr über die Art, wie ihr eure Weigerung auf dem Riesenfarbbildschirm inszeniert habt. Du magst noch so viele Ausreden finden, du kannst dir noch so lange sagen, dass alles Titos Schuld ist, dass alles anders abgelaufen wäre, wenn er dich nicht ausgerechnet in jenem Moment angerufen hätte und nicht in seinem arroganten und leicht verächtlichen Ton gesprochen hätte, den er in letzter Zeit dir gegenüber anschlägt. Dass die ganze Inszenierung nicht der Präsidentengattin, sondern Tito galt, ändert nichts an der Sache. Du kannst dich noch so herausreden: Du bist die Hauptverantwortliche für dieses unüberlegte Vorgehen, das böse Folgen haben könnte. Tamara hätte nie den Fehler begangen, ihre persönlichen Gefühle und ihren Groll über das allgemeine Interesse zu stellen. Wie das wiedergutmachen? Das Klingeln hat dich aus deinem unruhigen Halbschlaf gerissen. Und wenn der Anruf aus dem Präsidentenpalais kommt? Aus dem Innenministerium? Was soll's ... Du drückst auf die grüne Taste.

»Hallo?«

»Hallo Méré? Ich bin's, Atareta.«

»Atareta?«

»Ja.«

Es ist nicht die Polizei! Du bist erleichtert, doch nur eine Zehntelsekunde lang, denn du verstehst sofort. Batatu! Es kann nur um Batatu gehen!

»Entschuldige, dass ich in aller Herrgottsfrühe anrufe. Ich war eben bei Batatu. Ihr Zustand ist ernst, sehr ernst. Du musst unbedingt kommen, es müssen Entscheidungen getroffen werden, die ich nicht allein treffen kann.«

»O mein Gott! Ich komme sofort. Bist du im Krankenhaus?«

»Ja. Ich muss mich zwischenzeitlich über ein paar Formalitäten informieren, aber ich bin nicht weit. Du brauchst mich nur anzurufen.«

»O.K., ich komme, so schnell ich kann.«

Du legst auf. Batatu! Vom Gedanken an Tito besessen, hast du nicht mehr an sie gedacht. Den höchsten Preis für euren Kampf hat sie bezahlt. Wäre ihr das nicht zugestoßen, hättet ihr vielleicht euren Kampf nicht so entschlossen fortgesetzt, den Mut nicht gehabt, die Behörden herauszufordern, selbst wenn dieser Mut eher an Verwegenheit grenzte. Dich anziehen, in ein Taxi springen und so schnell wie möglich ins Krankenhaus fahren! Doch nein, so einfach ist das nicht, du kannst die schlafenden Kinder und das Baby nicht allein lassen. Du betrachtest die beiden Kleinen, Lyra und Batatus Tochter, die friedlich in deinem Bett schlafen. Was bleibt dir, außer nochmals Tantine Turia um Hilfe zu bitten?

Als sie abnimmt, beruhigst du sie sofort. »Nein, Tantine, es ist mir nichts zugestoßen … Ja, ja, ich habe gut geschlafen … die Kinder auch … Es geht um Batatu … Nein, nein, sie ist nicht gestorben, doch Atareta hat mich soeben angerufen, ihr Zustand ist sehr ernst … Ja, ich muss sofort ins Krankenhaus … Sie erwartet mich dort … genau … vielen, vielen Dank, Tantine … Ich mache mich bereit, bis du da bist … Soll ich Tee für dich kochen? … Ach so, ja, du hast lieber Kaffee … Bis dann und nochmals danke.«

Du legst auf.

Du wäschst dich flüchtig und ziehst dich hastig an: Slip, Büstenhalter, ein fest um die Taille geknotetes orangefarbenes Tuch, eine passende Bluse mit Dreiviertelärmeln. Was man »mode Popo« nennt, eine von den Frauen aus Benin inspirierte Mode. Nicht unbedingt eine Galakleidung, aber zweckmäßig für einen Tag, der hektisch zu werden verspricht. Du schaltest automatisch das Radio an, dann setzt du Wasser für den Tee und den Kaffee auf. Unruhig gehst du zwischen dem Gasherd und dem weit offenen Fenster hin und her, um nach Tantine Ausschau zu halten.

// Kabul. Islamisten bespritzten die 17-jährige Shamsia und ihre Mitschülerinnen mit Säure, um sie am Besuch des Unterrichts zu hindern und andere Mädchen abzuschrecken. Am Krankenbett erklärte Shamsia französischen Reportern, sie lasse sich nicht einschüchtern und gehe wieder zur Schule, auch wenn man sie umbringe. Beim Angriff in der südafghanischen Stadt waren insgesamt 15 Schülerinnen verletzt worden, drei von ihnen schwer, obwohl sie die Burka, den landesüblichen Ganzkörperschleier, trugen. Zunächst hätten die zwei Männer mit säuregefüllten Wasserflaschen Shamsia angegriffen, berichtet ihre Schwester Atefa. »Ich gehe weiter zum Unterricht, selbst wenn sie es noch hundert Male versuchen. Dies ist meine Botschaft an unsere Feinde.« Die Ärzte wissen noch nicht, ob Shamsias Augenlicht gerettet werden kann. Auf jeden Fall wird die junge Afghanin von hässlichen Narben entstellt bleiben.

Lisa Nowak, eine amerikanische Astronautin, wurde am Montag festgenommen, nachdem sie versucht hatte, ihre 15 Jahre jüngere Rivalin zu kidnappen, weil diese sich für ihren Astronautenkollegen Bill Oefelein interessierte, in den Nowak verliebt war. In Regenmantel und Perücke hatte die 43-jährige Nowak auf dem Parkplatz des Flughafens Orlando ihrer Rivalin aufgelauert und sie mit Pfefferspray angegriffen.

In Nowaks Auto fand die Polizei Verkleidungsmaterial, was auf eine geplante Entführung hindeutet. Nowak, verheiratet und Mutter von drei Kindern, hatte die gut 1400 Kilometer von ihrem Zuhause in Houston (Texas) nach Orlando ohne Zwischenhalt zurückgelegt.

Eine Transportmaschine vom Typ Antonow-26 stürzte nach dem Start vom Flughafen Ndili über einem belebten Marktplatz in einem Stadtteil von Kinshasa ab und explodierte. Der Transportminister wurde wegen Fahrlässigkeit seines Amtes enthoben. 30, 40, 50 Tote? Die Zahl ist unbekannt. Bei der Antonow-26 handelt es sich um ein leichtes Transportflugzeug aus den 1960igern. Wir erinnern, dass 1996 beim Absturz einer Antonow-32 in Kinshasa mindestens 300 Menschen ums Leben kamen. Diese Maschinen sind fliegende Särge … **//**

In Gedanken bist du bereits bei Batatu im Krankenhaus. Sobald Tantine da ist, nimmst du ein Taxi. Doch wo ein Taxi finden zu dieser Tageszeit? Natürlich denkst du an Armando. Er ist dir langsam unentbehrlich. Du weißt, dass er nur auf die Gelegenheit wartet, dir einen Dienst zu erweisen, und genau deswegen willst du ihm keine Gelegenheit geben. Doch der Tag wird wahrscheinlich lang; du musst Amtsstellen aufsuchen oder sonst wo hingehen, also brauchst du unbedingt ein Auto. Du wägst das Dafür und das Dagegen ab und beschließt, ihn doch anzurufen. Steht die Notwendigkeit nicht über der Vernunft?

»Armando?«

»Ja? … Oh …« Er erkennt deine Stimme … »was für eine Überraschung … und was für ein Vergnügen, morgens von einer so schönen Stimme geweckt zu werden.«

Tu tust so, als hättest du nichts gehört.

»Méré hier.«

»Natürlich! Deine Stimme …«

»Entschuldige, dass ich dich störe …«

»Du störst mich nie …«

»Batatus Zustand hat sich verschlechtert. Atareta hat mich gerade angerufen. Ich muss dringend ins Krankenhaus und vielleicht einiges erledigen.«

»O lala! Ich putze die Zähne, ziehe mich an und komme. Weiß meine Schwester Bescheid?«

»Noch nicht. Die anderen benachrichtige ich, sobald ich Batatu gesehen habe und weiß, was los ist.«

»O mein Gott« – er ist jetzt gar nicht mehr zum Scherzen aufgelegt, und das berührt dich –, »die Frau darf nicht sterben! Wir müssen alles unternehmen, um sie zu retten. Gut, dass du mich angerufen hast. Ich komme schnellstens.«

Zu deinem Erstaunen fährt Tantine Turia in Armandos Taxi vor. Er hat sie getroffen, als er nur noch fünfzig Meter von deinem Haus entfernt war, und darauf bestanden, dass sie einsteigt. Entschieden ein Glücksfall, dieser Armando! Du reichst ihm die Hand. Er versteht, dass es nicht der richtige Moment für Umarmungen ist, und drückt sie etwas fester. Kaffee und Tee sind bereit; du schenkst Armando ein, und Tantine bedient sich selber. Er nimmt die Tasse Kaffee gern an und trinkt sie möglichst schnell aus, während Tantine dich mit Fragen zu Batatu überschüttet. Fragen, die du im Moment nicht beantworten kannst. Dann, als du mit ihr den Tag besprochen hast, den sie bei den Kindern verbringen wird, setzt du dich zu Armando ins Taxi, und ihr fahrt zum Krankenhaus.

ZWEIUNDZWANZIG

Du brauchst Atareta nicht zu suchen, sie steht vor dem Gittertor des Haupteingangs. Sie weint! Dein Herz zieht sich schmerzlich zusammen. Wenn Atareta weint, bedeutet dies, dass das Schlimmste eingetreten ist. Kaum erblickt sie dich, stürzt sie in deine Arme. Du drückst sie fest an dich, und sie stammelt schluchzend: »Sie ist gestorben.« Tränen fließen über deine Wangen. Obwohl ebenfalls bewegt, versucht Armando euch zu trösten. »Nehmt euch zusammen«, wiederholt er immer wieder, »denn ihr müsst jede Menge Formalitäten erledigen.«

Ihr geht stumm die Treppe hinauf, die zur Abteilung führt, auf der Batatu lag. Ihr Leichnam liegt noch im Korridor neben dem Saal, wo sie gestorben ist; sie ist nur mit ihrem blutbefleckten Tuch zugedeckt, das sie an jenem schicksalhaften Tag trug. Du bist empört. Nicht das kleinste Zeichen von Respekt! Nicht einmal ein sauberes weißes Tuch, um den Körper einer Verstorbenen zuzudecken! Die Zeiten unserer Großeltern, die Zeiten, da man die Toten ehrte, sind eindeutig vorbei. Du sagst das dem Pfleger, der euch begrüßt. Gleichgültig, ja zynisch meint er, wenn das Krankenhaus von jedem Patienten verlangt, seine Verbände, Spritzen, Medikamente und seinen Alkohol mitzubringen, könne man wohl kaum erwarten, dass es einer Leiche ein weißes Laken schenkt.

Er schlägt das Register auf.

»Die Familie muss die Leiche identifizieren, bevor sie in die Leichenhalle gebracht wird. Seid ihr Angehörige?«

Hatte Batatu Angehörige? Ihr habt einen Aufruf im Radio senden lassen, um ihre Familie zu finden, doch niemand hat sich gemeldet. Wenn sie keine Angehörigen hat, werden sie euch die

Leiche verweigern und sie ein paar Tage später anonym begraben, und, wer weiß, wahrscheinlich in einem Massengrab. Zu zögerst keinen Moment.

»Ja«, antwortest du, »ich bin ihre Cousine.«

»Und ich bin ihr Onkel«, fügt Armando hinzu, der begriffen hat, worum es geht.

»Ich bin ...«, sagt Atareta. Der Pfleger unterbricht sie.

»Zwei reichen. Die Personalausweise bitte.«

Du reichst ihm deinen, und Armando gibt ihm seinen Fahrausweis. Er notiert, was notiert werden muss.

»Sie müssen im Büro vorbeigehen, um den Totenschein abzuholen. Vergessen Sie nicht, dass die Leiche erst zur Bestattung freigegeben wird, nachdem die Krankenhausrechnung und die Zeit in der Leichenhalle bezahlt sind. Gut, ihr könnt eure Cousine jetzt wegbringen«, und er reicht dir ein Stück Papier.

Ein Hilfspfleger schiebt den Schragen, und ihr folgt stumm. Man spürt, dass es für ihn reine Routine ist; er zeigt so viel Mitgefühl, als würde er einen Zementsack transportieren. Am Ende des Korridors bleibt er vor der Treppe stehen.

»Der Aufzug hat eine Panne, ihr müsst eure Tote selbst hinunterbringen, das gehört nicht zu meinem Job.«

Du bist geschockt und starrst ihn mit halb offenem Mund an. Atareta hingegen macht ihrer Empörung laut Luft.

»Ja, wie sollen wir denn die Leiche ohne Aufzug transportieren?«

»Buckelt sie eben, so machen es die anderen auch. Nicht meine Schuld, dass der Lift nicht funktioniert. Wenn er eine Panne hat, hat er eine Panne.«

Armando ist überhaupt nicht entsetzt. Ruhig fragt er den jungen Burschen: »Du kannst uns doch helfen, oder?«

»Nun ... ja ... Ich kenne Leute, die bereit sind, euch zu helfen. Kostet nicht viel. Die kennen sich da aus. Ich kann sie holen gehen, sie sind nicht weit weg, sie warten unten vor dem Aufzug.«

»Geh sie holen.«

Der Mann stürzt, vier Stufen auf einmal nehmend, die Treppe hinunter.

»Das ist ein Skandal, ein Krankenhaus ohne funktionierenden Aufzug!«, schimpft Atareta, immer noch außer sich.

»Frag doch erst einmal, ob es fließendes Wasser gibt, ob es Toiletten gibt …«

»Ich weiß, Armando, ich weiß. Doch wir befinden uns immerhin in einem Universitätsspital!«

»Monsieur Armando findet das alles normal«, meinst du ironisch, weil dir nichts anderes einfällt.

»Monsieur Armando ist Taxifahrer, Madame Méréana«, entgegnet er gereizt. »Wenn du wüsstest, was er in diesem Land alles gesehen hat! Wenn du wüsstest, wie oft er Kranke und Sterbende in seinem Taxi ins Krankenhaus gefahren hat, weil es keinen Krankenwagen gab. Wenn du wüsstest, wie viele Babys er an Malaria hat sterben sehen mangels einer lebensrettenden Injektion, weil es im Spital keine Spritzen gab! Könnt ihr euch die Verzweiflung der Eltern vorstellen, die ein Vermögen für das Taxi ausgegeben haben und von Nachtapotheke zu Nachtapotheke gefahren sind auf der Suche nach Quinimax-Injektionslösung und die ohnmächtig ihr unter Krämpfen sterbendes Kind in den Armen hielten, weil sie keine Spritze gefunden haben, um ihm die rettende Lösung zu injizieren?

Armando könnte stundenlang erzählen! Gott sei Dank gibt es Menschen, die die Situation zu nutzen wissen. Kein fließendes Wasser im Krankenhaus? Dann laufen eben Leute treppauf, treppab und verkaufen Wasserkanister. Keine Toiletten? Dann gehen eben Leute durch die Krankensäle und bieten sich an, die Eimer mit Exkrementen zu leeren oder blutige Verbände zu entsorgen. Kein Aufzug? Dann gehen eben Leute von Korridor zu Korridor und transportieren Patienten, die auf die unglückliche Idee gekommen sind, auf der Etage zu sterben, nach unten. So haben die Patienten Wasser, die Exkremente werden entsorgt, die Leichen in die Leichenhalle getragen, alles funktioniert bestens in der besten aller Welten. Warum sich also beklagen? Und wenn die Bevölkerung nichts daran auszusetzen hat, warum sich abstrampeln, um die Dinge zu ändern? Wo doch alles, was anderswo Routine ist, hierzulande als ein Wunder gelten muss! Ein Wunder, wenn du den Hahn aufdrehst und das Wasser fließt; ein Wunder, wenn du den Schalter anknipst und das Licht brennt; ein Wunder, wenn euch das Krankenhaus eine Aspirintablette schenkt. Das ist die Realität! Armando empört sich schon lange nicht mehr, Madame, und er nimmt es dem Burschen überhaupt nicht übel, weil auch er nichts anderes tut, als Nutzen aus dem System zu ziehen. Sie können ganz sicher sein, dass er mit diesen Leichentransporteuren gemeinsame Sache macht und seine Kommission einstreicht. Er hat doch die Ware besorgt, oder? Inzwischen suche ich etwas Anständigeres, um Batatu zuzudecken. Ich treffe euch unten.«

Er geht die Treppe hinunter, langsam, Stufe um Stufe. Ihr schaut euch an, Atareta und du, entwaffnet von dem unerwarteten Ausbruch. Seit du ihn kennst, hat er noch nie in diesem Ton zu dir gesprochen. War er beleidigt von deiner Bemerkung? War es die Ironie in deiner Stimme? Hat er das »Monsieur Armando« in den falschen Hals bekommen? Oder wollte er zwei blöde Kühe in die Schranken weisen, die ihn für einen Naivling halten? In seiner Stimme lag aber keinerlei Zorn, ganz im Gegenteil, er sprach ruhig und war sichtlich ergriffen. Ja, eher ergriffen. Atareta ist in Schluchzen ausgebrochen, als sie Batatus Leiche so verlassen im Korridor liegen sah; du hast stumm, aber reichlich Tränen vergossen. Armando konnte oder wollte nicht vor euch beiden heulenden Frauen weinen. Seine mit Empörung vermischte Trauer war in Taxifahrergeschichten explodiert – ein alter Kumpel, der alles gesehen, alles erlebt hat. Und dennoch, hinter seiner kruden Sprache steht ein Wesen voll Mitgefühl; was umso berührender ist, weil er, im Gegensatz zu dir und Atareta, Batatu gar nicht gekannt hat. Du empfindest plötzlich Respekt für diesen Mann, denn du nie wirklich ernst genommen hast. Ein Mann, den du einfach dem Klischee von einem Taxifahrer zugeordnet hast?

Endlich tauchen zwei Männer mit dem Hilfspfleger auf.

»Sie tragen die Leiche hinunter«, informiert er euch.

»Aber wie denn?«, protestiert Atareta. »Sie haben nicht einmal eine Bahre mit!«

»Sie brauchen keine. Es ist eine Wendeltreppe, eine Bahre hinunterzujonglieren ist schwierig; die Leiche könnte rutschen und hinunterfallen, und das wäre nicht schön. Macht euch keine Sorgen, sie tragen nicht zum ersten Mal eine Leiche; es sind Profis, sie beherrschen ihr Handwerk.«

Während er das sagt, wickeln die Profis Batatus Tuch ganz um ihren Körper. Dann packt einer die Füße, der andere den Kopf … und der Abstieg beginnt. Der Körper ist noch nicht starr, so dass sie ihn biegen oder krümmen können, je nach der schneckenförmigen Geometrie der Treppe. Ihr folgt ihnen, der Hilfspfleger geht zuletzt. Der Abstieg kommt euch endlos vor, das Bild ist unerträglich: der in alle Richtungen geschüttelte, schwankende Körper wie ein Bündel Ausschussware in den Händen der zwei Männer. Endlich gelangt ihr ins Erdgeschoss, und sie legen Batatu auf einen bereitgestellten Karren. Du bedankst dich nicht und fragst kurz angebunden: »Das macht wie viel?«

»Zweitausend Franc«, antwortet der eine ungerührt.

In dem Moment kommt Armando mit einem weißen Tuch. Als er sieht, wie du in deiner Handtasche wühlst, will er wissen, wie viel die Träger verlangt haben. Du nennst ihm den Betrag, und er wendet sich wütend den beiden zu.

»Zweitausend Franc? Das soll wohl ein Scherz sein? Es kostet zweihundert Franc pro Etage, wenn man einen Kranken hinaufträgt. Meint ihr, ich weiß das nicht? Ihr wolltet doch nicht behaupten, hinunter sei schwieriger als hinauf?«

»Zweihundert Franc ist für einen lebenden Kranken. Eine Leiche kostet mehr …«

Das Gespräch wird unappetitlich. Wie Lumpensammler über die noch warme Leiche eurer Gefährtin zu streiten, ist nicht nur peinlich, es ist unanständig.

»Lass sein, Armando, ich habe das Geld … Hier, eure zweitausend Franc …«

»Nehmt und verschwindet«, herrscht Armando sie gehässig an.

Atareta faltet das weiße Tuch auseinander und bedeckt behutsam die Leiche. Als sie fertig ist, nimmt der Hilfspfleger, der die ganze Zeit stumm in Hintergrund gestanden hat, den Karren und schiebt ihn zur Leichenhalle. Ihr folgt ihm.

Die Leichenhalle ist nicht weit entfernt. Der Hilfspfleger bittet Armando, ihn in die Kühlkammer zu begleiten und das Fach zu suchen, in das die Leiche gelegt wird. Zum Glück ist Armando da. Du hast nicht den Mut, diesen deprimierenden Raum zu betreten, wo deine tote Schwester aufgebahrt war; ein Raum voller Leichen, einige sogar auf dem Fußboden, weil kein Verwandter sie begleitet hat, oder ganz einfach, weil sie obdachlos waren und auf dem Gehsteig gestorben sind. Zu viele schlechte Erinnerungen. Trotz deiner Zurückhaltung musst du dir eingestehen, dass Armandos Anwesenheit dich tröstet, und du bist ihm dankbar dafür.

Nach einer Weile kommt er mit einer Quittung heraus und reicht sie dir. C76A. Das ist also die Nummer des Kühlfachs, in dem eure Gefährtin ruht. Und wieder laufen dir die Tränen über die Wangen.

DREIUNDZWANZIG

Batatu ist tot. Getötet.

Als ihr auf den Ausgang des Krankenhauses zugeht, tanzt das Bild ihres toten, durch das Treppenhaus bugsierten Körpers immer noch vor deinen Augen. Wie kann das Schicksal so grausam sein und ausgerechnet Batatu treffen?! Sie, die ihr Los einer ausgebeuteten Frau nie infrage gestellt hat und nie protestiert hätte, hättet ihr sie nicht durch euren Beschluss dazu gezwungen? Vielleicht hat sie sich eurem Protest nur angeschlossen, weil sie sich von euren fragenden Blicken genötigt fühlte – das einzige Mal, als sie vor allen das Wort ergriff? Du weißt zwar viel über Bileko oder Mukiétu zum Beispiel, von Batatus Leben hingegen weißt du praktisch nichts, außer, dass sie Drillinge geboren hat, dass ein Drilling gestorben ist und dass sie keinen Mann mehr hat.

Am meisten beschäftigt dich nun, dass sich bis jetzt kein einziger Angehöriger gemeldet hat, trotz der zwei Radioaufrufe und einem Fernsehkommuniqué mit Foto, das ihr gestern Abend habt ausstrahlen lassen. Abgesehen von einer jungen geflüchteten Ruanderin, die dir erzählt hat, sie sei allein auf der Welt, sie habe weder Vater noch Mutter, weder Brüder noch Schwestern, weder Onkel noch Tanten noch Cousins, weil beim Genozid alle umgebracht wurden, kennst du keinen einzigen Menschen in Afrika, der keine Verwandten hat, und sei es auch nur weit entfernte. Daher müsst ihr unbedingt herausfinden, ob Batatu wirklich keine Angehörigen mehr hat, bevor ihr sie beerdigt.

Die Nachricht vom Tod eines Menschen verbreitet sich meist sehr schnell, und die Frauen aus dem Steinbruch werden sich bestimmt lange vor Beginn der Sitzung um elf Uhr im Krankenhaus einfinden. Dieser Tod hat die einfache Preisforderung für eure Schottersäcke in eine Tragödie verwandelt. Wer ist dafür verantwortlich? Was jetzt? Gibt es eine polizeiliche Untersuchung? Die Dinge entgleiten euch langsam.

Als du durch das Krankenhaustor gehst, klingelt dein Handy.

»Bin ich richtig? Ist das die Nummer, die im Fernsehen durchgegeben wurde? Es geht um eine gewisse Batatu«, antwortet eine Stimme auf dein »Hallo?«.

»Ja … Kennen Sie Batatu? Sind Sie eine Verwandte?«

Du stellst den Lautsprecher des Handys ein und gibst Atareta und Armando Zeichen, näher zu kommen.

»Nein … Ich gehöre nicht zu ihrer Familie … Ich habe das Foto im Fernsehen gesehen, die Frau gleicht wie zwei Wassertropfen einer meiner Nachbarinnen. Zuerst habe ich gezögert, denn es hätte sich ja um eine zufällige Ähnlichkeit handeln können. Als aber gesagt wurde, dass sie Steinklopferin war, dass sie Drillinge gehabt hat und nur zwei überlebt haben, war ich mir sicher, dass es sich um meine Nachbarin handelt. Um so mehr, als sie seit zwei oder drei Tagen nicht nach Hause gekommen ist. Ich weiß, dass sie niemanden hier kennt. Meiner Ansicht nach kann es sich nur um meine Nachbarin handeln, auch wenn ein paar Details nicht übereinstimmen.«

»Vielleicht ist sie es ja doch.«

»Sie haben gesagt, sie heißt Batatu?«

»Ja, zumindest nannte sie sich so.«

»Batatu … Batatu … Unter diesem Namen kenne ich sie nicht. Und doch …«

»Warten Sie eine Sekunde, ich frage meine Kollegin, die neben mir steht, ob sie von einem anderen Namen weiß.«

»Ich kann nicht länger sprechen. Ich bin in einem Kiosk. Die Minute kostet hundertfünfzig Franc, und ich habe nur dreihundert Franc.«

»Geben Sie mir schnell die Nummer, ich rufe zurück.«

Du wiederholst die Zahlen, die sie diktiert, und Atareta schreibt sie mit einem schwarzen Kugelschreiber auf die Handfläche.

Die Frau am anderen Ende der Leitung legt auf.

»Weißt du, ob Batatu noch einen anderen Namen hatte?«

»Nein, nicht dass ich wüsste.«

»Sie hatte uns doch erzählt, Batatu sei ein Spitzname, wegen ihrer Drillinge. *Tatu* bedeutet in ihrer Sprache drei. Niemand hat je daran gedacht, sie nach ihrem wirklichen Namen zu fragen. Ich rufe die Frau an und bitte sie, herzukommen, die Tote zu identifizieren und uns zu bestätigen, dass Batatu ihre Nachbarin ist.«

»Du kannst mein Handy benutzen«, bietet dir Armando an, »ich habe heute Morgen zehntausend Einheiten heruntergeladen, bevor ich dich abgeholt habe.«

Wie ablehnen? Er streckt dir das Handy hin, und du nimmst es. Du bedankst dich.

Der erste Versuch, die Frau zu erreichen, scheitert. Weiter nicht erstaunlich bei einem so unzuverlässigen Telefonnetz. Beim zweiten Versuch teilt eine Stimme dir mit, dass die Verbindung »wegen Überlastung« nicht hergestellt werden kann. »Bitte versuchen Sie es später wieder.«

Scheiße. Beim dritten Versuch klappt es endlich.

»Hallo? Bin ich mit dem Kiosk verbunden? Ist die Frau da, mit der ich vorhin gesprochen habe?«

»Was für eine Frau? Das ist ein öffentlicher Kiosk, und hier telefonieren viele Frauen. Wie heißt sie?«

»Nun … sie hat mir ihren Namen nicht genannt. Rufen Sie Batatu aus, dann meldet sie sich … Bitte, es ist dringend!«

Stille; dann hörst du als Echo: »Batatu … ist eine Batatu hier?«

Wieder Stille.

Dann: »Hallo? Ja, ich habe vorhin mit Ihnen gesprochen … Ja, das Foto und die Details stimmen mit dem überein, was ich von meiner Nachbarin weiß. Aber der Name stimmt nicht, und ihr Mann wurde auch nicht getötet. Sie war nie verheiratet.«

»Hören Sie, würden Sie freundlicherweise ins Krankenhaus kommen, um zu sehen, ob es tatsächlich ihre Nachbarin ist?«

»Ich wohne sehr weit weg und habe kein Geld für ein Taxi.«

»Nehmen Sie trotzdem ein Taxi. Wir bezahlen den Fahrer.«

»Nein, wirklich, es geht nicht. Ich bereite gerade Maniok zu, den ich morgen verkaufen will. Er steht schon auf dem Feuer, da kann ich nicht lange wegbleiben. Warum kommen Sie nicht her und sehen sich an, wo sie gewohnt hat? Das könnte helfen!«

»Eine gute Idee! Sagen Sie uns, wo Sie wohnen, und wir sind gleich dort. Vielen Dank, es ist sehr liebenswürdig von Ihnen, dass sie Ihren Maniok auf dem Feuer stehen lassen, um uns anzurufen, und Ihr Geld dafür ausgegeben haben.«

»Gern geschehen. Sie sah in mir ihre einzige echte Freundin, fast eine Schwester.«

»Ich gebe Ihnen jemanden, der sich in der Stadt sehr gut auskennt.«

Du reichst Armando das Handy. Er lässt sich den Weg genau beschreiben. Und ihr vereinbart, dass Atareta im Krankenhaus bleibt und auf die anderen wartet.

Das Viertel, in dem Batatu wohnte, ist nicht gerade ein Vorbild für die Stadtplanung. Ihr müsst mehrmals wenden, nachdem ihr in Straßen eingebogen seid, die in schmale, mit Abfall verstopfte Wege münden oder wegen tiefer Abflussgräben unpassierbar sind. Der Regen vom Vortag behindert den Verkehr zusätzlich, denn es lässt sich unmöglich feststellen, ob unter den Wasserlachen nicht Schlaglöcher versteckt sind. Jedes Mal, wenn die Reifen in eins dieser heimtückischen Löcher krachen, hat Armando große Angst, dass die Kardanwelle bricht. Schließlich lasst ihr den Wagen stehen und geht zu Fuß weiter. Armando parkt das Fahrzeug auf einem schmalen Streifen, der wie ein Wunder am Straßenrand aufgetaucht ist.

Der Geruch schlägt euch als Erstes entgegen. Ein pestilenzialischer Geruch, der von den Müllbergen am Straßenrand ausströmt. Du ziehst instinktiv das Taschentuch hervor und hältst es wie eine Gasmaske an die Nase. Doch es hilft nichts, der Gestank dringt durch das Gewebe, brennt im Hals, füllt deine Lungen. Du glaubst zu ersticken. Ihr müsst über den Abfall springen, den der Regen auf die Straße geschwemmt hat: Plastiktüten, Haushaltsmüll, biomedizinische Abfälle und menschliche

Exkremente, klar, wenn man keine Toilette besitzt, scheißt man im Freien. Vier barfüßige Kinder wühlen mit nackten Händen in den Müllbergen. Ein anderes sitzt ganz allein auf einem Abfallhaufen und kaut an einem Stück Brot. Ihr geht weiter. Die ersten Häuser stehen am Rand der Müllhalde, und du fragst dich, wie man inmitten dieses pestilenzialischen Gestanks wohnen kann. Etwa fünfzig Meter weiter vorn schwächt sich der Geruch merklich ab, und du kannst wieder einigermaßen atmen.

Ihr seht eine Frau, die auf euch zukommt, die Arme schwenkend: »Hier! Hierher!« Sie ist schnell bei euch. »Ich bin Adama«, stellt sie sich vor. Sie habe sofort gewusst, dass ihr es seid, die mit ihr telefoniert haben, sagt sie und bittet euch, ihr zu folgen. Auf der Straße spielen Kinder Fußball. Zwei Bambusstecken markieren das Tor. Als ihr an den Kindern vorbeigeht, verpasst der Torhüter den Ball, der in den schlammigen Abflussgraben rollt. Die gegnerische Mannschaft ruft: »Goal … Goal!«. Der Torhüter geht den Ball holen, spielt an, klemmt mit den Fingern die Nase zu, schnäuzt sich geräuschvoll, schnippt den Rotz weg und trocknet die Hände an seinem T-Shirt. Etwas weiter weg schaufeln zwei kleine Buben und ein Mädchen mit den Händen Gräben und bauen Dämme aus Schlamm. Dann gelangt ihr zu Adamas Haus.

Sie bittet euch herein. In Blätter gewickelte Maniokstücke garen in einem Topf, der auf drei großen Steinen über einem Feuer steht. Weiter vorn schöpft ein Mädchen, das ein unter dem Busen geknotetes Tuch trägt, Wasser aus einem Brunnen; als es euch sieht, lässt es den Eimer stehen und kommt, um euch zu begrüßen.

»Hol Stühle für die Gäste«, sagt Adama zu ihr und wendet sich euch zu: »Das ist meine Tochter. Sie ist bei einer Freundin zum Geburtstag eingeladen. Vorher geht sie noch zu einer anderen Freundin, um sich Zöpfe flechten zu lassen.«

Das Mädchen bringt zwei Plastikstühle, genau wie diejenigen, die ihr für eure Versammlung gemietet habt. Adama setzt sich auf einen runden geflochtenen Hocker.

»Möchtet ihr etwas trinken?«, fragt sie.

»Nein, danke, das ist sehr liebenswürdig, aber wir haben nicht viel Zeit; wir sind in Eile, denn die anderen Frauen erwarten uns am Krankenhaus.«

»Wo sind die Kinder?«

»Bei uns.«

»Nun also, wie ich euch gesagt habe, nach dem Foto zu urteilen, ist es meine Freundin, aber sie heißt nicht Batatu. Sie heißt Vutela.«

»Vutela!? Kennen Sie jemanden aus ihrer Familie?«

»Sie hatte eine Tante. Leider ist sie seit mindestens vier Jahren tot. Sie hatte niemanden sonst. Ich bin ihre einzige Freundin. Aber ist es wirklich dieselbe Person? Wenn ich sie nicht identifiziere, welche Beweise gibt es dann dafür, dass Batatu Vutela ist?«

»Ich weiß es nicht«, entgegnest du. »Vielleicht finden wir bei ihr zu Hause etwas, das uns weiterhilft.«

»Also schauen wir nach.«

Ihr steht alle drei auf. Adama geht noch kurz zum Feuer, schürt die glimmenden Scheite unter dem Manioktopf, legt Holz auf, facht das Feuer mit dem Topfdeckel an, legt den Jutesack wieder darüber und verwandelt den Rauch in auflodernde Flammen. Sie heißt dann ihre Tochter, auf das Feuer aufzupassen und ja nicht wegzugehen, bevor sie zurück ist.

Das Haus von Batatu alias Vutela steht, sieben Häuser weiter weg, in derselben Straße. Ein rechteckiges Backsteinhäuschen mit einem Blechdach. Darum herum wuchert bereits Gras. Adama weiß, wo ihre Freundin den Schlüssel versteckt; sie holt ihn und schließt die Tür auf. Es riecht modrig im Haus, das seit mehreren Tagen geschlossen ist. Sie öffnet das Fenster, um Licht und frische Luft hereinzulassen. Das Haus hat zwei Zimmer. Ein armseliges Wohnzimmer mit einem Sessel ohne Kissen und zwei Stühlen um einen kleinen Tisch, auf dem ein Topf und zwei gestapelte Teller stehen. Vom Licht aufgeschreckt, hasten drei fette aschgraue Kakerlaken über den Tisch und verschwinden. An der Wand sind die Kochutensilien aufgereiht. Adama hebt den Deckel vom Topf. Der Geruch von Verfaultem schlägt ihr entgegen, schnell legt sie den Deckel wieder zurück. Zweifellos das Essen, das Batatu für den Abend vorbereitet hatte. Jetzt wimmelt es vor Maden.

Adama geht ins zweite Zimmer, das Schlafzimmer. Du hast das Gefühl, die Intimsphäre der Bewohnerin zu verletzen, wenn du es betrittst. Aber es geht nicht anders. Da wartest, bis Adama das Fenster geöffnet hat.

Ihr braucht nicht lange zu suchen: Ja, Vutela ist eindeutig Batatu. Der Beweis liegt da, auf dem niedrigen Tischchen neben dem Bett: das Foto, das Laurentine Paka mit ihrem Handy geknipst hat an jenem Tag, als ihr beschlossen habt, den Preis für eure Steine zu erhöhen. Du erinnerst dich sehr gut an dieses Foto. In der Mitte die lächelnde Batatu und links und rechts Bileko und du, jede mit einem ihrer Babys im Arm, umringt von den anderen, Moyalo, Mukiétu, Ossolo, Atareta, Iyissu, Bilala … nur Laurentine fehlt, die das Bild geknipst hat.

»Aber das sind ja Sie«, ruft Adama aus und zeigt mit dem Finger auf das Bild.

Ihre geht alle wieder ins Wohnzimmer. Adama setzt sich in den Sessel und betrachtet das Foto. Ihr setzt euch auf die Stühle.

»Sie hat es mir nicht gezeigt«, meint sie.

»Vielleicht hatte sie keine Zeit. Wir haben das Foto erst vor ein paar Tagen gemacht.«

»Hat sie euch gesagt, sie sei verheiratet?«

»Nicht mir persönlich. Als ich in den Steinbruch gekommen bin, war sie schon da, alle nannten sie Batatu, und es hieß, ihr Mann sei während der Plünderungen umgebracht worden.«

»Vutela war nie verheiratet. Schlimmer noch: Sie geriet in Panik, wenn sich ein Mann auch nur ein bisschen für sie interessierte, und sie hatte krankhafte Angst vor der Schwangerschaft. Sie hat mir oft gesagt, sie würde lieber sterben als schwanger sein.«

Du verstehst nichts mehr! Wer hätte vermutet, dass ein derart bescheidener Mensch so viele Geheimnisse haben kann?

»Sie sind doch ihre Freundin, erzählen Sie uns von ihr. Ich

vertrete die Frauen aus dem Steinbruch, Sie können mir vertrauen, so wie sie uns vertraut hat. Derzeit ist eines der Kinder bei mir, das andere bei einer unserer Gefährtinnen. Erzählen Sie uns von ihr.«

Sie schweigt, als kämpfe sie mit sich selbst, den Blick immer noch auf das Bild gerichtet. Schließlich schaut sie auf, sieht dich an, sieht Armando an. Ihre Blicke kreuzen sich, und Armando, der nicht recht weiß, was dieser Blick bedeutet, meint, er gehe lieber hinaus und lasse euch allein. Sie sagt, er kann schon bleiben. Aber Armando lässt euch trotzdem allein. Jetzt seid ihr nur noch zwei Frauen, die versuchen, das Leben einer dritten zu entziffern.

»Ist vielleicht besser, dass wir unter uns sind. Ihnen als ihrer Freundin kann ich das Geheimnis enthüllen, das uns verbindet, ohne sie zu verraten. Wir sind einander sehr nahe gekommen, weil diese Schweinekerle von Soldaten das uns beiden angetan haben.«

Ein Schock! Bist wie vom Donner gerührt! Dann stammelst du das Wort, das sie nicht ausgesprochen hat.

»... Das angetan ... das angetan ... Sie meinen, ver ... vergewaltigt? Sie hat uns nie etwas davon gesagt.«

»Warum hätte sie das tun sollen? Es gibt Dinge, die behält eine Frau lieber für sich, wenn sie ihr Leben weiterleben und nicht von Leuten verurteilt werden will, die keine Ahnung haben.«

»Was ist passiert? Wie ist es passiert?«

»Es schmerzt, darüber zu sprechen ... Der mörderische Wahnsinn der siegreichen Armee ist über uns hergefallen, als wir vom Markt nach Hause kamen. Der Überfall geschah so plötzlich, dass allgemeine Panik ausbrach. Wir sind davongerannt, haben unsere Ware zurückgelassen. Wir sind beide gerannt, sie und ich, doch trotzdem kamen die Schüsse immer näher. Als wir nicht mehr weiterkonnten, war da ein zerfallenes Haus mitten in einem verwilderten Feld. Das Dach war eingestürzt, in einer Wand war ein Türrahmen, aber keine Tür. Niemand würde die

Ruine plündern, also haben wir uns dahinter versteckt. Dort war schon ein alter Mann. Er zitterte vor Angst und legte den Zeigfinger an die Lippen, um uns zu bedeuten, ja keinen Lärm zu machen.

Die Soldaten müssen gesehen haben, wohin wir geflüchtet waren, denn sie sind hinter uns hergekommen und durchsuchten die Trümmer. Als sie niemanden fanden, liefen sie um die Ruine herum.

Und sahen uns: drei verängstigte Geschöpfe. Sie waren zu viert, vier bewaffnete Grobiane. Der alte Mann warf sich gleich auf die Knie und flehte um sein Leben. Er bekam eine Kugel in den Kopf. Dann haben sie sich auf uns gestürzt, uns aufs Gröbste beschimpft. Als einer seine Hose aufriss, geriet Vutela in Panik. »Tötet mich«, hat sie geschrien, »tötet mich lieber.« Zwei haben sich am mir vergangen, zwei an Vutela. Dann kam noch ein Soldat, er zerrte eine Frau hinter sich her, die schrie und ihn anflehte. Er sah komplett zugedröhnt aus, hat die Frau zu Boden geschleudert, sie auf der Erde festgehalten, obwohl sie wild um sich schlug, und ihr seinen Penis in den Mund gesteckt. Die Frau grunzte. Plötzlich brüllte der Soldat, machte einen meterhohen Satz, das Blut spritzte nur so, die Frau hatte seinen Penis mit den Zähnen zerfetzt. Der Soldat, der mich vergewaltigt und dann seinem Kumpan weitergereicht hatte, stürzte sich auf sie, steckte ihr das Rohr seiner Kalaschnikow in den Mund und schoss. Und damit nicht genug, er rammte den Lauf auch noch in die Vagina und schoss ein zweites Mal. Ein Horror! Fleischfetzen trafen uns, Sperma und Blut. Als sie ihren blutenden Kameraden wegschleppten und verschwanden, wurde Vutela ohnmächtig. Sie blutete auch aus der Vagina.

Ich litt viel mehr für sie als für mich, denn sie war noch jungfräulich, als die Soldaten über sie hergefallen sind. Ist das nicht schrecklich?«

»Ja, grauenhaft. Ein absolutes Trauma.«

»Aber es kommt noch schlimmer: Sie hatte mir ja immer geschworen, sie wolle keine Kinder haben, und ein paar Wochen später musste sie feststellen, dass sie schwanger ist …«

»Sie wollen sagen, dass die Drillinge …«

»Ja, sie sind aus der Vergewaltigung hervorgegangenen.«

»Und dennoch liebte sie ihre Kinder sehr.«

»Ja. Das war nicht einfach, vor allem zuerst nicht. Sie schwankte zwischen Abscheu und Liebe. Abscheu und vielleicht sogar Hass, weil diese Kinder, ihre Kinder, sie an die Vergewaltiger erinnerten, an deren bestialischen Atem auf ihr, und weil sie aus dem entstanden waren, was diese Kerle in sie entleert hatten. Die Abscheu wurde aber bald von der Unschuld der Kinder besiegt. Sie konnten ja nichts dazu, dass sie geboren wurden, sie waren gewissermaßen auch Opfer. Eben die Schmerzen, die sie in den Hass trieben, sagten ihr auch, dass die Kinder ihr eigenes Fleisch, ihr eigenes Blut waren. Und sie wurde von Zärtlichkeit überflutet und nahm sie in die Arme, um sie vor dem Leid der Welt zu beschützen. Vielleicht ist das wahre Mutterliebe.«

»Ich verstehe. Es ist schwierig, sich an die Stelle der Mutter eines Kindes zu versetzen, das aus einer Vergewaltigung hervorgegangen ist. Sie sind glücklicherweise nicht schwanger geworden.«

»Ja, aber ich bin nun alleinstehend. Als mein Mann von meiner Vergewaltigung erfuhr, jagte er mich aus dem Haus. Ich sei … eine beschmutzte Frau, sagte er. Er hat meine Qual nie verstanden.«

»Habt ihr Kinder?«

»Ja, eine Tochter, Sie haben sie vorhin gesehen.«

Es gibt nichts mehr zu sagen. Ihr sitzt beide stumm da, vielleicht lässt sie die Bilder des Grauens in ihrer Erinnerung vorbeiziehen. Und du achtest ihr Schweigen. Endlich taucht sie aus ihren Gedanken auf und fragt: »Und jetzt?«

»Jetzt, da wir wissen, dass Batatu Vutela ist und dass kein Angehöriger sich melden wird, kümmern wir uns um ihre Beerdigung. Wir lassen alles, wie es ist, und sehen später weiter. Kommen Sie, wir gehen.«

Sie schließt die zwei Fenster, ihr geht hinaus. Während sie hinterm Haus den Schlüssel zurücklegt, fragt Armando: »Und?«

»Eine traurige Geschichte, ich erzähle sie dir später.«

Um zum Auto zu gelangen, müsst ihr zurück zu Adamas Haus. Ihr schreitet stumm nebeneinander her. Du denkst unaufhörlich an Batatu: an ihre Männerphobie und an ihre panische Angst vor der Schwangerschaft in einem Land, wo keine Kinder zu haben nicht nur eine Schande ist, sondern ein Stigma. Wie viele Frauen sind nicht wegen ihrer Unfruchtbarkeit verstoßen worden?

»Was macht ihr mit den Kindern?«

Adamas Stimme unterbricht deine Gedanken.

»Das weiß ich noch nicht, wir klären das nach der Beerdigung. Ich verstehe nicht, warum sie so viel Angst davor hatte, Kinder zu bekommen.«

»Nicht Angst davor, Kinder zu bekommen. Angst davor, schwanger zu werden, Angst vor der Geburt. Sie hat während der ganzen Schwangerschaft in Angst gelebt.«

»Warum hat sie nicht abgetrieben?«

»Glauben Sie, das ist so einfach?«

Nein, es ist nicht einfach. Du denkst an das, was dir mit siebzehn zugestoßen ist. Zum Glück hattest du eine Frau wie Tantine Turia an deiner Seite.

»Sie haben recht, es ist nicht einfach, ich weiß, wovon ich spreche«, pflichtest du ihr bei.

»Sie hat lange gebraucht, bis sie mir vertraut und mir ihre Geschichte erzählt hat. Und ich habe sie nie weitererzählt. Jetzt, da sie tot ist und ihr euch um ihre Kinder kümmert, kann ich sie euch mit ruhigem Gewissen erzählen.

Zuerst muss ich sagen, dass wir großes Glück gehabt haben, denn drei Wochen später ist ein Team von Ärzte ohne Grenzen gekommen. Ich weiß nicht, was sonst aus uns geworden wäre. Wahrscheinlich wären wir tot. Die Ärzte haben uns Antibiotika gegeben und Vutelas Vagina genäht. Sie haben auch festgestellt, dass sie schwanger ist. Je dicker ihr Bauch wurde, desto größer wurde ihre Angst, und sie hatte Albträume. Im sechsten Monat war ihr Bauch riesig, aber wir hatten keine Ahnung, dass es

Drillinge waren. Eines Abends, sie war im achten Monat, bekam sie schreckliche Unterleibschmerzen. Ich bin die ganze Nacht bei ihr geblieben, bis ich sie am nächsten Morgen ins Krankenhaus bringen konnte. Ich habe ihr Absude und Massagen verabreicht, um die Schmerzen zu lindern, und mit einem feuchten Tuch ihren fieberglühenden Körper abzukühlen versucht. Ich dachte, sie wird sterben, als sie anfing, im Fieber irre zu reden: … Ich will nicht … stirb nicht … verlass mich nicht, Mama … du bist nicht allein … ja, ich bin da, Schwester … Fliegen … sagte sie immer wieder, Fliegen ….

Kaum war es Tag, habe ich meine Tochter gebeten, an meiner Stelle den Maniok zu verkaufen, und ein Taxi geholt. Es war ein akuter Malariaanfall, sehr gefährlich für eine Schwangere, haben die Krankenpfleger gesagt. Sie haben ihr eine Infusion gegeben, nachdem ich ihnen versichert hatte, dass ich die Behandlung bezahlen könnte. Und sie hat auch Tabletten bekommen.

Am Abend habe ich ihr eine Reisbrühe gebracht. Ich habe ihr geholfen, sich im Bett aufzusetzen, habe mich neben ihr Bett gesetzt und sie gefragt, ob sie allein essen könne oder ob ich ihr helfen solle. Da hat sie angefangen zu weinen. Ich wusste nicht, was tun und was sagen; ich habe still dort gesessen und sie sich ausweinen lassen. Schließlich hat sie geschluchzt: ›Ich weiß nicht, wie ich dir danken soll, Adama, du hast für mich getan, was meine Familie nicht getan hätte.‹

›Jeder an meiner Stelle hätte das getan‹, habe ich geantwortet, ›Sag, Vutela, hast du Verwandte in der Stadt? Sonst sag mir, wo dein Dorf ist, ich kann eine Nachricht schicken.‹

›Ich weiß nichts mehr von meiner Familie. Meine Eltern, wenn sie noch leben, glauben sicher, dass ich schon lange tot bin.‹

›Tot?‹

›Ja. Als ich dreizehn war, bin ich aus dem Dorf geflohen. Wegen des schrecklichen Schicksals meiner großen Schwester. Sie war vierzehn, als mein Vater sie mit einem vierzigjährigen Alten verheiratet hat. Was hat sie an ihrem Hochzeitstag geweint!

Sie war so unglücklich! Mit fünfzehn war sie schwanger. Dann kam die Geburt. Es war grauenhaft. In meinem ganzen Leben möchte ich so etwas nie wieder mit ansehen müssen. Mama hatte immer gesagt, die Sonne dürfe nicht zweimal aufgehen oder untergehen bei einer Geburt. Nun, meine Schwester hat drei Tage lang die Hölle durchlitten, sie sollte pressen, pressen, sie schrie und versuchte zu pressen. Und wenn sie erschöpft war und keine Kraft mehr hatte, schimpften die Frauen, sie sei faul, weil sie nicht genug presse. Tatsächlich war der Kopf des Babys zu groß und eingeklemmt. Sie war schweißgebadet, schrie und wurde ohnmächtig. Die Frauen legten ihr feuchte Tücher auf die Stirn und gaben ihr leichte Klapse, damit sie wieder zu Bewusstsein kam. Drei Tage grauenhafte Qualen. Ich war zu jung, um zu verstehen, was der Grund für das Martyrium war: Der Körper meiner Schwester war noch nicht entwickelt genug für ein Baby. Erst am vierten Tag kam eine Hebamme. Um sie zu holen, musste man erst mit der Piroge fahren, dann noch eine Stunde zu Fuß gehen. Als die Hebamme endlich eintraf, war der Fötus tot, sie musste ihn mit der Zange herausziehen. Meine Schwester hat überlebt, aber glaub mir, mir wäre es lieber gewesen, sie wäre gestorben, als das zu erleben, was sie erlebt hat.

Ich weiß nicht genau, was passiert ist, doch irgendwo in ihrem Körper hatte sich während der langen Wehen ein Loch gebildet … dort wo der Kot und das Urin herkommt … denn sie konnte es nicht mehr zurückhalten.‹«

»O mein Gott«, rufst du aus, »eine Fistel!«

»Nennt man das so?«, fragt sie.

»Ja. Eine abnormale Öffnung zwischen Blase und Vagina, oder zwischen Vagina und Darm.«

»Jedenfalls«, fährt Adama fort, »hat sie mir weiter erzählt, ihre Schwester stank so nach Urin und Kot, dass niemand es mehr neben ihr aushielt. Ihr skrupelloser Mann hat sie verstoßen, weil sie, wie er meinte, keine Frau mehr war. Klar! Was ihr zugestoßen war, war eine Strafe der Götter oder Ahnen für irgendeins ihrer Vergehen. Sie kam nicht zur Krankenstation, weil niemand sie in seiner Piroge transportieren wollte. Das arme Mädchen! Sie verbrachte den Tag in einer Hütte am Dorfrand, allein gelassen, in eine Mückenwolke gehüllt. Vutela war die Einzige, die zu ihr ging, ihr zu essen und Wasser brachte. Das war nicht einfach für sie. Manchmal musste sie sich vom Gestank übergeben, aber sie war ja ihre Schwester. Selbst die Mutter hielt es bei ihr nicht so lange aus wie Vutela, denn sie glaubte auch, dass ihre Tochter ein Verbot missachtet hatte, sonst wäre ihr das nicht passiert. Drei Wochen später bekam sie hohes Fieber, und zwei Tage später war sie tot. Vutela hatte sie am Morgen gefunden. Sie lag auf dem Boden, um sie herum Hunderte von Fliegen. Grauenhaft! Sie waren in ihre Nasenlöcher gedrungen, hatten sie verstopft wie auch ihren offenen Mund. ›Sie war meine Schwester, meine große Schwester, mit der ich gespielt hatte. Ich fühlte mich unendlich allein! Seitdem habe ich diese panische Angst vor einer Schwangerschaft und der Geburt. Selbst heute, inzwischen bin ich sechsundzwanzig, gerate ich in Panik und bekomme Herzrasen, wenn sich mir ein Mann nähert‹, sagte mir Vutela.«

»Jetzt versteh ich«, sagst du.

Adama schüttelt den Kopf.

»Warten Sie, das ist nicht alles. Lassen sie mich zu Ende erzählen, was sie mir anvertraut hat, und Sie werden noch besser verstehen.«

»Entschuldigen Sie bitte. Fahren Sie fort.«

»Sie hat also weiter erzählt: Kaum drei Monate nach dem Tod meiner Schwester sehe ich am frühen Nachmittag Leute zu Besuch kommen, unter ihnen der reichste Fischer im Dorf. Reich, weil damals im Dorf alle ein Strohdach oder ein Dach aus Palmblättern hatten, er aber hatte ein Wellblechdach. Die Frauen saßen auf der einen, die Männer auf der anderen Seite. Sie redeten in Sprichwörtern miteinander, die ich nicht verstand, teilten sich eine Cola oder tranken Palmwein. Mama hatte mich geheißen, mich neben sie auf eine Matte zu setzen.

Da ruft mich mein Vater, ich soll zu ihm kommen. Ich stehe auf und gehe zu ihm. Er weist mich an, dem Fischer Palmwein einzuschenken. Der Fischer hatte seine Sonnenbrille aufgesetzt, als Zeichen seines Reichtums. Als ich ihm den Wein reiche, sagt mein Vater: Meine Tochter, das ist dein Mann! Vor Schreck habe ich beinahe den Wein fallen lassen, bin in Tränen ausgebrochen und fortgelaufen. Mein Vater schimpft mir wütend hinterher. Ein Mann ist mir nachgerannt, hat mich mit seinen langen Schritten eingeholt. Mein Vater hat mich angebrüllt. Der Fischer hingegen redet mir freundlich zu, sagt, ich müsse keine Angst haben, ich würde genug zu essen bekommen bei ihm, er werde mir schöne Kleider kaufen und sogar eine Uhr und Schuhe wie eine Frau aus der Stadt und was weiß ich. Ich hörte nicht zu, ich saß mit gesenktem Kopf neben Mutter. Schließlich sind sie gegangen. Ich war froh. Ich dachte, es sei vorbei.

Gewöhnlich wusch ich mich abends, bevor ich schlafen ging, doch an jenem Abend befiehlt mir Mutter, mich früher zu waschen, sie schrubbt mir mit einem Luffaschwamm den Körper. Sie sagt mir, ich soll mich anziehen, wir gehen aus. Und dass dann auch meine Tante auftaucht, erstaunt mich noch mehr. Erst als ich die Schwester des Fischers kommen sehe, habe ich verstanden.

All diese Frauen haben mich zu seinem Haus geschleppt. Ich habe geweint, geschrien, um mich getreten. Ich habe erst aufgehört, mich zu wehren, als mein Vater mir barsch befohlen hat, zu schweigen, denn wir haben schon von klein auf gelernt, dass wir dem Vater und später dem Ehemann unbedingt gehorchen müssen. Mama hat meine Sachen getragen. Der Fischer hat ihnen versprochen, mich wie seine eigene Tochter zu behandeln, die übrigens so alt war wie ich, und dass er nichts erzwingen und mir Zeit lassen werde, mich an sein Haus zu gewöhnen. Dann sind alle fortgegangen und haben die Tür hinter sich zugezogen. Ich sitze in der Falle. Ich kann nicht flüchten, denn draußen ist es Nacht, und mit dreizehn fürchtest du dich nicht nur vor den Nachttieren, sondern auch vor Teufeln, Hexern und Geistern, die, wie es heißt, nachts in Begleitung von Eulen umherziehen.

Der Fischer fordert mich auf, mit ihm in sein Zimmer zu gehen. Vor Angst habe ich gehorcht. Er zeigt mir das Bett – ein breites Bett – und sagt: Das ist dein Bett. Und da schaue ich ihn zum ersten Mal richtig an. Ein alter Mann so um die Fünfzig, noch älter als der Mann meiner armen Schwester, eine Glatze und darum herum weiße Haare. Sein grässliches Lächeln entblößt sein Zahnfleisch, ihm fehlen mehrere Zähne. Hab keine Angst, ich komme gleich wieder, sagt er und ist verschwunden. Ich sitze zusammengekauert in einer Ecke des Bettes. Ich habe nicht gewusst, was passieren wird.

Und er kommt zurück. Er trägt jetzt nur Unterwäsche, sagt mir, ich soll mich hinlegen, ich weigere mich, wende das Gesicht ab, damit ich ihn nicht mehr anschauen muss. Kaum habe ich den Kopf gehoben, hat er nichts an, ich blicke auf einen breiten Brustkasten mit grauen Haaren, einen dicken Bauch, und – grauenhaft – ein Stück steifes Fleisch zwischen den Beinen, das sich ruckweise auf und ab bewegt wie ein Schlangenkopf. Da muss ich an das Tier denken, das meine Schwester geschwängert hatte, und habe geschrien. Was ihn nicht gestoppt hat. Da er kräftiger ist als ich, hebt er mich hoch und schleudert mich aufs Bett. Ich bin aber wendiger als er und springe von der Matratze. Er stürzt auf mich zu, will mich packen, ich gebe ihm einen Tritt in den Unterleib, er bückt sich brüllend. Ich renne aus dem Zimmer, reiße die Tür auf und bin mit einem Satz draußen in der Nacht. Ich war nicht mehr ich selbst, hatte keine Angst mehr vor den wilden Tieren und auch nicht vor den Dämonen und Geistern, die die mondlose Nacht bevölkern. Zu meinen Eltern konnte ich nicht gehen, sie würden mich wieder zu diesem Kerl bringen und sich sogar noch entschuldigen. Mir fiel die Hütte ein, in der meine Schwester ihr Dasein gefristet hatte: Sie hatte eine solide Tür. Dort habe ich die Nacht verbracht. Ich habe kein Auge zugetan, denn ich hörte den Schritt der Panther, die meinen Geruch witterten und um die Hütte strichen, ich hörte die Eulen, die Vögel der Hexer, ihr Flügelschlagen, bevor sie davonflogen, ich hörte den Atem der Ahnen und der Geister, die ihre

Welt verließen, um nachts auf der Erde zu spuken ... nein, ich habe kein Auge zugetan.

Im Morgengrauen habe ich meinen Unterschlupf verlassen, aus Angst, die Leute aus dem Dorf könnten mich finden. Ich wollte fliehen, weit, weit weg. Ich wusste, dass zwei Stunden Fußmarsch entfernt das nächste Fischerdorf lag. Ich habe es dorthin geschafft, doch ich hatte Angst, es zu betreten. Ich setzte mich unter einen Baum, und ich war so abgekämpft, dass ich eingedöst bin.

Als ich aufwachte, stand eine Frau neben mir. Sie war älter als meine Mutter. Sie hatte mich sanft geschüttelt, um mich zu wecken, fragte mich, wer ich sei. Ich habe mich nicht getraut, ihr meinen Namen zu sagen, habe also den meiner Schwester genannt: Vutela. Ja, seit jenem Tag heiße ich Vutela. Der Name meiner Schwester ist zu meinem geworden, ich bin meine Schwester geworden. Ich habe ihr erzählt, ich hätte keine Angehörigen, meine Eltern seien auf der Rückfahrt von einer Hochzeit in einem entfernten Dorf ertrunken, als ein Flusspferd das Boot angriff und umkippte. Ich hatte Glück gehabt. Oder Pech. Ich hatte den Unfall überlebt. Wie mein Dorf hieße? Ich wusste es nicht, denn ich war zu klein, als das passierte. Seither, log ich sie an, lebte ich da und dort, wo immer Leute bereit waren, mich aufzunehmen.

Sie war gerührt von meiner kleinen Geschichte und hat mir geglaubt. Sie gab mir zu essen und warnte mich, ein junges Mädchen könne nicht einfach in der Gegend umherspazieren, allein, viele hässliche Dinge könnten ihr zustoßen. Ich sollte sie in ihr Dorf begleiten, etwas weiter weg am Fluss, denn sie war nur gekommen, um Fisch zu kaufen. Ich bin fast ein Jahr bei ihr geblieben. Selbst meine Eltern waren nicht so lieb mit mir. Sie hatte eine jüngere Schwester, die ebenfalls sehr an mir hing. Als sie aus dem Dorf wegging, um ihr Glück in der Stadt zu versuchen, hat sie mich mitgenommen. Sie starb vor vier Jahren und hinterließ mir dieses kleine Grundstück und das Haus.

Das ist Vutelas Geschichte, so, wie sie sie mir an jenem Abend erzählt hat. Nach einer Woche hatte sie wieder Schmerzen, aber diesmal waren es Wehen. Wegen der Malaria hatte sie eine Frühgeburt. Wir hatten nochmals Glück, denn eins der mobilen Teams von Ärzte ohne Grenzen war vor Ort. Gott sei Dank! Wegen ihrer Verletzungen konnte sie nicht normal gebären, ihre Drillinge sind durch Kaiserschnitt zur Welt gekommen.«

Adama verstummt. Einen Moment sitzt ihr unter dem Schock ihrer Geschichte stumm da.

»Sagen Sie«, fragt sie, »wann findet die Beerdigung statt? Ich möchte unbedingt dabei sein. Und sie wird mich sehen von dort aus, wo sie jetzt ist, und wird wissen, dass ich sie nicht verlassen habe. Ich behalte euer Gruppenfoto.«

Dir wird bewusst, dass ihr schon lange vor ihrem Haus angekommen seid. Du bedankst dich nochmals und willst ihr die Telefonkosten erstatten. Das lehnt sie nachdrücklich ab. Du fragst sie also, ob sie Maniok zu verkaufen hat. Sie hat. Du kaufst sechs Knollen, zwei für Tantine, zwei für dich und zwei für Armando. Das macht mehr aus als die Telefonkosten.

VIERUNDZWANZIG

Weinen und Klagen. Schmerzensschreie. Gesänge und Schluchzen. Vor dem großen Gittertor des Krankenhauses hat sich bereits eine Menschenmenge versammelt, als du mit Armando ankommst. Die Nachricht hat sich in Windeseile verbreitet. Kaum hat das Auto gestoppt, schon stürzen die Frauen herbei, begierig auf Neuigkeiten. Atareta ist überfordert, unter den Leuten sind viele, die nicht im Steinbruch arbeiten. Sie hat ihnen nichts anderes mitteilen können, außer dass Batatu gestorben ist. Als du deine Gefährtinnen weinen, singen und klagen hörst, steigen dir die Tränen in die Augen. Du darfst aber nicht weinen, darfst dich von der Ergriffenheit nicht überwältigen lassen, sie erwarten von dir etwas anderes: dass du zu ihnen sprichst, dass du sie tröstest, auch wenn das nichts an der Wirklichkeit ändert: Batatu ist tot.

Als du aus dem Auto steigst, siehst du als Erstes Bilekos winkende Hand. Sie will dir offensichtlich etwas sagen. Sie tritt näher und flüstert dir ins Ohr, es wäre besser, die Versammlung nicht hier vor dem Krankenhaus abzuhalten. Du besprichst dich kurz mit ihr, ihr seid euch einig, und du bittest sie, die Menge zu informieren. Sie hebt den Arm, gibt mit der Hand ein Zeichen und bittet um Ruhe.

»Der Krankenhaushof ist nicht der geeignete Ort, um über die Tragödie zu sprechen, die uns getroffen hat. Und wir haben auch noch nicht alle Informationen. Daher treffen wir Frauen aus dem Steinbruch uns heute Nachmittag bei Méréana. Dort können wir alles bereden und die erforderlichen Entscheidungen treffen: Wir müssen überlegen, wie wir Batatu bestatten wollen und wie es mit unserem Kampf weitergeht. Wir danken allen, die gekommen sind, um uns ihr Mitgefühl zu bekunden. Heute Abend lassen wir im Radio ein Kommuniqué verbreiten, damit ihr wisst, wann und wo die Totenwache stattfindet und was wir zu tun gedenken. Vielen Dank.«

Die Menge findet den Vorschlag klug und zerstreut sich in einer fast unheimlichen Stille. Es kommt dir vor, als hätten sich die Frauen nach dem lauten Klagen und Weinen, das dich empfangen hat, mit dem Tod eurer Gefährtin abgefunden und als gäben sie sich jetzt ihrer persönlichen Trauer hin. Du entdeckst Laurentine und ihren Mann an der Busstation, während die meisten anderen Frauen zu Fuß unterwegs sind. Armando besteht darauf, dich nach Hause zu fahren. Da das Auto vier Plätze hat, bittest du Bileko, Anne-Marie und Iyissu einzusteigen. Du hast keine Lust, mit ihm allein zu sein, du bist körperlich und seelisch ausgelaugt.

Ihr seid vor den anderen zu Hause, gleich darauf treffen Laurentine und Danny ein. Tantine Turia, die inzwischen von Batatus Tod erfahren hat, ist erstaunt, dass du so früh heimkommst. Du reichst ihr die Maniokknollen, die du bei Adama gekauft hast, und überlässt es Bileko, ihr die Situation zu erklären, während du zu den Kindern gehst. Bilala, Iyissu und Laurentine klappen die Stühle auf. Nach und nach treffen die anderen ein. Bileko in ihrer Eigenschaft als Verwalterin bestellt Getränke, Soda und Wasser in Flaschen. Ihr braucht dringend zu trinken, denn es ist heiß, und ihr habt alle Durst, vor allem diejenigen, die zu Fuß gekommen sind. Schließlich setzen sich alle, und du eröffnest die Versammlung.

Deine Gefährtinnen sind jetzt gelassener als heute Morgen im Krankenhaus. Jetzt, da ihnen der Tod ihrer Arbeitskollegin bewusst geworden ist und sie zur Ruhe gekommen sind, selbst wenn Wut in ihnen schwelt. Du bist die Einzige, die Batatus traurige Geschichte und ihren echten-falschen Namen Vutela kennt. Ihr wirklicher Name, niemand kennt ihn, selbst Adama nicht. Du beschließt, fürs Erste nichts davon zu sagen. Eure Zuneigung galt der Gefährtin, die Batatu hieß und nicht Vutela.

Nach kurzer Beratung einigt ihr euch schnell: Batatu schon morgen zu bestatten könnte den Eindruck erwecken, ihr wolltet euch heimlich eurer Kollegin entledigen. Die Beisetzung muss also mindestens um einen Tag verschoben und eine ordentliche Trauerfeier vorbereitet werden. »Eine ordentliche Trauerfeier?«, fragt Bilala. Sie, die eure Stimme war, um der Welt zu verkünden, dass ihr das von der Präsidentengattin liebenswürdigerweise erhaltene Geld vollständig für Batatu verwendet! »Nicht bloß ordentlich, sondern würdig! Nicht nur würdig, sondern grandios«, bekräftigt Iyissu. »Ja«, sagt Mukiétu, »die Leute sollen sehen, dass wir wissen, wie wir unsere Toten beerdigen.« Ja, denkst du, das wäre wirklich ein Denkzettel für Tito und seine korrupte Bande. »Wir beerdigen sie auf dem Friedhof im Stadtzentrum, dort, wo alle großen Politiker beigesetzt werden«, meint Laurentine Paka, die tatsächlich ohne ihren Schutzengel dasitzt. Genau, alle berühmten Persönlichkeiten liegen auf diesem Friedhof. »Das wird teuer«, fährt sie fort und schaut zu Bileko hinüber, »aber wir haben doch genug Geld, oder?« »Ja«, bestätigt Bileko, »wir haben noch nicht einmal die Hälfte der Million ausgegeben.« Alle applaudieren sowohl dem Vorschlag als auch Bilekos effektiver Finanzverwaltung.

Ihr besprecht die Einzelheiten eures Plans. Die Aufgaben sind schnell verteilt. Zuerst bestimmt ihr, wer die Stühle besorgt, die Lautsprecheranlage, Kaffee und Zucker, Glühbirnen, alles was es für eine Totenwache braucht, die die ganze Nacht dauert. Dann, wer sich um den Papierkram kümmert, den Totenschein und den Erwerb eines Grabes. Im Mittelpunkt steht Ma Bileko, die das Ganze mit dem von Madame der Präsidentengattin veruntreuten Geld bezahlt.

Üblicherweise sind Totenwachen gegen zweiundzwanzig Uhr am besten besucht, denn zu dieser Zeit überlassen die früh Gekommenen, die nicht die ganze Nacht zu bleiben gedenken, ihren Platz den spät Kommenden, die dann bis zum Morgen bleiben. Doch heute Abend ist der Hof bereits gedrängt voll; es sind so viele Menschen erschienen, dass sie bis auf die Straße hinaus stehen. Die Nacht bei einer Totenwache verbringen ist kein besinnlicher Spaziergang, denn die Nächte sind frisch und die Mücken unerträglich. Die Frauen kommen warm eingemummelt, mit Matte und Wolldecke unter dem Arm.

Eurerseits ist die Organisation sozusagen perfekt. Glühbirnengirlanden beleuchten den Hof – beten wir, dass es keine der gewohnten Stromunterbrechungen gibt. Neben den Stühlen sind Bänke aufgestellt, damit alle sitzen können. Ein CD-Player und ein Kassettenrekorder mit Verstärker und Lautsprecherboxen stehen bereit, um die Klageweiber abzulösen, wenn sie nach mehreren Liedern eine Pause machen. Genügend Plastikbecher und -tassen, um Kaffee zu verteilen, der heiß bleibt dank der Holzfeuer unter den zwei Kesseln, die auf drei großen Steinen stehen. Vorausschauend habt ihr auch eine Equipe Freiwilliger zusammengestellt, die im Fall von Handgreiflichkeiten einschreiten, denn bei Totenwachen kommt es häufig zu solchen Zwischenfällen. So ist es schon passiert, dass Kinder des Toten oder Neffen ältere Familienmitglieder zu Tode geprügelt oder sie sogar bei lebendigem Leibe verbrannt haben, nur weil sie weißhaarig waren – das gilt ihnen als Zeichen, dass diese Menschen Hexer sind und daher für den Tod ihres Angehörigen verantwortlich. Vorbei die Zeit, wo Afrika die Alten und ihr weißes Haar achtete, das damals als Zeichen von Weisheit angesehen wurde. Doch heute Abend fürchtet ihr etwas anderes: dass die Musik, die Lichter, der Kaffee, die Menschenmenge Rowdys anlocken, mit ihren Mädchen und Kumpanen im Gefolge. Was allzu oft zu Eifersuchtsszenen und Streitereien führt, die in blutigen Schlägereien enden. Ihr wollt das auf keinen Fall, ihr legt größten Wert darauf, dass Batatus Totenwache ruhig und würdig verläuft.

Du nimmst also das Mikrofon in die Hand. Du dankst allen, insbesondere auch denjenigen, die gekommen sind, um euch ihre Solidarität zu beweisen, auch wenn sie nichts mit dem Steinbruch zu tun haben. Du verkündest dann, was ihr beschlossen habt. Eine Salve Applaus unterbricht dich, als du mitteilst, dass

Batatu auf dem Zentralfriedhof beigesetzt wird. Atareta löst dich ab, gibt die Einzelheiten bekannt und beantwortet Fragen.

Kaum hat Atareta fertig gesprochen, setzen die Gesänge wieder ein; wer singen oder ein Instrument spielen kann, beginnt zu singen, zu spielen oder einfach in die Hände zu klatschen. Die Lieder sind nicht immer traurig, im Gegenteil, einige sind eher fröhlich. Du bist eine schlechte Musikerin, eine schlechte Sängerin, was dich nicht daran hindert, die zwei Maracas, die Armando dir in die Hand gedrückt hat, einigermaßen im Takt zu schütteln.

Die Nächte der Totenwachen sind lang, was spürbar wird, wenn Sängerinnen und Sänger erschöpft aufhören zu singen und Kassetten oder CDs gespielt werden, obwohl eigentlich niemand wirklich zuhört. Dann verabschieden sich diejenigen, die nicht die ganze Nacht bleiben, die Versammelten stehen in Grüppchen zusammen, plaudern oder geben pikante Geschichten zum Besten. Es ist auch der Moment, da die jungen Leute zu flirten beginnen oder Streitereien ausbrechen. Doch das dauert nicht lange, dann bereitet man sich auf die Nacht vor. Die Musik verstummt; die Frauen rollen die Matten aus und legen sich, gut eingemummelt in ihre Tücher und Decken, zum Schlafen hin. Die Männer machen es sich auf einem Stuhl oder auf der Bank möglichst bequem. Gegen zwei Uhr morgens ist nur noch Schnarchen zu vernehmen und zwischendurch das Zerklatschen einer lästigen Mücke. Du, in Jeans und dicken Socken, um dich vor Stichen zu schützen, lehnst dich in deinem Sessel zurück, bereit, die Nacht in ihrem langsamen Vorrücken bis zum ersten Morgenlicht zu begleiten.

FÜNFUNDZWANZIG

Méré, weißt du, wie man »eine Blume« auf Maori sagt?
He putiputi!
Ist das nicht schön?
Tam.

»Große Schwester, große Schwester.«

Eine Offstimme unterbricht deinen Traum. Einen hübschen Traum, der dir eine der SMS vergegenwärtigte, die Tamara dir einmal spontan schickte. So war sie eben, Tamara. Sie machte alles mit Leidenschaft, manchmal spontan, manchmal nüchtern und überlegt. Eine SMS nur, um dir mitzuteilen, wie man »eine Blume« auf Maori sagt. Du hättest sie fragen sollen, wie man in dieser Sprache »Stern« sagt.

Die Stimme ist hartnäckig. Dein schläfriges Hirn schüttelt den Schlaf ab, wacht auf und erkennt die Stimme.

»Entschuldige, große Schwester, dass ich dich geweckt habe.«

Es ist Zizina.

»Ich habe nicht wirklich geschlafen … Ich war weit weg.«

»Du hast ein glückliches Lächeln auf den Lippen gehabt; das war wohl ein schöner Traum.«

»Ich habe von meiner kleinen Schwester Tamara geträumt. Du gleichst ihr sehr, Zizina.«

»Danke. Schade, ich hätte sie gern gekannt.«

Sie wühlt in ihrer Tasche und zieht ein Päckchen hervor mit zehn Handy-Prepaidkarten. Sie reicht dir eine im Wert von fünftausend Franc.

»Das ist mein Beitrag zu Batatus Beerdigung. Ich weiß, dass ihr heute viel telefonieren müsst. Ich habe meine Mutter gebeten, sie dir zu geben, doch sie meinte, ich solle sie dir persönlich bringen.«

»Danke, das ist wirklich lieb von dir. Die können wir gut gebrauchen.«

»Also, ich geh jetzt. Ich will noch ein bisschen verkaufen, bevor ich zum Friedhof komme.«

»Deine Mutter hat mir gesagt, dass dein kleines ambulantes Geschäft ganz gut läuft.«

»Ja. Da ich die Erste bin, die mit dem Roller Telefonkarten, Handyzubehör und so etwas anbietet, habe ich noch nicht viel Konkurrenz. Aber bestimmt werden mich schon bald viele nachahmen. Weißt du, auch wenn es nicht danach aussieht: Es ist ein ziemlich gefährliches Geschäft. Du kannst leicht unter ein Auto kommen oder in abseits liegenden Stadtvierteln überfallen werden. Daher beschränke ich mich auf das Stadtzentrum, ich verkaufe viel an den Verkehrsampeln. Allerdings musst du in der Innenstadt höllisch aufpassen, dass dich die Polizei nicht erwischt, die meisten sind zudem noch korrupt.«

»Ich begleite dich hinaus.«

Sie hat ihren Roller in den Hof gestellt und mit einer Kette abgeschlossen. Ihr tretet auf die Straße.

Es ist fünf Uhr dreißig morgens. Der Himmel hellt schon ein wenig auf, alle Sterne, die euch durch die Nacht begleitet haben, sind bereits verblasst. Auf der Straße sitzt sie auf, dreht am Gasgriff und tritt den Motor an.

»Auf später.«

»Auf … Übrigens, wie ist die Prüfung gegangen?«

Ihr Blick leuchtet auf, und ein Lächeln breitet sich in ihrem Gesicht aus.

»Hat dir Mama nichts gesagt? Ich bin aufgenommen worden und bin unter den fünf Besten!«

»Bravo!« Du umarmst sie herzlich. »Ich freue mich für dich.«

»Danke. Und auch für Mama. Sie hat so viel für mich getan! Nie kann ich ihr das entgelten.«

»Mach dir keine Gedanken, Mütter sind dazu da. Du gehst nach Liberia, oder? Ich hoffe, es ist nicht zu gefährlich.«

»Ich glaube nicht. Ich bin nicht in einer Kampfeinheit, sondern in einer paramilitärischen Einheit, die in den Straßen von Monrovia patrouilliert, Banditen verhaftet und hilft, die liberianische Polizei auszubilden. In einem Land, das eben einen Krieg hinter sich hat und wo Vergewaltigungen an der Tagesordnung sind, kann eine gut ausgebildete, ausschließlich weibliche Einheit etwas bewirken.«

»Eine ausschließlich weibliche Polizeieinheit? Das ist großartig! Ich kenne nichts Ähnliches.«

»Wir sind die erste afrikanische Einheit dieser Art; die erste überhaupt wurde von einem Kontingent indischer Frauen gebildet. Sie sind zur Zeit in Liberia stationiert. Wir lösen sie ab. Du wirst sehen, große Schwester, wir lehren die Männer das Fürchten!«, fügt sie lächelnd hinzu.

»Ich hoffe nicht«, sagst du ebenfalls lächelnd. »Ihr solltet den Männern keine Angst machen, sie nehmen das als Revanche. Und Revanche ist nie gesund, wegen des üblen Rachegeruchs, der mitschwingt. Besser, wenn es um Respekt geht. Die Männer müssen lernen, die Frauen zu respektieren. Wann reist ihr ab?«

»In zwei Wochen. Aber nicht direkt nach Liberia. Wir absolvieren vorher noch drei Monate Ausbildung in Ghana.«

»Das ist ja ein anglofones Land. How is your English?«

»Pretty good, thank you!« Sie lacht fröhlich. »Gut, ich muss los! Auf heute Nachmittag.«

Und sie fährt los. Du blickst ihr nach. Eine Erfolgsgeschichte. Wer hätte das geglaubt, wenn man weiß, dass sie nach dem Tod ihres Vaters völlig verstört war. Und jetzt wird die junge Frau eine UNO-Delegierte sein, eine Botschafterin des Friedens. Wer wäre nicht stolz auf sie? *He putiputi*, das ist sie.

Du gehst ins Haus zurück. Abgesehen von ein paar verspäteten Frauen, die ihre Matten und Decken zusammenrollen, liegt der Hof ausgestorben da. Die Nachtwachen enden immer sehr früh, denn jeder möchte rechtzeitig zu seinem Arbeitsplatz kommen. Der Hof ist mit Plastikbeuteln, Kartonbechern, Zigaretten übersät. Ihr müsst aufräumen und fegen, bevor ihr euch heute Abend nach der Beerdigung wieder versammelt. Zur letzten Totenwache für Batatu. Abgesehen vom Müll ist alles in Ordnung. Es ist Zeit, dass du dich eine oder zwei Stunden hinlegst, bevor du den vor dir liegenden Tag in Angriff nimmst. Er verspricht sehr hektisch zu werden.

SECHSUNDZWANZIG

Gott an dem Ort, von wo aus er die Sterblichen belauert, die an der Tür seines Paradieses klopfen, ist wohl tief beeindruckt gewesen von der Feier, mit der ihr Batatu zu ihrer letzten irdischen Ruhestätte begleitet habt. Ihr hättet euch keine würdigere Bestattung vorstellen können für diese arme, ausgestoßene Frau, die vom Leben misshandelt und gedemütigt worden ist.

Motorradfahrer in Galauniform eröffneten den Trauerzug, gefolgt von einer Blechkapelle mit einer klingenden Gloriole aus Trompeten, Tromboni, Trommeln und in der Sonne funkelnden Zimbeln. Dahinter der Leichenwagen im Schritttempo, von einem großen Porträt Batatus überragt. Dann kamen Ma Bileko und du in Armandos Taxi, da Batatu keine nahen Verwandten hatte. Und schließlich die Frauen vom Steinbruch, die sich durch ihre weißen T-Shirts mit Batatus Foto auf der Brust von den anderen abhoben. Und zuletzt die riesige Schar Frauen und Männer, die eurer Gefährtin die letzte Ehre erwiesen. So seid ihr auf dem Friedhof angelangt, begleitet von den Sirenen des Leichenwagens, den Klängen der Blechkapelle, die von der Menge singend aufgenommen wurden, und den Gesängen der Menge, die wiederum von der Blechkapelle aufgenommen wurden.

Der fast unter Blumenkränzen verschwindende Sarg wurde aus dem Leichenwagen gehoben und von den Frauen aus dem Steinbruch auf den Schultern zum Grab getragen. Ein Pastor, den du nicht kanntest, wahrscheinlich aus einer der Erweckungskirchen, von denen es hier nur so wimmelt, hielt eine lange flammende Rede, in der er durch Salz, Schwefel, Feuer und andere kosmische Katastrophen alle Tyrannen dieser Welt, die Arme wie Batatu leiden lassen, zur ewigen Schmach verdammte. Er versprach ihnen Jehovas Zorn von der ersten Sekunde der Wiederkunft Christi beim Jüngsten Gericht an. Dann, nachdem er die Glückseligkeit geschildert hatte, die Batatu in der jenseitigen Welt erwartet, rief er dreimal laut: »O Tod, wo ist dein Sieg? O Tod, wo ist dein Stachel?« Er beantwortete seine Fragen aber nicht. Als der Pastor seine Predigt beendet hatte und die Bibel zuklappte, ergriffen drei Gefährtinnen vom Steinbruch das Wort. Die Letzte erstickte fast vor Tränen und Ergriffenheit und konnte ihre Ansprache nicht beenden. Schließlich warst du an der Reihe.

In einer Aufwallung von Zorn und Trauer hast du gesagt, dir wäre es lieber gewesen, wenn Batatu ein glückliches Leben auf dieser Erde gehabt hätte und nicht erst im Jenseits. Wenn die korrupten Diktatoren, die die Bevölkerung misshandeln, hier und jetzt wie gewöhnliche Kriminelle vom Internationalen Gerichtshof verurteilt würden anstatt auf das Jüngste Gericht zu warten. Und dass ihr bis zum Schluss kämpfen werdet, um die Forderungen durchzusetzen, die zum Tod eurer Kollegin geführt haben, und im Namen aller hast du geschworen, dass ihr euch um ihre Kinder kümmert. »Tod, wo ist dein Sieg?, fragte der Pastor. Sein Sieg ist, dass er uns eine geliebte teure Freundin entrissen hat«, hast du geschlossen und dann die erste Handvoll Erde auf den ins Grab heruntergelassenen Sarg geworfen.

In Kürze wird der Hof wieder voller Menschen sein, die sich zur letzten Totenwache versammeln. Du findest das sehr schön nach der Traurigkeit und den Tränen auf dem Friedhof. Die Menschen treffen sich noch einmal und feiern das Leben der Verstorbenen mit Getränken, Liedern, Tänzen und Lachen. Bis dahin widmest du noch etwas Zeit den Kindern, die du den ganzen Tag nicht gesehen hast.

Bei der Rückkehr vom Friedhof hat dir Tantine Turia einen großen Eimer Wasser bereitgestellt und dir geraten, zuallererst zu duschen, bevor du dich hinsetzt und nach der langen Zeremonie auf dem Friedhof deine Beine ausruhst. Gewöhnlich wäschst du dich abends mit warmem Wasser, aber heute erfrischst du deinen von der feuchten Schwüle erhitzten Körper mit kaltem. Frisch und munter kommst du aus der Dusche. Du stürzt dich mit einem Bärenhunger auf das Essen, das Tantine zubereitet hat, und sie schaut dir ein paar Minuten zu. Zufrieden sagt sie, sie geht nach Hause und sieht nach, ob alles in Ordnung ist, kommt aber später am Abend wieder, um der letzten Ehrung Batatus beizuwohnen.

Du sitzt auf der Veranda in Tantine Turias Sessel, Batatus kleines Mädchen auf den Knien. Sie hält dich wohl langsam für ihre Mutter, denn als du ihre Wangen tätschelst, verzieht sie den Mund zu einem angedeuteten Lächeln. Lyra, eifriger große Schwester denn je, trippelt mit einem Fläschchen in der Hand auf dich zu und will es der Kleinen in den Mund stecken, wie sie es bei Tantine Turia gesehen hat. Du erklärst ihr, das Baby habe bereits gegessen und jetzt keinen Hunger mehr. Sie ist enttäuscht und schmollt. Auch die zwei Buben sind glücklich, dass ihre Mutter wieder da ist, und erzählen dir von ihrem Schultag, obwohl Lyra sie ständig unterbricht. In diesem Moment, wie du dasitzt, von deinen Kindern umringt, hast du das Gefühl, in die Vollkommenheit einer friedlichen Welt einzutauchen, einer Welt, die sich selbst genügt; verschwände das Universum, du würdest es nicht bemerken.

Dann wenden sich die Buben wieder ihren Spielen zu. Batatus Baby ist eingeschlafen. Du stehst vorsichtig auf und legst es behutsam auf seine Gummidecke. Du schaust auf die Uhr, du hast mindestens noch zwei Stunden, bis die Ersten zur Totenwache erscheinen. Du nimmst dein Radio, setzt dich wieder in deinen Sessel, lehnst dich zurück und schaltest es ein.

// Um ihren gewaltigen Bedarf an Tropenhölzern zu decken, beuten die Chinesen mehr und mehr Wälder in Zentralafrika aus, ohne sich um Gesetze zu scheren und oft mit dem Einverständnis der lokalen Behörden. In Anbetracht des Tempos, in dem die Chinesen hier Wälder abholzen, muss innerhalb von vier Jahren das Aussterben seltener Arten im

Chaillu-Massiv befürchtet werden, warnt ein Bauer aus dem Dorf Ngoua 2 im Südwesten von Kongo-Brazzaville. Noch dramatischer ist, dass auch junge Bäume gefällt werden und keine Wiederaufforstung stattfindet.

Gleichzeitig fällt das massive Auftreten malaiischer Gesellschaften auf, die genau wie die Chinesen die Kooperation Süd-Süd oder den Afroasiatismus ins Feld führen, um ihr räuberisches Vorgehen zu rechtfertigen. Diese Gesellschaften haben die Nutzungsrechte für vier bis fünf Millionen Hektar Regenwald im Kongobecken erworben (Kamerun, Gabun, Kongo, Äquatorialguinea, Zentralafrikanische Republik) und praktizieren die intensive Abholzung, die bereits auf der Insel Java, auf den Salomon-Inseln und in Papua-Neuguinea regelrechte Umweltkatastrophen verursacht hat.

Eine 13-Jährige, Aisha Ibrahima Duhulow, wurde vor Hunderten von Zuschauern in einem Stadion der Hafenstadt Kismaiyo in Somalia gesteinigt. Als sie auf dem Weg zu ihrer Großmutter war, wurde sie von drei Männern vergewaltigt. Das Mädchen hatte mit seinem Vater versucht, bei der Miliz Al-Shabaab Klage zu führen. Doch die islamische Miliz, die dem islamistischen Führer Hassan Turki untersteht, der die Stadt kontrolliert, verurteilte sie wegen außerehelichen Verkehrs. Das Mädchen wurde bis zum Hals eingegraben; dann bewarfen rund 50 Männer ihren Kopf mit Steinen. Die Steine waren weder groß genug, um einen sofortigen Tod herbeizuführen, noch klein genug, um harmlos zu sein. Aisha Ibrahima Duhulow wurde dreimal ausgegraben, aber da Krankenschwestern jedes Mal feststellten, dass sie noch lebte, wurde sie wieder eingegraben. Sie weinte und flehte: »Tötet mich nicht, tötet mich nicht.«

Erinnern wir daran, dass die Steinigung, die im Koran in keiner Weise erwähnt wird, bei namhaften muslimischen Gelehrten als antiislamisch gilt … //

Das Blut gefriert dir in den Adern. Eine Dreizehnjährige zu Tode zu steinigen! Wegen Ehebruch! Zweimal bestraft, einmal, weil vergewaltigt, einmal, weil gesteinigt. Warum? Nur, weil sie als Frau geboren worden ist! Hilfe, die Männer sind wahnsinnig geworden! Gott! Diese Männer, die ein Kind steinigen, behaupten, es in deinem Namen zu tun! Wenn du sie nicht stoppst, wenn du dieses niederträchtige Verbrechen unbestraft lässt, bist auch du wahnsinnig geworden. Grenzenlose Erschöpfung übermannt dich. Das Schicksal all dieser Wesen lastet auf dir … deren Leben täglich geraubt wird, ganz einfach, weil sie nicht mit dem richtigen Geschlecht geboren wurden. Wie die arme Aisha Ibrahima Duhulow. Du schaltest das Radio aus und brichst – eben wie eine Frau – in Tränen aus.

Das Telefon.

Du zuckst zusammen. Tauchst mühsam aus deinen trüben Gedanken auf und fischst das Handy aus der Tasche. Du kennst die angezeigte Nummer nicht.

»Méréana Rangi?«

Die Frauenstimme kommt dir bekannt vor, aber du kannst sie nicht einordnen.

»Ich bin es, die Ministerin, die Sie vor zwei Tagen empfangen hat.«

»Oh, natürlich! Was für eine Überraschung!«

Überrascht bist du, das kann man wohl sagen. Gewöhnlich ruft ein Minister nie direkt an, er lässt sich durch eine Sekretärin verbinden. Diese Frau handelt entschieden nicht wie die anderen.

»Ich habe eine sehr gute Nachricht für Sie und für Ihre Kolleginnen, Madame Rangi. Ich komme eben aus einer außerplanmäßigen Sitzung des Organisationskomitees der Konferenz der Präsidentengattinnen Afrikas, deren Vorsitz, wie Sie wissen, die Gattin des Präsidenten der Republik persönlich führt. Mein Standpunkt hat sich durchgesetzt. Es wurde beschlossen, dass euren Forderungen samt und sonders stattgegeben wird.«

»Wie … wie bitte? Sie … sagen …«

»… dass alles, was ihr gefordert habt, euch zugestanden wird. Ihr könnt von nun an eure Schottersäcke zu zwanzigtausend Franc verkaufen. Was die verlorengegangenen Säcke angeht, wäre es zu kompliziert und zu zeitaufwendig, zu eruieren, wer wie viele Säcke hatte. Ich habe einen Vorschlag gemacht, der angenommen worden ist: nämlich allen den Preis für fünf Säcke zu je zwanzigtausend Franc zu vergüten. Ich finde, das ist ein guter Kompromiss.«

»Das ist wirklich eine sehr gute Nachricht. Ich möchte sie sofort meinen Kolleginnen übermitteln. Doch wer garantiert uns, dass diese Entscheidung nicht zurückgenommen wird?«

»Ich selbstverständlich! Ich gehöre nicht zu den Menschen, die Entscheidungen rückgängig machen. Und die Gattin des Präsidenten der Republik natürlich, sie ist großzügig und generös, obwohl Sie den Vorschlag, den sie Ihnen gemacht hat, zurückgewiesen und ihren Wunsch, Ihnen zu helfen, als Korruptionsversuch interpretiert haben.«

»Und der Innenminister? Wir vertrauen ihm nicht; er hat schließlich den Befehl gegeben, auf uns zu schießen.«

»Keine Sorge. Das Protokoll der Sitzung wurde von der Präsidentengattin in ihrer Rolle als Vorsitzende unterzeichnet und auch vom ebenfalls anwesenden Innenminister unterschrieben. Es ist unwiderruflich. Ich habe vergessen, es zu erwähnen: Er nimmt bestimmt Kontakt mit Ihnen auf und bestätigt Ihnen, was ich Ihnen eben mitgeteilt habe. Seien Sie also darauf vorbereitet, dass Sie von ihm oder von seinem Sekretariat einen Anruf erhalten. Ich habe aber Wert darauf gelegt, die Erste zu sein, die Ihnen das mitteilt, denn Sie wissen ja, wie sehr ich mich für Ihre Interessen eingesetzt und wie ich gekämpft habe, meinen Standpunkt durchzusetzen.«

Du schweigst einen Moment lang. Da sie dein Schweigen für Renitenz hält, fährt sie fort: »Bei dieser zehnten Konferenz der Präsidentengattinnen Afrikas steht sehr viel auf dem Spiel. Sie ist ungeheuer wichtig für das Image unseres Landes und seines Präsidenten. Nichts, absolut nichts und schon gar nicht eine

Demonstration steinewerfender Frauen darf die Eröffnungszeremonie stören, die morgen Abend mit Vorführungen und Galadinner gefeiert wird. Also muss alles sehr schnell gehen. Ihr erhaltet morgen Früh, lange vor der offiziellen Eröffnung der Konferenz, euer Geld.«

»Ich danke Ihnen von ganzem Herzen, Frau Ministerin. Sie haben gesagt, Sie würden uns helfen. Sie haben Wort gehalten.«

»Ich habe nichts anderes als meine Arbeit getan, nämlich die Arbeit, die der Präsident der Republik mir anvertraut hat.«

»Ich verkünde die gute Nachricht den Kolleginnen, sobald alle hier sind. Sie werden sich riesig freuen. Nochmals danke!«

»Ich habe gehört, dass die Beerdigung eurer Kollegin großartig war.«

»Wir haben getan, was wir konnten. Wir hätten es aber vorgezogen, sie wäre hier heute Abend und feierte diesen Sieg mit uns.«

»Das verstehe ich. Also, ihr erhaltet euer Geld morgen im Laufe des Vormittags, vor der Eröffnung der Konferenz.«

»Danke, Frau Ministerin!«

Sie verstummt, aber du spürst, dass sie dir noch etwas anderes sagen möchte. Auch du schweigst – aus Angst, sie könnte ihre Meinung geändert haben.

»Ich werde Ihnen etwas sagen, Madame Rangi.«

»Ja?«

»Sie sind eine hartnäckige Frau. Sie haben mir Bewunderung abgenötigt; ich schätze Sie sehr.«

»Danke, Frau Ministerin«, sagst du überrascht und etwas verwirrt.

»Dank Ihres Kampfes haben Sie das Frauen- und Behindertenministerium sehr aufgewertet. Sie sind sehr mutig!«

»Ist es Mut, wenn man nicht die Wahl hat und gezwungen ist, das zu tun, was man tun muss, um zu überleben?«

»Ja, weil man sich auch einschüchtern lassen und aufgeben kann.«

»Danke«, sagst du bloß.

»Nichts zu danken.«

Du glaubst, das Gespräch ist beendet und dass sie auflegen wird. Doch nein. Sie fährt fort: »Wissen Sie, alle Konferenzen, an denen ich teilgenommen habe, alle Statistiken, die mir vorgelegt werden, haben mir nicht das alltägliche Los der Frauen so vor Augen geführt wie die paar Minuten, die ich mit Ihnen gesprochen habe … Seit Sie mein Büro verlassen haben, lässt mir etwas keine Ruhe. Wie ist eine junge Frau mit Ihrem Temperament, eine Frau, die sich so gut ausdrücken kann, zur Steinklopferin geworden?«

»Ich glaube, ich habe es Ihnen bereits erklärt, Frau Ministerin.«

»Nein, nicht ganz. Würde es Sie nicht reizen, mit mir im Ministerium zusammenzuarbeiten? Jemand wie Sie wäre sehr wertvoll in meinem Stab.«

Was hat sie gesagt? Du? Von der Steinklopferin zur Mitarbeiterin im Ministerium? Ein Witz? Eine andere Form verkappter Korruption? Oder glaubt sie ehrlich, du könntest ihr nützlich sein? Wenn man nicht weiß, was auf eine Frage antworten, man sie aber trotzdem zu beantworten hat, muss man ins Tor treffen.

»Ich weiß nicht, Madame, Ihr Angebot kommt so unerwartet. Ich werde es mir überlegen. Im Moment bin ich voll mit unseren Aktionen beschäftigt.«

»Ich verstehe. Wenn alles vorbei ist, rufen Sie mich an, ich lege wirklich Wert darauf. Wenn Sie nicht anrufen, tue ich es. Auf Wiedersehen und viel Glück.«

»Auf Wiedersehen, Frau Ministerin, und danke.«

Und sie legt auf. Du bleibst einen Moment verwirrt in deinem Sessel sitzen. Doch plötzlich erinnerst du dich an die Bedeutung dessen, was die Ministerin dir übermittelt hat. Du springst vor Freude aus deinem Sessel und deutest drei Tanzschritte an, dann stößt du ein Löwengebrüll aus und machst einen Luftsprung. Die Kinder betrachten dich verdutzt, sie fragen sich wahrscheinlich, ob ihre Mutter übergeschnappt ist.

SIEBENUNDZWANZIG

Heute Abend wird die letzte Totenwache gehalten. Es ist acht Uhr, und die Menschen drängen sich im Hof. Es herrscht eine fröhliche Stimmung. Selbst die Lieder, die letzte Nacht traurig klangen, haben die Kapuze des Todes abgelegt und sind zu einem »Bis-bald-und-auf-Wiedersehen« geworden, das einen Freund begleitet, der zu einer langen Reise aufbricht. Natürlich trägt auch der Alkohol das Seine dazu bei, ganz besonders der Palmwein und das abscheuliche lokale Bier, von dem manche schon ein oder zwei Flaschen weggekippt haben. Jedenfalls ist Batatu im Tod die Liebe und Achtung zuteil geworden, die ihr in ihrem ganzen Leben verweigert worden war, auch wenn das eine das andere nicht aufwiegt. Doch ihr habt euer Menschenmöglichstes getan, um vor den Augen der Welt zu zeigen, dass kein Leben weniger wert ist als ein anderes.

Alle haben die Nachricht von eurem Sieg längst vernommen. Jetzt, da ihr euch zuhinterst in den Hof zurückgezogen habt, abseits des Trubels und des Gedränges der Totenwache, berichtest du – Wort für Wort –, was die Ministerin dir mitgeteilt hat: Ihr habt auf der ganzen Linie gesiegt! Ihr habt tatsächlich mehr erreicht, als ihr gehofft habt: Ihr wolltet eure Steine zu fünfzehntausend Franc je Sack verkaufen, und jetzt könnt ihr sie zu zwanzigtausend Franc verkaufen, zum doppelten Preis also! Keiner von euch wurden von der Polizei mehr als drei Säcke konfisziert – du selbst hattest nur zwei –, doch siehe da, man vergütet euch fünf und sogar noch zum höheren Preis. Was dich allerdings nicht mit besonderer Dankbarkeit erfüllt, schließlich ist es nur gerecht, wenn die ausgefallenen Arbeitstage angerechnet werden.

Als du deinen Rechenschaftsbericht schließt, klatschen dir alle kräftig Applaus. Ihr seid stolz auf euren Sieg, nicht nur, weil ihr erreicht habt, was ihr wolltet, sondern vor allem, wie ihr es erreicht habt. Gewiss, es war kein heldenhafter Kampf gegen die Unterdrückung der Frau, keine der epischen Schlachten, die die Welt verändern, von denen deine Schwester Tamara träumte; nein, es war nur ein kleiner egoistischer Kampf, um für eure Schottersäcke mehr Geld herauszuholen. Doch selbst wenn es nicht der Sturm auf die Bastille war, ihr habt immerhin euer Leben aufs Spiel gesetzt: Sie haben auf euch eingeknüppelt, auf euch geschossen, ihr wurdet verletzt, und ihr habt eine Tote zu beklagen. Das zählt.

Du betrachtest Iyissu, du betrachtest Moyalo und Mukiétu, du betrachtest Anne-Marie Ossolo und Laurentine Paka, du betrachtest Bilala … alle diese Frauen werden in ein paar Stunden hunderttausend Franc in Händen halten! In ihrem harten Beruf haben sie nicht einmal im Traum geglaubt, irgendwann so viel Geld aufs Mal zu sehen. Sie wissen nun, dass nicht alles im Vornherein verloren ist auf dieser Welt und dass es Schlachten gibt, die sie gewinnen können. Ihr Leben wird sich ändern und deines auch.

Da siehst du die freudestrahlende Zizina kommen.

»Schau, Zizina. Sie will dir wohl etwas Dringendes mitteilen«, sagst du zu Bileko, die neben dir sitzt.

»Uns mitteilen«, sagt sie mit einem geheimnisvollen Lächeln.

Die junge Frau kommt auf dich zu, legt dir liebevoll die Hand auf die Schulter und begrüßt herzlich die anderen hier versammelten Frauen. Ihr freut euch alle, sie zu sehen.

»Mama hat mir von eurem Sieg erzählt, ich bin sehr glücklich, dass ihr es geschafft habt.«

»Vielen Dank, Zina«, antwortest du. »Deine Mutter hat mir gesagt, dass auch du im Steinbruch gearbeitet hast.«

»Knapp eine Woche. Ich habe nicht durchgehalten. Ich bin nicht so abgehärtet wie ihr.«

»Hast gut daran getan, zu gehen«, ruft Laurentine Paka, »das ist nun wirklich keine Arbeit für ein hübsches intelligentes Mädchen wie dich.«

Sie lacht.

»Ich komme zu euch, weil es gute Neuigkeiten gibt. Ihr wisst ja, dass ich die Eignungsprüfung der UNO bestanden habe. Die Abreise ist kurzfristig vorverlegt worden. Gerade bevor ich zur Beerdigung aufgebrochen bin, habe ich die Mitteilung erhalten: Die UNO-Maschine kommt schon morgen Vormittag an, ich fliege also morgen Nachmittag nach Accra.«

Sie wird von Klatschen und Bravorufen unterbrochen.

»Ich möchte mich von euch verabschieden, ihr seid ja alle auch ein bisschen meine Mütter und große Schwestern, oder?«

»Und du bist unsere Tochter«, erwidert Mukiétu. »Wir freuen uns sehr für dich. Gute Reise, bleib gesund, und Gott möge dich beschützen.«

Ihr umringt sie, jede wünscht ihr viel Glück und Gottes Segen. Und dann geht sie. Ihr begleitet sie bis zum Tor, wo sie ihren an einen Pfosten geketteten Roller geparkt hat. Sie schließt das Schloss auf, sitzt auf, lässt den Motor an, winkt fröhlich mit dem rechten Arm und gibt Gas. Ihr folgt ihr mit dem Blick, bis das rote Rücklicht in der Nacht verschwindet.

»Wir müssen ihr ein Abschiedsgeschenk machen. Sie ist doch unsere gemeinsame Tochter«, sagt Bilala und wischt gerührt eine Träne weg. Ausgerechnet Bilala!, die von ihren eigenen Kindern der Hexerei beschuldigt wurde und von ihnen beinahe bei lebendigem Leib verbrannt worden wäre, hätte sie nicht die Geistesgegenwart besessen, aus dem Fenster zu springen und so dem Autodafé zu entkommen.

Ihr stimmt alle ihrem Vorschlag zu. Ihr beauftragt Anne-Marie, morgen als Erstes das Geschenk auszusuchen und zu kaufen. Nun ist es Zeit, sich der Totenwache anzuschließen. Du hast dein Handy in Reichweite für den Fall, dass du aus dem Innenministerium angerufen wirst.

ACHTUNDZWANZIG

Am Eingang herrscht Aufregung, und du sagst dir, dass etwas los sein muss. Du stehst auf, um nachzusehen, und schon kommen sie herein: zwei Typen und ein bewaffneter dritter, offensichtlich ein Leibwächter. Kaum erkennst du den ersten – Tito Rangi! –, kriegst du Panik. Wie traut er sich, dich hier, auf deinem Territorium, herauszufordern? Beruhige dich, Méré, bewahre kaltes Blut. Verwirrt von Titos plötzlichem Auftreten, hast du seinen Begleiter übersehen. Es ist der Innenminister höchstpersönlich! Wer würde den Polizeiminister nicht erkennen, den Hüter der öffentlichen Ordnung, der Demonstrationen niederschlagen, Studenten und politische Gegner einsperren und jeden x-Beliebigen zu jeder Tages- oder Nachtzeit von der Polizei abführen lässt. Warum kommt er persönlich? Um euch einzuschüchtern? Oder um euch seinen guten Willen zu bekunden, jetzt, da eure Angelegenheit geregelt ist? Um ein deutliches Zeichen zu geben, dass der Streit beigelegt ist und dass der nun glücklich mit seinen Kindern versöhnte Staat einen seiner höchsten Vertreter zur Totenwache einer unbedeutenden armen Frau schickt, der endlich Gerechtigkeit widerfahren ist?

Du gehst ihnen entgegen. Sollst du Tito die Hand geben, wenn er dir seine reicht? Ja, warum nicht? Nein, warum solltest du? Warum nicht gar Küsschen-Küsschen auf die Wange! Seit eurer Trennung vor über einem Jahr seid ihr euch nie mehr gegenübergestanden. Für ihn war es Ehrensache, nicht direkt mit dir zu sprechen, sondern sich über eine Mittelsperson nach den Kindern zu erkundigen, und auch das nicht sehr oft. Ein Jämmerling. Jämmerlich und eitel, mit den Armen fuchtelnd wie der gescheiterte Philosoph, der er ist. Du hast ihn schon lange nicht mehr aus der Nähe gesehen. In seiner Versace-Kluft, seinen Weston-Schuhen und mit seinem deutlich sichtbaren Bauch ist er die Karikatur des dank der Politik schnell reich gewordenen Emporkömmlings. Wirklich, du armes Kind, was hast du an diesem Kerl gefunden? Hattest du Kacke in den Augen oder was? Und wenn du es dir überlegst: Du hast nicht nur lange Jahre an seiner Seite gelebt, sondern du hast ihm auch noch deine Karriere geopfert, damit er Karriere machen kann! Also behandle ihn wie Luft!

»Hallo, Méré. Überrascht, mich zu sehen?«

Vor Genugtuung stinkend, öffnet er spöttisch lächelnd sein großes Maul wie ein Ganove, der eben einen tollen Coup gelandet hat. Brauchst dich nicht zu wundern, Méré, es sind immer die kleinen Würstchen, die den Mund aufreißen. Vergiss ihn. Setz ihm einen Dämpfer auf.

»Warum soll ich überrascht sein, Tito? Bist du nicht auf dem Laufenden? Wir warten schon eine ganze Weile auf den Herrn Minister.«

Noch bevor er antworten kann, wendest du dich dem Minister zu.

»Wir haben Sie erwartet, Herr Minister«, sagst du selbstsicher, »folgen Sie mir doch bitte, wir ziehen uns in eine Ecke zurück, wo wir uns in Ruhe unterhalten können.«

»Gut, gut, aber ich möchte zum Kollektiv sprechen.«

»Zu allen Steinklopferinnen«, kann sich Tito nicht verkneifen hinzuzufügen.

»Aber natürlich«, sagst du unschuldig, »weiß der Herr Minister denn nicht, dass wir alle Steinklopferinnen sind?«

»Natürlich, natürlich, ich weiß Bescheid«, beeilt sich der Herr Minister zu antworten, während Tito dreinschaut, als möchte er dich am liebsten roh auffressen.

»Aber gern, Herr Minister, wir sind alle anwesend. Nehmen Sie doch bitte Platz, ich rufe sie gleich zusammen.«

Du führst die drei Männer auf die Veranda; bittest sie, sich doch zu setzen, komplimentierst – Protokoll verpflichtet! – den Minister in Tantine Turias schönen Sessel.

Vor dem Minister und Tito, ein Samsonite-Köfferchen auf den Knien, sitzt nun also ihr fünfzehn Steinklopferinnen, die ihr eines schönen Morgens beschlossen habt, dass ihr euch nicht mehr ausbeuten lassen und für einen fairen Preis für eure Ware kämpfen wollt. Um deutlich hervorzuheben, dass die sechzehnte fehlt – dass Batatu unter euch und bei euch ist, – habt ihr einen Stuhl in der Mitte der ersten Reihe, genau gegenüber dem Minister, unbesetzt gelassen. Unmöglich, nicht zu verstehen. Mit übergeschlagenen Beinen, bequem in seinem Sessel zurückgelehnt, blickt er Tito an, der euch mit dem Blick zählt und dann nickt.

»Ich glaube, wir können anfangen, Herr Minister.«

»Gut«, beginnt dieser seine Ansprache. »Also, ich weiß, dass Sie den von der Regierung gefassten Beschluss schon kennen. Doch solange dieser nicht von offizieller Seite bestätigt ist, könnte es ja nur ein Gerücht sein. Ich bin daher gekommen, Sie offiziell von dem Beschluss in Kenntnis zu setzen. Ich habe Wert darauf gelegt, persönlich herzukommen und nicht einen Vertreter zu schicken, weil ich die Bedeutung unterstreichen möchte, die wir der Lösung Ihres Problems beimessen. Niemand kennt den Vorgang besser als der Abgeordnete Rangi, Berater im Präsidentenpalais und zurzeit im Dienst der Gattin des Präsidenten. Nicht einmal die Ministerin für Frauen und Behinderte, bei der ihr vorgesprochen habt, ist besser informiert. Rangi hat nicht nur an allen Sitzungen teilgenommen, er hat auch das Protokoll aufgenommen, inklusive das der letzten Sitzung, um die es hier geht. Er wird Ihnen die von uns gefassten Beschlüsse bekannt geben. Ich beantworte dann Ihre Fragen … falls Sie welche haben sollten. Tito?«

»Danke, Herr Minister. Wie der Herr Minister gesagt hat, hat der Präsident der Republik durch die Vermittlung von Madame, Vorsitzende des Kongresses der Präsidentengattinnen Afrikas, in seiner Großmut beschlossen, eure Forderungen zu erfüllen. Es wird euch gestattet, von nun an eure Schottersäcke zum Mindestpreis von je zwanzigtausend Franc zu verkaufen. Für die verlorengegangenen Säcke wird jede auf der Basis von je fünf Säcken zu zwanzigtausend Franc entschädigt. Das macht hunderttausend Franc für jede von euch, was ein hübscher Batzen ist. Nur ganz wenige unter euch haben, wie ich weiß, jemals so viel Geld zur Verfügung gehabt. Das Geld liegt bereit, die Schecks sind entsprechend der Namensliste ausgestellt worden, die eure Wortführerin im Frauen- und Behindertenministerium übergeben hat.«

Er öffnet das Köfferchen und nimmt ein Bündel Schecks heraus. Er ruft jeden Namen auf. Du stellst fest, dass auch einer mit Batatus Name darunter ist. Dann übergibt er sie dir. Du zählst nach und reichst sie Ma Bileko weiter, die sie sorgfältig verstaut.

»Im Schatzamt wird ein spezieller Schalter für euch geöffnet. Wir legen Wert darauf, dass ihr alle euren Scheck morgen im Laufe des Vormittags einlöst, so dass die ganze Geschichte vor Beginn der Eröffnungsfeier am Nachmittag abgeschlossen ist. Das ist äußerst wichtig. So, das wär's. Ihr könnt jetzt dem Herrn Minister Fragen stellen, wenn ihr noch welche habt.«

»Mir wär's lieber, wenn Sie uns bar bezahlen. Ich habe nie den Fuß in eine Bank gesetzt und besitze keinen Personalausweis«, sagt Iyissu.

Der Minister antwortet sehr liebenswürdig, mit beruhigendem Lächeln: »Machen Sie sich keine Sorgen, ich werde das selbstverständlich regeln. Melden Sie sich morgen am Schalter, in Begleitung einer Person, die sich ausweisen kann. Sie können auch Ihrer Wortführerin eine Vollmacht geben, damit Sie das Geld in Ihrem Namen in Empfang nimmt. Weitere Fragen?«

Keine weiteren Fragen. Alles bestens. Verdächtig bestens sogar. Ihr braucht nur jetzt noch zu warten, bis der Minister gegangen ist, dann könnte ihr feiern und Zukunftspläne schmieden. Doch er will einfach nicht aufstehen. Er stellt die Beine nebeneinander, zupft an den Hosenbeinen, legt die Unterarme auf die Lehne, beugt sich nach vorn und beginnt zu sprechen.

Dein siebter Sinn schrillt!

»Jetzt, da die Regierung alle eure Forderungen erfüllt hat,

habe ich meinerseits eine kleine Bitte an euch. Das heißt, ich bitte euch im Namen der Gattin unseres Staatsoberhauptes, die, wie ihr wisst, bei der Konferenz der Präsidentengattinnen Afrikas den Vorsitz führt. Gäste aus aller Welt werden zu den Feierlichkeiten erwartet. Für das Prestige unseres Landes ist dieses Treffen von höchster Bedeutung!«

Er macht eine Pause, während dein Hirn verzweifelt auf Hochtouren dreht, um einen Vorsprung zu gewinnen und zu erraten, worauf der Minister hinauswill.

»Wie unser Berater im Präsidentenpalais, der Abgeordnete Rangi, richtig gesagt hat, haben Sie dank der edlen Gesinnung unserer Präsidentengattin bekommen, was sie bekommen haben. Sie hat sich jedoch nicht damit begnügen wollen! Sie will, dass Sie vor der internationalen Presse geehrt werden! Sie bittet Sie also, morgen Nachmittag an der Eröffnungsfeier teilzunehmen. Ein Bus wird zu Ihrer Verfügung stehen und Sie hinfahren. In der ersten Reihe sind für Sie Plätze reserviert mit einem großen Schild: Frauen aus dem Steinbruch am Fluss! Oder mit einer andere Beschriftung, wenn Sie möchten. Wenn Madame, die Erste Dame unseres Landes, mit ihren Ehrengästen hereinkommt, werden Sie wie der ganze Saal aufstehen und spontan klatschen. Das nationale Fernsehen hat bereits Weisung erhalten, mehrere Großaufnahmen von Ihnen zu senden. Sie werden im Mittelpunkt stehen. Die ganze Welt wird sehen, dass in unserem Land die Probleme und Sorgen der Bürgerinnen und Bürger ernst genommen werden. Die Gattin des Staatspräsidenten wird erfreut und stolz auf Sie sein. Der Staatspräsident wird erfreut und stolz auf Sie sein. Das ganze Land wird erfreut und stolz auf Sie sein. Wie Sie also sehen, verlangen wir nicht viel von Ihnen. Nur, dass Sie sich ganz einfach erheben und der Präsidentengattin applaudieren.«

Er hat fertig gesprochen, lehnt sich wieder in seinem Sessel zurück und wartet auf eure Reaktion, nein, vielmehr auf deine Reaktion, denn beim letzten Satz hat er dich angeschaut, weil er dich für die Anführerin der Gruppe hält … wo du ja nur die Wortführerin bist. Seine Worte sind dermaßen klebrig vor Scheinheiligkeit, dass ihr die Falle sofort erkannt habt. Vor lauter Befehle geben, die von allen befolgt werden, glaubt er wohl, dass die Welt nur mit Schwachköpfen bevölkert ist. Ihr schweigt. Wie die Dinge richtigstellen, ohne den Minister zu beleidigen? Bileko wirft dir einen Blick zu, wie um dir zu bedeuten: »Lass mich antworten.« Du nickst ihr kurz zu.

»Wir sind außerordentlich dankbar für das, was die Gattin des Präsidenten für uns getan hat. Zuerst hat sie uns einen Umschlag mit einer Million Franc gegeben, damit wir unsere von der Polizei getötete Gefährtin beisetzen konnten, obwohl wir sie damit lieber hätten gesund pflegen lassen. Ihr habt richtig gesagt, dass wir dank der Ersten Dame erhalten haben, was wir erhalten haben. Bitte bestellen Sie ihr von unserer Seite, dass das, was sie bisher getan hat, ausreichend ist. Und nochmals, dass wir ihr dafür mehr als dankbar sind. Sie brauche sich nicht mehr um uns zu bemühen, wir brauchen keine anderen Ehren.«

Sie wendet sich euch Frauen zu und fragt streng: »Nicht wahr, Freundinnen? Wir brauchen keine weiteren Ehren.«

»Wir brauchen keine weiteren Ehren«, antwortet ihr im Chor.

»Und zudem haben wir morgen keine Zeit«, übernimmt Bilala das Wort. »Wir müssen alle zum Flughafen, um unserer Tochter, die ins Ausland geht, unser Abschiedsgeschenk zu überreichen.«

Ihr nickt alle. Bilalas spontaner Einfall, dass ihr wegen Zizinas Abschiedsgeschenk alle zum Flughafen müsst, ist genial.

»Das ist doch wohl nicht euer Ernst? Die Gattin des Präsidenten lädt euch ein … und … und ihr lehnt ab?«

Tito! Er verpasst aber auch jede Gelegenheit, den Mund zu halten.

»Unsere Tochter ist uns wichtiger als Ihre Madame Präsidentin«, ruft Mukiétu dazwischen.

»Seid nicht undankbar, nach dem, was sie für euch getan hat«, beharrt Tito. Dann, unter dem Vorwand, auf seine Uhr zu schauen, schiebt er den Ärmel seines Jacketts hoch und entblößt theatralisch sein Handgelenk, damit alle seine Rolex sehen.

Du betrachtest diesen Mann genauer: Tja, er hat nicht einmal genug Feingefühl, sich zu kleiden, wie es sich für eine Totenwache gehört! Ganz im Gegenteil: Seine Aufmachung spiegelt die Farbpalette, die die Modezaren als »Sommerfarben« bezeichnen, obschon diese Jahreszeit in euren Breitengraden sozusagen unbekannt ist. Doch trotz seines eng anliegenden orangefarbenen Jacketts mit zwei paspelierten Pattentaschen und Knöpfen an den Ärmeln, trotz der mauvefarben gestreiften Krawatte mit grellorangenen Tupfen, die über seinem weißen Hemd bis über den Bauchnabel reicht, trotz der schmal geschnittenen blassblauen Hose, die er ohne Gürtel trägt, trotz der Krokoschuhe … trotz oder wegen seiner Aufmachung erkennt man immer noch den Parvenü. Und überdies sieht er nicht einmal gut aus. Wenn du dir vorstellst, dass er sich – in einem anderen Leben, als du glaubtest, diesen Jungen zu lieben – Philosoph nannte und dich das Wort »Skeptizismus« gelehrt hatte! Jetzt ist er ein Papagei, der nicht einmal weiß, was er plappert. Ehrlich! Zum Kaputtlachen, der Typ. Du musst ihm Paroli bieten.

»Eure Madame Präsidentin hat uns kein Geschenk gemacht. Glaubt ihr, wir durchschauen euer Spiel nicht? Wollt ihr unseren Gehorsam kaufen, weil ihr großmütig seid, wie ihr es nennt? Sie hat uns zuerst mit einer Million kaufen wollen, und weil das nicht geklappt hat, will sie uns mit etwas anderem gängeln. Nein, wir sind nicht käuflich, Herr Minister. Was wir bekommen haben, können sie nicht wieder zurücknehmen, weil Sie es uns nicht geschenkt haben!«

Du hast völlig angstfrei gesprochen – nicht wie sonst, wie im Ministerium oder im Präsidentenpalais. Vielleicht, weil du dich in Sicherheit weißt, hier, auf deinem Territorium, getragen von der solidarischen Kraft dieser Frauen, die dich umringen.

»Ihr vergesst, dass eine von uns wegen ihrer Schottersäcke umgekommen ist«, sagt Moyalo. »Wir gehen morgen nicht zu eurem Fest. Wir sind morgen alle am Flughafen.«

»Auch wenn wir nicht am Flughafen wären, gingen wir nicht zur Eröffnungsfeier«, legt Mukiétu nach, und du spürst, dass bei ihr der Adrenalinspiegel steigt. »Wir sind keine Prostituierte!«

»Ihr kommt morgen zur Eröffnungsfeier, verdammt! Ich lasse die Zufahrt zum Flughafen absperren, und wenn nötig erlaube ich eurem Flugzeug weder zu landen noch zu starten. Ich bin der Innenminister!«

Er war bestimmt nicht auf diese Abfuhr vorbereitet, vor allem nicht seitens einer Gruppe Frauen, die er für schwach und hilflos hielt.

»Sie werden doch nicht so ohne Weiteres eine UNO-Maschine am Landen hindern, oder?«

Er ist überrascht. Als Innenminister hat er bestimmt Kenntnis davon, dass morgen ein UNO-Flugzeug kommt. Was er jedoch nicht weiß, ist, dass eine der Passagierinnen die Tochter einer Frau vom Steinbruch ist.

Er steht auf und sagt drohend: »Das wird Folgen haben!«, wendet euch den Rücken zu und geht. Tito mit seinem Köfferchen trabt wie ein Pudel hinter ihm her. Er findet aber noch Zeit, kurz stehen zu bleiben und dich mit einem Blick, der dich getötet hätte, würden Blicke töten, anzuraunzen: »Dümmer als du, das muss man auf dem Mond suchen!«

»Und jämmerlicher als du, das muss man noch weiter weg suchen, auf dem Saturn nämlich«, konterst du.

NEUNUNDZWANZIG

Die Delegation ist verschwunden, und ihr redet noch lange über das Treffen mit dem Minister. Bilekos geniale Idee, alle zusammen, eine ganze Delegation, zum Flughafen zu gehen und euch von Zizina zu verabschieden, stößt auf allgemeine Begeisterung. Ihr vereinbart zudem, dass ihr euch gleich bei Schalteröffnung im Schatzamt einfindet und euer Geld möglichst früh abholt, damit jede von euch erst noch nach Hause gehen, ihr Geld sicher verwahren, sich umziehen und so rechtzeitig am Flughafen sein kann, um noch mindestens eine Stunde mit Zizina zu verbringen, bevor sie an Bord geht. Alles ist nun besprochen und geregelt, und jede nimmt ihren Platz bei der Totenwache ein.

Tantine Turia, die wie versprochen wiedergekommen ist, hat aus der Entfernung euer Treffen mit dem Minister und Tito verfolgt. Du setzt dich neben sie, und sie bittet dich, ihr davon zu erzählen. Du berichtest ihr und unterlässt nicht, die Haltung des Clowns von einem Exmann zu erwähnen. Sie übergeht Letzteren völlig, was dich ein bisschen ärgert, denn du möchtest, dass sie dich vorbehaltlos unterstützt. Doch im Gegensatz zu dir hat sie ihn ganz einfach aus ihrem Universum gestrichen. »Für einen Mann, der seine Kinder verlassen hat, ist es schon zu viel der Ehre, wenn man schlecht über ihn spricht«, hat sie einmal zu dir gesagt, als du über Tito schimpftest. »Ignoriere ihn und lebe dein Leben.« Ja, aber er ignoriert dich nicht.

»Ein Minister, der euch persönlich aufsucht! Hat man schon so etwas gehört!«, ruft sie aus.

Du findest, dass sie müde aussieht. Kein Wunder, schließlich ist sie den ganzen Tag hier gewesen, hat sich um das Haus und die Kinder gekümmert. Nein, es ist wirklich nicht nötig, dass sie nochmals eine schlaflose Nacht mit vielen Mücken auf einer unbequemen Matte verbringt. Sie hat Batatu schon mehr als die letzte Ehre erwiesen. Du musst sie drängen, bis sie einwilligt, nach Hause zu gehen. Du hilfst ihr, ihre Decke zusammenzurollen, und ihr tretet auf die Straße hinaus. Du beschließt, sie ein Stück zu begleiten, das lenkt dich ein bisschen von der Totenwachestimmung ab, in die du seit deiner Rückkehr vom Friedhof getaucht bist. Armando steht auf der Straße und unterhält sich mit jemand. Als er euch sieht, stürzt er auf euch zu.

»Tantine Turia, gehst du schon heim?«

Du stellst fest, dass auch er sie Tantine nennt.

»Ja, Armando, Méré will nicht, dass ich bleibe. Sie findet, ich sei zu alt, um zwei Nächte nacheinander auf einer Totenwache zu bleiben«, sagt sie lächelnd.

»Ich bin mit Méré vollkommen einer Meinung. Nicht weil du alt bist, sondern weil sie morgen wieder deine Hilfe braucht. Also musst du gut ausgeruht sein.«

»Ich sehe, ihr seid alle gegen mich.«

Diese Bemerkung gefällt Armando. Er lacht.

»Noch besser, Tantine, wir lassen dich nicht zu Fuß nach Hause gehen, ich fahre dich mit meinem Taxi.«

»Nein, du brauchst dich nicht zu bemühen, du weißt, dass ich nicht weit weg wohne.«

»Das ist ein Befehl! Es gibt nichts zu diskutieren«, sagt er fröhlich lächelnd. »Los, auf geht's.«

Du schaust den beiden nach: wie zwei Kinder. Armando schreitet entschlossen auf sein Auto zu. Es bleibt dir nichts anderes übrig, als zu folgen.

Tantine sitzt hinten und du vorn neben Armando. Ihr fahrt langsam. Die Scheinwerfer durchbohren die Nacht.

»Das trifft sich gut, Tantine. Ich habe eine CD mit alten Chansons dabei. Ich lege eins für dich auf, es weckt sicher Erinnerungen. Vielleicht hast du zu dieser Melodie getanzt, als du ein junges Mädchen warst.«

»Was für ein Chanson?«

»Das verrate ich nicht. Du erinnerst dich bestimmt.«

»Man könnte meinen, du magst nur alte Chansons«, wirfst du ein.

»O nein, ich mag auch neue Songs. Aber ich höre die alten Chansons gern, schließlich sind sie die Klassiker unserer Popmusik. Sie haben einen altmodischen Charme, den ich sehr mag.«

Nach den ersten Gitarreklängen sagt Tantine Turia: »Das ist *Marie Louise* von Wendo Sor Kolosy, dem Gründervater der kongolesischen Rumba.« Und sie singt mit, begleitet Wendo auf Lingala.

Marie Louise
Kombo na yo mama!
Marie Louise, was für ein Name!
Wie soll man eine Frau nicht heiraten, die einen solchen Namen trägt?
Warum sind die Schwiegereltern gegen unsere Heirat?
Wo wir uns doch lieben.
Sie lästern heimlich über mich
Wegen dir, Marie-Louise.
Sag ihnen, dass ich ihr Schwiegersohn bin!
Und dass Wendo Marie Louise liebt.

Als das Chanson zu Ende ist, sagt Tantine: »Du irrst dich, Armando. Ich habe nicht zu dieser Melodie getanzt. Es ist kein Chanson aus meiner Jugendzeit, sondern aus der Generation meiner Eltern. Es ist das Urchanson der kongolesischen Rumba. Du hast die gute Version ausgesucht, das Original von 1948. Damals hieß es, man dürfe *Marie Louise* nicht um Mitternacht singen, denn wenn die Teufel es hörten, könnten sie nicht widerstehen und kämen als schöne Frauen und schöne Männer auf die Tanzflächen. Wehe, wer ihrem Charme verfiel! Wendo hat zehn Jahre später, 1958, eine neue Version aufgenommen und dabei die schöne Rumba in einen Cha-Cha-Cha verwandelt. Er hätte das nicht tun sollen, es ist nur ein Abklatsch. Wirklich.«

Du staunst! Es hat Armando gebraucht, damit du entdeckst,

dass diese Frau eine Jugend gehabt hat wie du auch. Dass sie getanzt hat, dass man ihr den Hof gemacht hat, dass sie Bewunderer gehabt hat, die ihr des Abends an einer dunklen Straßenecke einen Kuss stehlen wollten … Verflixte Tantine! Du liebst diese kurzen Momente: von einer altmodischen Melodie geweckte Erinnerungen, die eine vorangehende Generation auferstehen lassen. Eine Welle der Zuneigung steigt in dir hoch, breitet sich aus, füllt den ganzen Wagen und verwandelt ihn in eine Hülle aus Zärtlichkeit. Vor ihrem Haus steigt sie aus und bedankt sich bei Armando. Du steigst ebenfalls aus, um sie zum Haus zu begleiten. Du wartest, bis sie die Tür aufgeschlossen und das Licht angezündet hat, umarmst sie und verabschiedest dich von ihr: »Bis morgen.«

Sie schließt dich in die Arme und meint: »Ein netter Kerl, dieser Armando, findest du nicht auch?«

»Hm … ja … er ist … doch, er ist nett«, antwortest du etwas verlegen.

»Versuche immerhin, ein bisschen zu schlafen. Bis morgen.«

Du trittst wieder auf die Straße hinaus und setzt dich neben Armando, der in seinem Auto wartet.

Er schafft es tatsächlich, in der engen Straße zu wenden. Du sitzt stumm neben ihm. Er sagt auch nichts. Die undefinierbare glückliche Stimmung von vorhin scheint noch im Wagen zu schweben. Sie gibt dir in der euch umgebenden Dunkelheit das Gefühl, einen sicheren Unterschlupf gefunden zu haben, der eigens für seine zwei Passagiere geschaffen worden ist: Armando und dich. Du schließt die Augen.

»Méré, ich sehe da vorn ein Café. Halten wir kurz an und trinken etwas. Ich habe Durst.«

»Bei der Totenwache gibt es jede Menge zu trinken.«

»Das ist nicht das Gleiche. Es wird eine lange Nacht, wir brauchen uns nicht zu beeilen.«

Du zögerst, dann sagst du: »Warum nicht?« Du hast auch Lust auf etwas zu trinken. Und dann, ablehnen, nach dem, was er heute alles für euch getan hat, wäre wirklich unfreundlich. Ihr setzt euch in die hinterste Ecke. In diesen Nachtcafés und Bars ist die Musik meistens zu laut, hier jedoch nicht, es ist eher eine sanfte Hintergrundmusik. Du bestellst einen Fruchtsaft. Er einen Kaffee. Als er seine Brieftasche hervorzieht, versuchst du erst gar nicht, dein Getränk selber zu bezahlen.

»Tantine Turia ist wirklich eine außergewöhnliche Frau«, meint er dann.

»Eben, weil sie meine Tante ist. Was glaubst du denn?«

»Weißt du, dass du ihr ähnlich bist?«

»Ja, es muss wohl in der Familie liegen.«

»Sag, deine Schwester Tamara, war sie wie du? Schade, dass ich sie nicht gekannt habe.«

»Sie war hübscher und intelligenter als ich. Du kannst dir nicht vorstellen, wie sehr sie mir fehlt.«

»Du bist auch sehr hübsch, Méré.«

»Klar, sag doch, dass ich die schönste Frau der Welt bin, bla bla bla. Kannst mit Schmeicheleien aufhören, Armando, das klappt bei mir nicht.«

»Hör mal, ich kenne nicht alle Frauen der Welt, also kann ich nicht sagen, dass du die schönste bist, das wäre gelogen. Doch eins ist sicher, von all denen, die ich kenne, bist du die schönste.«

Du bist gerührt. Wäre deine Haut heller, hätte er bemerkt, dass du errötest. Um deine Verlegenheit zu überspielen, wechselst du das Thema.

»Morgen ist ein großer Tag für uns, wir werden endlich die Früchte unseres Kampfes ernten.«

»Du bist ein Geheimnis für mich, Méré. Du bist nicht wie meine Schwester Anne-Marie. Bist intelligent, gebildet … Sag, wie bist du eigentlich als Steinklopferin am Fluss gelandet?«

»Das ist eine zu lange Geschichte, ich will dich nicht damit belästigen. Ein andermal vielleicht.«

»Nein, Méré. Wer weiß, ob wir nochmals eine Gelegenheit wie diese haben? Bitte, es ist wichtig für mich.«

Seine aufrichtige Stimme berührt dich.

»Wenn du darauf bestehst! Es gibt kein Geheimnis … Gut,

wenn du es unbedingt wissen willst … Ich habe die Schule abgebrochen und mein Abitur nicht gemacht. Nicht, weil meine Leistungen schlecht waren, im Gegenteil, aber wegen einer ungeplanten Schwangerschaft. Du bist erstaunt, nicht wahr? Ich musste das Gymnasium vor Ende des Schuljahrs verlassen und habe in aller Eile einen Philosophen geheiratet, mit dem ich zwölf Jahre zusammengelebt habe.«

»Einen Philosophen?«, fragt er erstaunt. »Du meinst Tito? Ist Tito Philosoph?«

»Ja, ein Philosoph, der mir übrigens vieles beigebracht hat.«

»Zum Beispiel?«

»Den Skeptizismus.«

»Was ist das? Weißt du, ich bin nicht sehr gebildet, und von Philosophie verstehe ich gar nichts.«

»Das bedeutet, an allem zweifeln.«

»An allem zweifeln! Warum das? Hat es dir etwas genützt?«

»Nichts«, antwortest du lächelnd, »außer dass ich, als er eines Nachts mit einer Bierfahne nach Hause gekommen ist, begonnen habe, an ihm zu zweifeln. Ich erspare dir die Einzelheiten. Nach der Hochzeit und der Geburt unseres ersten Kindes haben wir beschlossen, dass er studieren muss, zumindest das Abitur nachholen, das er das Jahr vorher vermasselt hatte, und dass ich dann später meine Ausbildung weitermache. Der Mann hat immer den Vorrang, nicht wahr? Während er zur Schule ging, mussten wir ja von etwas leben. Zum Glück gab es Tantine Turia, sie hat unseren Kleinen gehütet. Zuerst habe ich eine Stelle als Kassiererin gefunden, dann als Hauptkassiererin in einem Laden für Computer und elektronische Geräte. Über fünf Jahre lang habe ich für die Familie gesorgt, da er nur da und dort Teilzeitjobs hatte. Inzwischen ist ein zweites – nicht geplantes – Kind gekommen, was meine Hoffnungen auf eine Ausbildung zunichte machte, ja, und das war es dann.

Alle diese Anstrengungen und Opfer haben sich letztlich doch gelohnt. Tito hat seinen Master in Informationstechnologie gemacht und sofort einen guten Job im Erziehungsministerium bekommen. Als Leiter der Abteilung, die diese neuen Technologien in den Schulen einführte. Der Titel war größer als das Gehalt, aber nicht schlecht für einen Anfänger. Wir konnten endlich einigermaßen komfortabel leben.

Also konnte ich etwas aufatmen. Ich habe einen Monat Urlaub genommen, bin nach Westafrika gereist, und dort bin ich auf die Idee gekommen, einen Handel mit geräucherten Garnelen und Räucherfisch aufzubauen, anstatt mit Tüchern. Ich habe Wagadugu besucht, eine Stadt am Rand des Sahel, die mich wegen ihres geheimnisvollen Namens schon immer fasziniert hatte, seit ich sie auf einer Karte in einem Geografiebuch entdeckte. Ich bin auch nach Südafrika gereist, in Mandelas Land.

Dann ist meine Schwester krank geworden. Ich musste mich um sie kümmern. Wegen meiner wiederholten Fehlzeiten hat man mir gekündigt … genau zu dem Zeitpunkt, als die Probleme in unserer Ehe begannen. Ich erspare dir die Einzelheiten. Da ein Unglück selten allein kommt, haben wir uns kurz nach dem Tod meiner Schwester getrennt. Etwas später stand ich völlig mittellos da mit drei Kindern, denn ich hatte die Kleine meiner Schwester zu mir genommen, während mein Exmann in die Politik gegangen ist und sich – durch mehrere richterliche Entscheide zu seinen Gunsten bestärkt – hartnäckig geweigert hat, Alimente für die Kinder zu bezahlen.«

»Ach so, ich verstehe. Und dann bist du also Steine klopfen gegangen.«

»Nein, nicht gleich. Manchmal braucht es im Leben einen Schock, um aufzuwachen. Ich schlug mich von kleinem Job zu kleinem Job durch und verdiente gerade genug, um von der Hand in den Mund zu leben. Weißt du, du findest dich sehr schnell mit der Routine der kleinen Jobs ab.«

»Ich weiß, wovon du sprichst. Ich habe das auch erlebt, als ich noch keinen eigenen Wagen hatte.«

»Eines Abends saß ich auf der Veranda, total erschöpft, denn ich war sehr früh aufgestanden; ich musste um halb fünf zum Verladeplatz gehen und dort auf die Laster der Früchte- und

Gemüsehändler warten, die frische Ware aus den Dörfern im Landesinnern anliefern. Du musst unter den Ersten sein, wenn du etwas ergattern willst, denn die Frauen stürmen die Camions. Doch es lohnt sich, denn eine Gemüsekiste kann das Doppelte einbringen, und wenn du sie einzeln verkaufst, verdienst du an einem Bananenbüschel leicht das Dreifache. Und mit einem bisschen Glück kannst du an einem Tag alles verkaufen.

Doch an jenem Tag hatte es geregnet, einer jener Tornados in der Regenzeit. Nur ein Camion war angekommen. Eine Brücke war weggeschwemmt worden, Straßen waren abgerutscht, Erdmassen auf die Straße geschwemmt worden ... kurz, die Straßen waren zu Morast geworden, und selbst geländegängige Laster blieben stecken. Wir harrten bis zum Nachmittag aus, doch dann mussten wir uns damit abfinden, dass kein Camion mehr eintrifft. Um etwas für das Abendessen zu kaufen, musste ich also die Geldreserve angreifen, die ich für den Kauf von Früchten und Gemüse auf die Seite gelegt hatte. Mein Budget war sehr schmal. Als ich nach Hause kam, habe ich angefangen zu rechnen: Es blieb mir gerade genug Geld, um morgen zwei Gemüsekistchen und ein Bananenbüschel zu kaufen. Das heißt, ich hatte nicht einmal mehr genug Geld, um die Busfahrt zu bezahlen; ich müsste also zu Fuß zum Verladeplatz gehen, was wiederum bedeutete, um vier Uhr morgens aufzustehen.

Da sehe ich eine Frau mit einem Kind vor meiner Gartentür stehen. Ich bitte sie hereinzukommen. Sie kommt mit dem Kind an der Hand zögernd näher.

›Dein Kind hat den Ballon meines Kindes kaputt gestochen‹, sagt sie ohne lange Umschweife, ›du musst ihn bezahlen.‹

Ich hatte keine Ahnung, wovon sie spricht, also habe ich meinen jüngeren Sohn gerufen. Ja, es stimmte. Einen jener bunten Ballons, die man aufbläst und an einer langen Schnur in der Luft fliegen lässt. Er sagte, er sei beim Aufblasen geplatzt. Weiter nichts Schlimmes. Was die Leute sich nicht alles vorstellen! Ein solches Theater für einen Ballon? Konnte sie nicht bis morgen warten?

›Und wie viel kostet dieser Ballon?‹

›Hundert Franc? Und du störst mich abends wegen hundert Franc?‹

Ich war verärgert. Hundert Franc! Ein lächerlicher Betrag, eine kleine Münze. Mich deswegen zu belästigen! Ich wollte sie wegen dieser lumpigen Hundertfrancmünze demütigen. Ja, anstatt sie ihr zu übereichen, würde ich sie ihr zuwerfen, damit sie sich bücken und sie im Dreck auflesen muss, wenn sie sie nicht auffängt, und ich würde schon aufpassen, dass sie sie nicht auffängt.

Doch genau in dem Moment, als ich aufstehen wollte, habe ich mich erinnert, dass ich ja keine hundert Franc hatte. Nicht einmal eine Hundertfrancmünze! Was jetzt? Ich saß starr in meinem Sessel, überlegte, wie mich aus der Affäre zu ziehen, und sie wiederholte: ›Ich verlange nur die hundert Franc, dann kann ich meinem Kind einen neuen Ballon kaufen. Ich bin nicht gekommen, um zu streiten.‹

Und nochmals: was jetzt? Meine grauen Zellen arbeiteten wie wild, um eine Lösung zu finden. Ich konnte ihr unmöglich gestehen, dass ich keine hundert Franc besaß, nachdem ich so hochmütig reagiert hatte. Und ich fand endlich eine Lösung! Ich fragte meinen Sohn: ›Was für eine Farbe hatte der Ballon?‹

›Grün.‹

›Also, ich gebe dir keine hundert Franc‹, sagte ich zu der Frau. ›Wer garantiert mir, dass du damit wirklich einen Ballon kaufst und nicht eine Flasche Bier? Ich bringe dir morgen einen grünen Ballon für deinen Sohn.‹

›Behandle mich nicht, wie wenn ich als Bettlerin käme. Ich bin noch nie bei dir gewesen. Gib mir hundert Franc, und ich gehe, ich habe anderes zu tun und muss morgen früh aufstehen.‹

Schließlich hat sie begriffen, dass ich meine Meinung nicht ändern würde, und ist mit ihrem Kind gegangen.

Ihre letzten Worte – ich muss morgen früh aufstehen – haben lange in meinen Ohren nachgeklungen. Mein Zorn war verraucht. Ich hätte nicht wütend zu sein brauchen, wir waren zwei

Gefährtinnen im Elend, die sich abschufteten, damit wir unseren Kindern etwas zu essen geben konnten. Wusste ich denn, wie viel es sie gekostet hatte, hundert Franc von ihrem Budget abzuzweigen, um ihrem Kind eine Freude zu bereiten? Wusste ich, warum sie morgen so früh aufstehen musste? Ging sie in die Stadt putzen? Oder ging sie die gleiche Strecke wie ich, zu Fuß, weil ihr die hundert Franc für den Bus fehlten wie mir? Ich schämte mich, dass ich diese Frau gedemütigt hatte, eine Mutter, die ganz einfach ihrem Kind beweisen wollte, dass sie es liebt und sie ihr Möglichstes tut, um es vor den Widrigkeiten des Lebens zu bewahren. Und, ehrlich, ich musste weinen.

Ich saß in meinen Sessel versunken, nicht imstande, mich zu rühren, das Hundertfrancstück ließ mich nicht los ... hundert Franc ... hundert Franc ... Und ich besaß keine hundert Franc! Kannst du dir das vorstellen? Nein, Méréana, habe ich mir gesagt, so kann es nicht weitergehen. Von einem kleinen Job zum andern ... du gehst zugrunde ... und wenn du eines Morgens krank aufwachst? Du lässt dich gehen, wach auf, schüttle dich, tu etwas, rühr dich! Du hast ein Hirn, benutze es wie ein Maurer oder ein Schreiner seine Hände!

Als ich im Computerladen arbeitete, hatte ich festgestellt, dass es eine riesige Nachfrage nach Informatikern gab. Wenn ich die verschiedenen Programme beherrschte – Textverarbeitung, Bilder, Buchführung –, würde ich bestimmt eine Stelle finden. Ich konnte das lernen. Im Gymnasium war ich eine glänzende Schülerin gewesen und bereitete mein Matheabitur vor. Ich hatte von einer Privatschule gehört, die genau einen solchen Kurs ausschrieb. Drei Monate Schule mit Praktikum, für ein Kursgeld von ... zweihunderttausend Franc. Doch wo zum Teufel dieses Geld auftreiben, wo ich doch nicht einmal hundert Franc besaß?«

»Der Steinbruch«, wirft Armando ein.

»Noch nicht. Ich wollte das Geld borgen. Tantine Turia gab mir achtzigtausend Franc. Für den Rest: Freundinnen und Freunde, Banken, Kleinkredit ... nichts klappte. Ich hatte nicht gewusst, dass es so schwierig ist, an hundertzwanzigtausend Franc zu kommen in einem Land, das vor Erdöl überfließt und dessen Präsident sich im Ausland Champagner zu zweihunderttausend Franc die Flasche leistet. Die Zeit drängte, ich brauchte das Geld innerhalb von zwei Monaten, bevor die Anmeldefrist ablief.

Da habe ich vom Steinbruch am Fluss reden hören. Ich habe schnell nachgerechnet: der Sack Schotter zu zehntausend Franc, es würde reichen, zwölf zu füllen, um den erforderlichen Betrag zusammenzubringen. Das ließ sich in sechs Wochen schaffen. Und so habe ich es dann auch gemacht. Und das ist der Grund, warum ich heute mit dir in diesem Café sitze.«

»Mein Gott, was für eine Geschichte! Ich bewundere dich noch mehr als vorher, Méré. Wann läuft die Anmeldefrist ab?«

»In genau zwei Wochen. Daher ist es wichtig, dass unsere Forderungen erfüllt werden.«

»Wie viele Säcke musst du noch verkaufen oder füllen, um den Betrag zu erreichen?«

»Ich habe bereits acht Säcke verkauft, es fehlten noch vier, eigentlich nur noch zwei, kaum noch eine Woche Arbeit, denn zwei volle hat die Polizei gestohlen. Doch jetzt, mit zwanzigtausend Franc pro Sack, habe ich die erforderliche Summe beisammen. Ich brauche nicht einmal mehr in den Steinbruch zurückzukehren, doch ich will die zwei Säcke trotzdem füllen, denn es ist mir wichtig, meine Arbeit zu Ende zu führen.«

Du schweigst, hast das Gefühl, vielleicht zu viel geredet zu haben. Du hörst die Hintergrundmusik. Er betrachtet dich lange, streckt dann seinem Arm über den Tisch und legt seine Hand auf deine. Du erschauerst. Wie warm, diese Hand auf deiner Hand, freundschaftlich, tröstend! Du möchtest, dass er sie dort lässt, lange … Du ziehst deine Hand brüsk zurück.

»Ich glaube, es ist Zeit, zur Totenwache zurückzukehren, die anderen fragen sich bestimmt, wo wir stecken.«

Du stehst auf. Er steht auf und folgt dir zum Wagen.

Stumm schiebt er dem Player eine CD in den Mund, und Tabu Ley Rochereaus Stimme erschallt: die Worte eines seiner besten Chansons, das er einer Frau gewidmet hat.

Kitoko e tondi yo na nzoto, Maze
Na mona moto nini na ko mekana na yo te
Maze ...
Dein Körper ist von vollendeter Schönheit ... ich weiß niemand,
der so schön ist wie du ...

Spielt er dieses Chanson zufällig? Gewiss nicht. Glaubt er wirklich, du bist so schön wie die Maze im Lied? Aber warum dir so unnütze Fragen stellen? Lass dich von der verzaubernden Stimme Rochereaus einlullen. Und von dem Gefühl, in einen Zärtlichkeitskokon eingehüllt zu sein.

Ihr seht die Lichter der Totenwache, und der Wind weht Gesprächsfetzen und Lieder herüber. Ihr könnt das Auto nicht vor dem Haus parken, denn die Menschen drängen sich bis auf die Straße hinaus. Ihr findet einen ziemlich weit entfernten Parkplatz. Armando hält an, und in dem Moment, als du die Wagentür öffnest, fragt er: »Méré, hast du jener Frau später die hundert Franc für den Ballon gegeben?«

Die Frage kommt so plötzlich, dass sie dich schmerzt. Mit trauriger Stimme antwortest du aufrichtig: »*Hélas*, nie, Armando. Am nächsten Tag bin ich mit dem Geldstück durchs ganze Viertel geirrt, um eine Frau zu suchen, deren Name ich nicht einmal kannte. Ich habe sie nicht gefunden. Wieder zu Hause, habe ich das Geldstück in meine Schmuckschatulle gelegt. Und jedes Mal, wenn ich es sehe, weiß ich, dass ich immer noch eine Schuld irgend jemandem gegenüber habe. Irgendwo.«

»Du bist so voller Mitleid, Mére, und so großzügig!«

Seine Bemerkung berührt dich, und du beugst dich spontan zu ihm hinüber, um ihm einen flüchtigen Kuss auf die Wange zu geben. Pech! In dem Moment, als er den Kopf wendet, um dich anzuschauen, landet der Kuss auf seinen Lippen. Du hast keine Zeit, dich zu fassen, als deine Lippen sich unter dem Druck seiner Zunge öffnen. Und dennoch, das hätte nicht passieren dürfen, Mére! Bist selber schuld!

DREISSIG

Trotz der langen Totenwache erwachst du frisch und munter. Keine deiner üblichen Sorgen stürzt sich auf dich ein und verdirbt dir den Morgen. Selbst das Radio, das du gleich anschaltest, sendet nur gute Nachrichten: *Wahl des ersten schwarzen Präsidenten der USA … vielversprechende Resultate eines Impfstoffes gegen Malaria … In Den Haag Eröffnung des Prozesses gegen einen hohen Militär aus dem Osten des Kongo, dessen Truppen Tausende Frauen und Kinder vergewaltigt und missbraucht haben … Ein französischer Richter erklärt die Klage verschiedener NGO für zulässig, den Präsidenten Kongos, Gabuns und Äquatorialguineas ihre in Frankreich erworbenen Immobilien und Güter abzuerkennen …* Fehlt nur noch die Nachricht von eurem Sieg. Du fühlst dich in einem Schwebezustand wie der Planet Erde auf dem Poster, das Tamara dir geschenkt hatte: die eine Hälfte der Erdkugel blau mit weißen Wölkchen, die fröhlich über dem Mondhorizont schwebt.

Du hast geglaubt, du wärst die Erste vor den Toren des Schatzamtes, aber Mukiétu, Iyissu und Laurentine Paka sind bereits dort, als du erscheinst. Laurentine Paka ist allein. Wenig später setzt Armando seine Schwester ab. Als sie Anne-Marie sieht, stürzt Laurentine zum Auto. Die zwei Frauen verbindet eine besondere Freundschaft, vielleicht weil beide schön und elegant sind, wenn auch jede auf ihre Art, und sie sich endlos über Klamotten und Schönheitscremes unterhalten. Du trittst zu ihnen.

Armando freut sich, dich zu sehen. Und du bist nicht unzufrieden, ihn wiederzusehen.

»Guten Tag, Méré, bist du nicht erschöpft von der Nachtwache?«

»Und selbst wenn! Ein Tag wie dieser wiegt alle Erschöpfungen auf«, antwortest du.

Laurentine sagt begeistert: »Armando will uns abholen, wenn wir unser Geld in Empfang genommen haben.«

Du tust so, als gehe dich das nichts an. »Ist doch nicht nötig, ich kann den Bus nehmen oder zu Fuß nach Hause gehen.«

»Das ist lächerlich. Frauen mit Taschen voller Geld in einem überfüllten Bus! Ein Fest für die Taschendiebe«, antwortet Armando.

»Ich lasse mich von Mukiétu begleiten. Keiner wird es wagen, sich uns zu nähern, wenn er ihre Bizeps sieht.«

Ihr müsst alle lachen.

»Hör nicht auf Méré«, unterbricht Laurentine. »Ich rufe dich an, sobald wir fertig sind.«

»O.K., die Damen. Bis dann.«

Er steigt in sein Taxi, hupt dreimal kurz und fährt los.

Punkt acht Uhr werden die Tore der großen Bank geöffnet. Ein öffentliches Unternehmen, das pünktlich aufmacht! Etwas noch nie Gesehenes in diesem Land! Das Präsidentenpalais und die betreffenden Minister haben den Beamten also strenge Anweisungen gegeben. Mit euch strömt eine Menschenmenge in die Bank, als ihr eine Meldung hört: »Die Frauen vom Steinbruch am Fluss … meldet euch hier … die Frauen vom Fluss … meldet euch hier!« Ihr folgt der Aufforderung: Ossolo, Bilala, Iyissu, Bileko, Moyalo, Mukiétu, Asselam, Itela … ihr seid alle anwesend. Ein Wachmann führt euch in einen Warteraum, der um einiges luxuriöser ist als der im Frauen- und Behindertenministerium, und bittet euch zu warten.

Was nicht lange dauert, denn er kommt gleich darauf wieder mit einem Herrn in Anzug und Krawatte, mit einer dunklen Brille und so kurz geschnittenem Haar, dass er aussieht wie kahl. Sein deutliches Übergewicht verleiht ihm ein überhebliches Auftreten. Als würde das nicht reichen, schwingt an Verachtung grenzende Abschätzigkeit in seiner Stimme mit, als er das Wort an euch richtet: »Guten Tag, meine Damen. Ich bin der

Direktor dieses Instituts. Gewöhnlich empfange ich die Kunden nicht persönlich, aber für Sie mache ich eine Ausnahme, trotz meines sehr gedrängten Zeitplans. Ich hoffe, Sie wissen das zu schätzen. Ich bitte Sie, Ihre Schecks zu indossieren und sie dann dem Beamten hier zu übergeben. Anschließend melden Sie sich bei einem Schalter, den ich eigens für Sie geöffnet habe. Das ist alles. Ich wünsche Ihnen einen schönen Tag.«

Er dreht sich um und will gehen. Er soll ruhig verschwinden, dieser Fettwanst, was uns interessiert ist, unser Geld ausgezahlt zu bekommen, denkst du. Ma Bileko ist anderer Meinung, denn in dem Moment, als er den Raum verlassen will, ruft sie ihm zu: »Herr Direktor, bitte. Wir möchten nicht vor einem Schalter Schlange stehen. Wir wollen hier und jetzt ausgezahlt werden.«

Der Mann wendet sich um; er traut seinen Ohren nicht.

»Ja, was glauben Sie denn, wer Sie sind? Ich bin der Direktor hier, und ich organisiere meine Dienststellen, wie ich es für richtig halte! Sie gehen zum Sonderschalter, der eigens für Sie geöffnet wird, wenn Sie Ihr Geld haben wollen. Basta! Ich habe Kunden, die mehr als eine Million hier abheben, und Schlange stehen. Belästigen Sie mich nicht weiter, ich habe keine Zeit zu verschwenden. Ich befehle hier und …«

»Méré«, fällt ihm Ma Bileko ins Wort, »der Innenminister hat dir doch seine Telefonnummer gegeben, als er gestern bei unserer Trauerfeier war, oder? Hast du sie gespeichert? Ruf ihn bitte an!«

»Ja, sicher«, sagst du spontan, wie eine Schauspielerin, die auf ihr Stichwort gewartet hat, obwohl du keine Ahnung hast von besagter Telefonnummer. »Ich habe sie auf meinem Handy.«

Du streckst die Hand aus, nimmst deine Handtasche, öffnest sie, greifst hinein. Der Mann wartet nicht einmal, bis du das Handy hervorgezogen hast: Er schluckt dreimal leer und beginnt zu reden, als hätte er plötzlich festgestellt, dass seine Krawatte zu eng gebunden ist.

»… Sie haben mich nicht ausreden lassen … Ich sagte eben, dass ich hier Befehle erteile und … und dass … dass Sie sich das

Geld hier auszahlen lassen können. Ich leite alles in die Wege ... selbstverständlich ... Ich veranlasse sofort, dass Ihnen hier Ihr Geld ausgezahlt wird.«

Ein galliges Lächeln ... und schon ist er weg, mindestens einen Quadratmeter weniger aufgeblasen als vorhin, als er den Raum betrat. Ihr blickt Ma Bileko an. »Ist doch egal, wo sie uns das Geld auszahlen, solange wir es bekommen?«, scheinen eure Blicke zu sagen.

»Alles eine Frage der Würde, meine Lieben«, antwortet sie auf eure stumme Frage. »Wir kämpfen nicht nur um einen besseren Preis für unsere Steine, sondern auch dafür, dass man uns Achtung entgegenbringt.«

Sie tritt wieder wie die reiche Geschäftsfrau auf, die mit den bekanntesten Geschäftsmännern und Geschäftsfrauen dieser Welt verhandelte, bevor sie im Steinbruch am Fluss landete wie ihr.

Hochzufrieden verlasst ihr mit euren gebündelten brandneuen Zehntausendfrancscheinen die Bank. So viele neue Scheine? Du wunderst dich. Drucken sie jeden Morgen frische Scheine? Du blickst Bilala an, eure »Dörflerin«, die ihre Geldscheine nochmals hervorzieht, sie nochmals ungläubig zählt und dann wieder in den Umschlag steckt. Was geht im Kopf eines Menschen vor, der noch nie so viel Geld aufs Mal besessen hat?

Ihr sprecht euch kurz ab wegen der Uhrzeit, wann ihr euch alle am Flughafen trefft, um euch von Zizina zu verabschieden. Und dann wird jede ihres Weges gehen.

EINUNDDREISSIG

Laurentine ruft wie vereinbart Armando an, aber der fährt mit einem Kunden an Bord auf der anderen Seite der Stadt, er kann frühestens in einer halben Stunde zu euch kommen. Ihr wollt nicht vor der Bank herumstehen und beschließt, in einem Café auf ihn zu warten. Zufällig ist das *Café des Anges* ganz in der Nähe, also geht ihr dorthin.

Die junge Serviererin, die dich das letzte Mal bedient hatte, erkennt dich gleich wieder und schenkt dir ein strahlendes Lächeln. Wahrscheinlich hat sie das großzügige Trinkgeld nicht vergessen, das du ihr das letzte Mal gegeben hast. Sie platziert euch am besten Tisch und nimmt eure Bestellungen auf.

»Champagner«, scherzt Anne-Marie Ossolo, »wir haben eben das Schatzamt geplündert.«

»Wir servieren keinen Champagner«, antwortet die Serviererin, die den Scherz nicht verstanden hat. Wie könnte sie auch?

»Das war bloß ein Witz«, versicherst du ihr.

Du nimmst auch diesmal eine Orangina, Laurentine und Anne-Marie jede eine Dose Importbier. Ihr trinkt und plaudert, während ihr auf Armandos Anruf wartet. Laurentine erzählt ganz aufgeregt von ihren Plänen. Sie möchte einen Schönheitssalon eröffnen, in dem eine Frau alles findet, um toll auszusehen, Haarentkrauser, Schminkprodukte, aufhellende Schönheitsmilch, Strähnen, Perücken und so weiter, bis hin zu Schlankmachertees.

»Ich werde nur Qualitätsprodukte verkaufen, nur echte, die ich aus Chicago und New York importiere, aus Paris und London und vielleicht aus Südafrika, und nicht die Fälschungen aus Nigeria oder dem ehemaligen Zaire, alles regelrechte

Gifte für die Haut. Ich werde nicht mal chinesische Produkte verkaufen!«

Du hörst amüsiert zu. Sie holt ein Spiegelchen aus ihrer Handtasche, und du schaust Anne-Marie an.

»Und du?«

»Jetzt habe ich endlich das Geld, um mich zu rächen!«

»Rächen? An wem denn?«,

»Mit den Säcken, die ich noch füllen muss und dann zu zwanzigtausend Franc verkaufe, besitze ich mehr als zweihunderttausend Franc! Heute Abend bezahle ich meine Mietrückstände, bezahle die Hälfte dessen, was ich diesem Westafrikaner schulde, kaufe mir dann den schönsten Super-Wax. Und dann zeige ich es dieser dummen Kuh! Ihretwegen sitze ich in der Scheiße. Sie hat meine Schönheit zerstört! Glaubt ihr etwa, ich lass sie einfach so davonkommen? Wenn du wüsstest, wie ich auf dieses Geld gewartet habe!«

Du blickst sie fragend an.

Laurentine weiß offensichtlich Bescheid. »Eins ist sicher, sie hat eine Lektion verdient, nach dem, was sie dir angetan hat. Erzähl es Méré. Du kannst ihr vertrauen. Sie ist nicht von der Art, die Leute hintergeht.«

»Hintergehen?«, fragst du.

»Erzähl du, Laurentine. Ich werde schon rasend, wenn ich an diese Geschichte auch nur denke!«

»Anne-Marie ist – oder war vielmehr – Bokolas zweites Büro.«

»Bokola? Du meinst Gustave Bokola, den steinreichen Geschäftsmann?«, fragst du erstaunt. »Der Typ, der drei Bäckereien besitzt, zwei Tankstellen und was weiß ich noch was alles? Es wird sogar behauptet, er stecke in schmutzigen Geschäften mit Diamanten.«

»Er ist auch noch Politiker, Abgeordneter«, fügt Anne-Marie hinzu.

»Eines Sonntagabends ...«

»Nein, es war an einem Samstagabend«, korrigiert Anne-Marie.

»Egal. An einem Samstagabend also hatte sie nichts zu tun …«

»Nein, nicht weil ich nichts zu tun hatte, ich hatte Sorgen …«

»Das kommt aufs Gleiche heraus. Sie hatte Sorgen, weil ihr Typ … der vor Bokola … sie sitzengelassen hat …«

»Stimmt nicht, ich hatte genug von ihm …«

»Bitte, dann erzähl du doch weiter, wenn du mich ständig unterbrichst!«

»Ich will doch nur, dass sich Méréana meine Situation vorstellen kann!«

»Warum hattest du genug von ihm? Weil er nicht gut aussah?«, fragst du.

»Nein, nein, er war gar nicht übel, charmant … halt der Typ Mann, bei dem Frauen auf den ersten Blick schwach werden, aber er war knauserig. Geiziger als der, das gibt's nicht! Um ihm das Geld für die Miete aus dem Rachen zu reißen, war's jedes Mal ein Kampf. Er gab mir nicht mal genug Geld, um eine parfümierte Seife zu kaufen. Wozu einen Freund haben, wenn er dir keine Kleider kauft? Dir nichts zu essen kauft. Dir die Miete nicht bezahlt. Ja, wenn er dich nicht unterhält? Der Schock ist in Ordnung«, fügt sie lächelnd hinzu, »aber das reicht nicht. Es braucht auch den Scheck.«

»Der Schock?«

»Ja, der Schock im Bett, du weißt doch, oder?«

»Ach so, verstehe«, sagst du lächelnd.

»Ein guter Freund muss dreierlei bieten: den Schock, den Schick und den Scheck«, klärt dich Laurentine auf, die sich in diesen Dingen auskennt.

»Ich hab ihn also hinausgeschmissen«, fährt Anne-Marie fort. »Ein Schleimer wie er … er hat bestimmt schon eine andere Dumme gefunden. Nach der Trennung fühlte ich mich einsam und hatte Sorgen. Ich war pleite, das Monatsende war nahe, ich musste die Miete allein bezahlen, konnte auf niemand zählen und wollte Armando nicht um Hilfe bitten. Einsam in meinem Zimmer, und noch dazu an einem Samstagabend, drehte ich vor lauter Nachdenken fast durch. Dann bin ich aufgesprungen, hab mich im Spiegel angeschaut und mir gesagt: Anne-Marie, du bist jung, du bist hübsch, man muss das Leben genießen. Wenn du hier herumsitzt, löst du deine Probleme nicht. Du musst an die frische Luft, ausgehen, tanzen, dann kommst du aus deiner Depression heraus.

Ich hab mich hübsch zurechtgemacht und sorgfältig geschminkt, eine schicke Hemdbluse und einen kurzen Rock angezogen und bin ins Jenny gegangen, eine Dancing-Bar. Ich kenne den Geschäftsführer, und der ließ mich oft ohne zu bezahlen herein. Ich hatte gerade genug Geld für ein lokales Bier, aber das war nicht weiter schlimm, denn ich weiß, wie man ein Getränk in die Länge zieht.

Kaum sitze ich da mit meinem Glas, kommt ein Typ an und macht mir den Schmus. Ich bin hier in der Großstadt geboren und aufgewachsen, kenne also alle Tricks der Männer. Auf den ersten Blick kann ich einen Schwätzer, der nur mit dir vögeln will und dann verschwindet – wir nennen sie die Baggerer –, von einem seriösen Mann unterscheiden, der für eine Unterhaltung gut ist. Jener Typ gehörte eindeutig zur ersten Kategorie. Wirklich unglaublich, diese Männer! Eine Frau, die in einer Bar allein in einer Ecke sitzt und gemütlich ein Bier trinkt, ist in ihren Augen nur da, weil sie einen Mann sucht! Ich hab ihm eine Abfuhr erteilt und ihn zum Teufel gejagt. Nach ihm versuchten zwei weitere Schleimer ihr Glück, ich hab sie ebenfalls zum Teufel gejagt. Sie nervten mich, ehrlich, ich war nur dort, um auf andere Gedanken zu kommen, weil ich mich zu Hause gelangweilt habe, und nicht, um mich vom erstbesten Rüpel abschleppen zu lassen. Ich fühlte mich plötzlich unbehaglich, ich wollte nur noch eins, mein Glas austrinken und schlafen gehen.

In dem Moment sehe ich einen Kellner auf mich zukommen mit einem Glas und einer Flasche Bier auf seinem Tablett, ein dänisches, glaub ich, das teuerste des Hauses. ›Von einem Bewunderer‹, sagt er und zeigt auf einen Tisch schräg gegenüber. Ein Mann sitzt dort. Allein. Er winkt mir lächelnd zu, zur

Bestätigung sozusagen, dass er der Spender ist. Der Kellner sagt, ich könne auch etwas anderes trinken. ›Eine Margarita‹, sage ich, denn ich brauchte dringend etwas Stärkeres als mein Bier. Als der Kellner die Margarita bringt, sagt er, der Herr dort drüben, der mir liebenswürdigerweise das Getränk offeriere, wäre entzückt, wenn ich mich zu ihm setzte, ich müsste mich aber keinesfalls verpflichtet fühlen. Ich zögere kurz, sage mir dann aber: Warum nicht, was soll daran schlecht sein, wenn du eine Einladung annimmst? Vor allem von einem so zuvorkommenden Herrn. Der Abend ist sehr gut verlaufen, Er hat sich tadellos benommen im Gegensatz zu den Abschleppern, deren Botschaft schon bei dir ankommt, noch bevor sie dich ansprechen.«

»Es war also Bokola.«

»Bokola höchstpersönlich! Als es spät wurde, hat er mir angeboten, mich nach Hause zu fahren, denn ich hätte kein Taxi mehr aufgetrieben. Ich wohnte allein, also gab's weiter kein Problem. Er hat mich in sein großes klimatisiertes Auto mit dicken Reifen und getönten Scheiben einsteigen lassen. Ich gebe zu, ich war schwer beeindruckt; ich saß zum ersten Mal in so einem Wagen, die ich aus der Ferne bestaunte, wenn einer vorbeifuhr. Manchmal saßen hübsche Frauen drin, die längst nicht so schön waren wie ich. Vor dem Haus fragt er mich, ob er mich wiedersehen könne. Eine Frau darf nicht sofort Ja sagen, sie muss sich rar machen. Ich sage ihm also, vielleicht … dass ich nicht wisse, ob ich Lust hätte, ihn zu treffen. ›Das wäre eine große Freude für mich, Anne-Marie. Schau, hier ist meine private Handynummer, du brauchst nichts zu befürchten, ruf mich an, falls du Lust hast.‹ Das Handy ist wirklich etwas Praktisches, hab ich gleich gedacht und mir gesagt, dass er höchstwahrscheinlich verheiratet ist.«

»Ist er verheiratet?«, fragst du.

»Verheiratet. Vater von fünf oder sechs Kindern, ich weiß nicht genau, doch das ist nicht mein Problem; ich hab ihn nicht gebeten, mich anzusprechen und mir den Hof zu machen. Ich besitze kein Handy, kann also nicht anrufen, antworte ich, um ihn zu entmutigen. Was eine umgekehrte Wirkung hat. ›Du hast kein Handy? Nun, nichts leichter als das. Morgen schenke ich dir eins, damit du mich anrufen kannst.‹

Ich hätte schon lange gern ein Handy gehabt, alle meine Freundinnen hatten eins. Warum also ein Geschenk ablehnen, schließlich hab ich ihn nicht darum gebeten, oder? Und sogar wenn er sich anerboten hätte, meine Miete zu bezahlen, warum hätte ich ablehnen sollen? Ich bin doch keine Prostituierte, nur weil ich vorübergehend in finanziellen Schwierigkeiten stecke und mir von einem Mann helfen lasse. Eine Hure bin ich nie gewesen und bin es nicht und werde es nie sein. Ich hab ihn am nächsten Tag von einer Telefonzelle aus angerufen, wir haben ein Rendezvous in einem großen Hotel vereinbart. Er hat Wort gehalten: Er hat mir ein Handy mitgebracht. So habe ich also Gustave kennen gelernt. Wir haben zwei Jahre miteinander verbracht, er war Teil meines Lebens, und schließlich habe ich eine echte Zuneigung zu ihm gefasst.«

»Sein zweites Büro also?«, wirfst du ein.

»Ja, wenn du so willst, aber« – sie lächelt –, »wer weiß, ob ich in seinen Augen nicht zum ersten geworden bin bei der vielen Zeit, die er mit mir verbrachte …«

»Der Schock, der Schick und der Scheck«, merkt Laurentine an.

»Was den Schock angeht, nun, der war nicht eben umwerfend. Doch was Schick und Scheck betrifft, kann ich mich überhaupt nicht beklagen. Ich bin in eine hübsche Wohnung umgezogen, und er hat sich um alles gekümmert. Das modischste Super-Wax-Tuch? Schau, hier! Schmuck? Da, nimm! Alles, was ich wollte, hab ich sofort bekommen. Fehlte nur noch ein Auto, und das wäre auch gekommen, hätte seine Alte nicht angefangen, alles kaputt zu machen. Armando war mit dieser Beziehung überhaupt nicht einverstanden und schimpfte mich oft aus, aber ältere Brüder verstehen nichts von solchen Dingen. Schließlich war es mein Leben, und es gefiel mir gut.«

»Hast du sie schon mal gesehen, seine Frau?«, fragt dich Laurentine. »Mager wie ein Nagel, nein, schlimmer, mager wie eine

Nadel! Nicht mal ein Hinterteil, um auf einer Matratze auf und ab zu hüpfen. Stell dir einen Stock vor! Der arme Ehemann muss das Gefühl haben, ein Skelett zu streicheln. Ich verstehe, warum der Typ total in Anne-Marie verliebt war. Du hättest Erbarmen haben sollen, Anne-Marie, und der armen Frau Vitamine oder Hormone schicken, um sie ein bisschen zu mästen.«

»Ich weiß nicht, ob das Miststück schon lange etwas ausbrütete, aber eines Nachmittags ist alles zusammengestürzt. Willst du weiter hören, Méré?«

»Aber sicher!«

»Laurentine soll weitererzählen!«

»Jetzt kommt der Teil von Anne-Maries Geschichte, den ich am besten mag«, beginnt Laurentine ihren Bericht. »Ich wäre wirklich gern dabei gewesen! Sie war an jenem Nachmittag zu einer Trauerendfeier eingeladen ...«

»... ich habe Gustave gebeten, mich zu begleiten, doch er hat mit einer faulen Ausrede abgelehnt. Erst später ist mir klar geworden, warum.«

»... du weiß ja, Méré, dass man bei dieser Feier die Trauerkleidung ablegt und die Frauen ihre Schönheit ganz besonders herausstellen«, fährt Laurentine fort.

»... jedenfalls war ich an jenem Nachmittag schön, und wenn du schön bist, weißt du es und spürst es bis in dein Innerstes.«

»Anne-Marie hat ihren Auftritt gehabt, denn sie sah königlich aus in ihrem Super-Wax! Ihr Make-up hob den Schimmer ihrer samtenen Haut hervor und betonte die vollkommene Schönheit ihres Gesichts, Kaum hat sie also Gustaves Frau gesehen ...«

»... nein, sie hat mich zuerst gesehen, sie war also strategisch im Vorteil. Ich hatte keine Ahnung, dass sie auch da war ...«

»Hör mal, du sagst, ich soll erzählen, und du unterbrichst mich die ganze Zeit. Erzähl doch selbst!«

»Nein, ehrlich, ich hatte keine Ahnung, dass sie auch kommen würde. Erst als ich den Empfangsraum betreten habe, habe ich sie erblickt. Ich vermute, sie hat mich zum ersten Mal gesehen, aber sie wusste wahrscheinlich Bescheid. Ich kannte sie natürlich. Eine Mätresse kennt die Frau ihres Liebhabers immer, umgekehrt ist es selten der Fall. Jedenfalls haben die anderen Frauen eine diebische Freude dabei empfunden, ihr zu verraten, wer ich bin. Verständlich, dass Gustave keine Mühe gescheut hat, eine glaubwürdige Ausrede dafür zu finden, dass er nicht kommen konnte. Er wusste, seine Frau ist da. Vielleicht waren beide eingeladen, und er hat einen fadenscheinigen Grund vorgeschoben, um sie nicht zu begleiten. Wie auch immer, er hatte einfach die Klöten nicht, um sich zwischen seiner Frau und seiner Geliebten zu entscheiden. Oh!, entschuldige, Méré …, doch wenn ich daran zurückdenke, steigt alles wieder hoch! Unsere Blicke trafen sich, ihr Blick glühend vor Hass, ich Gleichgültigkeit vortäuschend, als ich an ihrem Tisch vorbeikam, um mich zu meinen Freundinnen zu setzen, die alle noch unverheiratet waren. Ich schürzte verächtlich meine Lippen, warf ihr einen spöttischen Blick zu und ging mit kleinen hüpfenden Schritten an ihr vorbei, als ruhten die Sohlen meiner Dior-Pumps auf einem Luftkissen. Ich trug, das traf sich gut, das Super-Wax-Tuch, das als »Mein Mann kann's« bekannt ist, was in dieser Situation besagte, dass der Supertyp, der Mann, der es kann, auch meiner ist. Sie war fuchsteufelswild! Meine Freundinnen haben mir stürmisch applaudiert, als ich mich an ihren Tisch setzte. Ein paar Minuten später sehe ich, wie sie aufsteht und hinausgeht. Ich habe wie meine Freundinnen gedacht, dass sie meine Anwesenheit nicht erträgt, die Waffen streckt und das Fest verlässt. Doch nein!

Eine Viertelstunde später kreuzt sie wieder auf. Ich habe sofort gesehen, dass sie sich umgezogen hat. Um auf meinen Super-Wax zu antworten, trägt sie jetzt ein dreiteiliges Super-Wax mit dem Motiv ›Kanga Lopango‹, was bedeutet, ›Die Gartentür verriegeln‹, mit anderen Worten, dass niemand in ihr Haus eindringen kann und ihr den Mann stehlen, denn sie hat es gut verbarrikadiert. Eine deutliche Antwort. Ihre Ohrringe und die goldene Kette waren nicht etwa billiges Zeugs, sondern echter Schmuck aus Antwerpen, sehr teuer also … genau wie die

Stücke, die Gustave mir geschenkt hatte. Ihren knochendürren Körper in den zu weiten Kleidern, stakst sie mit ihrem flachen Hintern – unsere Großmütter, die gescheiter waren, trugen unter ihren Tüchern dicke Perlenschnüre um die Hüften, das berühmte *djiguida*, um die fehlenden Rundungen vorzutäuschen –, stakst sie also auf den Discjockey zu. Kaum ist sie von der Kabine des Discjockeys wieder weg, vibrieren die Lautsprecher von Rochereaus Song *Beauté d'une femme*, gesungen von Mbilia Bel. *J'ai souvent entendu parler de ma rivale / mais je ne l'ai jamais vue / Enfin aujourd'hui je la vois ... Oft hab ich von meiner Rivalin reden hören / sie aber nie gesehen / Heute endlich seh ich sie ...* und der Song sagt weiter, sie hätte geglaubt, diese Rivalin sei eine engelhafte Schönheit, doch nein, sie sehe schrecklich gewöhnlich aus.

Ihre Chanel-Tasche in der Hand schwenkend, fängt sie mit ihren Freundinnen zu tanzen an und singt lauthals die Refrains mit, *Finga, finga, tonga, tonga ...* beschimpfe mich, verfluche mich, erzähle alles, was du willst, meine Ärmste – damit war natürlich ich, Anne-Marie Ossolo, gemeint –, du kannst tun, was du willst, dieser Mann gehört mir, ich halte ihn fest, er wird sich nicht rühren.

Die Botschaft hätte nicht deutlicher sein können, oder?

Da bin ich wütend geworden. Was glaubte die Person eigentlich?

Ich hab einen Tausendfrancschein aus der Handtasche genommen. Hab eine Serviererin gerufen und sie gebeten, ihn dem Discjockey zu bringen, damit er *Nalembi* von Lutumba Simarro auflegt. Das Stück hat kaum begonnen, da sind an meinem Tisch alle aufgestanden und auf die Tanzfläche gestürzt. Auch ich – auch ich mit meinem teuren Schmuck, im Wert von ungefähr zweihunderttausend Franc –, auch ich die Handtasche schwenkend. Keine Chanel, eine Gucci, noch schicker und noch teurer, und ich tanze und singe mit meinen Freundinnen den Refrain, der sich an ältere Frauen richtet, an die *mama kulutu,* und der besagt, dass sie, wenn sie wollen, dass die Jüngeren sie respektieren, die Jüngeren respektieren müssen und sich nicht so lächerlich aufführen sollten.

Als der Song ausgeklungen war, sind wir, die Hüften schwenkend, trillernd, den Hintern kreisend, zu unserem Junggesellinnentisch gegangen und haben uns laut beglückwünscht ...«

»... das war ein strategischen Fehler«, unterbricht sie Laurentine, »du hättest nicht mit diesem Song antworten dürfen. Du hättest sie als säuerliche Person hinstellen müssen und ihr ein vorsintflutliches Lied vorschlagen, von einem Opa-Orchester gespielt.«

»Ich kenne ja keins.«

»Die Bantous de la Capitale zum Beispiel, dieses Grufti-Orchester, das sich niemand mehr anhört außer den Alten.«

»Warte, Laurentine. Kaum haben wir uns gesetzt, was höre ich? *Mwanda Bitendi* von Youlou Mabiala.«

»Und wovon erzählt der Song?«, fragst du. Du fühlst dich total »out« zwischen diesen jungen Frauen, die offenbar sehr »in« sind.

Meine Rivalin? Eine billige Lumpenpuppe / Die Ärmste versteckt sich und schläft im Freien / Während ich im Haus des Mannes bin und sein Bett teile.

»Ich? eine Lumpenpuppe? Ich? mich verstecken? Oh, sie wird mich schon zu sehen bekommen ... und in strahlendes Licht getaucht! Also schleudere ich ihr Francos *Bomba bomba mabe* entgegen, in dem die Rivalin die Herrin des Hauses herausfordert und unüberhörbar verkündet: *Fertig die Heimlichtuereien / Ich sage laut und deutlich, dass ich die Geliebte deines Mannes bin / Die ganze Stadt ist auf dem Laufenden, nur du nicht, du Dumme.*

Kaum ist der Song gespielt, klatscht sie mir *Ndaya* von Mpongo um die Ohren. Mit dem sie mir die Botschaft übermittelt, dass sie und ihr Mann wie Gürtel und Hose sind. Keine Rivalin vermöge ihre Ehe zu erschüttern. Die Rivalin kann ihm die parfümiertesten Bäder einlaufen lassen, ihn maniküriere n und pediküriere n, ihm schmeicheln und ihn hätscheln, er wird doch immer zu ihr zurückkehren, zu ihr, seiner Ersten Dame!«

»Und wie hast du geantwortet?«

»Ich gebe zu, dass ich kurz in Panik geraten bin, denn mir fiel einfach nichts mehr ein. Zum Glück ist aus dem Zweikampf ein

Gruppenkampf geworden. Jeder Tisch unterstützte seine Seite. Meine Tischrunde hat mir geraten, mit *Niekesse* von gleichen Mpongo Love zu antworten: *Gott hat mich wirklich verwöhnt, als er mich geschaffen hat / Er hat mich als Schönheit geschaffen / So schön, dass alle Männer vor mir kriechen und mir ihre Dienste anbieten*. Und damit war natürlich ihr Mann gemeint.

Wir haben uns weiter beschimpft, herausgefordert, uns mit Songs aufs Wüsteste beschimpft. Nach einer Weile hat sie den ersten Song wieder auflegen lassen, mit dem sie den Streit losgetreten hat, *Beauté d'une femme*. Was bedeutete, dass ihr die Munition ausgegangen war, dass sie keinen Song mehr in die Schlacht werfen konnte. Die Niederlage also!

Als sie ihre Platte wiederholte, sind alle, die bis dahin total fasziniert zugehört hatten, wie wir uns mit Songs so gnadenlos massakrieren, in ein Pfeifkonzert ausgebrochen. Alle haben begriffen, dass sie es mit mir nicht aufnehmen kann. Und ich habe ihr mit *Bilei Ya Mobali* den letzten Stoß gegeben: *Die Leibgerichte deines Mannes,* gesungen von dem jungen, attraktiven Karmapa, ein Stück, zu dem ich mit Gustave vor Kurzem noch getanzt hatte. Durch die Worte gab ich der armen Frau zu verstehen, ihr Mann sei ihr Mann, solange er sich in ihrem Haus befand, doch kaum setze er den Fuß vor die Tür, war er der Mann der ganzen Welt. Im Übrigen sei er lieber bei mir, weil ich ihm seine Lieblingsgerichte koche, während sie ihm nur Aufgewärmtes vorsetze, zum Sterben langweilige Gewohnheiten.

Mangels Songs, also besiegt und gedemütigt, ist sie aufgestanden und hat mir zornig zugerufen: ›Dreckige Nutte, glaub ja nicht, dass du so leicht davonkommst!‹, und hat mit ihren Tischfreundinnen das Weite gesucht. Wir haben laut gelacht, und um unseren Sieg zu feiern, hat eine meiner Freundinnen eine Runde spendiert.«

»Und jetzt kommt das Schreckliche«, verkündet Laurentine. »Los, Anne-Marie, nur Mut, erzähle!«

»Noch am gleichen Abend ist Gustave gegen sieben Uhr zu mir gekommen. Er wirkte sehr aufgebracht. ›Ich muss dir einiges sagen!‹, brüllt er mich an, kaum ist er eingetreten. ›Zuerst einmal, wo bist du gestern Abend gewesen? Ich bin zweimal vorbeigekommen, und du warst nicht hier!‹ ›Ich bin mit meinem Bruder einkaufen gegangen.‹ ›Warum hast du mir nichts davon gesagt? Ich frage deinen Bruder, ob du tatsächlich mit ihm unterwegs warst.‹ Ich war erstaunt, denn bis jetzt gab es zwischen uns ein gewisses Vertrauen. Warum also dieser plötzliche Eifersuchtsanfall? Dahinter steckte zweifellos etwas anderes. ›Kein Grund zur Eifersucht‹, habe ich ihn beruhigt. ›Das hat mit Eifersucht nichts zu tun. Ich bezahle deine Miete, ich ernähre dich, ich kleide dich, da ist es doch nicht zu viel verlangt, wenn ich erwarte, dass du zu Hause bist, wenn ich das Bedürfnis habe, dich zu sehen, oder? Doch ich bin nicht deswegen gekommen. Ich bin wegen etwas viel Schlimmerem gekommen. Warum hast du heute Nachmittag bei der Feier meine Frau provoziert? Zu Hause ist die Hölle los! Hättest du nicht etwas diskreter sein können? Was willst du eigentlich? Dass ich dich verlasse?‹ ›Sie ist es gewesen, die mich provoziert hat!‹ ›Nur allzu verständlich, dass sie dich angegriffen hat, schließlich ist sie die rechtsmäßige Ehefrau, das weißt du genau!‹ ›Genau! Ich bin das Ersatzrad, nicht wahr? Auch wenn du meine Miete bezahlst, hast du nicht das Recht, mich wie einen Gegenstand zu behandeln.‹ ›Ich behandle dich nicht wie einen Gegenstand. Ich verlange lediglich, diskret zu sein, meine Lebensumstände zu respektieren und dankbar zu sein für das, was ich für dich tue.‹ ›Weil du auch noch glaubst, du bist großzügig? Verkauf mich nicht für dumm. Du suchst bei mir, was deine brave Frau dir nicht geben kann.‹ ›Beschimpfe meine Frau nicht!‹ ›Dann geh zu ihr und lass mich in Frieden. Los, raus! Raus hab ich gesagt!‹

Es war wirklich traurig, ihn so zu sehen, die Karikatur des Macho, der außer Haus auftrumpft und zu Hause lammfromm ist, kaum erhebt seine Mutti die Stimme. Er hat gespürt, dass ich stinksauer war, denn er hat sofort den Ton geändert: ›Nicht doch, reg dich nicht auf, ich wollte dir nur erklären, dass …‹ ›Nein, geh!, hab ich ihn angebrüllt und ihm ein Kissen an den

Kopf geschmissen. Ich bin in mein Zimmer gegangen, aber gleich darauf wieder herausgekommen, im Büstenhalter und Unterrock, denn es war unerträglich heiß.

›Bist du noch hier?‹, hab ich ihn angeschrien, ›geh, geh zu deiner Bohnenstange.‹ Ich hab meinen Büstenhalter ausgezogen, eben wegen der Hitze, und stand mit nacktem Busen da. Ich habe die Beine etwas gespreizt, ein Handtuch genommen und den Schweiß abgewischt. Aus dem Augenwinkel sehe ich, wie er meine Brüste anstarrt, wie sein Blick dann abwärts wandert … der Ärmste konnte nicht mehr. Er ist auf mich zugekommen und wollte mich berühren. Aber ich habe ihn heftig zurückgestoßen. ›Es ist vorbei, Liebling. Hör zu, Anne …‹ ›Raus! Aber dalli!‹, hab ich gesagt. Und ich bin in mein Zimmer gegangen und hab die Tür hinter mir zugeknallt.

Er ist lange im Wohnzimmer geblieben und hat darauf gewartet, dass ich hinauskomme. Dann hab ich gehört, wie er die Tür zuschlägt. Er war gegangen.

Zwei Tage später ist er wiedergekommen, da er es nicht länger ausgehalten hat. Seine Hexe hatte ihn in ihrem verriegelten Haus nicht halten können. Er kam mit einem Paar sechzigtausend Franc teurer Schuhe, damit ich ihm verzeihe. Man soll den Bogen ja nicht überspannen, also ließ ich ihn noch ein bisschen zappeln und war dann wieder lieb zu ihm. Wir wollten die Versöhnung in einem guten Restaurant feiern … vor dem Schock am Abend.«

»Tja, du weißt offensichtlich, was du willst, und du weißt, wie es erreichen«, sagst du.

»Wie sonst überleben im Dschungel dieser Stadt, Méré, du musst dich zu wehren wissen.«

»Anne-Marie seift keiner ein!«, sagt Laurentine lachend.

»Ihr seid also ins Restaurant gegangen, und als ihr wieder zu Hause wart …«

»O nein, es ist im Restaurant passiert«, fällt dir Laurentine ins Wort. »Entschuldige, Anne-Marie, ich wollte dich nicht unterbrechen. Es ist der schlimmste Teil der Geschichte.«

»Das kann man wohl sagen! Ausgezeichnetes Essen in einem großen Luxusrestaurant, in das er mich zum ersten Mal führte. Schließlich war ich in Begleitung von Gustave Bokola, Geschäftsmann und Abgeordneter. Wenn man die Flasche Champagner dazuzählt, die wir zur Feier des Tages haben knallen lassen, belief sich die Rechnung bestimmt auf hunderttausend Franc. Wir waren satt, fröhlich, und als wir das Lokal verließen, hab ich mich gefragt, ob er nach diesem Schlemmermahl wohl seinen Rekord von drei Minuten Schock schlagen könnte.

Wir gehen Hand in Hand zum Wagen, ein verliebtes, versöhntes Paar, als ich jemand ›Schlampe‹ kreischen höre. Eine Gestalt stürzt aus der Dunkelheit auf uns zu: Gustaves Frau. Er lässt meine Hand los und läuft zu seinem Auto. Ich habe keine Zeit zu reagieren. Ich spüre ein Brennen im Gesicht, schreie vor Schmerz auf und fasse mich an die Wange. Blut überall. ›Das ist für dich, du Drecksnutte!‹ Das ist das Letzte, was ich gehört habe, und die Frau ist flink wie ein Raubtier in der Dunkelheit verschwunden. Ich habe zuerst geglaubt, ich bin blind geworden. Ich habe geschrien, Gustave, Gustave, doch von ihm weit und breit keine Spur. Der Feigling hat nicht den kleinsten Versuch gemacht, mich zu verteidigen oder mir zu helfen; er ist mit eingezogenem Schwanz abgehauen, als seine Madame aufgetaucht ist. Ich bin weinend in der Dunkelheit zum Restaurant zurückgewankt, und als ich die Tür öffne, schreien die Gäste bei meinem Anblick auf. Eine fürchterliche Schmarre zieht sich vom Brauenbogen bis fast zum Kinn. Eine tiefe Wunde. Höchstwahrscheinlich von einer Gillette-Rasierklinge, von einem Schermesser, wie es Barbiere und Friseure verwenden. Man hat schlecht und recht versucht, die Blutung mit Servietten und Eis zu stoppen, bis Armando gekommen ist, den anzurufen ich jemanden gebeten hatte. Jetzt weißt du, woher ich die hässliche Narbe in meinem Gesicht habe.«

»Hast du Klage eingereicht?« Dumme Frage, denn du kennst ja die Antwort.

»Klage gegen wen? Du weißt doch, dass die legitime Frau immer recht hat. Und dann das Gespött! Ich bin nicht die Erste, die mit dem Rasiermesser angegriffen wurde. Im Übrigen denken die meisten Frauen, das sei nur gerecht … so wie man normal findet, wenn man jemanden mit dem Halseisen foltert. Nein, ich habe geschwiegen. Aber ich bereite meine Rache vor. Das kannst du mir glauben.«

»Es gibt nichts Härteres für eine Frau als eine andere Frau. Die Solidarität unter Frauen hört dort auf, wo die Eifersucht beginnt.«

»Genau! Ich habe vor ein paar Tagen im Radio gehört, dass eine amerikanische Astronautin nonstop in über zwölf Stunden tausendfünfhundert Kilometer im Auto zurückgelegt hat, nur um eine Rivalin, auf die sie eifersüchtig war, mit Pfefferspray zu besprühen. Und Gustave?«

»Oh! Der ehrenwerte Abgeordnete! Du glaubst es nicht: Er hat sich nie mehr gezeigt! Vom Erdboden verschwunden. Und auch das hat mich geschmerzt, fast wie die Wunde in meinem Gesicht, denn weißt du, mit der Zeit hat er mir tatsächlich etwas bedeutet. Ich stand allein da, und noch dazu ohne einen Cent. Auch als ich in eine Miniwohnung umgezogen war, konnte ich die Miete nicht bezahlen und die auf Kredit gekauften Stoffe auch nicht. Ich habe also einen Teil meines Schmucks verkauft, und einmal steckte ich so in der Klemme, dass ich sogar mein geliebtes Handy verkauft habe. Bis ich schließlich bei euch im Steinbruch gelandet bin.«

»Kennst du das Tuch, das man *Boma libala* nennt, Liebestöter? Es ist eben eine neue Version in die Läden gekommen. Wir kaufen es uns und paradieren vor dieser Person.«

»Ich will sie nicht bloß ärgern, ich will es ihr heimzahlen!«

»Meiner Meinung nach solltest du dich nicht an der Frau rächen. Von ihrem Standpunkt aus gesehen, verteidigte auch sie ihren Lebensunterhalt. Du hast selbst gesagt, dass sie fünf oder sechs Kinder hat. Vielleicht liebt sie den Kerl sogar und will ihn nicht verlieren, um so mehr, als er reich ist. Der eigentliche Schuft ist Gustave. Wir müssten Mukiétu mitnehmen, damit sie ihm die Fresse poliert. Sie hat ja einschlägige Erfahrung.«

»Du meinst, sie hat recht gehabt, mich zu entstellen?«

»Nein, überhaupt nicht. Für so eine Art Rache gibt es keinerlei Entschuldigung!«

»Für mich war's ein Mordversuch!«, sagt Laurentine empört.

»Sind Schönheitsoperationen teuer? Glaubt ihr, die grässliche Narbe könnte durch eine kosmetische Operation verschwinden? Ich möchte mein Gesicht von früher wiederhaben.«

»Die Schönheitschirurgie kann alles, aber es kostet ein Vermögen.«

»Wie viel? Zweihunderttausend?«

»Ich vermute eher, dass du bei einer Million anfangen musst.«

Laurentine mustert sich in ihrem Handspiegelchen. »Zum Glück verwächst sich die Narbe langsam.«

»Hast du denn keine anderen Pläne, als dich mit dem vielen Geld zu rächen?«

»Ich habe noch nicht darüber nachgedacht. Mich rächen, das ist die Hauptsache.«

»Darf ich dir einen Rat geben, Anne-Marie?«

»Aber sicher, Méré.«

»Die wirkliche Rache, eine echte Rache, wäre, dass du dich nicht auf die Ebene desjenigen erniedrigst, der dich verletzt hat. Wenn du dich rächst und dabei die zwei- oder dreihunderttausend Franc verschwendest, die du verdient hast, wenn alle deine Säcke gefüllt sind, stehst du wieder allein und mittellos da und brauchst wieder einen Gustave Bokala, der dich aushält. Du bist noch jung, Anne-Marie, jünger als Laurentine. Leg das Geld gut an, damit es Früchte trägt, dann wirst du eine selbstständige und unabhängige Frau sein. Niemand kann dir dann sagen, dass er deine Miete bezahlt und du daher zu Hause hocken musst und auf ihn warten wie eine Sklavin. Du kannst dir dann alles kaufen, was du willst, ohne betteln zu müssen. Du kannst sogar eine Schönheitsoperation machen lassen. Ich habe vorhin gesagt, das ist teuer, aber vielleicht kannst du es ja bezahlen. Danach wirst du noch schöner sein. Du bist dann das Girl of Ipamena, alle Männer sehen sich bewundernd nach dir um.«

Sie hat dir aufmerksam zu gehört und schweigt nachdenklich, als wollte sie die Worte auf sich einwirken lassen.

»Niemand hat je so zu mir gesprochen, Méré«, sagt sie dann. »Mein Bruder hat die ganze Zeit meine Lebensweise kritisiert, aber mir nie gesagt, was ich tun soll. Ich will mich rächen, das ja, aber ich will nicht ins Elend und in die Abhängigkeit zurück.«

»Weißt du was?«, ruft Laurentine, »tun wir uns zusammen, eröffnen wir den Schönheitssalon gemeinsam!«

»Ein prima Vorschlag!«

»Ja, aber ich muss noch weiter darüber nachdenken. Eigentlich ... ich kann sehr gut Haare flechten, ich könnte doch gleich neben deinem Schönheitssalon, Anne-Marie, einen Coiffuresalon eröffnen. Ich kann sehr gut arabische Zöpfchen flechten, ich kann Senegals Twists flechten, Zig Zac Braids, Casamas Braids, Cornrows, Knots, Micro Braids, Open Braids, Zopfknoten, Perlschnüre oder Bänder einflechten ... ich hab bestimmt noch welche vergessen. Ich kann auch Haare entkrausen.«

»Siehst du?! Wenn ihr euer Geld zusammenlegt, könnt ihr mit mindestens fünfhunderttausend starten!«

»Sag lieber eine halbe Million, Méré«, korrigiert dich Laurentine.

Ihr lacht alle drei. Das Handy klingelt: Armando ist in zwei oder drei Minuten da. Du lässt auch diesmal ein anständiges Trinkgeld zurück, und die Serviererin bedankt sich lächelnd. Als ihr das Café verlasst, wartet draußen Armando. Laurentine und Anne-Marie wollen auf den Rücksitz, doch du stoppst sie und sagst, es sei dir lieber, wenn eine von euch vorn sitzt, du möchtest hinten sitzen. »O nein!«, rufen beide mit verschwörerischem Lächeln. Also setzt du dich auf den Beifahrersitz. Sie irren sich, die beiden. Gut, du hast dich gestern küssen lassen, doch das bedeutet nichts. Armando ist dir gar nicht so schrecklich wichtig.

ZWEIUNDDREISSIG

Ihr versammelt euch vor dem Flughafengebäude, bevor ihr die Wartehalle betretet, wo Zizina eingecheckt hat und nun mit ihrer Mutter auf euch wartet. Ihr seid alle elegant angezogen, als sei es ein Festtag. Aber schließlich ist es ein Festtag, eine eurer Töchter, die Tochter einer Steinklopferin, hat es geschafft. Gleich wird sie ins Flugzeug steigen und sich den Männern und Frauen anschließen, die auf diesem Planeten für Ordnung und Friede eintreten. Und das will etwas heißen.

Als er euch so elegant gekleidet und als Gruppe daherkommen sieht, glaubt einer der Verantwortlichen des Empfangskomitees für die Präsidentengattinnen Afrikas, dass ihr eine abgeordnete Frauenvereinigung seid, und weist euch an, euch in die VIP-Empfangshalle zu begeben.

»Wir sind wegen etwas Wichtigerem gekommen«, antwortet Moyalo mit ihrer gewohnt scharfen Zunge.

Ihr seid also alle gekommen. Bileko hat Wort gehalten, sie hat ihrer Tochter nichts davon gesagt, dass ihr euch am Flughafen von ihr verabschieden wollt. Als sie euch sieht, schreit sie überrascht auf und stürzt auf euch zu. Ihr klatscht in die Hände. Anne-Marie überreicht ihr das Geschenk, das ihr für sie gekauft habt: eine Uhr, die die Lokalzeit und die Weltzeit angibt. Da die Zeit eures Landes Weltzeit+1 ist, braucht sie überall auf der Welt bloß einen Blick auf das Zifferblatt zu werfen, um zu wissen, wie spät es zu Hause ist. So wird sie sich euch näher fühlen. Sie wickelt das Päckchen aus, nimmt die Uhr heraus und legt das Metallarmband um das Handgelenk. Das Armband allein ist schon ein Bijou, was dich nicht wundert, denn Anne-Marie hat es ausgesucht, und sie hat bekanntlich einen sehr guten Geschmack. In

Zizinas Augen glitzern Tränen. Sie umarmt euch eine nach der andern, und ihr klatscht wieder. Du schaust Ma Bileko an. Sie lächelt glücklich, nicht, weil Zizina ihre Tochter ist, sondern weil sie sie allen ihren Arbeitsgefährtinnen geschenkt hat.

Die Rührung hat sich gelegt, und Zizina bittet euch, von euren Zukunftsplänen zu erzählen, jetzt, da ihr erreicht habt, was ihr wolltet. Laurentine ergreift als Erste das Wort. Sie will zusammen mit Anne-Marie einen Schönheitssalon mit angegliedertem Friseursalon eröffnen. Anne-Marie nickt eifrig. Dann ergreift Ma Bileko das Wort, verkündet, sie hat die Absicht, eines jener von den NRO angebotenen Niedrigzinsdarlehen aufzunehmen, um ihr früheres Geschäft wieder aufzubauen. Iyissu, Bilala, Mukiétu und Assalam haben keine genauen Pläne, als hätte ihr jahrelanges von-Tag-zu-Tag-Leben ihre Vorstellungskraft gelähmt. Üblicherweise sind es die Pläne, die Geld suchen, in ihrem Fall sucht das Geld Pläne. Bileko schlägt den vieren vor, doch mit dem Geld gemeinsam einen Sparverein zu gründen, der Kleinkredite vergibt; nach vier Monaten hätte jede von ihnen vierhunderttausend Franc erwirtschaftet, achthunderttausend, wenn sie zehn Monate durchhalten. Die einzige Schwierigkeit ist, dass sie bis zum Ablauf der Frist Steine klopfen müssen, wenn sie ihr Geld im Sparverein verwenden. Der Vorschlag gefällt den vier Frauen: Sie sind es ja seit Jahren gewohnt, Steine zu klopfen, zehn Monate mehr oder weniger sind kein unüberwindbares Hindernis. »Noch besser«, rechnet Bileko aus, »zu fünft wird jede nach fünf Monaten fünfhunderttausend Franc haben, und nach zehn Monaten seid ihr – Millionärinnen!«

Der Lautsprecher ruft die Passagiere zum sofortigen Boarding auf. Letzte Umarmungen … und Zizina, die neue Uhr am Handgelenk und die kleine Reisetasche in der Hand, geht zum angesagten Flugsteig. Bevor sie verschwindet, ruft sie euch zu: »Ich habe eine Bitte: Ich möchte ein Foto von euch allen. Ein Gruppenfoto am Steinbruch. Ich werde es in meinem Zimmer aufstellen.«

»Du bekommst es, Zizina, kannst auf uns zählen, ich kümmere mich darum«, versprichst du ihr.

Sie winkt noch einmal, wendet sich ab und verschwindet hinter der Tür.

Als ihr das Flugzeug mit den UNO-Farben starten und am tiefblauen Horizont immer kleiner werden seht, fühlt ihr euch, als sei ein Teil von euch fortgeflogen. Wie das Flugzeug sich der Erdanziehungskraft entrissen hat und nun frei in den Lüften schwebt, so spürt auch ihr, dass ihr dank eurer Hände Arbeit und eures hartnäckigen Kampfes um einen gerechten Preis für die mühselige Arbeit euch aus dem Stollen von Armut und Verzweiflung, die eure Leben zugeschüttet hatten, emporgeschwungen habt.

Als ihr den Flughafen verlasst, begegnet ihr Gruppen von Frauen in bunten Gewändern oder Uniformen mit dem Porträt des Präsidenten der Republik und seiner Gattin, ein Teil ist in Bussen, andere sind zu Fuß gekommen. Sie wurden zwangsverpflichtet, um die Gäste von Madame der Präsidentengattin willkommen zu heißen. In Kürze wird auch sie hier sein, von einer Leibwache begleitet, kaum kleiner als die ihres Mannes. Und wenn sie mit ihren Gästen aus der VIP-Halle tritt, werden die Frauen singen und tanzen und die Hüften schwenken und in Staub und Hitze schwitzen. Das ist es also, was man einen »afrikanischen Empfang« nennt! Männer, Frauen, Kinder in der bleiernen Hitze zu einem Tamtam tanzen lassen! Du denkst an den Regisseur dieses ganzen Klamauks, den Innenminister. Offenbar hat er seine Drohung nicht wahr gemacht, euch den Zugang zum Flughafen zu verwehren. Doch hätte er es wirklich tun können? Selbst in einer Autokratie verhaftet man nicht so einfach ein Dutzend Frauen, die Widerstand leisten und Krach schlagen und sich den Befehlen der Präsidentengattin widersetzen. Dennoch ist es nun Zeit, den Ort zu verlassen, lieber einzeln als in einer Gruppe, um nicht zu sehr aufzufallen.

Bevor ihr euch trennt, vereinbart ihr, euch morgen im Steinbruch zu treffen. Wer weiß, ob es nicht das letzte Mal ist.

Als ihr auseinandergeht, kommt Anne-Marie auf dich zu und umarmt dich.

»Danke, vielen Dank, Méré, du hast mir die Zukunft geöffnet!«

Du schaust sie an. Ihr Gesicht strahlt etwas anderes aus, das schwer zu definieren ist; verschwunden der schalkhafte Blick, der den Eindruck vermittelte, dass sie im Leben nur bewundert sein will. Jetzt siehst du in ihrer Miene Entschlossenheit, ihr Leben selbst in die Hände zu nehmen. Du hättest nie geglaubt, dass deine Predigt von heute Morgen eine solche Wirkung auf sie haben würde. Was dich freut. Du lächelst und fährst zart mit dem Finger über ihre Narbe. Du bewunderst ihre orientalisch anmutende Schönheit, hervorgerufen durch die hochstehenden Wangenknochen und schmalen Augen. Anfang des vorigen Jahrhunderts, als die Kongo-Ozean-Eisenbahn gebaut wurde, waren Hunderte Coolies aus Cochinchina, wie man damals Vietnam nannte, ins Land geholt worden. War ihr Großvater einer von ihnen?

»Du bist jung und weißt, was du willst, Anne-Marie. Du wirst es schaffen. Und wenn der Coiffeursalon nicht laufen sollte, kommst du zu mir, dann bitte ich Tantine Turia, dich in ihrem Näh- und Stickatelier zu beschäftigen. Du weißt ja, sie hat einen sehr guten Ruf als Schneiderin.«

»Vielen Dank, Méré, ich werde daran denken!«

Sie entfernt sich ein paar Schritte, bleibt stehen und kommt zurück: »O, fast hätte ich es vergessen. Armando hat mich angerufen, ich soll dir bestellen, dass er dich vom Flughafen abholt.«

»Warum denn?«

»Nun ... ich glaube, er ist in dich verliebt.«

Du warst auf alles gefasst, nur nicht auf das. Während du verwirrt nach einer Antwort suchst, ist sie in der immer dichteren Menschenmenge verschwunden. Du zuckst die Schultern und gehst zum Ausgang.

Morgen wirst du Zwischenbilanz ziehen. Für den Moment genießt du die Freude über eine erledigte Verpflichtung. Du denkst an die anderen. Selbst wenn es mit Iyissus, Bilalas, Mukiétus, Asselams und Moyalos Sparverein nicht wie vorgesehen klappt und sie aufhören, bevor sie die Million erreichen, werden sie zumindest ihren Horizont erweitert haben: Sie wissen dann, dass das Leben andere Möglichkeiten bietet als das Steinklopfen, um zu essen und sich zu kleiden. Und du, du hast mehr als die erforderliche Summe beisammen, um deine Pläne umzusetzen. Morgen wirst du dich für die drei Monate Informatikausbildung mit Praktika anmelden, was, so hoffst du, der erste Schritt zur Eröffnung der kleinen Computerschule sein wird, von der du schon so lange träumst.

Plötzlich erinnerst du dich an den Vorschlag, den dir die Ministerin für Frauen und Behinderte gemacht hat. Wie hast du das vollständig aus der Erinnerung gezappt? Sie hat versprochen, dich anzurufen, wenn du nicht anrufst. Ihr Anruf könnte also jetzt kommen. Was machst du dann? Wäre es nicht sagenhaft, von heute auf morgen von einer Steinklopferin in den Stab einer Ministerin aufzusteigen?

Wie du Armando gestern Abend gesagt hast, würde dich, wenn du die zwei Säcke nicht füllst von den zwölf, die du dir vorgenommen hast, nie das Gefühl verlassen, dass du eine Arbeit nicht fertig erledigt und dass du deine Gefährtinnen im Stich gelassen hast. Dir liegt schon das Hundertfrancstück auf dem Gewissen, das du jener Frau nie zurückerstattet hast. Du willst nicht die Last zusätzlicher Schuldgefühle mit dir herumschleppen. Du wirst also morgen zum Steinbruch gehen. Und du wirst auch das Versprechen einlösen, das du Zizina gegeben hast: das Gruppenfoto am Ufer des Flusses.

Juli 2005 – Dezember 2009

Die Originalausgabe erschien 2010 unter dem Titel *Photo de groupe au bord du fleuve* bei Actes Sud, Le Méjan.

Die Übersetzung aus dem Französischen wurde mit Mitteln des Auswärtigen Amtes unterstützt durch litprom – Gesellschaft zur Förderung der Literatur aus Afrika, Asien und Lateinamerika e.V.

Umschlaggestaltung: Magdalene Krumbeck
Umschlagfoto: © Corbis, Guido Cozzi
Satz: Graphium press, Wuppertal
Druck: CPI books, Leck
ISBN 978-3-7795-0314-9
www.peter-hammer-verlag.de